이상화 문학전집

이상규 엮음

이상화 문학전집

이상규 엮음

경진출판

머리말

상화(尙火) 이상화(李相和, 1901~1943)는 1920년대 전반기 우리나라 현대 시학의 선구자 가운데 한 사람이다. 시인으로, 또 평론과 소설, 수필, 편지글 등 다방면에 글을 남긴 당대에 앞선 지성인이었다. 영어와 프랑스어, 일어를 통해 서구의 사회주의 문학 이론을 섭렵하고 파스큘라와 카프 계열에 경도될 만하였으나 휩쓸리지 않고 행동으로 글로써 꼿꼿이 문이도(文以道)를 실천하였던 일제에 저항한 시인이다.

1920년대 우리나라 대부분의 문인들의 공통적 현상이겠지만 상화 역시 『백조』 동인으로서 유미적 낭만주의적 경향을, 『폐허』 동인으로서 민족 저항주의적 성향의 다면성을 보여 주었다. 그러나 상화의 시의 내면을 좀 더 천착해 보면 종래 이항등식의 방법으로 부각된 논의의 틀에서 벗어날 필요가 있다. 다시 말하자면 「빼앗긴 들에도 봄은 오는가」를 대표작으로 상정하여 민족 저항주의의 시인으로 규정해 버리면 상화의 시 전체를 조명하는 데 적잖은 난관을 만나게 된다. 상화 시의 실루엣 넘어 드러나는 온전한 작품 위치의 평가를 위해서는 다음의 4가지 관점에 유의해 봐야 할 것이다. 첫째, 상화의 종교적 문제(기독교와 대종교), 둘째, 상화의 여성 문제(유보화, 손필연 등), 셋째, 상화의 언어(방언) 문제, 넷째 상화 시와 장소(동경, 대구)의 문제 등의 온전한 이해를 통해서 그의 세계관이 재조명되어야 될 필요가 있을 것이다.

이상화가 남긴 시 작품 68편을 포함하여 산문을 함께 모아 한 권으로 꾸며 보았다. 앞으로 이상화의 연구를 위한 텍스트로 활용할 수 있도록 시어의 풀이를 포함하고 산문은 띄어쓰기만 하여 원문 그대로 수록하였다. 그리고 새롭게 발굴된 수필 2편을 보유하고 새롭게 발굴한 번역시

2편과 시 제목만 알려진 작품 1편을 포함하여 『이상화 문학전집』으로 출간하게 되었다.

　필자는 지난 시절 이상화고택보존운동과 함께 대구의 골목길 장소 마케팅을 위해 노력하였다. 현재 대구에는 이상화 시비(김소운 씨가 세운 달성공원 소재, 수성못뚝), 이상화 좌상(두류공원), 이상화 고택(반월당 소재) 등의 흔적을 만날 수 있다. 이상화의 작품 수집을 위해서도 그동안 노력했으나 큰 성과를 거두지는 못했다.

　이 전집을 만들기 위해 이기철의 『이상화전집: 빼앗긴 들에도 봄은 오는가』(문장, 1982), 대구문인협회, 『이상화 전집: 빼앗긴 들에도 봄은 오는가』(그루, 1998), 향토문학연구지 학회지 『향토문학연구』 3집(만인사, 2000), 이상규의 『이상화 시전집』(정림사, 2002), 유성호의 『나의 침실로 외』(범우, 2009), 이상규·신재기 엮음 『이상화문학전집-산문편』을 참고하였고 또 많은 도움을 받았다. 앞선 연구자들의 노력에 감사드리며, 이 책을 상제하게 되어 매우 기쁘다. 앞으로 많은 연구자들이 활용할 수 있는 책이 될 수 있기를 바라며 끊임없이 새롭게 이상화의 문학 세계에 대한 평가가 이어지기를 기대한다.

　끝으로 어려운 출판 환경에서도 이 책 출판을 맡아 준 도서출판 경진의 사장님과 관계자 여러분께 감사드린다.

2015년 8월
이상규

목차

2부 이상화 산문 전집

1부

이상화 시전집

『白潮』 創刊號(1922년 1월)

말세(末世)의 희탄(欷嘆)

저녁의 피 묻은 동굴(洞窟) 속으로
아— 밑 없는 그 동굴(洞窟) 속으로
끝도 모르고
끝도 모르고
나는 꺼꾸러지련다.
나는 파묻히련다.

가을의 병든 미풍(微風)의 품에다
아— 꿈꾸는 미풍(微風)의 품에다
낮도 모르고
밤도 모르고
나는 술 취한 집을 세우련다.
나는 속 아픈 웃음을 빚으련다.

『白潮』創刊號(1922년 1월)

단조(單調)

비 오는 밤
가라앉은 하늘이
꿈꾸듯 어두워라.[1]

나무잎마다에서
젖은 속살거림이[2]
끊이지 않을 때일러라.

마음의 막다른
낡은 띠집에선[3]
뉜지 모르나 까닭도 없어라.

눈물 흘리는 적(笛) 소리만

---

1) '어두어라'는 대구방언에서는 '어둡-+-어라'로 'ㅂ'정칙활용이 되기 때문에 방언형 '어두버라'로 표기되든지 중부방언형처럼 'ㅂ'불규칙활용이 반영된 '어두워라'로 교정되어야 한다. 그런데도 '고요롭은「지반정경」', (개벽), (형설사), '슬기롭은「선구자의 노래」', (개벽), (형설사)처럼 표기가 혼란되어 있다.

2) '속살거리다'는 "소곤소곤 하거나 꼼지락거리는 모습"이라는 뜻을 지니고 있다. 이상화의 창작 소설 「숙자」라는 작품에 "두어린아히가적은배에몸을싣고 고기를낙그면서 무엇이라고천진란만하게속살거린다"에서도 그 예를 찾아 볼 수 있다.

3) '쬐집'의 '쬐'는 '쬣불휘'(芽根)『方藥 8』라는 기록에서처럼 풀이름이라는 뜻을 가지고 있다. 그런데 대구지역방언에서는 '띠', '떼'란 '풀', '잔디'를 의미한다. 그러니까 "풀로 지붕을 이은 집"을 '띠집'이라고 한다.

가없는4) 마음으로
고요히 밤을 지우다.5)

저-편에 늘어 서 있는
백양(白楊)나무 숲의 살찐 그림자에는6)
잊어버린 기억(記憶)이 떠돎과 같이
침울(沈鬱)─몽롱(朦朧)한
「캔버스」 위에서 흐느끼다.

아! 야릇도 하여라.
야밤의 고요함은
내 가슴에도 깃들이다.

벙어리7) 입술로

---

4) "경계에 가까운 바깥쪽 부분" 또는 '끝'이라는 의미를 지닌 '가(邊)'의 대구방언형.

5) 이상규(1999), 『경북방언문법연구』(박이정, 362쪽)에서 "'방울지우다'도 '밤을 지우다' 의 오표기 내지는 조판상의 잘못으로 인한 오류이다"라고 기술하고 있다. 이 시의 전후맥 락을 참고하여 '밤을 지우다'로 해석하는 것이 훨씬 타당성이 있다.

6) '그름'은 대구방언에서 '그림자'의 뜻으로 사용된다. 이상규(1998: 14), 『방언학』에서 "역사적으로 오래된 어휘들이 방언에 여전히 쓰이는 예는 매우 많다. '그르메'는 '그림 자'라는 의미로 15세기 문헌에서도 극히 드물게 쓰였던 것이지만 현대의 경상방언에서 조사된 바가 있다"라고 설명하고 있다.

　　바래 드리비취ᄂᆞ닌 殘月 ㅅ 그르메로소니(두시 2-28)
　　그르메 업슨 즘겟 머리예(금삼 2-20)

'거름애'는 그림자라는 뜻으로 대구방언에서는 '거렁지', '그르매' 등의 분화형이 있다. 특히 영남방언이 반영되어 있는 『두시언해』에 '그르메'라는 어형이 많이 나타난다. 이상 화의 산문 「무산작가와 무산작품」에서도 "검은누덕이줏는사람의 거름애가 행길에서러 진 헌씨걱지를주우려고허리를굽힐쌔 그것은 날근누덕이에서난 독갑이가튼 반갑지안 흔그림자(影姿)이엇다". 그 예가 나타난다.

7) "말을 하지 못하는 사람"의 뜻을 가진 대구방언으로 '버버리, 벙어리, 버부리, 벌보'가

떠도는 침묵(沈黙)은
추억(追憶)의 녹 낀 창(窓)을
죽일 숨쉬며 엿보아라.8)

아! 자취도 없이
나를 껴안는
이 밤의 흩짐이9) 서러워라.

비 오는 밤
가라앉은 영혼(靈魂)이
죽은 듯 고요도 하여라.

내 생각의
거미줄 끝마다에서도
작은 속살거림은
줄곧 쉬지 않아라.

있는데 이 가운데 '벙어리'를 (정음사), (미래사)에서 '병아리'로 교정한 것은 엄청난
잘못이다. 곧 "벙어리 입술로"로 바로 잡아야 한다.

8) "죽일 숨 쉬며 엿보아라"는 "숨을 죽일 듯이 숨을 쉬며 엿보아라"라는 의미이다. 따라
서 호흡단락(breath group)이 "죽일#숨#쉬며#엿보아라"와 같이 되어야 할 것이다.

9) 어형의 뜻이 미상(未詳)이나 아마도 "아! 자취도 없이/나를 껴안는/이 밤의 흩짐이
서러워라"로 해석하는 것이 무난한 것 같다. 곧 "흩(單)-+-지-+ㅁ(명사화접사)"의 구
성으로 파악된다. 따라서 '흩짐(흩짐)'을 '오붓하고 홀로된 외로움', '단촐함'으로 해석하
고자 한다. 이상화가 1925년 1월호 『신여성』18호에 「단장」이라는 번역 소설의 역자의
말에도 "그의 홋진사리는 갑절 더 외롭게 되려……"에서 '홋지-'형이 나타난다. 따라서
'홋짐'을 '흩짐' 곧 "단촐하고 외로움"이라는 의미로 해석하고자 한다. 또한 '부침사리'
와 같은 조어형도 「단장」이라는 번역 소설에 "그는자긔의功勞로써동모의집에부침사리
를하는 그를도앗섯다. 짧게말하자면 젊은士官은 맛참내 그를엇게스리되엿다"로 나타
난다.

『白潮』 2號(1922년 5월)

가을의 풍경(風景)

맥(脈) 풀린 햇살에 반짝이는10) 나무는 선명(鮮明)하기 동양화(東洋畵)
일러라.
흙은 아낙네를 감은 천아융(天鵝絨) 허리띠같이도 따스워라.11)

무거워가는 나비 날개는 드물고도 쇄(衰)하여라.
아, 멀리서 부는 피리 소리인가!12) 하늘 바다에서 헤엄질하다.

병(病)들어 힘 없이도 서 있는 잔디풀— 나뭇가지로
미풍(微風)의 한숨은 가는(細) 목을 메고 껄떡이어라.13)

참새 소리는 제 소리의 몸짓과 함께 가볍게 놀고
온실(溫室)같은 마루 끝에 누운 검은 괴이14) 등은 부드럽게도 기름져라.

---

10) '번쩍이다'는 빛이나 번개 등과 같이 어감이 매우 크며, '반짝이다'는 어감이 상대적으
로 작은데 이 시에서 "햇살에 반짝이는 나무"가 시 문맥에 더 적확한 것으로 보인다.
11) "알맞게 따뜻하다"라는 의미를 지닌 형용사 '따습다'의 활용형이다.
12) 원본의 '피소랜가'는 "피리 소린인가"의 오류인 듯하다.
13) 국립국어연구원(1999) 편, 『표준국어대사전』에서 '껄떡이다'는 의미를 자동사인 경우
"(1) 목구멍으로 물 따위를 힘겹게 삼키는 소리가 나다. (2) 엷고 뻣뻣한 물체의 바닥이
뒤집히거나 뒤틀리는 소리가 나다. (3) 매우 먹고 싶거나 갖고 싶어 입맛을 다시거나
안달하다"로 타동사인 경우 "숨이 끊어질 듯 말 듯 하는 소리가 나다"로 규정하고 있는
데 대구방언에서는 (3)의 의의소가 주의(primary meaning)로 주로 사용된다. 이 시에서
도 (3)의 뜻으로 사용된 예이다.
14) '괴의'에 대해 『대구문협』 교합본을 제외한 모든 시집에서는 원본과 동일하게 '괴'로

청춘(靑春)을 잃어버린 낙엽(落葉)은 미친 듯 나부끼어라.
서럽게도 즐겁게15) 조을음16) 오는 적멸(寂滅)이 더부렁거리다.17)

사람은 부질없이 가슴에다 까닭도 모르는 그리움을 안고
마음과 눈으론 지나간 푸름의 인상(印象)을 허공(虛空)에다 그리어라.

표기하고 있다. 아마 '괴'의 방언형에 대해 올바른 이해가 부족한 탓이다. 더군다나 이기
철(1982: 110) 교수는 각주에서 '괴'는 '개(狗)'를 잘못 표기한 결과로 이해하고 있다.
마루에 고양이가 앉아 있는 모습과 개가 앉아 있는 모습은 전혀 엄청난 다른 상황이
될 것이다. 『한국방언자료집』 7. 경상북도편(한국정신문화연구원, 187쪽에서는 '고양
이'의 방언형 '꽤', '꽹이'(달성), '꽤:'(안동) 등의 방언 분포를 밝히고 있다. '괴'형은
'고양이' 어형에 대한 구형(old form)으로 경북 전역에서 나타나며, 그 외에도 '살찡이',
'살찡이' 등의 방언형도 존재한다.

15) '길겁게'는 '즐겁게'에서 전부모음화를 거친 '질겁게'라는 대구방언형에서 k-구개음화
형에 대한 과도교정(hyper collect)형으로 '길겁게'라는 방언형이 사용된 예이다.

16) '조으름'은 '조름'형에 대한 음절수를 늘인 어형이다. 대구방언에서는 '자부름'형이 주
로 사용된다.

17) '덩부렁거리다'의 오표기로 '-그리다'와 '-거리다'를 여러 곳에서 잘못 표기한 예가
나타난다. '덩부렁거리다'는 "물 수면에 떠올라 둥둥 떠다니는 모습"이라는 뜻을 가지고
있다.

20

『白潮』 2號(1922년 5월)

To—, S. W. Lee.—

What use is poem, what use is to say,

Only, when I would embrace thee again, never more?

Without affection, lonesomely ____dangerously, spending this day.

Thou went too early in the cosmosic circulation.

Thy bequest, that thou planted in my heart deep,

Unavaingly yet croons chasing the days of glorification.

O Honey! why my rosy face paled like the moon ____

And my thoughtful soul whenever look for thee?

But't was in vain, thy country was too dark and ruin.

Only night, I build thy heavenly figure adumbral

Upon my vision's sighful canvas.

And then, my eyes was a stormed channel.

O void forgetfulness! May I rest in thy pond deep.

And I would no more want, except one thing ____

Let me sleep ____ without wake ____ let me sleep

— From the "Bereft Soul"

『白潮』3號(1923년 9월)

나의 침실(寢室)로

−「가장 아름답고 오랜 것은 오직 꿈속에만 있어라」−「내말」

「마돈나」 지금은 밤도 모든 목거지18)에 다니노라 피곤(疲困)하여 돌아가려는도다.

아, 너도 먼동이 트기 전으로 수밀도(水蜜桃)의 네 가슴에 이슬이 맺도

---

18) '목거지'에 대한 해석은 매우 다양하다. 경상방언에서 "목거지 차 올랐다."라는 표현이 있는데 이는 "목이 있는 곳까지 차다."라는 뜻이 아니라 "어떤 일이 거의 다 이루어져 감.", "어떤 일이 한계에 도달함."이라는 의미로 해석되어 왔다. 김춘수(1981)는 「『나의 寢室로』의 내용 전개와 구조」, 『이상화연구』, 새문사, 41쪽에서 "이 시는 표현이 모호한 데가 있어 해석하기가 곤란한 부분이 있다. 우선 제1연의 '목거지'라든가 제2연 제1행의 '눈으로 유전하던 진주' 등만 해도 그렇다. '목거지'라는 말은 무슨 말인지 의미 불통이고"라고 하여 의미를 해석할 수 없는 어휘로 다루었다. 역시 (문학사상)에서도 ☆를 표시하여 미상의 어휘로 처리하여 오랫동안 이 단어가 뜻하는 바가 무엇인지 해면되지 못했다.
김용직(1974)은 『한국문학의 비평적 성찰』, 민음사, 132~133쪽에서 처음으로 "'목거지'는 모꼬지라고도 발음되는 대구 지방의 사투리로서, 여러 사람이 모여 흥청대는 잔치마당"으로 풀이를 하였다. 그 이후 이기철(1982)도 '목거지'를 '향연, 잔치마당, 모임'의 뜻을 가진 경상지방의 방언으로 처리하였다. '모꼬지'를 '목거지'를 '향연, 잔치마당, 모임'의 뜻을 가진 대구 방언으로 처리하는 근거로서 중세어(두셔 둘 마ᄂᆡ ᄶ리 婚姻ᄒ 몯ᄀᆞ지예 녀러와서(번역소학, 10-1), 몯ᄀᆞ지ᄂᆞᆫ ᄌᆞ조ᄃᆞ ㅣ 례도ᄂᆞᆫ 브즈런ᄒᆞ고(번역소학, 10-32))에서 '몯ᄀᆞ지'라는 어휘는 '잔치, 모임, 연회'라는 뜻을 가지고 있어 매우 타당한 듯하다.
이상규(2001)는 '모꼬지'를 '목전'이라는 뜻으로 해석하였다. 곧 대구방언에서 "어떤 일이 임박하여 다되어 가는 상황을 목전에 다달았다"라고 한다. 바로 이 '목전'은 '목+전(前)'의 합성어인데 '전(前)' 대신에 '−까지, −꺼지'라는 특수조사가 결합하여 '목거지'라는 단어가 합성되었다고 판단된다. 따라서 "어떤 일이 급박하거나 다되어 가는 상황에 이름"이라는 뜻을 지닌 대구방언이라고 할 수 있다. 그러나 이상화의 번역소설 '단장'에 '모꼬지'라는 용어가 여러 곳에서 나온다. '목거지'를 '향연, 잔치마당, 모임'의 뜻을 가진 대구 방언으로 처리하는 것이 타당하기 때문에 이상규(2001)의 종래의 견해를 수정한다.

록 달려오너라.

「마돈나」 오려무나. 네 집에서 눈으로 유전(遺傳)하던[19] 진주(眞珠)는
다 두고 몸만 오너라.
　빨리 가자. 우리는 밝음이 오면 어딘지도 모르게 숨는 두 별이어라.

「마돈나」 구석지고도 어둔 마음의 거리에서 나는 두려워 떨며 기다리
노라.
　아, 어느덧 첫닭이 울고— 뭇개가 짖도다. 나의 아씨여. 너도 듣느냐.

「마돈나」 지난밤이 새도록 내 손수 닦아 둔 침실(寢室)로 가자. 침실
(寢室)로!
　낡은 달은 빠지려는데, 내 귀가 듣는 발자국— 오, 너의 것이냐?

「마돈나」 짧은 심지를 더우잡고,[20] 눈물도 없이 하소연하는 내 맘의
촛(燭)불을 봐라.
　양(羊)털 같은 바람결에도 질식(窒息)이 되어 얄푸른[21] 연기로 꺼지려

---

19) 김춘수(1981)는 「『나의 침실로』의 내용 전개와 구조」, 『이상화연구』, 새문사, 41쪽에
　서 "이 시는 표현이 모호한 데가 있어 해석하기가 곤란한 부분이 있다. 우선 제1연의
　'목거지'라든가 제2연 제1행의 '눈으로 유전하던 진주' 등만 해도 그렇다. '목거지'라는
　말은 무슨 말인지 의미 불통이고, '눈으로 유전하던 진주'는 값나가는 장식품, 즉 겉치레
　를 말한 것인 듯하지만, '눈(眼)으로 유전'한다는 표현은 적확하다고는 할 수 없다."라고
　해석하고 있다.
20) "짧은 심지를 더우잡고"에서 '더우잡다'라는 어휘에서 '더우-'는 분명하지는 않지만
　'돋우-어'의 변이형으로 추정되며, 이 '더우(돋우어-)-'에 경상방언에서 '거머쥐다'의
　뜻으로 실현되는 '검잡다'의 '-잡다'가 결합한 어휘로 추정된다. 곧 '돋우어 잡고', '돋운
　상태로'라는 뜻으로 해석이 가능하다.
21) '얄푸른'의 '얄-'은 경상방언에서 '얄잡사보다(얕잡아보다)'와 접두사 '얄-'은 '조금 낮
　다'의 의미를 가지고 있기 때문에 "좀 덜 푸른"이라는 의미로 해석이 가능하다.

는도다.

「마돈나」 오너라 가자. 앞산 그리메[22]가 도깨비처럼[23] 발도 없이 이곳 가까이 오도다.
　아, 행여나 누가 볼는지— 가슴이 뛰누나. 나의 아씨여. 너를 부른다.

「마돈나」 날이 새련다. 빨리 오려무나. 사원(寺院)의 쇠북이 우리를 비웃기 전에
　네 손이 내 목을 안아라. 우리도 이 밤과 같이 오랜 나라로 가고 말자.

「마돈나」 뉘우침과 두려움의 외나무다리 건너 있는 내 침실(寢室) 열이도 없느니!
　아, 바람이 불도다. 그와 같이 가볍게 오려무나. 나의 아씨여. 네가 오느냐?

「마돈나」 가엾어라. 나는 미치고 말았는가. 없는 소리를 내 귀가 들음은—
　내 몸에 파란 피— 가슴의 샘이 말라 버린 듯 마음과 목이 타려는도다.

「마돈나」 언젠들 안 갈 수 있으랴. 갈 테면 우리가 가자. 끄을려 가지 말고!
　너는 내 말을 믿는 「마리아」— 내 침실(寢室)이 부활(復活)의 동굴(洞窟)[24]임을 네야 알련만……

---

22) '그림자'를 뜻하는 경상방언은 '그르매', '그리매', '그렁지' 등이 있다.
23) 원전에서 '독갑이'는 '도깨비'의 의미임. 상화의 산문 「무산작과와 무산작품」에 "그것은 날근누덕이에서난 독갑이가튼 반갑지안흔그影姿이엇다."처럼 '독갑이'의 예를 찾아 볼 수 있다.

「마돈나」 밤이 주는 꿈. 우리가 얽는 꿈.25) 사람이 안고 뒹구는26) 목숨의 꿈이 다르지 않으니.

아, 어린애 가슴처럼 세월(歲月) 모르는 나의 침실(寢室)로 가자. 아름답고 오랜 거기로.27)

「마돈나」 별들의 웃음도 흐려지려 하고, 어둔 밤 물결도 잦아지려는도다.

아, 안개가 사라지기 전으로 네가 와야지. 나의 아씨여. 너를 부른다.

---

24) 이 동굴은 상징적일 수도 있으나 작품 배경이 되는 현장은 현재 카톨릭 대구교구청 경내에 있는 성모당으로 추정된다.

25) '얽는쑴'을 (청구), (사조사), (정음사) 등에서 '엮는 꿈'으로 교정한 것은 잘못이다. '엮다'와 '얽다'가 유의어의 관계이지만 원본 텍스트의 어휘를 다른 유의어로 바꾼 것은 작가의 의도를 무시한 것이라고 할 수 있다. '얽는쑴'에서 '얽다'는 대구방언에서 '얼게', '얼게빗', '얼게미'와 같은 방언형이 존재함으로 (형설사), (대구문협)에서처럼 '얽는 꿈'으로 교정하는 것이 옳다.

26) 원전에서 '궁글다'란 경상방언에서는 '안고 뒹굴다' 또는 '안고 폴짝폴짝 뛰다.'의 의미를 갖고 있다. 대구방언형인 '궁굴다'를 '뒹굴다'로 교정하는 것은 원본의 결속성을 훼손하지 않기 때문에 문제가 없다. 그러나 (청구), (사조사), (정음사)에서 '궁굴다'의 유의어인 '둥굴다'로 교정한 것은 잘못이다. 한글학회(1992) 편『우리말큰사전』에서 '둥굴다'를 평북방언으로 처리하고 있는데 대구방언에서 '둥굴다'와 '궁굴다'는 어두 T/K교체형으로 유의어이다.

27) '그곳으로'라는 뜻을 가진 방언형 '거긔로'를 '거계로', '거기로'로 교정한 것은 표기법 차이의 문제이지만 (정음사)의 '세계로'로 교정한 것은 잘못이다.

『白潮 3號(1923년 9월)

이중(二重)의 사망(死亡)

—가서 못 오는 박태원(朴泰元)의 애틋한 영혼(靈魂)에게 바침

죽음일다[28]!
성난 해가 이빨을 갈고
입술은 붉으락푸르락 소리 없이 훌쩍이며
유린(蹂躪)받은 계집같이 검은 무릎에 곤두치고[29] 죽음일다!

만종(晩鐘)의 소리에 마구[30]를 그리워 우는 소-
피난민(避難民)의 마음으로 보금자리를 찾는 새-
다[31]- 검은 농무(濃霧)의 속으로 매장(埋葬)이 되고
대지(大地)는 침묵(沈黙)한 뭉텅이[32] 구름과 같이 되다!

「아, 길 잃은 어린 양(羊)아, 어디로 가려느냐
아, 어미 잃은 새 새끼야, 어디로 가려느냐」
비극(悲劇)의 서곡(序曲)을 리프레인[33]하듯

---

28) '죽음일다'는 '죽음이겠다'의 뜻인 바, 경상방언에서는 미확정선어말어미 '-겠-'보다
'-ㄹ'이 많이 사용된다. '죽을다(죽겠다)', '몬살다(못 살겠다)'와 같이 의고적인 문법형
식을 사용하고 있다.

29) '곤두치다'는 '곤두박이치다'와 같은 단어로 "높은 곳에서 머리를 아래로 하여 거꾸로
떨어지다."라는 의미를 갖는다.

30) 마구(馬廐), 마구간(馬廐間).

31) '모두', '전부'의 의미임.

32) 원전의 '뭉텅이'는 대구방언에서 '뭉티기', '뭉팅이'와 함께 '뭉치'라는 뜻이다.

33) 리프레인(refrain).

허공(虛空)을 지나는 숨결이 말하더라.

아, 도적놈의 죽일 숨 쉬 듯한 미풍(微風)에 부딪쳐도
설움의 실패꾸리를 풀기 쉬운 나의 마음은
하늘 끝과 지평선(地平線)이 어둔 비밀실(祕密室)에서 입맞추다.
죽은 듯한 그 벌판을 지나려 할 때 누가 알랴.
어여쁜 계집의 씹는 말과 같이
제 혼자 지즐대며34) 어둠에 끓는 여울은 다시 고요히
농무(濃霧)에 휩싸여 맥(脈)풀린 내 눈에서 껄덕이다35).

바람결을 안으려 나부끼는 거미줄같이
헛웃음 웃는 미친 계집의 머리털로 묶은—
아, 이내36) 신령의37) 낡은 거문고 줄은
청철(靑鐵)의 옛 성문(城門)으로 닫힌 듯한 얼빠진 내 귀를 뚫고
울어들다— 울어들다— 울다가는 다시 웃다—
악마(惡魔)가 야호(野虎)같이 춤추는 깊은 밤에

---

34) '지즐대'란 경상도방언에서 "수다하게 말을 하다.", '지끌이다'라는 의미로 사용되지
   만 새들이 지저귀는 모습을 뜻하기도 한다.

35) '껄덕이다'는 경상도방언에서는 "무엇이 모자라는 것을 바라는 행동이나 몸짓 따위"를
   일컫는 말이다.

36) '이내'란 경상도방언에서 '나의'라는 뜻으로 사용된다. "어느 누가 이내 심경을 이해해
   줄꼬?(=어느 누가 나의 심정을 이해해 줄까?)" 그런데 이것을 (대구문협)에서처럼 '이
   내'(이 나의)로 파악한다면 의미는 차이가 없지만 방언의 맛갈이 달라진다.

37) 이상화의 산문 「新年을 弔喪한다」(『시대일보』 시대문예란, 1926년 1월 4일)에서 "그
   러나우리신령의눈섶사이에 뿌리를박은듯이 덥고잇는검은 구름을 한겹두겹빗길"뿐만
   아니라 시에서도 여러 군데 "신령(神靈)"이라는 시어가 등장한다. 이것은 아마 "검아"
   와 더불어 최남선의 "불함문화론(弗咸文化論)"의 영향으로 추정된다. 그리고 상화는
   최남선과 서로 사돈집안의 연사연비가 있는 사이어서 개화기시대의 단군신화를 존중하
   던 지식인들의 사상적 맥락과 같이하고 있다.

물방앗간의 풍차(風車)가 미친 듯 돌며
곰팡이 슬은 성대(聲帶)로 목 메인 노래를 하듯……!

저녁 바다의 끝도 없이 몽롱(朦朧)한 머-ㄴ 길을
운명(運命)의 악지바른38) 손에 끄을려 나는 방황(彷徨)해 가는도다.
남풍(嵐風)에 돛대 꺾인 목선(木船)과 같이 나는 방황(彷徨)해 가는도다.

아, 인생의 쓴 향연(響宴)에 부름39) 받은 나는 젊은 환몽(幻夢)의 속에서
청상(靑孀)의 마음 위와 같이 적막(寂寞)한 빛의 음지(陰地)에서
구차(柩車)를 따르며 장식(葬式)의 애곡(哀曲)을 듣는 호상객(護喪客)처럼―
털 빠지고 힘없는 개의 목을 나도 드리우고
나는 넘어지다― 나는 거꾸러지다!

죽음일다!
부드럽게 뛰노는 나의 가슴이
주린 빈랑(牝狼)의 미친 발톱에 찢어지고
아우성치는 거친 어금니에 깨물려 죽음일다!

---

38) '악지바른'은 '악(握)+지(指)+바르-ㄴ'으로 구성된 합성어이며, "손아귀의 힘이 센"이
라는 의미이다. 곧 이러한 의미에서 전용된 관용구에서는 "하려고 마음먹은 것을 기를
쓰고 하여는 데서, 눈치가 빠르고 약삭빠름을 이르는 말."(『표준국어대사전』, 국립국어
연구원 참조) 이상화의 산문 「지난달 시와 소설」의 "滅亡될그瞬間에까지도 「初試」의
악지바른搾取慾으로말미암아 治療를못밧고죽엇스며"에서 그 예를 찾아 볼 수 있다.
39) '불림'은 '부름'의 뜻으로 사용된 경상방언형이다. 그런데 (대구문협)(1998)에서는 '불림
받은'으로 교열하였으나 이것은 표준어에서나 방언에서 모두 실현되지 않는 표현이다.

28

『白潮 3號(1923년 9월)

마음의 꽃

―청춘(靑春)에 상뇌(傷惱)되신 동무를 위하여

오늘을 넘어선 가리지 말라!
슬픔이든 기쁨이든 무엇이든
오는 때를 보려는 미리의 근심도―.

아, 침묵(沈黙)을 품은 사람아 목을 열어라.
우리는 아무래도 가고는 말 나그넬러라.
젊음의 어둔 온천에 입을 적셔라.

춤추어라. 오늘만의 젖가슴에서
사람아, 앞뒤로 헤매지 말고
짓태워 버려라!
그을려40) 버려라!
오늘의 생명(生命)은 오늘의 끝까지만―

아, 밤이 어두워41) 오도다.
사람은 헛것일러라.

---

40) 원전의 '끄슬려'는 '그을다'의 '끄실다, 끄실고, 끄실어라'와 같은 'ㅅ'불규칙동사인 경상방언형이다.

41) 원전에서 '어두어'는 '어둡-어'에서 'ㅂ'불규칙용언이기 때문에 '어두워'로 표기되어야 한다. 그런데 경상도방언에서는 'ㅂ'불규칙 용언이 아닌 '어두버'와 '어두어'와 같은 방언형이 공존한다.

때는 지나가다.
울음의 먼 길 가는 모르는 사이로—

우리의 가슴 복판에 숨어사는
열푸른 마음의 꽃아 피어버려라.
우리는 오늘을 기리며[42] 먼 길 가는 나그넬러라.

---

42) 원전에서 '지리며'는 '기리다'의 어두 k-구개음화가 적용된 경상방언형이다. '지리다'
는 "기대하거나 흠모하면서 예찬(禮讚)하다"라는 뜻의 방언이다. 이 방언형의 의미가
제대로 파악되자 못해 (문학사상사)에서는 뜻을 알 수 없는 미상의 어휘로 처리하였으
며, (형설사)에서는 '지키며'로 교정하는 오류를 범하고 있다.

『東亞日報』(1923년 음력 9월 17일)

독백(獨白)

나는 살련다, 나는 살련다

바른 맘으로 살지 못하면 미쳐서도 살고 말련다

남의 입에서 세상의 입에서

사람 영혼(靈魂)의 목숨까지 끊으려는

비웃음의 살이[43]

내 송장의 불쌍스런 그 꼴 위로

소낙비같이 내리쏟을지라도―

짓퍼부을지라도

나는 살련다,[44] 내 뜻대로 살련다

그래도 살 수 없다면―

나는 제 목숨이 아까운 줄 모르는

벙어리의 붉은 울음 속에서라도

살고는 말련다

원한(怨恨)이란 이름도 얼굴도 모르는

장마진 냇물의 여울 속에 빠져서

나는 살련다

---

43) 원전의 '쌀이'는 '살이'의 오기이며, '살(生)-이(명사화파생접사)' 구성의 파생어이다. 흔히 '인생살이, 살림살이'와 같은 합성구성의 일부로서 대구방언에서는 파생어 단독형으로도 사용된다. 이상화의 번역단편 「단장」에서 "그의 홋진 사리는 갑절 더 외롭게 되려"(『신여성』 18호)와 같이 여러 곳에서 찾아 볼 수 있다.

44) '살련다'의 오자임.

게서[45] 팔과 다리를 허둥거리고

부끄럼 없이 몸살을 쳐보다[46]

죽으면— 죽으면— 죽어서라도 살고는 말련다

---

45) '그기에서'라는 뜻임.

46) "몸살을 치다."라는 말은 "몸부림을 치다.", "어떤 일을 하려고 애쓰고 노력하다."라는
뜻의 경상방언이다.

『開闢』 54號(1924년 12월)

허무교도(虛無敎徒)의 찬송가(讚頌歌)

오를지어다. 있다는 너희들의[47] 천국(天國)으로—
내려보내라. 있다는 너희들의 지옥(地獄)으로—
나는 하느님과 운명(運命)에게 사로잡힌 세상을 떠난,
너희들의 보지 못할 머―ㄴ 길 가는 나그네일다!

죽음을 가진 뭇떼여! 나를 따라라!
너희들의 청춘(靑春)도 새 송장의 눈알처럼 쉬 꺼지리라.
아! 모든 신명(神明)이여, 사기사(詐欺師)들이여, 자취를 감추어라.
허무(虛無)를 깨달은 그때의 칼날이 네게로 가리라.

나는 만상(萬象)을 가리운 가장(假粧) 너머를 보았다.
다시 나는, 이 세상의 비부(秘符)를 혼자 보았다.
그는 이 땅을[48] 만들고 인생(人生)을 처음으로 만든 미지(未知)의 요
정(妖精)이 저에게 반역(叛逆)할까 하는 어리석은 뜻으로
「모든 것이 헛것이다」 적어둔 그 비부(秘符)를

아! 세상에 있는 무리여! 나를 믿어라.
나를 따르지 않거든, 속썩은 너희들의 사랑을 가져가거라.

---

47) ‘너희들의’에서 경상방언에서는 어중 ‘-h-’가 약화되어 ‘너의들의’로 실현된다.
48) ‘짜를’은 아마도 ‘땅을’에서 비자음 ‘ㅇ’이 약화된 경상방언의 표기인 듯하다.

나는 이 세상에서 빌어 입은 「숨기는 옷」을 벗고
내 집 가는 어렴풋한 직선(直線)의 위를 이제야 가려함이다.

사람아! 목숨과 행복(幸福)이 모르는 새나라에만 있도다.
세상은 죄악(罪惡)을 뉘우치는 마당이니
게서 얻은 모─든 것은 목숨과 함께 던져버려라.
그때야, 우리를 기다리던49) 우리 목숨이 참으로 오리라.

---

49) 원전의 '기대리든'은 '기다리든'에서 움라우트 현상이 적용된 방언형이다. 개재자음이
'ㄹ'인 경우 움라우트가 적용되지 않는 것이 서남방언의 특징인데 동남방언인 경상방언
에서는 '다리다/대리다', '다리미/대리미'와 같이 움라우트가 적용되어 개재자음에 의한
면제의 폭이 크다.

『白潮 54號(1924년 12월)

지반정경(池畔靜景)

−파계사(把溪寺) 용소(龍沼)에서

능수버들의 거듭 포개인 잎 사이에서[50]
해는 주등색(朱橙色)의 따사로운 웃음을 던지고
깜푸르게[51] 몸 꼴 꾸민, 저편에선
남 모르게 하는 바람의 군소리— 가만히 오다.

나는 아무 빛깔에도 없는 욕망(慾望)과 기원(祈願)으로
어디인지도 모르는 생각의 바다 속에다
원무(圓舞) 추는 혼령(靈魂)을 뜻대로 보내며
여름 우수(憂愁)에 잠긴 풀 사잇길을 오만(傲慢)스럽게 밟고 간다.

우거진 나무 밑에 넋빠진 네 몸은
속마음 깊게— 고요롭게— 미끄러우며
생각에 겨운 눈물과[52] 같이
이름도 얼굴도 모르는 빈 꿈을 얽매더라.

물위로 죽은 듯 엎디어[53] 있는

---

50) "잎 사이에서"(문사), (상시)로 해석해도 무방하다. '입새이에서'는 '잎 사이에서' '사이'
　　가 움라우트 현상에 적용된 '새이'로 본다면 "잎 사이에서"로 교정하는 것이 타당하다.
51) '깜푸르다'는 "검고 푸르다"의 의미로 대구방언에서 사용되는 어휘이다.
52) (작품집), (대구문협)에서는 '눈알'로 교열을 하였으나 이는 잘못이다.
53) '업데다'는 '엎디다'의 고어(古語)이다.

끝도 없이 열푸른 하늘의 영원성(永遠性) 품은 빛이
그리는 애인(愛人)을 뜻밖에 만난 미친 마음으로
내 가슴에 나도 몰래 숨었던 나라와 어우러지다.

나의 넋은 바람결의 구름보다도 연약(軟弱)하여라.
잠자리와 제비 뒤를 따라, 가볍게 돌며
별나라로 오르다— 갑자기 흙 속으로 기어들고
다시는 해묵은 낙엽(落葉)과 고목(古木)의 거미줄과도 헤매이노라.

저문 저녁에, 쫓겨난 쇠북 소리 하늘 너머로 사라지고 이 날의 마지막
놀이로 어린 고기들 물놀이 칠54) 때
　내 머리 속에서 단잠 깬 기억(記憶)은 새로이 이곳 온 까닭을 생각하
노라.
　이곳이 세상 같고, 내 한 몸이 모든 사람 같기도 하다!
　아 너그럽게도 숨막히는 그윽함일러라55) 고요로운 설움일러라.

"尊者의가 밥받줍고 싸헤 업데여"(『석보상절』 24-34)
　"눉믈 흘리고 悠悠히 벼개예 업데여서"(『두시초간본』 11-14)
54) (대구문협)에서 '할'로 교열하고 있으나 잘못이다.
55) '그윽일러라'는 '그윽함일러라'의 오류이다. '그윽이-'의 활용형은 대구방언에서 존재
　하지 않는다.

『開闢 54號(1924년 12월)

방문거절(訪問拒絕)

아 내 맘의 잠근 문을 두드리는56) 이여, 네가 누냐? 이 어둔 밤에
「영예(榮譽)!」
방두깨57) 살자는 영예(榮譽)여! 너거든 오지 말아라.
나는 네게서 오직 가엾은58) 웃음을 볼 뿐이로라.

아 벙어리 입으로 문만 두드리는 이여, 너는 누냐? 이 어둔 밤에
「생명(生命)!」
도깨비 노래하자는 목숨아, 너는 돌아가거라.
네가 주는 것 다만 내 가슴을 썩인59) 곰팡이 뿐일러라.

---

56) '쑤다리는'는 대구방언형이다. 어두 된소리현상이 대구지역에서는 광범위하게 확산되
   고 있었음을 알 수 있다.

57) '방두께'는 대구방언에서 '소꿉질', '소꿉놀이'라는 뜻으로 사용되며 이외에도 '방두깨
   미', '빵깽이' 등과 같은 방언분화형이 있다. 『표준국어사전』에서는 '방두깨미'를 '소꿉
   질'의 잘못이라고 설명하고 있을 뿐이다. 따라서 표제어로도 등재되어 있지 않는 '방두
   께'로 교정하여서는 안 될 것이다.
   『한국방언자료집』 7. 경상북도편(한국정신문화연구원), 133쪽 '소꿉질'(표제어 '소꿉질'
   의 잘못)에 대한 방언형을 '동도깨비, 동두깨비, 동더까래, 동더깨미, 동디깨미, 동지깨
   미'형과 '방두깨미, 방두깽이, 방즈깽이, 방주깽이, 방더깽이, 방뜨깨미, 빵주깽이, 빵또
   깽이, 빵깽이'형과 '세간살이'와 같은 방언형이 분포하고 있음을 보여 주고 있다.

58) 대구방언에서는 '가엽다'와 '가엾다'의 어형 구분이 없이 '가엽따, 가엽꼬, 가엾어, 가엽
   쓰니'로 활용하며 그 의미도 '(1) 딱하고 불쌍하다. (2) 가소롭다. (3) 가당치도 않다(=가
   쨚다).'와 같이 세 가지이다.

59) '썩히-'는 피동형이고 '썩이-'는 사동형이지만 대구방언에서는 그 구분이 없이 사용된다.

아 아직도 문을 두드리는 이여— 이 어둔 밤에

「애련(愛戀)!」

불놀이하자는 사랑아, 너거든 와서 낚아가거라[60]

네겐 너[61] 줄, 오직 네 병(病)든 몸 속에 누운 넋 뿐이로라.

---

60) '낚다'는 대구방언에서는 '여성을 꾀다'라는 의미로도 사용된다.

61) 문제의 대목이다. 지금까지 이 구절을 (1) '네겐 너 줄'『개벽』54호, (문사), (상시),
(작품집)로 교열하거나 또는 (2) '내겐 너 줄'(형설사), (범우사), (선영사), (상아), (미래
사), (청목), (문현), (대구문협)로 고쳐놓았다. 앞 행의 "불놀이하자는 사랑아, 네거든
와서 낚아가거라"라는 내용을 고려해 보면 "내거 너에게 건너 줄 것은 오직 너의 병든
몸속에 누운 나의 넋 뿐"이라는 의미의 연결이라면 "네게건너줄"을 "네겐 너 줄"로 교열
한 것은 전혀 앞뒤의 이미지 연결이 되지 않는다. 그리고 또 (2) '내겐 너 줄'로 해석하는
것도 위의 예나 별 차이가 없다. 따라서 "네게 건너 줄 것은"이라는 의미로 해석하여
"네게 건너 줄"로 교열하는 것이 이미지 전개상 적절하다.

『開闢 55號(1925년 1월)62)

비음(緋音)

—「비음(緋音)」의 서사(序詞)

이 세기(世紀)를 물고 너흐는,63) 어두운 밤에서
다시 어둠을 꿈꾸노라 조으는 조선의 밤—
망각(忘却) 뭉텅이64) 같은 이 밤 속으론
햇살이 비취여 오지도 못하고
하느님의 말씀이, 배부른 군소리로 들리노라.

낮에도 밤— 밤에도 밤—
그 밤의 어둠에서 스며난, 두더지65) 같은 신령은
광명(光明)의 목거지란66) 이름도 모르고

---

62) "緋音, 가장 悲痛한 祈慾, 貧村의 밤, 嘲笑, 어머니의 웃음" 5편을 「단장오편」이라는
 이름으로 발표하였음.
63) '너흘다'는 경상도 방언형으로 "무엇을 입으로 물고 상하 좌우로 뒤흔드는 모습"을
 뜻한다. 표준어로는 "물어서 비틀다."라는 의미와 비슷하다. 그러니까 "물어서 놓지 않
 고 비틀다."라는 방언적 표현이다. 그런데 대부분의 시집에서는 "몰고 넣는"으로 잘
 못 해석하고 있다. (문학사상), (정음사), (형설사), (대구문협)에서 "몰고 넣는"으로 교
 정한 것은 잘못이다. 이상화의 산문 「무산작가와 무산작품」에서 "한낫해ㅅ살이 돌맹이
 를 시들하게스리 물고너흐는 악착한더운날이다." 나타난다.
64) '뭉치'의 경상방언형은 '뭉태기', '뭉텅이' 등이 있다.
65) 원전의 '뒤지기'를 (문학사상)에서는 미상의 어휘를 나타내는 ☆ 주석이 붙어 있음.
 이기철(1982)은 '뒤직이'를 '두더지'로 주석으로 처리하였음. (문학과현실사)(1988:
 26), (미래사)(1991: 31)에서는 '두더지'의 방언이라고 각주를 달아 놓았다.
  '두더지'에 대한 대구방언형으로 '뒤직이'는 '파헤치다'라는 의미를 지닌 '뒤직다'의
 어간 '뒤직-이(명사화파생접사)'의 합성어이다.
66) 모꼬지라는.

술 취한 장님이 머-ㄴ 길을 가듯
비틀거리는 자국엔67) 핏물이 흐른다!

/

---

67) 경상도 방언에서는 '자국'과 '자욱', '자죽'이 변이형으로 실현된다. 국립국어연구원
(1999), 『표준국어대사전』에서는 '자욱'은 '자국'의 방언형 또는 잘 못 쓰인 것으로 설명
하고 있다.

『開闢』 55號(1925년 1월)

가장 비통(悲痛)한 기욕(祈慾)

—간도이민(間島移民)을보고

아, 가도다 가도다 쫓아 가도다.68)
잊음 속에 있는 간도(間島)와 요동(遼東)벌로
주린 목숨 움켜쥐고 쫓아 가도다.
자갈을69) 밥으로 햇채를70) 마셔도
마구나71) 가졌더라면72) 단잠은 얽맬73) 것을—

---

68) 대구방언에서 '쪼처가다'는 '따라가다', '달려가다'와 같이 두 가지 의미로 사용된다.

69) 원전의 '자갈을'을 '진흙으로' 잘못 교열한 예가 많다.

70) 방언형 '햇채'를 '海菜'로 자칫 잘못 해석하기가 쉽다. '햇채'는 대구방언에서 '햇추', '힛추'와 같은 분화형이 있는데 '더러운 물'의 의미로 '햇채구덩이'라면 '더러운 물구덩이' 또는 '시궁창'이라는 뜻이다.

　　아, 가도다 가도다 쫓아 가도다.
　　잊음 속에 있는 간도(間島)와 요동(遼東)벌로
　　주린 목숨 움켜쥐고 쫓아 가도다.
　　자갈을 밥으로 햇채물을 마셔도
　　마구나 가졌더라면 단잠은 얽맬 것을

　　　　　　　　　　　　　　　—「가장 비통(悲痛)한 기욕(祈慾)」

이와 같이 경상방언인 '햇채', '해채'라는 어휘가 정확하게 해석되지 못함으로 (개벽), (형설사), (정음사), (그루), (미래사)에서 간행 한 이상화 시집에 전부 '햇채물'을 그대로 '햇채물'로 교열하여 '海菜물' 곧 "바다 해조류로 만든 국물"이라는 정도의 의미로 해석하여 왔다.

이 '햇채'는 김형규(1980)에서 뜻을 밝혀 놓은 '수채(下水溝)'의 의미로 해석되어야 한다. 곧 '햇채'란 대구방언에서 '햇추', '힛추'와 같은 방언분화형이 있는데 "더러운 개울 또는 시궁창물, 수채(下水溝)"라는 뜻이다. '해체구덩이'라면 '더러운 물구덩이' 또는 '시궁창'이라는 뜻이다. 그러니까 "진흙을 밥으로 햇채물 곧 시궁창물을 마시더라도 마구나 가졌더라면 단잠이라도 얽맬 수 있었을 터인데"라는 의미로 해석이 가능하며, 지의 이미지 전개상에도 적합하다.

사람을 만든 검아 하루 일찍
차라리 주린 목숨 **빼앗아** 가거라!

아, 사노라 사노라 취해 사노라.
자포(自暴) 속에 있는 서울과 시골로
멍든 목숨 행여 갈까 취해 사노라.
어둔 밤 말없는 돌을 안고서
피울음을 울었더라면 설움은 풀릴 것을—
사람을 만든 검아 하루 일찍
차라리 취한 목숨 죽여버려라!

---

71) 대구방언에서 '마구나'의 뜻은 '함부로, 아무렇게나'라는 뜻 이외에도 '전부'라는 뜻이
   있음.
72) '가졌드면'은 '가졌더라면'의 어미 '-더(시상선어말어미)-+-라면(조건의 접속어미)'에
   서 대구방언에서는 시상어미 '-었-'이나 '-더-'가 생략되어 사용되기도 한다.
   예를 들면 이 작품에서도 '피울음을올드면, 설음은풀릴 것을-'에서 시상어미 '-었-'이
   '마구나, 가짓드면, 단잠은 얽맬것을-'에서 시상어미 '-더-'가 각각 생략되어 사용되었
   다.
73) '얽맬'은 '얽어서 맬'의 뜻이다.

斷章五篇(舊稿), 『開闢』 55號(1925년 1월)

빈촌(貧村)의 밤

봉창 구멍으로
나르-ㄴ 하여 조으노라.
깜박이는74) 호롱불—
햇빛을 꺼리는 늙은 눈알처럼
세상 밖에서 앓는다, 앓는다75).

아, 나의 마음은
사람이란 이렇게도
광명(光明)을 그리는가—
담조차 못 가진 거적문 앞에를76)
이르러 들으니, 울음이 돌더라.

---

74) '깜박이다'와 '깜짝이다'는 중부방언에서는 그 의미가 구분된다. 곧 "불빛이 반복적으로
환해졌다가 어두워지는 모습"은 '깜박이다'이며 "눈꺼풀을 반복해서 떴다 감았다 하는
것"은 '감짝이다'이다. 그런데 대구방언에서는 이 두 단어의 의미차이가 중화되어 사용
되기도 한다.

75) '앓른다'는 '앓는다'의 대구방언형으로 '앓-고, 알-지, 앓-아, 앓-으니'로 활용한다.

76) '-에를'에서 처격 다음에 '-를'이 통합되어 복합격으로 실현되는 점으로 보아 대격
'-를'과 향격 '-로'가 기원적으로 동일한 격범주에서 분화되었을 가능성을 보여 주는
대구방언의 특징이다. "산에를 가보이 눈이 하양이 싸있더래이.=산에 가보니 눈이 하얗
게 쌓였더라."

斷章五篇(舊稿), 『開闢』 55號(1925년 1월)

조소(嘲笑)

두터운 이불을
포개 덮어도
아직 추운[77]
이 겨울밤에
언 길을 밟고 가는
장돌림,[78] 봇짐장수[79]
재 너머 마을
저자[80] 보려
중얼거리며,
헐떡이는 숨결이
아—
나를 보고, 나를
비웃으며 지난다.

---

77) '칩은'은 '춥다'의 대구방언형이다. '칩-다, 칩-고, 칩-지, 칩-어라, 칩-으이'와 같이
활용하여, '춥-다, 춥-고, 춥-지, 춥-어라, 춥-으이'와 같이 '칩-'과 '춥-'과 같이 쌍형
어간이 공존한다.

78) '장돌림'은 '장(市場)-돌(廻)-이(명사화파생접사)-ㅁ(명사화파생접사)'의 구성이며, '장돌
뱅이'라는 방언형과 공존하며, 그 뜻은 시장바닥을 돌아다니는 사람, 곧 장사꾼을 뜻한다.

79) '보짐장사'는 '봇짐장수'의 대구방언형이다. '옷장수', '엿장수'는 대구방언으로 '옷장
사', '엿장사' 등으로 실현된다.

80) '저자'는 '시장(市場)'을 뜻하는 고어이다.

斷章五篇舊稿, 『白潮』 55號(1925년 1월)

어머니의 웃음

날이 맛도록[81)

온 데[82)로 헤매노라—

나른한[83) 몸으로도

시들픈[84) 맘으로도

어둔 부엌에,

밥짓는 어머니의

나보고[85) 웃는 빙그레 웃음!

내 어려 젖 먹을 때

무릎 위에다,[86)

---

81) 대구방언에서 '맛도록'은 '마치도록', '끝나도록', '다 하도록'이라는 의미를 가지고 있다.

82) '온 데'는 대구 방언에서 '이곳저곳 모든 곳'이라는 의미로 사용된다. 예를 들면 "가아는 온 데로 다 돌아 댕긴다카이끼네.=그 애는 온 곳을 돌아 다니다고하니까."

83) '나련하다'는 '나른하다'의 대구방언형이다.

84) 『표준국어대사전』(국립국어연구원)에서 '시들프다'는 "마음에 마뜩찮고 시들하다."로 해석하고 있다. '시들-하다'와 '스글-프다'와 혼태(blending)로 '시들-프다'가 형성되었다. (대구문협)에서는 '시들한'으로 교열해 두었으나 이는 잘못이다. '시들하다'는 "힘이나 맥이 빠지다."라는 의미여서 이미지 전개상 적절하지 못한 대목이다. 이상화의 산문 「무산작가와 무산작품」에서 "언젠지도몰래 그로하야곰 모든人間에對하야 알수업는 시들픈마음을 가지게하는同時에 굿센敎養을가진 그는 이른바群衆의無知에까지 내려가서 그속에 뒤석기고만말고 그런趣味를 가지지 못한 것이다."에서도 사용되고 있다.

85) '나보고'는 '나(我)-보고(후치사)'의 구성으로 대구방언에서 많이 사용되며, '나에게'라는 뜻이다.

86) '위에다'에 대응되는 대구방언은 '우헤다', '우게다'가 있다.

나를 고이 안고서
늙음조차 모르던
그 웃음을 아직도
보는가 하니
외로움의 조금이
사라지고, 거기서
가는 기쁨이 비로소 온다

『朝鮮文壇』 6號(1925년 3월)

이별(離別)을 하느니……

어쩌면 너와 나 떠나야겠으며 아무래도 우리는 나누어져야겠느냐?[87]
남 몰래 사랑하는 우리 사이에 우리 몰래 이별(離別)이 올 줄은 몰랐
어라.

꼭두머리로[88] 오르는 정열(情熱)에 가슴과 입술이 떨어 말보담[89] 숨
결조차 못 쉬노라.
오늘밤 우리 둘의 목숨이 꿈결같이, 보일 애 타는 네 맘속을 내 어이
모르랴.

애인(愛人)아[90] 하늘을 보아라 하늘이 까라졌고[91] 땅을 보아라 땅이
꺼졌도다.
애인(愛人)아 내 몸이 어제같이 보이고 네 몸도 아직 살아서 네 곁에
앉았느냐?

---

87) '난호야겠느냐'는 대구방언으로 '나누어져야 되겠느냐' 곧 '흩어져야, 분리되어야 되겠
   느냐'라는 의미로 쓰인 것이기 때문에 '나누어져야겠느냐'로 교열하는 것이 타당하다.
88) '쏙두로'는 '꼭대기', '꼭두머리'의 뜻을 가진 대구방언이다.
89) '말보담'에서 비교를 나타내는 격조사 '-보담'은 '-보다'에 대한 대구방언형이다. '니보
   담은 내가 더 나을 끼다.=너보다는 내가 더 나을 것이다.'
90) '애인'은 동경에서 만난 '유보화'를 상징하거나 혹은 나라의 주권을 상실한 '조국'이기도
   하다.
91) '가라앉다'의 의미를 지닌 대구방언이다.

어쩌면 너와 나 떠나야겠으며 아무래도 우리는 나누어져야겠느냐?

우리 둘이 나누어져92) 생각하고 사느니 차라리 바라보며 우는 별이나 되자!

사랑은 흘러가는 마음 위에서 웃고 있는 가벼운93) 갈대꽃인가.

때가 오면 꽃송이는 곯아지며94) 때가 가면 떨어졌다 썩고 마는가.

남의 기림에서만95) 믿음을 얻고 남의 미움에서는 외로움만 받을 너이 었더냐.

행복(幸福)을 찾아선 비웃음도 모르는 인간(人間)이면서 이 고행(苦行) 을 싫어할 나이었더냐.

애인(愛人)아 물에다 물 탄 듯 서로의 사이에 경계(境界)가 없던 우리 마음 위로

애인(愛人)아 검은 그림자가96) 오르락내리락 소리도 없이 얼른거리도다.

---

92) '나뉘였던', '서로 헤어졌던'의 의미이다. 의 이상화의 번역소설 「파리의 밤」에 "좁은자 리에 이째껏난호여잇든 그녀자의가장큰재산을 그녀자를가장사랑하는줄아는 그두사람 을 괴로웁게녀기게하면서도"에서도 나타난다.

93) '가비얍은'은 '가비얀은'의 중세어형이 대구방언에 그대로 잔존해 있는 예이다.

94) 원전의 '고라지며'는 '곯-'의 활용형으로 '시들하다'의 의미를 가진 대구방언형이다.

95) '기림에서만'이란 대구방언에서 "흠모하거나 그리워 함"이라는 의미를 지닌 어휘로 '그리+ㅁ'과 같은 파생어 단어구성이다.

96) 이상규(1998: 14), 『방언학』에서 '역사적으로 오래된 어휘들이 방언에 여전히 쓰이는 예는 매우 많다. '그르메'는 '그림자'라는 의미로 15세기 문헌에서도 극히 드물게 쓰였던 것이지만 현대의 경상방언에서 조사된 바가 있다.'라고 설명하고 있다.

　　바래 드리비취ᄂᆞ닌 殘月 ㅅ 그르메로소니(두시 2-28)

　　그르메 업슨 즘겟 머리예(금삼 2-20)

'거름애'는 그림자라는 뜻으로 대구방언에서는 '거렁지', '그르매' 등의 분화형이 있다. 특히 영남방언이 반영되어 있는 『두시언해』에 '그르메'라는 어형이 많이 나타난다.

남몰래 사랑하는 우리 사이에 우리 몰래 이별(離別)이 올 줄은 몰랐어라.

우리 둘이 나누어져 사람이 되느니 차라리 피울음 우는 두견(杜鵑)이 나되자!

오려무나 더 가까이 내 가슴을 안아라 두 마음 한 가닥으로 얼어보고[97] 싶다.

자그마한 부끄럼과 서로 아는 미쁨 사이로 눈감고 오는 방임(放任)을 맞이하자.

아 주름 접힌 네 얼굴— 이별(離別)이 주는 애통(哀痛)이냐, 이별(離別)은 쫓고 내게로 오너라.

상아(象牙)의 십자가(十字架)같은 네 허리만 더위잡는 내 팔 안으로 달려만 오너라.

애인(愛人)아 손을 다오 어둠 속에도 보이는 납색(蠟色)의 손을 내 손에 쥐어 다오.

애인(愛人)아 말 해다오 벙어리 입이 말하는 침묵(沈黙)의 말을 내 눈에 일러 다오.

어쩌면 너와 나 떠나야겠으며 아무래도 우리는 나누어져야겠느냐?

우리 둘이 나누어져 미치고 마느니[98] 차라리 바다에 빠져 두 머리[99]

---

97) '얼어보고싶다'에서 '얼다'란 '교합하다'라는 의미이다. 영남방언이 반영되어 있는 『칠대만법』에서도 "이웃집 머섬과 사괴야 남진도 어러 가문도 더러이며"(『칠대만법』 21)에서와 같이 '교합하다'의 의미로 사용되고 있다. 이것을 '엮어보다' 또는 '어울어보다'로 교열한 것은 잘못이다.

98) (대구문협)에서는 "우리 둘이 나뉘어 미치고 마느니"로 교열하고 있으나 전혀 잘 못된 결과이다. "우리 둘이가 서로 나뉘어져서 미치고 마느니 차라리 바다에 빠져 한 몸에 머리가 둘인 인어로 되고 싶다"는 의미로 해석되어야 한다.

인어(人魚)로나 되어서 살자!

---

99) '두 머리'란 '두 사람'과 같은 어순으로 대구방언에서 "두 개의 머리를 지닌"의 의미로
해석될 수 있다. 곧 "우리들이 나누어져 미쳐 버릴 바에는 차라리 머리를 두 개 가진
인어로 되어서 함께 살자."라는 이별의 아픔을 노래하고 있다. 그런데 이것을 (朝文),
(朝鮮文), (尙古), (尙詩), (作品集), (형설사), (범우사), (선영사), (상아), (미래사), (청
목), (문헌), (대구문협)에서 '두 마리'로 교열한 것은 시의 뜻을 전혀 다르게 바뀌도록
한 오류이다.

『開闢』57號(1925년 3월)

바다의 노래

―나의 넋, 물결과 어우러져 동해(東海)의 마음을 가져 온 노래

내게로 오너라, 사람아 내게로 오너라.
병든 어린애의 헛소리와 같은
묵은 철리(哲理)와 낡은 성교(聖敎)는 다 잊어버리고
애통(哀痛)을 안은 채 내게로만 오너라.

하느님을 비웃을 자유(自由)가 여기에100) 있고
늙어지지 안는 청춘(靑春)도 여기에 있다.
눈물 젖은 세상을 버리고 웃는 내게로 와서
아 생명(生命)이 변동(變動)에만 있음을 깨쳐보아라.

---

100) '여게'는 '여기에'의 대구방언임.

『開闢』 57號(1925년 3월)

폭풍우(暴風雨)를 기다리는 마음

오랜 오랜 옛적부터
아, 몇 백(百)년 몇 천(千)년 옛적부터
호미와 가래에게 등살을101) 벗기우고102)
감자와 기장103)에게 속 기름을 빼앗기인
산촌(山村)의 뼈만 남은 땅바닥 위에서
아직도 사람은 수확(收獲)을 바라고 있다.

게으름을 빚어내는 이 늦은 봄날
「나는 이렇게도 시달렸노라……」
돌멩이를 내보이는 논과 밭―
거기에서 조으는 듯 호미질하는
농사짓는 사람의 목숨을 나는 본다.

---

101) '등심살을'은 '등(背)-힘살(힘)>심, 구개음화)' 곧 '등살'의 의미임. 상화의 번역 작품인
　　폴모랑 작 「파리의 밤」에서 "내가 마음이쓰을리게된 것은 그녀자의우웃가튼 등심살도
　　아니고 그녀자의검은비가오듯이―검은구슬이 얼린거리든―" 나타난다.
102) 대구방언 '빗기이다'는 '벗(脫)-기(사동접사)-이(사동접사)-다(어미)'의 구성으로 사
　　동접사가 중과된 예이다.
103) '기장'은 '조'의 일종으로 경북지방에 널리 분포되어 있는 식물이다. 볏과의 한해살이
　　풀로 높이는 50~120cm이며, 잎은 어긋나고 이삭은 가을에 익는데 아래로 늘어진다.
　　여름에 작은 이삭꽃이 원추 꽃차례로 피고 이삭은 9~10월에 익는다. 열매는 '황실(黃
　　實)'이라고도 하는데 엷은 누런색으로 떡, 술, 엿, 빵 따위의 원료나 가축의 사료로 쓴다.
　　선사 시대부터 이집트, 아시아 등지에서 재배했으며 강원, 경북 등지에 분포한다.

마음도 입도 없는 흙인 줄 알면서
얼마라도 더 달라고 정성껏 뒤지는104)
그들의 가슴엔 저주를 받을
숙명(宿命)이 주는 자족(自足)이 아직도 있다.
자족(自足)이 시킨 굴종(屈從)이 아직도 있다.

하늘에도 게으른 흰구름이 돌고
땅에서도 고달픈 침묵(沈黙)이 깔아진105)
오— 이런 날 이런 때에는
이 땅과 내 마음의 우울(憂鬱)을 부술
동해(東海)에서 폭풍우(暴風雨)나 쏟아져라— 빈다.

---

104) '뒤지는', '띠지는'은 '흙을 파서 갈아엎다'라는 의미를 가진 대구방언형이다.
105) (대구문협)에서는 '깔려진'으로 교열하고 있어 피동의 모습으로 그리고 있으나 원문을
     충실하게 해독하려면 '깔아진'으로 해독해야 할 것이다.

『開闢』 59號(1925년 5월)

극단(極端)

펄떡이는 내 신령이 몸부림치며
어제 오늘 몇 번이나 발버둥질하다
쉬지 않는 타임은 내 울음 뒤로
흐르도다 흐르도다 날 죽이려 흐르도다.

별빛이 달음질106)하는 그 사이로
나뭇가지 끝을 바람이 무찌를 때
귀뚜라미 왜 우는가 말없는 하늘을 보고?
이렇게도 세상은 야밤에 있어라.

지난해 지난날은 그 꿈속에서
나도 몰래 그렇게 지나 왔도다
땅은 내가 디딘 땅은 몇 번 궁구려107)
아 이런 눈물 골짝에 날 던졌도다.

나는 몰랐노라 안일(安逸)한 세상이 자족(自足)에 있음을
나는 몰랐노라 행복(幸福)된 목숨이 굴종(屈從)에 있음을

---

106) '달리기'라는 의미의 '달음질', '달음박질' 또는 '쪼치바리'라는 대구방언이 있음.
107) '궁구리다'는 '구르다'의 대구방언형이다. '구르다'보다는 탈력을 더 받아 구르는 모습
   을 '궁구리다, 궁구르다'라고 한다. (대구문협)에서 '굴러'로 교열한 것은 잘못이다.

그러나 새 길을 찾고 그 길을 가다가
거리에서도 죽으려는 내 신령은 너무도 외로워라.

자족(自足) 굴종(屈從)에서 내 길을 찾기보담
오 차라리 죽음— 죽음이 내 길이노라
다른 나라 새살이[108]로 들어갈 그 죽음이!

그러나 이 길을 밟기까지는
아 그날 그때가 가장 괴롭도다
아직도 남은 애달픔이 있으려니
그를 생각는 그때가 쓰리고 아프다.

가서는 오지 못할 이 목숨으로
언제든지 헛웃음 속에만 살려거든
검[109]아 나의 신령을 돌멩이로 만들어 다고
개천 바닥에 썩고 있는 돌멩이로 만들어 다오.

---

108) "새롭게 삶을 삼"과 같은 뜻의 대구방언의 '새살이'이다. '새-+살(生)-+이(접사)'와
같은 파생어구성이다.

109) 정호완(1996), 『우리말의 상상력』, 정신세계사. '검'은 '玄武', '熊神' 계열의 물신(水
神)으로 이해하고 있다. 여기서 '검'을 '칼(刀, 劍)'로 해석하기는 곤란하다.

『開闢』 59號(1925년 5월)

선구자(先驅者)의 노래

나는 남 보기에 미친 사람이란다마는[110]
내 알기엔 참된 사람이노라.

나를 아니꼽게 여길 이 세상에는
살려는 사람이 많기도 하여라.

오 두려워라 부끄러워라
그들의 꽃다운 살이가 눈에 보인다.

행여나 내 목숨이 있기 때문에
그 살림을 못살까— 아 죄롭다.[111]

내가 알음이 적은가 모름이 많은가
내가 너무 어리석은가 슬기로운가.

아무래도 내하고 싶음은 미친 짓뿐이라
남의 꿈 듣는[112] 집을 문훌지[113] 나도 모른다.

---

110) 원전에는 '미친사람이란다/마는'으로 행구분이 되어있으나 의미를 고려하여 '미친 사
    람이란다마는'으로 교열하였다.
111) '죄롭다'와 '죄스럽다'에서처럼 대구방언에서 형용사파생접사 '-롭-'과 '-스럽-'이
    교체되는 예이다.

사람아 미친 내 뒤를 따라만 오너라
나는 미친 흥에 겨워 죽음도 뵈 줄 테다.

---

112) '쏠듯는'을 "꿀이 떨어지다."라는 의미로 "꿀(蜜蜂) 듣는"으로 교열해야 한다.
113) '문흘지'도 '무너뜨리다(倒)'라는 뜻으로 '문후다', '문우다', '뭉궁다'와 같은 대구방언형
    이 있다. 중세어에서도 "우리 집 담도 여러 돌림이 믄허져시니"(『박신해』 1-10)에서
    처럼 '믄허지다(倒)'라는 어형이 나타난다. 그러니가 '남의 끌뜬는 집을 무너뜨릴지도
    나는 모른다'라는 의미로 해석이 가능하다. 따라서 '무늘지'나 '문흘지'로 교열하는 것은
    유의어인 방언분화형으로 다시 씀으로써 원래의 시의 의미를 왜곡시킬 수도 있는 것이다.

『開闢 60號(1925년 6월)114)

구루마꾼

「날마다 하는 남부끄러운 이 짓을
너희들은 예사롭게 보느냐?」고
웃통도 벗은 구루마꾼이
눈 붉혀 뜬 얼굴에 땀을 흘리며
아낙네의 아픔도 가리지 않고
네거리 위에서 소 흉내를 낸다.

---

114) 「街相에서」이라는 제목하에 "구루마꾼, 엿장사, 거러지" 3편의 시가 실렸음.

『開闢』 60號(1925년 6월)

엿장수

네가 주는 것이 무엇인가?
어린애에게도 늙은이에게도
짐승보담은 신령하단 사람에게
단맛 뵈는 엿만이 아니다
단맛 너머 그 맛을 아는 맘
아무라도 가졌느니 잊지 말라고
큰 가위로[115] 목탁 치는 네가
주는 것이란 어찌 엿뿐이랴!

---

115) '가새' '기위'의 대구방언. '가시개', '까시개', '가왜' 등의 방언형이 있다.

『開闢』60號(1925년 6월)

거지

아침과 저녁에만 보이는 거러지야116)!
이렇게도 완악하게 된 세상을
다시 더 가엾게 여겨117) 무엇하랴, 나오너라.

하느님 아들들의 죄록(罪錄)인 거러지야!
그들은 벼락맞을 저들을 가엾게 여겨118)
한낮에도 움 속에 숨어주는 네 맘을 모른다, 나오너라.

---

116) 원전의 '거러지'는 '걸뱅이', '거렁뱅이' 등과 함께 '거지'에 대한 대구방언형이다.
117) 원전에서 '녀여'는 정확한 의미를 파악할 수 없으나 '여겨'의 오자로 추정된다.
118) 원전에서 '가볍게 겨'는 정확한 의미를 파악할 수 없으나 '가볍게 여겨'의 탈자에 의한
오류로 추정된다.

—1925년 6월 『黎明』에 所載.
附記는 尙火가 적은 것 『씨뿌린 사람들』[119]

금강송가(金剛頌歌)

중향성(衆香城) 향나무를 더우잡고

금강(金剛)! 너는 보고 있도다— 너의 쟁위(淨偉)로운 목숨이 엎디어 있는 가슴— 중향성(衆香城) 품속에서 생각의 용솟음에 끄을려 참회(懺悔)하는 벙어리처럼 침묵(沈黙)의 예배(禮排)만 하는 나를!

금강(金剛)! 아, 조선(朝鮮)이란 이름과 얼마나 융화(融和)된 네 이름이냐. 이 표현(表現)의 배경 의식(背景 意識)은 오직 마음의 눈으로만 읽을 수 있도다. 모―든 것이 어둠에 질식(窒息)되었다가 웃으며 놀라 깨는 서색(曙色)의 영화(榮華)와 여일(麗日)의 신수(新粹)를 묘사(描寫)함에서— 게서 비로소 열정(熱情)과 미(美)의 원천(源泉)인 청춘(靑春)— 광명(光明)과 예지(智慧)의 자모(慈母)인 자유(自由)— 생명(生命)과 영원(永遠)의 고향(故鄕)인 묵동(黙動)을 볼 수 있느니 조선(朝鮮)이란 지오의(指奧義)가 여기 숨었고 금강(金剛))이란 너는 이 오의(奧義)의 집중(集中) 통각(統覺)에서 상징화(象徵化)한 존재(存在)이여라.

금강(金剛)! 나는 꿈속에서 몇 번이나 보았노라. 자연(自然) 가운데의 한 성전(聖殿)인 너를— 나는 눈으로도 몇 번이나 보았노라. 시인(詩人)의 노래에서 또는 그림에서 너를— 하나[120], 오늘에야 나의 눈앞에 솟아

---

119) 『附記』를 참고해 보면 이 작품을 처음 게재한 것은 1924년 모 신문(『시대일보』로 추정됨)으로 추정된다. 그러나 당시 신문들이 결본이 많아 확인이 용이하지 않다. 그리고 『려명』 2호에 재수록된 작품도 역시 원전의 확인이 불가능하다. 따라서 백기만 (1951)의 『상화와 고월』에 실린 것을 대본으로 하였음을 밝혀 둔다.

있는 것은 조선(朝鮮)의 정령(精靈)이 공간(空間)으론 우주(宇宙) 마음에 촉각(觸角)이 되고 시간(時間)으론 무한(無限)의 마음에 영상(映像)이 되어 경의(驚異)의 창조(創造)로 현현(顯現)된 너의 실체(實體)이어라.

금강(金剛)! 너는 너의 관미(寬美)로운 미소(微笑)로써 나를 보고 있는 듯 나의 가슴엔 말래야[121] 말 수 없는 야릇한 친애(親愛)와 까닭도 모르는 경건(敬虔)한 감사(感謝)로 언젠지 어느덧 채워지고 채워져 넘치도다. 어제까지 어둔[122] 살이에 울음을 우노라— 때아닌 늙음에 쭈그러진 나의 가슴이 너의 자안(慈顔)과 너의 애무(愛撫)로 다리미질[123]한 듯 자그마한 주름조차 볼 수 없도다.

금강(金剛)! 벌거벗은 조선(朝鮮)— 물이 마른 조선(朝鮮)에도 자연(自然)의 은총(恩寵)이 별달리 있음을 보고 애틋한 생각— 보배로운[124] 생각으로 입술이 달거라[125]— 노래 부르노라.

금강(金剛)! 오늘의 역사(歷史)가 보인 바와 같이 조선(朝鮮)이 죽었고 석가(釋迦)가 죽었고 지장미륵(地藏彌勒) 모든 보살(菩薩)이 죽었다. 그러나 우주(宇宙) 생성(生成)의 노정(路程)을 밟노라—때로 변화(變化)되는

---

120) '하나'는 대구방언인데 '하지만'이라는 의미의 부사어이다.

121) '-하지 말려고 해도'라는 뜻임.

122) '어둔' 능란하지 못하고 서툴다는 뜻임. 곧 '어둔 살이란' 서툰 인생살이라는 뜻임.

123) '다림질'의 뜻임.

124) '보배-롭'과 같은 파생어가 중부방언에서는 생산적이지 않지만 대구방언형으로 실현된다.

125) '달거라'를 (대구문협)에서도 그대로 교열하지 않은 채 두었으나 이것은 "열을 받을 정도로 반복하다"라는 의미를 가진 '달다'에서 '-도록'에 대응되는 방언형 '-거로'와 결합한 곧 "입술이 달도록"으로 해석이 된다. 혹은 '닳다'에서 '-도록'에 대응되는 방언형 '-거로'와 결합한 곧 "입술이 닳도록", "입이 닳아 빠지도록"의 의미로도 해석이 가능하다.

이 과도 현상(過度 現象)을 보고 묵은 그 시절(時節)의 조선(朝鮮) 얼굴을 찾을 수 없어 조선(朝鮮)이란 그 생성(生成) 전체가 죽고 말았다—어리석은 말을 못하리라. 없어진 것이란 다만 묵은 조선(朝鮮)이 죽었고 묵은 조선(朝鮮)의 사람이 죽었고 묵은 네 목숨에서 곁방살이하던 인도(印度)의 모든 신상(神像)이 죽었을 따름이다. 항구(恒久)한 청춘(靑春)—무한(無限)의 자유(自曲)—조선(朝鮮)의 생명(生命)이 종합(綜合)된 너의 존재(存在)는 영원(永遠)한 자연(自然)과 미래(未來)의 조선(朝鮮)과 함께 길이 누릴 것이다.

금강(金剛)! 너는 사천여 년(四千餘年)의 오랜 옛적부터 퍼붓는 빗발과 몰아치는 바람에 갖은 위협(威脅)을 받으면서 황량(荒涼)하다. 오는 이조차 없던 강원(江原)의 적막(寂寞)속에서 망각(忘却) 속에 있는 듯한 고독(孤獨)의 설움을 오직 동해(東海)의 푸른 노래와 마주 읊조려 잊어버림으로 서러운 자족(自足)을 하지 않고 도리어 그 고독(孤獨)으로 너의 정열(情熱)을 더욱 가다듬었으며 너의 생명(生命)을 갑절 북돋우었도다.

금강(金剛)! 하루 일찍 너를 찾지 못한 나의 게으름— 나의 둔각(鈍覺)이 얼마만치나 부끄러워, 죄스러워 붉은 얼굴로 너를 바라보지 못하고 벙어리 입으로 너를 바로 읊조리지 못하노라.

금강(金剛)! 너는 완미(頑迷)한 물(物)도 허환(虛幻)한 정(精)도 아닌— 물(物)과 정(精)의 혼융체(混融體) 그것이며, 허수아비의 정(靜)도 미쳐 다니는 동(動)도 아닌— 정(靜)과 동(動)의 화해기(和諧氣) 그것이다. 너의 자신(自身)이야말로 천변만화(千變萬化)의 영혜(靈慧)가득 찬 계시(啓示)이여라. 억대조겁(億代兆劫)의 원각(圓覺) 덩어리인 시편(詩篇)이여라. 만물상(萬物相)이 너의 운융(運融)에서난 예지(叡知)가 아니냐 만폭동(萬瀑洞)이 너의 화해(和諧)에서 난 선율(旋律)이 아니냐. 하늘을 어루만질 수 있는 곤려(昆盧)— 미륵(彌勒) 네 생명(生命)의 승앙(昇昂)을 쏘이며 바다 밑까지 꿰뚫은 입담(入潭), 구룡(九龍)이 네 생명(生命)의 심삼(深渗)을 말하도다.

금강(金剛)! 아 너 같은 극치(極致)의 미(美)가 꼭 조선(朝鮮)에 있게 되었음이 야릇한 기적(奇蹟)이고 자그마한 내 생명(生命)이 어찌 네 애훈(愛熏)을 받잡게되었음이 못 잊을 기적(奇蹟)이다. 너를 예배(禮拜)하려 온 이 가운데는 시인(詩人)도 있었으며 도사(道師)도 있었다. 그러나 그 시인(詩人)들은 네 외포미(外包美)의 반쯤도 부르지 못하였고 그 도사(道師)들은 네 내재상(內在想)의 첫 길에 헤매다가 말았다.

금강(金剛)! 조선(朝鮮)이 너를 뫼신 자랑— 네가 조선(朝鮮)에 있는 자랑— 자연(自然)이 너를 낳은 자랑— 이 모든 자랑을 속 깊이 깨치고 그를 깨친 때의 경이(驚異) 속에서 집을 얽매고 노래를 부를 보배로운 한 정령(精靈)이 미래(未來)의 조선(朝鮮)에서 나오리라. 나오리라.

금강(金剛)! 이제 내게는 너를 읊조릴 말씨가 적어졌고 너를 기려 줄 가락이 거칠어져 다만 내 가슴속에 있는 눈으로 내 마음의 발자국 소리를 내 귀가 헤아려 듣지 못할 것처럼— 나는 고요로운 황홀(恍惚) 속에서 — 할아버지의 무릎 위에 앉은 손자와 같이 예절(禮節)과 자중(自重)을 못 차릴 네 웃음의 황홀(恍惚) 속에서— 나의 생명(生命) 너의 생명(生命) 조선(朝鮮)의 생명(生命)이 서로 묵계(黙契)되었음을 보았노라 노래를 부르며 가벼우나마 이로써 사례를 아뢰노라. 아 자연(自然)의 성전(聖殿)이여! 조선(朝鮮)의 영대(靈臺)여!

『附記』印象記를 쓰라는 註文에 그것은 需應치 못하고 이 散文詩를 내는 것은 未安한 일이다. 印象記를 쓴대도 讀者의 금강(金剛)山에 對한 感興을 일으키기에는 동일

하겠다기보다 오히려 나을까 하여 지난해 어느 新聞에 한 번 내었던 것을 다시 내면서 핑계 비슷한 이 말을 붙여둔다.

『黎明』 2호(1925년 6월)

청량세계(淸凉世界)

아침이다.

여름이 웃는다. 한 해 가운데서 가장 힘차게 사는답게[126] 사노라고 꽃불 같은 그 얼굴로 선잠 깬 눈들을 부시게 하면서 조선이란 나라에도 여름이 웃는다.

오 사람아! 변화(變化)를 따르기엔 우리의 촉각(觸角)이 너무도 둔(鈍) 하고 약(弱)함을 모르고 사라지기만 하고 있다.

그러나 자연(自然)은 지혜(智慧)를 보여 주며 건강(健康)을 돌려주려 이 계절(季節)로 전신(轉身)을 했어도 다시 온 줄을 이제야 알 때다.

꽃 봐라 꽃 봐라 떠들던 소리가 잠결에 들은 듯이 흐려져 버리고 숨가 쁜 이 더위에 떡갈잎 잔디풀이 까지끄지[127] 터졌다.

오래지 않아서 찬이슬이 내리면 볕살[128]에 다 쬐인 능금과 벼알에

---

126) '사는답게'는 '살-'어기에 관형어미 '-는' 다음에 파생접사 '-답-'이 결합하는 매우 독특한 대구방언의 조어형이다.

127) '까지끄지'이란 "다 할 때까지 끝까지", "끝까지"라는 의미를 가진 대구방언이다. 이상규(2001), 『경북방언사전』(태학사)에서 다음과 같이 기술하고 있다.
까지끝 閉 끝까지. 힘이 다 할 때까지. 댐 밑에 사는 사람들하고 심을 가지끈 봐야 되니 더(안동), 꽃 봐라 꽃 봐라 떠들던 소리가 잠결에 들은 듯이 흐려져 버리고 숨가쁜 이 더위에 떡갈잎 잔디풀이 까지끗지 터졌다. (이상화, 「청량세계」)

128) 원전의 '빗살'은 '볕(光)-+살(파생접사)'의 구성인 대구방언이며 '햇살'이라는 뜻을 가지고 있다. 곧 "음지가 아닌 태양볕이 쬐이는 곳"이라는 뜻도 있다.

배부른[129] 단물이 빙그레 돌면서 그들의 생명(生命)은 완성(完成)이 될 것이다.

열정(熱情)의 세례(洗禮)를 받지도 않고서 자연(自然)의 성과(成果)만 기다리는 신령아! 진리(眞理)를 따라가는 한 갈래 길이라고 자랑삼아 안고 있는 너희들의 그 이지(理知)는 자연(自然)의 지혜(智慧)에서 캐 온 것이 아니라 인생(人生)의 범주(範疇)를 축제(縮製)함으로써 자멸적(自滅的) 자족(自足)에서 긁어모은 망상(妄想)이니 그것은 진(眞)도 아니오 선(善)도 아니며 더우든[130] 미(美)도 아니오 다만 사악(邪惡)이 생명(生命)의 탈을 쓴 것뿐임을 여기서도 짐작을 할 수 있다.

아 한낮이다.
이미 위로[131] 내려 쪼이는 백금(白金)실 같은 날카로운 광선(光線)이 머리가닥마다를 타고 골속으로 스며들며 마음을 흔든다 마음을 흔든다. ― 나뭇잎도 번쩍이고 바람결도 번쩍이고 구름조차 번쩍이나 사람만 홀로 번쩍이지 않는다고―.
언젠가 우리가 자연(自然)의 계시(啓示)에 충동(衝動)이 되어서 인생(人生)의 의식(意識)을 실현(實現)한 적이 조선의 기억(記憶)에 있느냐 없느냐? 두더지같이 살아온 우리다. 미적지근한[132] 빛에서는 건강(健康)

---

129) 대구방언에서 '배부른'은 "알이 차다", "배가 볼록하게 내용물이 가득차다"라는 뜻을 가지고 있다. 그러니까 "벼알이 차 올라 단물이 빙그레 돈다"라는 의미로 해석될 수 있다.

130) '더우든'은 '더욱이', '더군다나'의 뜻을 가진 대구방언형임. 이상화의 산문 「文藝의時代的變位와作家의 意識의態度」에 "思想上으로 階級에對한 聞見이 써들어잇스나 깁히 全의衝動을 니르키려는 그焦操가업시 發程前의 覺寢期로 생각될뿐이며 더우든 보담完成의追求에마음을가진 趣味게얏고 그 生活의 實現에 生命을길르는 享樂이 너머나적음으로 서로企待를 못가계외야 드디여分裂이되고마는 것이아닌가"에서도 나타난다.

131) '우으로'는 '위로'에 대응되는 대구방언형이다.

을 받기보담 권태증(倦怠症)을 얻게 되며 잇닿은 멸망(滅亡)으로 나도 몰래 넘어진다.

살려는 신령들아! 살려는 네 심원(心願)도 나무같이 뿌리 깊게 땅속으로 얽어매고 오늘 죽고 말지언정 자연(自然)과의 큰 조화(調和)에 나누이지 말아야만 비로소 내 생명(生命)을 가졌다고 할 것이다.

저녁이다.

여름이 성내었다 여름이 성내었다. 하늘을 보아라 험상스런 구름 떼가 빈틈없이 덮여 있고 땅을 보아라 분념(忿念)이 꼭대기로 오를 때처럼 주먹 같은 눈물이 함박으로 퍼붓는다.

까닭 몰래 감흥(感興)이 되고 답답하게 무더우나 가슴속에 물기가 돌며 마음이 반가웁다. 오 얼마나 통쾌(痛快)하고 장황(張惶)한 경면(景面)인가!

강(江)둑이 무너질지 땅바닥이 갈라질지 의심과 주저도 할 줄을 모르고 귀청이 찢어지게 소리를 치면서 최시(最始)와 최종(最終)만 회복(恢復)해 보려는 막지 못할 그 일념(一念)을 번갯불이 선언(宣言)한다.

아, 이 때를 반길 이가 어느 누가 아니랴마는 자신(自身)과 경물(景物)에 분재(分存)된 한 의식(意識)을 동화(同和)시킬 그 생명(生命)도 조선아 가졌느냐? 자연(自然)의 열정(熱情)인 여름의 변화(變化)를 보고 불쌍하게 무서워만 하는 마음이 약(弱)한 자(者)와 죄과(罪果)를 가진 자여 사악(邪惡)에 추종(追從)을 하던 네 행위(行爲)의 징벌(懲罰)을 이제야 알아라.

---

132) '미적지근하다'는 대구방언에서 "기대에 미치지 않는 온도, 따뜻하지도 차지도 않는 온도나 기대에 미치지 못하는 적극적이지 않은 행동"을 의미한다.

그러나 네 마음에 뉘우친 생명(生命)이 구비를 치거든 망령되게 절망(絶望)을 말고 저-편 하늘을 바라다 보아라. 검은 구름 사이에 흰구름이 보이고 그 너머 저녁놀이 돌지를133) 않는냐 ?

　오늘밤이 아니면 새는 아침부터는 아마도 이 비가 개이곤 말 것이다.

　아, 자연(自然)은 이렇게도 언제든지 시일(時日)을 준다.

---

133) 대구방언에서 '돌다', '회전하다'라는 뜻 이외에 "무엇이 서서히 확산되어 퍼져나가다"라는 의미도 있다. 예를 들어 "맛있는 것을 묵고 한 참 있다가 젖이 돌거던 얼라한테 조오라=맛있는 것을 먹고 한참동안 있다가 젖이 생겨나면 어린아이에게 주어라".

『開闢』61號(1975년 7월)

오늘의 노래

나의 신령!
우울(憂鬱)을 헤칠[134] 그날이 왔다!
나의 목숨아!
발악(發惡)을 해볼 그 때가 왔다.

사천 년이란 오랜 동안에
오늘의 이 아픈 권태(倦怠) 말고도 받은 것이 있다면 그게 무엇이랴
시기(猜忌)에서 난 분열(分裂)과 그기서 얻은 치욕(恥辱)이나 열정(熱情)을 죽였고
새로 살아날 힘조차 뜯어먹으려는—
관성(慣性)이란 해골(骸骨)의 떼가 밤낮으로 도깨비 춤추는 것뿐이 아니냐?
아— 문둥이의 송장 뼈다귀보다도 더 더럽고
독사(毒蛇)의 삭은 등성이 뼈보다도 더 무서운 이 해골(骸骨)을
태워버리자! 태워버리자!

부끄러워라 제 입으로도 거룩하다 자랑하는 나의 몸은

---

134) '憂鬱을헷칠그날이왓다!'에서 '헷칠'을 '헤쳐나다'의 의미로 해석해야 할 것이다. 그런데 (범우사), (선영사), (상아), (미래사), (청목), (문헌), (대구문협)에서 '해칠'로 교열하는 잘못을 범하였다. '해치-'로 해석하는 경우 "어떤 상태에 손상을 입혀 망가지게 하다"라는 의미로 해석하는 경우 시 문맥의 흐름이 자연스럽지 못하다.

안을 수 없는 이 괴롬을 피하려 잊으려

선웃음치고 하품만 하며 해채 속에서 조을고 있다.[135]

그러나 아직도—

쉴 사이 없이 옮아가는[136] 자연(自然)의 변화(變化)가 내 눈에 내 눈에 보이고

「죽지도 살지도 않는 너는 생명(生命)이 아니다.」란 내 맘의 비웃음까지 들린다 들린다.

아 서리 맞은 배암[137]과 같은 이 목숨이나마 끊어지기 전에

입김을 불어넣자. 핏물을 드리워[138] 보자.

묵은 옛날은 돌아보지 말려고 기억(記憶)을 무찔러버리고

또 하루 못살면서 먼 앞날을 좇아가려는 공상(空想)도 말아야겠다.

게으름이 빚어낸 조을음 속에서 나올 것이란 죄 많은 잠꼬대뿐이니

오래 병으로 혼백(魂魄)을 잃은 나에게 무슨 놀라움이 되랴.

---

135) 이와 같이 '해채'라는 시어휘에 대한 해석이 불명료함으로써 원전의 "선웃음치고하품만 하며해채속에서 조을고잇다"의 대목이 "선웃음치고 하품만 몇 해째 속에서 조을고 있다." 와 같이 전혀 시의 의미가 통하지 않는 모습으로 교열된 것이다.
    (대구문협)에서는 원전의 "선웃음치고하품만하며해채속에서 조을고잇다,"를 "선웃음 치고 하품만 몇 해째 속에서 조을고 있다."라로 전혀 엉뚱하게 끼워 맞추기식으로 교열 함으로써 원전을 왜곡시켰다. '해채'는 '햇채'와 함께 '시궁창물', '숫채물'이라는 뜻이다.

136) '옮아가다'라는 대구방언은 '1. 자리나 위치를 옮겨가다. 2. 어떤 자리나 위치에서 차츰차츰 번겨가다.'와 같은 의미를 갖는다. 따라서 이것을 '옮겨가다'로 교열하더라도 이 지역 방언의 토착적인 맛갈이 들어나지 않는다. 그런데 (대구문협)에서는 이 대목을 '울며 가는'으로 전혀 틀리게 교열하였다.

137) '뱀(蛇)'의 대구방언형임.

138) 핏물을디뤄보자(『개벽』)를 '들여보자'로 교열한 경우는 (문사), (상시), (범우사), (선 영사), (상아), (미래사), (청목), (문현)이고 '디러보자'로 교열한 경우는 (작품집), (형설 사)에서 그리고 '드리워 보자'로 교열한 경우는 (대구문협)이다. 대구방언에서 '디 다' 는 '드리우다'라는 의미로 사용된다. 따라서 '디러보자'를 '들여보자'로 교열한 것은 전 혀 근거가 없는 잘못이다.

애달픈 멸망(滅亡)의 해골(骸骨)이 되려는 나에게 무슨 영약(靈藥)이 되랴.

아 오직 오늘의 하루로부터 먼저139) 살아나야겠다.

그리하여 이 하루에서만 영원(永遠)을 잡아쥐고 이 하루에서 세기(世紀)를 헤아리려

권태(倦怠)를 부수자! 관성(慣性)을 죽이자!

나의 신령아!

우울(憂鬱)을 헤칠 그날이 왔다.

나의 목숨아!

발악(發惡)을 해 볼 그때가 왔다.

---

139) '먼첨'은 '먼저'라는 의미의 대구방언이다. 아래에서처럼 '먼점', '먼지', '먼츰', '먼첨' 등의 방언변이형들이 있다(이상규(1999), 『경북방언사전』 참조).
먼점 [부] 먼저. 니 먼점 가거라(전역), 장날 먼점, 늦게 지역에 받아와야 인제 그걸 죽을 끓이가주고, 좀쌀죽을 끓이서 이래강이 자슥을 믹이고 이래 사는데(군위).
먼지 [명] 먼저. 먼지(상주)(포항)(김천).
먼첨 [부] 먼저. 그대는 우째 먼첨 잘 했노(성주), 그래 인자 큰 딸한테 먼첨 강이, 아이고 한 열흘 있신게네로, '아이구 아버지, 저 동생한테 좀 가 계시이소'(성주), 니 먼첨 가거라(전역), 니가 먼첨 드가바라. 진짠지 거짓뿌링인지 니가 알꺼 아이가(칠곡).
먼츰 [명] 먼저. 먼츰(예천).
먼침 [부] 먼저. 먼침 온다꼬 상 주더나?(경주)

『朝鮮文壇』12號(1925년 10월)

몽환병(夢幻病)

1921년작

목적(目的)도 없는 동경(憧憬)에서 명정(酩酊)하던 하루이었다.
어느 날 한낮에 나는 나의 「에덴」이라던 솔숲 속에 그날도
고요히 생각에 까무러지면서140) 누워 있었다.

잠도 아니오 죽음도 아닌 침울(沈鬱)이 쏟아지며 그 뒤를 이어선 신비
(神秘)로운 변화(變化)가 나의 심령(心靈) 위로 덮쳐 왔다.

나의 생각은 넓은 벌판에서 깊은 구렁으로— 다시 아침 광명(光明)이
춤추는 절정(絶頂)으로— 또다시 끝도 없는 검은 바다에서 낯선 피안(彼
岸)으로— 구름과 저녁놀이 흐느끼는 그 피안(彼岸)에서 두려움 없는 주
저(躊躇)에 나른하여 눈을 감고 주저앉았다.

오래지 않아 내 마음의 길바닥 위로 어떤 검은 안개 같은 요정(妖精)
이 소리도 없이 오만(傲慢)한 보조(步調)로 무엇을 찾는 듯이 돌아다녔
다. 그는 모두 검은 의상(衣裳)을 입었는가—하는 억측(憶觸)이 나기도
하였다. 그때 나의 몸은 갑자기 열병(熱病) 든 이의 숨결을 지었다. 온
몸에 있던 맥박(脈搏)이 한꺼번에 몰려 가슴을 부술 듯이 뛰놀았다.

그리하자 보고싶어 번개불같이 일어나는 생각으로 두 눈을 비비면서
그를 보려하였으나 아— 그는 누군지— 무엇인지— 형적(形跡)조차 언제
있었더냐 하는 듯이 사라져 버렸다. 애달프게도 사라져 버렸다.

---

140) 정신이 혼미할 정도로 지치거나 정신을 잃은 상태.

다만 나의 기억(記憶)에는 얼굴에까지 흑색(黑色) 면사(面紗)를 쓴 것과 그 면사(面紗) 너머에서 햇살 쪼인 석탄(石炭)과 같은 눈알 두 개의 깜작이던 것뿐이었다. 아무리 보고자 하여도 구름 덮인 겨울과 같은 유장(帷帳)이 안계(眼界)로 전개(展開)될 뿐이었다 발자국 소리나 옷자락 소리조차도 남기지 않았다.

갈피도[141]— 까닭도 못 잡을 그리움이 내 몸 안과 밖 어느 모퉁이에서나 그칠 줄 모르는 눈물과 같이 흘러내렸다— 흘러내렸다.
숨가쁜 그리움이었다— 못 참을 것이었다.

아! 요정(妖精)은 전설(傳說)과 같이 갑자기 현현(現現)하였다. 그는 하얀 의상(衣裳)을 입었다. 그는 우상(偶像)과 같이 방그레 웃을 뿐이었다. — 보얀[142] 얼굴에— 새까만 눈으로 연붉은 입술로— 소리도 없이 웃을 뿐이었다. 나는 청맹관[143]의 시양(視樣)으로 바라보았다.— 들여다 보았다.
오! 그 얼굴이었다.— 그의 얼굴이었다.— 잊혀지지 않는 그의 얼굴이었다.— 내가 항상 만들어 보던 것이었다.

목이 메이고 청이 잠겨서 가슴속에 끓는 마음이 말이 되어 나오지 못하고 불길 같은 숨결이 켜이질 뿐이었다. 손도 들리지 않고 발도 떨어지지 않고 가슴 위에 쌓인 바윗돌을[144] 떼밀려고 애쓸 뿐이었다.

---

141) '갈피'는 '1. 책장 사이. 2. 어떤 일이나 사태의 가닥 또는 어찌할 바'라는 의미를 가지고 있다.
142) '뽀얀'이라는 의미의 대구방언이다.
143) 봉사. 맹인. (대구문협)에서는 '청맹과니'로 교열하였다.
144) '방우돍을'은 '바윗돌'이라는 의미의 대구방언이다.

그는 검은 머리를 흩뜨리고 한 걸음— 한 걸음— 걸어 왔다. 나는 놀라운 생각으로 자세히 보았다. 그의 발이 나를 향하고 그의 눈이 나를 부르고 한 자국— 한 자국— 내게로 와 섰다. 무엇을 말할 듯한 입술로 내게로— 내게로 오던 것이다.— 나는 눈이야 찢어져라고 크게만 떠보았다. 눈초리도 이빨도 똑똑히 보였다.

그러나 갑자기 그는 걸음을 멈추고 입을 다물고 나를 보았다.— 들여다보았다. 아 그 눈이 다른 눈으로 나를 보았다. 내 눈을 뚫을 듯한 무서운 눈이었다. 아 그 눈에서— 무서운 그 눈에서 빗발 같은 눈물이 흘렀다. 까닭 모를 눈물이었다. 답답한 설움이었다.

여름 새벽 잔디풀 잎사귀에 맺혀서 떨어지는 이슬과 같이 그의 깜고도[145] 가는 속눈썹마다에 수은(水銀)같은 눈물이 방울방울이 달려 있었다. 아깝고 애처로운[146] 그 눈물은 그의 두 볼— 그의 손등에서 반짝이며 다시 고운 때문은 모시 치마를 적시었다. 아! 입을 벌리고 받아먹고 싶은 귀여운 눈물이었다. 뼈 속에 감추어 두고 싶은 보배로운 눈물이었다.

그는 어깨를 한두 번 비슥하다가[147] 나를 등지고 돌아섰다. 흩은 머리숱이 온통 덮은 듯 하였다. 나는 능수버들같은 그 머리카락을 안으려 하였다.— 하다못해 어루만져라도 보고 싶었다. 그러나 그는 한 걸음— 두 걸음 저리로 갔다. 어쩔 줄 모르는 설움만을 나의 가슴에 남겨다 두고 한 번이나마 돌아 볼 바도 없이 찬찬히 가고만 있었다. 잡을래야 잡을 수 없이 가다간 갑자기 사라져 버렸다. 눈알이 빠진 듯한 어둠뿐이었다.

---

145) '검고도'라는 의미보다 더 강조된, 곧 더 진한 검은색을 의미하는 대구방언형이다.
146) '애처러온'은 대구방언에서 '애처럽-ㄴ(관형형어미)'의 구성이다. 따라서 중부방언에서 '애처롭-ㄴ(관형형어미)'의 구성과 차이가 있다.
147) "비스듬하게 기울이다가", "기우뚱하다가"의 의미.

행여나 하는 맘으로 두 발을 괴고 기다렸었다. 하나 그것은 헛일이었다. 아무것도 보이지 않았다. 이리하여 그는 가고 오지 않았다.

나의 생각엔 곤비(困憊)한 밤의 단꿈 뒤와 같은 추고(追考)— 가상(假想)의 영감(靈感)이 떠돌 뿐이었다. 보다 더 야릇한 것은 그 요정(妖精)이 나오던 그때부터는— 사라진 뒤 오래도록 마음이 미온수(微溫水)에 잠긴 얼음 조각처럼 부류(浮流)가 되며 해이(解弛)되나 그래도 무정방(無定方)으로 욕념(慾念)에도 없는 무엇을 찾는 듯하였다.

그때 눈과 마음의 렌즈에 영화(映畵)된 것은 다만 장님의 머리 속을 들여다보는 듯한 혼무(混霧)뿐이요 영혼(靈魂)과 입술에는 훈향(薰香)에 미친 나비의 넋 빠진 침묵(沈黙)이 흐를 따름이었다. 그밖엔 오직 망각(忘却)이 이제야 뗀 입 속에서 자체(自體)의 존재(存在)를 인식(認識)하게 된 기억(記憶)으로 거닐 뿐이었다. 나는 저물어 가는 하늘에 조으는 별을 보고 눈물 젖은 소리로
「날은 저물고
밤이 오도다
흐릿한 꿈만 안고
나는 살도다」고 하였다.

아! 한낮에 눈을 뜨고도 읽던[148] 것은 나의 병(病)인가 청춘(靑春)의 병(病)인가? 하늘이 부끄러운 듯이 새빨개지고 바람이 이상스러운지 속살일 뿐이다.

· 번역시

---

148) 원전의 '이리던'은 대구방언에서 '읽다(讀)'의 의미로 '이리-', '읽-'과 같이 어간쌍형이다. '이리-'는 1) 책이나 글씨를 읽다. 2) 책이나 글씨를 읊다라는 의미이다. 그런데 (대구문협)에서는 이것을 '이렇던'으로 잘못 교열하였다.

『新民』 6號(1925년 10월)

새 세계(世界)

나는 일찍 이 세상 밖으로
남 모를 야릇한 나라를 찾던 나이다.
그러나 지금은 넘치는 만족(滿足)으로
나의 발치149)에서 놀라고 있노라.

이제는 내가 눈앞에 사랑을150) 찾고
가마득한 나라에선 찾지 않노라,
햇살에 그을은 귀여운 가슴에
그 나라의 이슬이 맺혀 있으니.

무지갯발151)과 같이 오고 또 가고
해와 함께 허공(虛空)의 호흡(呼吸)을 쉬다가
저녁이면 구슬 같이 반짝이며
달빛과 바람과 어우러지도다.

저무는 저녁 입술 내 이마를 태우고

---

149) 내 '발 아래'라는 뜻이다.
150) 대구방언에서 대격조사 '-을/를'이 '-으를'로 실현되는 경우가 많다. 나아가서 주제격
    '-은/는'도 '-으른'으로 실현된다. '사랑으를'은 단순히 오자로 보기보다는 대구방언이
    반영된 표기로서 '사랑을'이라는 의미이다.
151) '무지갯발'이란 "무지개처럼 드리워 놓은 발"이란 뜻이다. (대구문협)에서 이것을 '무
    지개 빛'으로 교열한 것은 잘못이다.

밤은 두 팔로 나를 안으며,
옛날의 살틋한152) 맘 다 저버리지 않고
하이얀 눈으로 머리 굽혀 웃는다.

나는 꿈꾸는 내 눈을 닫고
거룩한 광명(光明)을 다시 보았다.
예전 세상이 그 때에 있을 때
우리가 사람을 잊지 않던 것처럼.

이리하여 하늘에 있다는 모든 것이
이 세상에 다— 있음을 나는 알았다
어둠 속에서 본 한 가닥 햇살은
한낮을 꺼릴 만큼 갑절 더 밝다.

이래서 내 마음 이 세상이 즐거워
옛적 사람과 같이 나눠 살면서
은(銀)가루 안개를 온 몸에 두르고
무르익은 햇살에 그을리노라.

G. W. Russel

---

152) '살틋하다'라는 대구방언의 의미는 "귀여워 어쩔 줄 모를 만큼 한 편으로는 애틋하고
아깝고 귀엽"다는 뜻이다.

─「詩三篇」(1925年 作)에서153)
『開闢』 65號(1926년 1월)

조선병(朝鮮病)

어제나 오늘 보이는 사람마다 숨결이 막힌다.

오래간만에 만나는 반가움도 없이

참외꽃 같은 얼굴에 선웃음이 집을 짓더라.

눈보라 몰아치는 겨울 맛도 없이

고사리 같은 주먹에 진땀물154) 굽이치더라.

저 하늘에다 봉창이나155) 뚫으랴 숨결이 막힌다.

---

153) 시삼편에는 「朝鮮病」, 「겨울마음」, 「招魂」 3편의 시가 실렸다.

154) '진한 땀 물'이라는 뜻임.

155) '봉창'이란 "종이로 바르거나 유리도 된 조그마한 창문"의 뜻을 가진 대구방언형이다. 상화의 『빈촌의 밤』이라는 시 구절에서도 "봉창구멍으로 나려-ㄴ 하여조으노라"처럼 나타나고 있다. 그런데 이것을 '동창(東窓)'으로 교열한다면 원본의 시의 의미와 너무나 달라질 것이다.

―「詩三篇」(1923년 연작)에서
『開闢』 65號(1926년 1월)

겨울마음

물장수가 귓속으로 들어와 내 눈을 열었다.
보아라!
까치가 뼈만 남은 나뭇가지에서 울음을 운다.
왜 이래?
서리가 덩달아 추녀 끝으로 눈물을 흘리는가.
내야 반가웁기만 하다 오늘은 따습겠구나[156].

---

156) '따습겠구나'는 대구방언의 '따습-하-겠-구나'의 구성에서 '하-'의 생략에 의한 '따
습겠구나'로 구성된 것이다.

─「詩三篇」(1925연작)에서
『開闢』65號(1926년 1월)

초혼(招魂)

서럽다 건망증(健忘症)이 든 도회(都會)야!
어제부터 살기조차 다— 두었대도
몇 백(百)년 전 네 몸이 생기던 옛 꿈이나마
마지막으로 한 번은 생각코나 말아라.
서울아 반역(叛逆)이 낳은 도회(都會)야!

—「鄕愁」에서
『文藝運動』創刊號(1926년 1월)

도쿄에서

-1922년 가을

오늘이 다 되도록 일본(日本)의 서울을 헤매어도
나의 꿈은 문둥이 살기157)같은 조선(朝鮮)의 땅을 밟고 돈다.

예쁜 인형(人形)들이 노는 이 도회(都會)의 호사(豪奢)로운 거리에서
나는 안 잊히는 조선의 하늘이 그리워 애달픈158) 마음에 노래만 부르
노라.

「동경(東京)」의 밤이 밝기는 낮이다— 그러나 내게 무엇이랴!
나의 기억(記憶)은 자연(自然)이 준 등불 해금강(海金剛))의 달을 새로
이 솟친다159).

색채(色彩)의 음향(音響)이 생활(生活)의 화려(華麗)로운 아롱사(紗)160)
를 짜는—
예쁜 일본(日本)의 서울에서도 나는 암멸(暗滅)을 서럽게— 달게 꿈꾸

---

157) '살끼'는 '살+기(氣)'와 같은 구성으로 된 복합어이다. 국립국어연구원(1999), 『표준
   국어대사전』에서 "몸에 살이 붙은 정도=육기(肉氣)"라는 의미로 해석하는 것이 타당하
   다. 이것을 '살(같은)'(문사)(상시)으로 판독한 것은 잘못이다.
158) '애닯다'는 '애달프다'의 대구방언형이다.
159) '손친다'는 아마도 '솟친다'의 오기로 보아야 할 것같다. (대구문협)(1998: 82)에서
   '솟친다'로 교열한 것은 타당하다.
160) 여러 가지 빛깔의 작은 점이나 줄 따위가 고르고 조금 성기게 무늬를 이룬 비단이나
   천을 의미한다.

노라.

아 진흙과 짚풀로 얽맨 움 밑에서 부처같이 벙어리로 사는 신령아
우리의 앞엔 가느나마 한 가닥 길이 뵈느냐― 없느냐― 어둠뿐이냐?

거룩한 단순(單純)의 상징체(象徵體)인 흰옷 그 너머 사는 맑은 네 맘에
숯불에 손 데인 어린 아기의 쓰라림이 숨은 줄을 뉘라서 아랴!

벽옥(碧玉)의 하늘은 오직 네게서만 볼 은총(恩寵) 받았던 조선(朝鮮)
의 하늘아
눈물도 땅속에 묻고 한숨의 구름만이 흐르는 네 얼굴이 보고 싶다.

아 예쁘게 잘 사는 「동경(東京)」의 밝은 웃음 속을 온 데로 헤매나
내 눈은 어둠 속에서 별과 함께 우는 흐린 호롱불을 넋없이 볼 뿐이다.

『時代日報』(1926년 1월 4일)

본능(本能)의 노래

밤새도록 하늘의 꽃밭이 세상으로 옵시사[161] 비는 입에서나
날삯에 팔려, 과년해진 몸을 모시는 흙마루에서나
앓는 이의 조으는 숨결에서나, 다시는
모든 것을 시들프게[162] 아는 늙은 마음 위에서나
어디서 언제일는지
사람의 가슴에 뛰놀던 가락이 너무나 고달파지면
「목숨은 가엾은 부림꾼이라」 곱게도 살찌게 쓰다듬어[163] 주려
입으론 하품이 흐르더니— 이는 신령의 풍류이어라
몸에선 기지개가 켜이더니— 이는 신령의 춤이어라.

이 풍류의 소리가 네 입에서 사라지기 전
이 춤의 발자국이 네 몸에서 떠나기 전

(그때는 가려운[164] 옴 자리를 긁음보다도 밤마다 꿈만 꾸던 두 입술이 비로

---

161) '옵시사'는 '오(來)-ㅂ(겸양선어말어미)-시(주체존대선어말어미)-시(주체존대선어
  말어미)-아(부동사형어미)'의 구성이다.
162) '고닳-브-'나 '애닳-브-'와 같이 형용사파생접사와의 결합형이 '시들하다'라는 형용
  사에 일종의 보충법(complement)으로 '시들프다'라는 대구방언형 형용사가 조어된 결
  과이다. 이를 '시들하게' 정도로 교열하더라도 시어의 본래의 맛깔을 잃게 될 것이다.
  대구방언에서 '시들프다'는 '대수롭지 않고 또 관심도 없다.'라는 매우 독특한 향토적인
  의미를 갖는다.
163) '시담다'는 '스다듬다'의 대구방언형이다.

소 맞붙는 그때일러라)

그때의 네 눈엔 간악한 것이 없고
죄스러운[165] 생각은 네 맘을 밟지 못하도다.
아, 만입[166]을 내가 가진 듯 거룩한 이 동안을 나는 기리노라.
때마다 흘겨보고 꿈에도 싸우든 넋과 몸이 어우러지는 때다.
나는 무덤 속에 갔어도[167] 이같이 거룩한 때에 살고자 읊으려노라.[168]

---

164) '가려온'은 대구방언이 아니라 중부방언이다. 대구방언에서는 '지그럽다', '건지럽다', '걀거럽다' 등과 같은 다양한 방언형을 가지고 있다. 그런데 어찌된 연유인지는 몰라도 (정음사), (미래시) 등에서 '가려온'을 '가벼운'으로 교열함으로써 시의 문맥도 앞뒤가 맞지 않게 만들어 놓았다. 뿐만 아니라 '가벼운'으로 시의 이미지 연결이 부자연스러우니까 심지어는 피부병의 일종인 '옴'을 '몸'으로 바꾸어 놓아 시를 엉망으로 만들어 놓았다.

165) '죄롭다'와 같이 형용사파생접사 '-스럽-' 대신 '-롭-'이 결합한 대구방언형을 매우 많이 사용하고 있다.

166) '만입'이란 여러개의 입(口)이라는 뜻으로, 여러 사람이라는 의미이다.

167) '갓서도'를 '가(行)-서도'로 교열하는 것과 '가(行)-았(시상선어말어미)-서도'로 교열하는 것과 주체자의 행동이 완료되었는지 미완료인지 의미에 있어서 차이가 있다.

168) '읊흐려노라'는 '읊으려 하노라'에서 '하-'가 탈락하고 축약된 것이며 동시에 '읊-'은 '읊-'의 오자이다.
'살고 읊으려노라'는 '살고저 하려노라(형설사)', '살고자 하려노라(범우사)', '살고자 하려노라(선영사)', '살고 읊으려노라(상아)', '살고자 하려노라(미래사)', '살고자 하려노라(청목)', '살고자 하려노라(문현)', '살고자 하려노라(대구문협)'와 같이 교열하고 있는데 원전의 표기를 중시하여 '살고자 읊으려노라'로 교열한다. 단 '살고'는 '살고자'의 오자일 가능성이 크다.

『開闢』 67號(1926년 3월)

원시적(原始的) 읍울(悒鬱)—

1922년 작 – 어촌애경(漁村哀景)

방랑성(放浪性)을 품은 에머랄드 널판의 바다가 말없이 엎드렸음이
산169)머리에서 늦여름의 한낮 숲을 보는 듯— 조으는 얼굴일러라.
짜증나게도 늘어진 봄날— 오후(午後)의 하늘이야 희기도 하여라.
거기에선 이따금 어머니의 젖꼭지를 빠는 어린애 숨결이 날려 오도다.
사선(斜線) 언덕 위로 쭈그리고 앉은 두어 집 울타리마다
걸어 둔 그물에 틈틈이 끼인 조개 껍질은 머-ㄹ리서 웃는 이빨일러라.
마을 앞으로 엎드려 있는 모래 길에는 아무도 없구나.
지난밤 밤나기170)에 나른하여— 낮잠의 단술171)을 마심인가보다.
다만 두서넛 젊은 아낙네들이 붉은 치마 입은 허리에 광주리를 달고
바다의 꿈같은 미역을 걷으며172) 여울 돌173)에서 여울 돌로 건너만

---

169) '멧머리'는 고어이기 때문에 '산머리'로 교열해 둔다.
170) '밤나기'란 '밤을 떤 눈으로 짓세우기'라는 뜻이다. 그런데 (대구문협)에서는 '밤 낚기'
로 교열하여 '밤 낚시를 하여'라는 의미로 해석한 근거가 무엇인지 불분명하다.
171) '단술'은 일종의 '식해'인데 대구지역에서는 살을 곱슬하게 밥을 하여 뜨거운 엿기름
물에 담궈 뜨거운 곳에 적당한 시간동안 보관하여 먹는 음료이다.
172) '거드며'는 '걷-으며'의 구성인데도 불구하고 '거두(穫)-며'(대구문협) 교열한 것은
잘못이다. 대구방언에서는 '걷다'의 의미가 '1. 앞에 가린 것을 걷어올리다. 2. 안개와
같은 것이 자욱하게 있다가 차차 없어지다. 3. 수확하다'와 같은 의미를 갖는다.
173) '돍(石)'은 대구방언에서 '돍-이, 돍-을, 돍-으로'처럼 곡용한다. 그러나 오늘날에는
주로 '돌'이 쓰인다. (대구문협)에서는 '여울목'으로 교열했다. 그러나 이것을 '여울목'으
로 교열하면 '여울목에서 여울목으로 건너간다'라는 구절의 의미가 통하지 않는다. 그러
니까 '여울의 돌에서 돌로 건너가는 모습'을 연상한다면 '여울 돌'이 정확하다. 아마
'여울돍'의 대구방언형을 잘못 이해한 탓으로 그동안 많은 오류가 나타난 것으로 보인다.

간다.

　　잠결에 듣는 듯한 뻐꾸기의 부드럽고도 구슬픈 울음소리에
늙은 삽사리[174] 목을 뺀고 살피다간 다시 눈감고 졸더라.

　　나의 가슴엔 갈매기 떼와 수평선(水平線)밖으로 넘어가는 마음과
넋잃은 시선(視線)—어느 것 보이지도 보려도 안는 물 같은 생각의
구름만 쌓일 뿐이어라.

---

174) '삽자리'는 '삽살이'의 오기인 듯하다. 삽살이는 천연기념물 제368호로 우리의 토종개
　　로 주인에게 충직하고 액운을 쫓는다는 개이지만 일제 강점기에는 우리 토종개라는
　　이유로 박해를 받아 멸종의 위기에 몰렸다가 최근 경북대학교 하지홍 교수에 의해 보존
　　육성되고 있다.

『開闢』 67號(1926년 3월)

이해를 보내는 노래

－1924년 작

「가뭄이 들고 큰물이 지고 불이 나고 목숨이 많이 죽은 올해이다.
조선(朝鮮) 사람아 금강산(金剛山)에 불이 났다. 이 한 말이 얼마나 깊은
묵시(黙示)인가. 몸서리 치이는 말이 아니냐. 오 하느님— 사람의 약(弱)한
마음이 만든 도깨비가 아니라 누리175)에게 힘을 주는 자연(自然)의 영정
(靈精)인 하나뿐인 사람의 예지(叡智)—를 불러 말하노니. 잘못 짐작을
갖지 말고 바로 보아라. 이해가 다 가기 전에—. 조선(朝鮮)사람의 가슴마
다에 숨어사는 모든 하느님들아!」

하느님! 나는 당신께 돌려보냅니다.
속썩은 한숨과 피 젖은 눈물로 이해를 싸서
웃고 받을지 울고 받을지 모르는 당신께 돌려보냅니다.
당신이 보낸 이해는 목마르던 나를 물에 빠뜨려176) 죽이려다가
누더기로 겨우 가린 헐벗은 몸을 태우려도 하였고
주리고 주려서 사람끼리 원망타가 굶어 죽고만 이해를 돌려보냅니다.
하느님! 나는 당신께 여쭈려합니다.177)
땅에 엎드려178) 하늘을 우러러 창자 비-ㄴ 소리로

---

175) '누리'는 '온 세상'이라는 의미를 갖는다.
176) '빠주다'는 '바뜨리다'의 대구방언형이다.
177) '한우님! 나는 당신께 뭇조려합니다'에서 '뭇조려합니다'는 의고적인 경상방언형이다.
곧 '묻(問)+줍(겸양선어말어미)+으려(의도선어말어미)+합니다'로 구성되었다. 아직 경
상도 반가(班家)에서는 '묻조려하다'라는 투의 말씨를 사용하고 있다.

믿게 들을 지 섧게 들을 지 모르는 당신께 여쭈려합니다.

당신 보낸 이 해는 우리에게 「노아의 홍수(洪水)」를 갖고 왔다가

그날의 「유황(硫黃)불」은 사람도 만들 수 있다 태워 보였으나

주리고 주려도 우리들이 못 깨쳤다 굶어 죽였는가 여쭈려합니다.

아 하느님!

이 해를 받으시고 오는 새해 아침부터는 벼락을 내려주십시오.

악(惡)도 선(善)보담 더 착할 때 있음을 아옵든지179) 모르면 죽으리다.

---

178) 대구방언형 '업딜다'는 '업딜어, 업딜고, 업딜어서, 업딜면'처럼 활용하는데 중부방언
    의 '엎드리다'에 대응된다.

179) '아옵든지'는 '알(知)+옵(옵, 겸양선어말어미)+든지(접속어미)'의 구성으로 '아시든
    지'의 의미로 의고적인 표현인 대구방언형이다.

『開闢』68號(1926년 4월)

시인(詩人)에게

−1925년 작

한 편(篇)의 시(詩) 그것으로
새로운 세계(世界) 하나를 낳아야 할 줄 깨칠 그때라야
시인(詩人)아 너의 존재(存在)가
비로소 우주(宇宙)에게 없지 못할 너로 알려질 것이다.
가뭄 든 논끼에는180)에는 청개구리의 울음이 있어야 하듯—

새 세계(世界)란 속에서도
마음과 몸이 갈려 사는 줄. 풍류181)만 나와보아라
시인(詩人)아 너의 목숨은
진저리 나는 절름발이 노릇을 아직도 하는 것이다.
언제든지 일식(日蝕)된 해가 돋으면 뭣하며 진들 어떠랴

시인(詩人)아 너의 영광(榮光)은
미친개 꼬리도 밟는 어린애의 짬182) 없는 그 마음이 되어

---

180) '논쎄에는'이라는 어휘는 대구방언에서 흔히 사용되는 어휘이다. 곡 '논에서 물을 데
는 물 어귀'라는 의미로 '물끼', '논께', '논끼'라는 방언형이 사용된다. 곧 '논에서 물을
대는 물 어귀'를 '논께'라고 하니 이는 '가뭄이 든 논 어귀에는'으로 교열되어야 한다.
그런데 이를 '논에게는'(대구문협)으로 교열한 것은 전혀 근거가 없는 오류이다.

181) '줄풍류'로 해석하지면 국립국어연구원(1999), 『표준국어대사전』에 따라 "현악기로
연주하는 풍류"로 해석이 안 된다. 곧 시의 앞 뒤 이미지 연결이 불가능하다. 따라서
이를 "마음과 몸이 갈려 사는 줄, 풍류만 나와 보아라"로 띄어쓰는 것이 타당할 듯하다.

166) '짬'은 "어떤 시간적 여유"라는 의미로 쓰임. '짬'은 "어떤 시간적 여유"라는 의미로

밤이라도 낮이라도

새 세계(世界)를 낳으려 소댄183) 자국이 시(詩)가 될 때에— 있다.

촛불로 날아들어 죽어도 아름다운 나비를 보아라.

쓰임. '짬'이란 대구방언언에서 "어떠한 일이 일어난 영문이나 사건의 앞과 뒤"라는 의미를 가지고 있다. 그런데 정한모·김용직(1900)의 『한국현대시요람』에서는 '짬'에 대한 대구방언의 의미를 제대로 파악하지 못한 결과로 '짬'을 아무런 근거도 없이 '셈'으로 교열하였다(갓없는생각 짬모를꿈이 그만 하나둘 자자지려는가 「병적계절」, 「시인에게」). 이상화의 산문 「문단측면관」에 "그러타구두 한 개식가진눈을세개 네개나가지라든지 한아쁜인머리를 둘식셋식가지라는 짬업는要案은아니다"에서 그 예를 찾아 볼 수 있다.

183) '소댄'은 대구방언에서 "장난이 심하여 여기저기를 마구잡이로 돌아다니다", 또는 "애를 쓰며 여기저기를 마구 돌아다니다"라는 뜻으로 '소대다', '사대다'라는 어휘가 있다. 곧 "새 세계를 낳으려 애를 쓰며 돌아다닌 자국이 시가 될 때"라는 의미로 해석되어야 한다. 따라서 (대구문협)에서 '소댄'을 '손댄'으로 교열한 것은 전혀 그 근거가 없는 잘못이다.

『開闢』 68號(1926년 4월)

통곡(慟哭)

-1925년 작

하늘을 우러러
울기는 하여도
하늘이 그리워 울음이[184] 아니다
두 발을 못 뻗는 이 땅이 애달파[185]
하늘을 흘기니[186]
울음이 터진다.
해야 웃지 마라.
달도 뜨지 마라.

---

184) '울음이'는 '우는 것이'라고 해석해야 한다.

185) '애달프다'의 옛말. 모음으로 시작하는 어미 앞에서는 '애돌오-'로 나타난다.
　　이 다 輕賤히 너기논 이리어늘 좄간도 瞋心ᄒ며 애돌온 ᄆᆞᄉᆞᆷ 업스실ᄉᆡ(『금삼 3: 55』)
　　이제 왕으로 겨셔도 아모 일도 아디 못ᄒ니 더옥 애돌와 원을 대군의게 플거든 헬셰 업다 ᄒ여늘(『계축하: 27』)
　　임진왜란애 대개 셧녁크로 올므신 귀별 듣고 셜워 애돏기ᄅᆞ ᄲᅦ예 들게 ᄒ더니(『동신 충 1: 61』)
　　氣不念 애돏다(『역해상: 38』)

186) 중부방언 '흘기다'에 대해 대구방언에서는 '흘키니, 흘키고, 흘키지'로 실현된다.

『開闢』 70號(1926년 6월)

비 갠 아침

밤이 새도록 퍼붓던187) 그 비도 그치고188)
동편 하늘이 이제야 불그레하다
기다리는 듯189) 고요한 이 땅 위로
해는 점잖게 돋아 오른다.

눈부신 이 땅
아름다운 이 땅
내야 세상이 너무도 밝고 깨끗해서
발을 내밀기에 황송만 하다.

해는 모든 것에게 젖을 주었나 보다
동무여 보아라
우리의 앞뒤로 있는 모든 것이
햇살의 가닥— 가닥을 잡고 빨지 않느냐.

---

187) '퍼붓는'일 경우 주절(主節)에서 '그 비도 그치고'보다 시상이 선행되어야 하기 때문에
(대구문협)에서는 '퍼붓던'으로 교열한 점은 타당성이 있다. 그러나 대구방언에서 '퍼붓
는'을 '퍼부었는'이 축약되어 '퍼붓는'으로도 실현되기 때문에 '퍼부은'으로 수정하는
것이 더 타당하다. 곧 관형절에서 '퍼붓-었-는'의 구성은 대구방언에서는 가능하지만
중부방언에서는 '퍼붓-은'으로 교열하는 것이 옳다.
188) '근치다(그치다)', '곤치다(고치다)'와 같이 'ㄴ'이 첨가되는 현상은 대구방언의 특성이다.
189) 대구방언에서는 '기다리 듯'과 같이 '기다리-는'의 관형형어미가 생략된 체로 원전에
서 '기대리듯'과 같은 관용구절을 형성한다.

이런 기쁨이 또 있으랴
이런 좋은 일이 또 있으랴
이 땅은 사랑 뭉텅이 같구나
아 오늘의 우리 목숨은 복스러워도 보인다.

『開闢』70號(1926년 6월)

빼앗긴 들에도 봄은 오는가

지금은 남의 땅— 빼앗긴 들에도 봄은 오는가?

나는 온몸에 햇살을 받고
푸른 하늘 푸른 들이 맞붙은 곳으로
가르마 같은 논길을 따라 꿈속을 가듯 걸어만 간다.

입술을 다문 하늘아 들아
내 맘에는 내 혼자 온 것 같지를 않구나.
네가 끌었느냐 누가 부르더냐 답다워라190) 말을 해다오.

---

190) 일제에 항거하는 민족시의 대표작으로 손꼽히는 「빼앗긴 들에도 봄은 오는가」에서 원본의 오류가 그대 교합본까지 그리고 고등학교 교과서에서까지 답습되어온 대표적인 예이다. 대구방언에서는 '답답다', '답답하다'가 어간쌍형어간을 가진 방언형으로 'ㅂ'-정칙활용을 하기 때문에 중부방언과 차이를 보여준다. 그러나 중부방언에서는 '답답하다' 곧 대구방언에서는 '답답-(형용사어간)+어라(설명형어미)'의 구성으로 '답답다'라는 어형이 존재하지 않기 때문에 '답답하여라'가 올바른 표현이다. 이를 방언형으로 표기하더라도 '답답어라'로 표기되어야 하며, 적어도 표준어 형식으로 바꾸더라도 '답다워라'로 표기되어야 함에도 불구하고 모든 교합본에서 원본의 잘못을('답답워라') 그대로 답습하고 있다. 심지어는 고등학교 국정 교과서에 이르기까지 오류를 답습하고 있다. 이처럼 원본의 텍스트에도 작가의 의도와는 달리 많은 오류들이 발견되기 때문에 원본을 확정하기 위해서는 원본의 텍스트에 대한 정밀한 분석이 필요하다. 이와 유사한 예가 「單調」라는 작품에서도 나온다. '비오는밤 까라안즌 하날이 숨쉬듯어두어라'에서 '어두어라'는 대구방언에서 '어둡-+-어라'로 'ㅂ'정칙활용을 하기 때문에 '어두버라'로 표기되든지 중부방언형처럼 'ㅂ'불규칙활용이 적용된 표기라도 '어두워라'로 표기되어야 할 것이다. '고요롭은'(지반정경), '슬기롭은가'(선구자)의 표기처럼 원본에서 보여 주는 혼란을 교열하는 과정에서도 혼란을 보여 주어서는 안 된다.

바람은 내 귀에 속삭이며

한 자국도 섰지 마라 옷자락을 흔들고

종다리191)는 울타리 너머에192) 아씨같이 구름 뒤에서 반갑다 웃네.

고맙게 잘 자란 보리밭아

간밤 자정이 넘어 내리던 고운 비로

너는 삼단193) 같은 머리를 감았구나 내 머리조차 가뿐하다.

혼자라도 가쁜하게나194) 가자

마른 논을 안고 도는 착한 도랑이

젖먹이 달래는 노래를 하고 제 혼자 어깨춤만 추고 가네.

나비 제비야 깝치지195) 마라

맨드라미196) 들마꽃197)에도 인사를 해야지

---

191) '종조리'는 '종다리'와 '노고저리'의 혼태(blending)에 의해 '종-저리'의 변이형으로 '종조리'라는 방언형이 형성된 것이다.

192) '넘의'는 '너머-+-에'의축약형으로 '너미'라는 대구방언형이 실현된다.

193) 삼(麻) 껍질을 벗겨 다발로 묶어 둔 것.

194) '갓부게나'를 '갓부게#나가자'로 띄어쓰기의 교정으로 기본형을 '갑부다' 또는 '갓부다'등으로 잡고 있으나 대구방언에서 이러한 기본형을 가진 어휘들은 존재하지 않는다. 또는 '혼자라도 숨이 가쁘지만 가자'라고 해석하면서 '혼자라도 가뿟이나(가쁘게나) 가자'로 교열하는 것도 마찬가지이다.
그렇다면 원본의 '갓부게나'가 무엇인가? 우선 어미 '게나'는 '無選擇'의 의미를 가지며 '-든동'과 바꾸어 쓸 수 있다. 따라서 원본의 '갓부게나'는 '갓부든동'으로 비꾸어 보면 뜻이 명확해 진다. 최명옥(1980: 115) 교수도 "'-든동/지'와 '게/거나'의 차이점은 쉽사리 지적해 낼 수 없다"고 지적한 바와 같이 '갓부게나'는 '갑븐하게나'라는 의미로 해석이 된다. 따라서 고등학교 검인증교과서와 (대구문협)에서 '가뿟이나'로 교열한 것도 잘못임이 명확해진다.

195) '깝치다'는 대구방언에서 "재촉(催促)하다"라는 의미로 사용되며 동음이의어로서 "손목이나 발목을 접치다"라는 의미로도 사용된다. '깝치다'라는 방언형은 국어사전에 등재하여 사용하도록 하는 것이 타당하다.

아주까리 기름을 바른 이가 지심198)매던 그들이라 다 보고싶다.

내 손에 호미를 쥐어다오
살찐 젖가슴과 같은 부드러운 이 흙을
발목이 시도록199) 밟아도 보고 좋은 땀조차 흘리고 싶다.

강가에 나온 아이와 같이
짬200)도 모르고 끝도 없이 닫는 내 혼아
무엇을 찾느냐 어디로 가느냐 우스웁다 답을 하려무나.

196) '맨드램이'를 '맨드라미'로 해석하는 경우 문제가 생긴다. 곧 '맨드라미'는 『표준국어대
    사전』 "비름과의 한해살이풀. 줄기는 높이가 90cm 정도이고 곧고 붉은색을 띠며, 잎은
    어긋나고 달걀모양이다. 7~8월에 닭의 볏 모양의 붉은색. 노란색, 흰색 따위의 아름다운
    꽃이 피고 열매는 개과(蓋果)이다. 꽃은 지사제로 쓰고 관상용으로 재배한다. 열대 아시
    아가 원산지로 전 세계에 분포한다."로 풀이하고 있다. 그런데 맨드라미는 7~8월에
    꽃이 피니까 이 작품의 계절적인 배경이 되는 이른봄이라는 상황에 맞지 않는다.
    그런데 『방언집』(1937)에 '민들레(蒲公英)'의 영남방언형으로 '씬냉이', '둥글내'는 있
    으나 '멘드라미'를 '민들레'로 지칭하지는 않았으나 '민들레'를 '맨드래미'로 부른다. 따
    라서 '맨드램이'를 '민들레'로 교열하고자 한다.
197) 들마꽃 [명] 들꽃. 혹은 들(入口)+마(마을)+꽃(花), 곧 '마을 입구에 피어 있는 꽃'으로
    해석하는 견해도 있다.
    '메꽃'은 『표준국어대사전』에 메꽃과의 여러해살이 덩굴풀로, 줄기는 가늘고 길며 다른
    것에 감겨 올라간다. 잎은 어긋나고 타원형 피침 모양이며 양쪽 밑에 귀 같은 돌기가
    있다. 여름에 나팔꽃 모양의 큰 꽃이 낮에만 엷은 붉은 색으로 피고 저녁에 시든다.
    뿌리줄기는 '메' 또는 '속근근'이라 하여 약용하거나 어린잎과 함께 식용한다. 들에 저절
    로 나며, 한국, 일본, 중국 등지에 분포한다.
198) '지심매다'은 '김매다'의 대구방언형이다.
199) '시도록'은 '시리도록'의 뜻이다.
200) '짬'이란 대구방언언에서 '어떠한 일이 일어난 영문이나 사건의 앞과 뒤'라는 의미를
    가지고 있다. 그런데 정한모·김용직(1900)의 『한국현대시요람』에서는 '짬'에 대한 대
    구방언의 의미를 제대로 파악하지 못한 결과로 '짬'을 아무런 근거도 없이 '셈'으로 교
    열하였다(갓없는생각 짬모를꿈이 그만 하나둘 자자지려는가 「병적계절」, 「시인에게」).

나는 온몸에 풋내를 띠고
푸른 웃음 푸른 설움이 어우러진 사이로
다리를 절며 하루를 걷는다 아마도 봄 신령이201) 잡혔나보다.202)

그러나 지금은— 들을 빼앗겨 봄조차 빼앗기겠네.

---

201) 이상화의 시 「비음」, 「극단」, 「엿장수」, 「청량세계」, 「오늘의 노래」, 「도-교-」에서, 「본능의 노래」, 「쓸어져 가는 미술관」 등에서 "신령"이라는 시어가 여러 군데 등장한다. 그뿐만 아니라 이상화의 산문 「新年을 弔喪한다」(『시대일보』 시대문예란, 1926년 1월 4일)에서 "그러나우리신령의눈섭사이에 쑤리를박은듯이 덥고잇는검은 구름을 한겹두 겹빗길" 뿐만 아니라 시에서도 여러 군데 "신령(神靈)"이라는 시어가 등장한다. 이것은 아마 상화의 의 주요한 소재인 "검아"와 더불어 최남선의 "불함문화론"의 영향으로 추정된다. 그리고 상화는 최남선과 서로 사돈집안의 연사연비가 있는 사이어서 개화기시대의 단군신화를 존중하던 지식인들의 사상적 맥락과 같이하고 있다.

202) 대구방언에서 '신명이 잡히다'와 같이 '어떤 일에 신들린 듯이 정신을 집중한 상황'을 신명 '접혔다', '잡혔다'라고 한다. 따라서 '잡혔나'로 교열한다.

―「童女心草」에서
『新女性』(1926년 6월)

파란 비

파―란 비가 「초―ㄱ초―ㄱ」 명주 찟는[203] 소리를 하고 오늘 낮부터
아직도 온다.

비를 부르는 개구리 소리 어쩐지 을씨년스러워 구슬픈 마음이 가슴에
밴다.

나는 마음을 다 쏟던 바느질에서 머리를 한 번 쳐들고는 아득한 생각
으로 빗소리를 듣는다.

「초―ㄱ초―ㄱ」 내 울음같이 훌쩍이는 빗소리야 내 눈에도 이슬비가
속눈썹에 듣는고나.

날 맞도록 오기도 하는 파―란 비라고 서러움이 아니다.

나는 이 봄이 되자 어머니와 오빠말고[204] 낯선 다른 이가 그리워졌다.

그러기에 나의 설움은 파―란 비가 오면서부터 남부끄러 말은 못 하고
가슴 깊이 뿌리가 박혔다.

매몰스런 파―란 비는 내가 지금 이와 같이 구슬픈지는 꿈에도 모르고
「초―ㄱ초―ㄱ」 나를 울린다.

---

203) '찟는'을 표기 잘못으로 보고 '씻는'으로 해석했을 경우 파란비가 촉촉하게 내리는
것과 명주베를 씻는 소리와 이미지 연결이 전혀 되지 않는다. 명주 천을 쪽쪽 찢는
소리와 파란비가 촉촉하게 내리는 소리와는 매우 자연스럽게 연결되는 결속성을 갖는
다(이상규(1998: 368) 참조). 그런데 (대구문협)에서는 아무런 근거도 없이 이를 '명주
씻는'으로 교열하는 오류를 범하고 있다.
204) 대구방언인 '오빠말고'에서 '-말고'는 '-를 제외하고'라는 의미이다.

―「童女心草」에서
『新女性』(1926년 6월)

달아

달아!

하늘 가득히 서러운 안개 속에

꿈 모다기같이[205] 떠도는 달아

나는 혼자

고요한 오늘밤을 들창에 기대어

처음으로 안 잊히는 그이만 생각는다[206].

달아!

너의 얼굴이 그이와 같네

언제 보아도 웃던 그이와 같네

착해도[207] 보이는 달아

만져

보고 싶은[208] 달아

잘도 자는 풀과 나무가 예사롭지 않네.

---

205) '모닥+불'과 같이 '모닥+이(접사)'의 구성인데 '모닥'의 어근이 표준어로 인정되지 않은 어형이다. 방언형으로 '모다기', '모대기'로 주로 '똥모대기'와 같이 합성어를 이룬다.

206) '생각는다'는 '생각하-ㄴ다'의 구성인데 대구방언에서는 '*사랑는다(사랑한다)', '*기억는다(기억한다)'의 예와 같이 '하-'류의 동사의 어기가 자립성인 있는 경우 '하-'의 생략이 불가능하지만 유일하게 '생각는다'는 생략된다.

207) '착해도 보이는'은 '착하게도 보이는'이라는 의미인데 '착하다'의 사동형으로 '착하게'에 대응되는 대구방언형은 '착하이'이다. 따라서 '착하이도 보이는'에서 'ㅣ-모음역행동화와 축약현상으로 '착해도'로 실현된 것이다.

208) 대구방언에서 '싶다'는 '접다'로 실현된다. '하고 접다', '묵고 접다' 등으로 실현된다.

달아!

나도 나도

문틈으로 너를 보고

그이 가깝게 있는 듯이

야릇한 이 마음 안은 이대로

다른 꿈은 꾸지도 말고 단잠에209) 들고 싶다.

달아!

너는 나를 보네

밤마다 솟치는210) 그이 눈으로—

달아 달아

즐거운 이 가슴이 아프기 전에

---

209) 이상규(1998), 『경북방언문법연구』, 박이정, 368쪽. "'단장에'는 원본의 표기 오류로 보고 (대구문협) 등에서 교정한 '단잠에'로 교정한 것도 문제이다. 왜냐하면 대구방언에서 '단장에'라는 어휘는 '곧 바로', '급히'라는 뜻이 있어 '다른 꿈은 꾸지도 말고 곧 바로(잠자리에) 들고 싶다'로 해석이 가능하기 때문에 원본을 오류로 처리하는 것은 좀 더 신중하게 검토해 볼 과제이다"라고 설명하고 있다. 여기서는 "달콤한 잠에"로 해석할 수 있다.

210) '손치는'에 대해 여러 가지 해석이 가능하다. 곧 『표준국어대사전』의 의미해석과 같이 "(1) 물건을 매만져 바로잡다. (2) 가지런히 되어 있는 물건의 일부가 없어지거나 어지럽게 되다. 또는 (3) 돈을 받고 손님을 묵게 하다."와 같이 사전적인 의미로 해석하자면 (3)의 의미로 해석하는 경우, 시상의 이미지 연결이 가능하지만 매우 어색하다. 곧 '밤마다 손님을 치는 그이 눈으로'로 해석이 되는데 어색하기 짝이 없다. 그렇다면 '손치는'이란 무엇일까? '솟구치다'라는 대구방언형으로 '솟치다'의 오기(誤記)로 본다면 '밤마다 솟구치는 그이 눈으로'로 해석이 되어 시상의 이미지 전개에 별 무리가 없다. 그런데 「도쿄에서」라는 작품에서 '나의記憶은 自然이준등불 海金剛의달을 새로히손친다'는 (대구문협)(1998)에서는 '손친다'를 '솟친다'로 교열하고 있으나 이 작품에서 '손치다'는 그대로 '손치다'로 둔 이유를 밝히지 않고 있다. 그렇지 않다면 원문을 중시하여 대구방언에서 천연두(天然痘)를 '손'이라고 한다. 곧 천연두의 '손'에 동사파생접사 '-치다'(잔치(饗宴)-치다)라는 접사가 결합하여 '매우 힘들고 어려운 일들을 치러내다'라는 의미의 방언형 '손치다'로 해석될 가능성이 있다. 곧 '밤마다 천연두 병을 치르듯 애를 먹는 그이 눈으로'로 해석될 여지도 있다. 여기서는 '솟구치다'라는 대구방언형으로 '솟치다'의 오기(誤記)로 보고 '솟치는'으로 교열한다.

잠재워 다오— 내가 내가 자야겠네.

『開闢』 70號(1926년 6월)

달밤, 도회(都會)

먼지 투성인 지붕 위로
달이 머리를 쳐들고 서네.

떡잎이 짙어진 거리의 「포플러」가 실바람에 불려
사람에게 놀란 도적이 손에 쥔 돈을 놓아 버리듯
하늘을 우러러 은(銀)쪽을 던지며 떨고 있다.

풋솜211)에나 비길 얇은 구름이
달에게로 달에게로 날아만 들어
바다 위에 섰는 듯 보는 눈이 어지럽다.

사람은 온몸에 달빛을 입은 줄도 모르는가
둘씩 셋씩 짝을 지어 예사롭게 지껄인다.
아니다 웃을 때는 그들의 입에 달빛이 있다 달 이야긴가 보다.

아 하다못해 오늘밤만 등불을 꺼버리자.
촌각시같이 방구석에서 추녀 밑에서
달을 보고 얼굴을 붉힌 등불을 보려무나.

---

211) '풋솜'은 "부풀어 놓은 솜"이라는 의미를 가진 대구방언이다. 솜을 부풀리는 작업을
흔히들 '탄다'고 한다. 곧 "솜을 타놓은 것, 곧 부풀어 놓은 것"이다.

거리 뒷간212) 유리창에도
달은 내려와 꿈꾸고 있네.

---

212) '뒷간'은 '뒤(後尾)+ㅅ(사잇소리)+간(間)'의 구성으로 된 복합어로 순수한 우리말과
    한자어가 복합된 단어이다. 대구방언에서 '뒷간'은 (1) '화장실'이라는 의미와 (2) '뒷곁'
    이라는 의미를 가지고 있는데 이 시에서는 두 번째 의미로 사용되었다.

『別乾坤』 1號(1926년 11월)

지구흑점(地球黑點)의 노래

— 1925년 작

영영 변하지 않는다 믿던213) 해 속에도 검은 점이 돋쳐

—세상은 쉬214) 식고 말려 여름철부터 모르리라—

맞거나 말거나 덩달아 걱정은 하나마

죽음과 삶이 숨바꼭질하는 위태로운 땅덩이에서도

어째 여기만은 눈 빠진 그믐밤조차 더 내려 깔려

애달픈 목숨들이— 길욱하게도215) 못 살 가엾은 목숨들이

무엇을 보고 어찌 살꼬 앙가슴216)을 뚜드리다 미쳐나 보았던가.

아 사람의 힘은 보잘것없다 건방지게 비웃고

구만 층 높은 하늘로 올라가 사는 해 걱정을 함이야말로 주제넘다.

대대로 흙만 파먹으면 한결같이 살려니 하던 것도

—우스꽝스런 도깨비에게 흘린 긴 꿈이었구나—

알아도 겪어도 예사로 여겨만 지는가

이미 밤이면 반딧불 같은 별이나마 나와는 주어야지

어째 여기만은 숨통 막는 구름조차 또 겹쳐 끼여

울어도 쓸데없이— 단 하루라도 살듯 살아 볼 꺼리217) 없이

---

213) 대구방언에서 /으/와 /어/가 비변별적이다. 따라서 /으/와 /어/가 표기법상 혼기가 매우 많이 나타난다.

214) '수이'는 '쉬'라는 부사로 '쉽-이(부사화파생접사)'로 구성된 고어형으로 대구방언이다.

215) '길욱하게도'는 아마 '길쭉하게도'를 시적 표현으로 나타낸 말인 듯하다. 곧 '길게'라는 의미의 의성어를 시의 운에 맞추느라고 '길욱하게도'라고 표현한 것으로 보인다.

216) '앙가슴'은 "두 젖 사이의 가슴팍"이라는 뜻으로 대구방언에서는 '가심패기', '가슴패기' 등의 방언형이 있다.

무엇을 믿고 잊어 볼꼬 땅바닥에 뒤궁글다[218] 죽고나 말 것인가
아 사람의 맘은 두려울 것 없다 만만하게 생각코
천 가지 갖은 지랄로 잘 까부는[219] 저 하늘을 둠이야말로 속 터진다

217) '꺼리'는 '근거, 건덕지'라는 의미의 대구방언형이다. (대구문학), (미래사)에서 '거리'
로 교열한 것은 잘못이다.
218) '궁글다'는 '구르다'의 대구방언형으로 '뒤궁글다'는 "착 달라 붙어야 할 물건이 들떠
서 이리저리 구르다"라는 의미이다.
219) 변화 무상한 하늘의 모습을 "갖은 지랄로 잘 까불다"라고 표현하고 있다.

『朝鮮文壇』(1935년 5월)

병적(病的) 계절(季節)

기러기 제비가 서로 엇갈림이 보기에[220] 이리도 서러운가
귀뚜라미 떨어진 나뭇잎을[221] 부여잡고 긴 밤을 새네.
가을은 애달픈 목숨이 나누어질까 울 시절인가 보다.

가없는 생각 짬 모를 꿈이 그만 하나 둘 잦아지려는가[222],
홀아비같이 헤매는 바람 떼가 한 배 가득[223] 굽이치네.
가을은 구슬픈 마음이 앓다 못해 날뛸 시절인가 보다.

하늘을 보아라 야윈 구름이 떠돌아다니네.

---

220) (대구문협)에서는 '보이기에'로 교열하고 있다. 피동사로 해석할 특별한 이유가 없기
  때문에 '보기에'로 교열해 둔다.

221) 원문을 중시하여 '나무 옆'으로 교열하면 시적 문맥이 맞지않다. 곧 "귀뚜리 떠러진
  나무옆을 부여잡고 긴 밤을 새네.(작품집)/귀뚜리 떠러진 나무옆을 부여잡고 긴 밤을
  새네.(형설사)"에서처럼 '나무 옆'으로 교열하는 것은 잘못이다. 그러나 '나뭇잎'으로
  교열하는 것이 시상의 전개에도 큰 무리가 없어 '나무 옆'보다도 어쩌면 훨씬 더 시적이
  라고 할 수 있다.

222) 대구방언에서 '잦아지다'는 "느낌이나 기운 따위가 속으로 깊이 스며들거나 베어들어
  차차 없어지다"라는 의미이다.

223) '갓들'은 "술을 한 잔 가뜰 따라 바아라"의 예에서처럼 '가득'이라는 의미로 사용된
  대구방언이다. 그런데 이기철(1982: 187)은 '한배갓들'이란 말의 뜻을 '한 배 가득'이라
  고 해석해서는 안 된다고 주장하고 있다. 곧 앞 뒤 문맥으로 봐서 갑자기 배(舟)라는
  말이 나오는 것도 이상하다. 외려 대구지방 방언에 '바깥'을 '배갓'이라 하는 것을 따라
  '한 배갓들(한 바깥을)', 즉 "온 들판을 구비치네로 보면 어떨지?"라고 밝히고 있으나
  전혀 타당성이 없다. 따라서 '한배갓들'은 '한 배 가득'으로 교열해야 한다.

땅 위를 보아라 젊은 조선이 떠돌아다니네.

―1925년 作
『朝鮮之光』 61號(1928년 7월)

저무는 놀 안에서

― 노인(勞人)의 구고(劬苦)를 읊조림

거룩하고 감사로운[224] 이 동안이
영영 있게스리[225] 나는 울면서 빈다.
하루의 이 동안 저녁의 이 동안이
다만 하루만치라도 머물러 있게스리 나는 빈다.

우리의 목숨을 기르는 이들
들에서 일깐[226]에서 돌아오는 때다.
사람아 감사의 웃는 눈물로 그들을 씻자
하늘의 하느님도 쫓아낸 목숨을 그들은 기른다.

아 그들의 흘리는 땀방울이
세상을 만들고 다시는 움직인다.
가지런히 뛰는 네 가슴속을 듣고 들으면
그들의 헐떡이던 거룩한 숨결을 네가 찾으리라.

땀 찬 이마와 맥풀린 눈으로

---

224) '감사–롭–'의 구성은 대구방언형의 조어방식이다.

225) '있게스리'에서 –'스리'는 접미사로서 함경도방언에서 강원 동해안을 거쳐 경북지역
   으로 이어지는 지역에 분포하며, '–끔'과 같은 강조와 한정의 기능을 한다.

226) '일깐'은 '일–+깐(間)', 곧 '일터'라는 의미를 지닌다. 고유어와 한자어가 합쳐진 매우
   특이한 조어(造語)형이다.

괴로운 몸 움막집에 쉬러 오는 때다.
사람아 마음의 입을 열어 그들을 기리자
하느님 무덤 속에서 살아옴에다 어찌 견주랴.

거룩한 저녁 꺼지려는 이 동안에 나 혼자 울면서 노래 부른다.
사람이 세상의 하느님을 알고 섬기게스리 나는 노래 부른다.

—1925 춘작
『朝鮮之光』 61號(1928년 7월)

비를 다오

—농민의 정서를 읊조림

사람만 다라워진[227] 줄로 알았더니

필경에는 믿고 믿던 하늘까지 다라워졌다

보리가 팔을 벌리고 달라다가[228] 달라다가

이제는 곯아진 몸으로 목을 댓 자나 빠주고[229] 섰구나!

반갑지도 않은 바람만 냅다 불어

가엾게도 우리 보리가 황달증[230]이 든 듯이 노랗다

풀을 뽑느니 이장[231]에 손을 대 보느니 하는 것도

---

227) 대구방언에서 '다랍-'는 "인색하고 융통성이 적어 너거로움이 없다"라는 의미이다.

228) '달라다가'는 '달라고 하다가'의 줄인말로 대구방언이다. 그런데 '달라다가'는 이와는 달리 '달아나다가'라는 의미로도 해석이 가능하다. 곧 비가 오지 않아 답답하여 비를 달라고 하다가 안 되어서 "보리가 팔을 벌리고 달아나다가 달아나다가"로 해석할 수 있는 가능성이 있다. 그러나 여기에서는 "비를 달라고 하다가"라는 의미인 전자로 해석하는 것이 타당하다.

229) '빠주다' '빼서'라는 뜻으로 사용된 대구방언형이다. 접속어미 '-어서'는 대구방언에서는 '-개주고', '-가아', '-주고' 등으로 실현된다. 대구방언에서 '빼다'는 자의에 의해서나 또는 타의에 의해 이루어지는 일이라면 '빠주다'로 실현된다.

230) '황달증세'는 얼굴이 노랗게 변하는 간질병의 하나이다. (朝之), (문사), (상시), (작품집), (형설사), (범우사), (선영사), (상아), (미래사), (청목), (문현), (대구문협)에서 모두 '달증'으로 교열하고 있으나 이는 모두 대구방언에 대한 이해부족으로 인한 오류이다.

231) '이장'이란 '농기구(農器具)'를 뜻하는 대구방언이다. 그런데 이것을 (朝之), (문사), (상시), (작품집), (형설사), (범우사), (선영사), (상아), (미래사), (청목), (문현), (대구문협)에서 전부 '이랑'으로 교열한 것은 시의 문맥을 전혀 다르게 만든 오류이다. 『한국방언자료집』(경북편), 30쪽에 '농기구' 항목을 보면 '연장', '농구연장', '농기이장', '농기연장', '이장' 등의 방언분화형이 실현된다. 특히 경북 (문경), (예천), (안동), (영

이제는 헛일을 하는가 싶어 맥이 풀려만 진다!

거름이야 죽을판 살판 걸우어 두었지만
비가 안 와서— 원수ㅅ 놈의 비가 오지 않아서
보리는 벌써 목이 말라 입에 대지도 않는다
이렇게 한 장232) 동안만 더 간다면
그만— 그만이다. 죽을 수밖에 없는 노릇이로구나!

하늘아 아 한 해 열두 달 남의 일 해주고233) 겨우 사는 이 목숨이
곯아 죽으면 네 맘에 시원할 게 뭐란 말이냐
제-발 빌자! 밭에서 갈잎 소리가 나기 전에
무슨 수가 나 주어야 올해는 그대로 살아 나가 보제234)!

다라운 사람 놈의 세상에 몹쓸 팔자를 타고나서
살도 죽도 못해 잘난 이 짓을 대대로 하는 줄은
하늘아! 네가 말은 안 해도 짐작이야 못 했것나235)
보리도 우리도 오장이 다 탄다 이라지 말고 비를 다고!

---

232) '한 장'이란 장(市場)이 서는 시기를 말하는데 한 장이란 1회 주기의 장이 서는 시간을
    말한다. 곧 1920년대 대구지역에 장이 서는 주기는 5일이다.

233) (대구문협)에서는 '남의 일해 주고'로 처리하고 있다. 그러나 '남의'의 수식을 받는
    것이 '일'이므로 '남의 일(을) 해주고'를 정본으로 삼는다.

234) '보제'에서 '-제'는 중부방언의 '-지'와 같은 종결어미이다.

235) '했것나'는 '했겠나'의 방언형이다. 특히 전라방언에서 미확정서법소 '-겠-'이 '-것-'
    으로 실현된다.

『朝鮮文藝』 2號(1929년 6월)

곡자사(哭子調)

응희야!236) 너는 갔구나
엄마가 넌지 아비가 넌지
너는 모르고 어디로 갔구나!

불쌍한 어미를 가졌기 때문에
가난한 아비를 두었기 때문에
오자마자 네가 갔구나.

달보다 잘났던 우리 응희야
부처님보다도 착하던 응희야
너를 언제나 안아나 줄꼬

그러께237) 팔월에 네가 간 뒤
그 해 시월에 내가 갇히어
네 어미 간장을 태웠더니라.

지내간 오월에 너를 얻고서
네 어미가 정신도 못 차린 첫 칠날

---

236) 상화와 손필연 사이에 난 둘째 아들이나 일찍 죽었다.
237) 원본의 '그럼'의 의미는 불확실하나 '재작년'이라는 의미인 대구방언이다.

네 아비는 또다시 갇히었더니라.

그런 뒤 오온238) 한 해도 못되어
갖은 꿈 온갖 힘 다 쓰려든
이 아비를 버리고 너는 갔구나.

불쌍한 속에서 네가 태어나
불쌍한 한숨에 휩쌔고239) 말 것
어미 아비 두 가슴에 못이 박힌다.

말 못 하던 너일망정 잘 웃기 때문에240)
장차는 어려움 없이 잘 지내다가
사내답게 한평생을 마칠 줄 알았지.

귀여운 네 발에 흙도 못 묻혀
몹쓸 이런 변이 우리에게 온 것
아, 마른 하늘 벼락에다 어이 견주랴.

너 위해 얽던 꿈 어디 쓰고
네게만 쏟던 사랑 뉘게다 줄고241)
응희야 제발 다시 숨쉬어다오

---

238) '오온'은 '온전한', '꽉 찬'의 의미인 대구방언이다.
239) '휩쌔고'는 '휩싸이고'라는 의미의 대구방언이다.
240) '따에'는 '때문에'라는 의미의 대구방언이다.
241) '뉘게다 줄고'를 《대구문학》에서는 "어디다 줄꼬"로 교열하고 있으나 아무런 근거가 없다. "누구에게 줄까"라는 의미이다.

114

하루해를 네 곁에서 못 지내 본 것
한 가지로[242] 속시원히 못 해 준 것
감옥 방 판자벽이 얼마나 울었던지.[243]

응희야! 너는 갔구나
웃지도 울지도 꼼짝도 않고.

불쌍한 선물로 설움을 끼고
가난한 선물로 몹쓸 병 안고
오자마자 네가 갔구나.

하늘보다 더 미덥던 우리 응희야
이 세상엔 하나밖에 없던 응희야
너를 언제나 안아나 줄꼬—

242) '한 가지도'의 오자인 듯하다. 시의 문맥을 고려하면 '한 가지도'로로 교열하는 것이
타당할 듯하다.
243) 1927년 의혈단 이종암 사건에 연루되고 1928년 'ㄱ당사건'으로 투옥된 것으로 추정
된다.

『別乾坤』(1930년 10월)

대구행진곡(大邱行進曲)

앞으로는 비슬산(琵瑟山) 뒤로는 팔공산(八公山)

그 복판을 흘러가는 금호강 물아

쓴 눈물 긴 한숨이 얼마나 쌧기에244)

밤에는 밤 낮에는 낮 이리도 우나

반 남아 무너진 달구성(達句城) 옛터에나

숲 그늘 우거진 도수원(刀水園)245) 놀이터에

오고가는 사람이 많기야 하여도

방천(防川)둑246) 고목(古木)처럼 여윈 이 얼마랴

---

244) 대부분의 시집에서 이 어휘의 의미를 파악하지 못하여 '새기에', '째기에', '쎄기에', '쉿기에' 등으로 교열하고 있으나 전부 잘못이다. '쌧다'는 대구방언에서 '많다'라는 뜻으로 사용된다. 어원은 "쌓(積)-이(사동접사)-어(부동사형어미)#잇(在)-"이 축약된 합성어이다. '째비리다', '째삐까리다' 등의 대구방언 변이형이 있다. 이상규(1999)의 『경북방언사전』에 '쌧다' 항목을 다음과 같이 기술하고 있다.

쌧다 휑 많다(多). 거랑물을 딜따보면 민경겉치 마뜩은 물에 뚜구리하고 빼들묵지 하고 쌧더라(청송), 그어 가마 몬 시는 나무동가리 쌧더라(경산), 쓴눈물 긴한숨이 얼마나 쌧기에『이상화/대구행진곡』(전역), 서울서도 정승어 아들이 쌧는데 시골에 해필 시골에 있는 아들이 머슨 공부를 했겠소(구미)(봉화), 쌧다(구미), 하늘 고을 낭ㄱ은 조선서도 쌧입니다(영덕), 공출 안해도 죽 묵는 농사꾼 쌧다. 그것도 어제 오늘 일이 아니거마는… [쌧입니더[(많습니다)]](전역)

째비리다 휑 매우 많다. 그어 가마 몬 시는 나무동가리 째비맀더라(경산), 모래사지이, 쌀미꾸지 그튼 째비린 온갖 물고기(예천), 어지 지사 지낸 나물도 째빌랐고(김천)

245) 대구 칠성동(칠성시장 부근)에 있던 유명한 일본요리집 기오이에(靑の家)의 별장 유원지이다.

넓다는 대구(大邱) 감영 아무리 좋대도
웃음도 소망도 빼앗긴 우리로야
님조차 못 가진 외로운 몸으로야
앞뒤 뜰 다 헤매도 가슴이 답답타

가을밤 별같이 어여쁜 이 있거든
착하고 귀여운 술이나 부어 다고
숨가쁜 이 한밤은 잠자도247) 말고서
달 지고 해 돋도록 취해나 볼 테다.

---

246) '방천'은 고유명사로써 대구 중심을 지나가는 신천(新川)의 방천둑을 가리킨다. 대륜
중고등학교가 이전하기 전에는 수성방천 뚝 가에 있었다.
247) 대구방언에서는 '잠자지도'에서 '-지도'가 생략된 '잠자도'와 같은 형식 곧 '가지도'
(가도), '보지도'(보도)와 같이 사용된다.

『萬國婦人』 1號(1932년 10월)

예지(叡智)

혼자서 깊은 밤에 별을 봄에
갓 모를248) 백사장(白砂場)에 모래알 하나같이
그리도 적게 세인249) 나인 듯하여
갑갑하고 애달프다가 눈물이 되네.

---

248) 원본의 '갓모를'은 "끝 모를"의 의미이다.
249) 원본의 '헤다'에 대한 대구방언형은 '세다', '세아리다', '히아리다'가 있다.

『新家庭』 7號(1933년 7월)

반딧불

−단념(斷念)은 미덕(美德)이다−루낭

보아라 저게[250]!
아−니 또 여게!

까마득한 저문 바다 등대와 같이
짙어 가는 밤하늘에 별 낱과 같이
켜졌다 꺼졌다 깜박이는 반딧불!

아 철없이 뒤따라 잡으려 마라
장미꽃 향내와 함께 듣기만 하여라
아낙네의 예쁨과 함께 맞기만 하여라.

---

250) '저게'는 대구방언에서는 '저기-+-에'가 축약된 형태이기 때문에 단독형 '저기'로 교열
하는 것보다 '저기에'로 교열하는 것이 더 적절하다. 제2행의 '여게'도 마찬가지이다.

『朝鮮中央日報』(1933년 10월 10일)[251]

농촌의 집

1. 아버지는 지게 지고 논밭으로 가고요
   어머니는 광[252] 지고 시냇가로 갔어요
   자장자장 울지[253] 마라 나의 동생아
   네가 울면 나 혼자서 어찌 하라냐.

2. 해가 저도 어머니는 왜 오시지 않나
   귀한 동생 배고파서 울기만 합니다.
   자장자장 울지 마라 나의 동생아
   저기저기 돌아오나 마중 가보자.

---

251) 이 작품 원전을 구하지 못해 『문학사상』(1976.11)분을 취했다. 이 작품은 여기 외에
   (대구문협)(1998), 『이상화 전집』에도 수록되어 있다.
252) '광주리'
253) 대구방언에서는 '울(泣)-'은 '우고, 우지, 우마, 울어'와 같이 불규칙적인 활용을 한다.

『詩苑』2號(1935년 4월)

역천(逆天)

이때야말로 이 나라의 보배로운 가을철이다
더구나 그림과도[254] 같고 꿈과도 같은 좋은 밤이다
초가을 열나흘 밤 열푸른[255] 유리로 천장을 한 밤
거기서 달은 마중 왔다 얼굴을 쳐들고 별은 기다린다 눈짓을 한다
그리고 실낱같은 바람은 길을 끄으려 바라노라 이따금 성화를 하지
않는가.

그러나 나는 오늘밤에 좋아라 가고프지가 않다
아니다 나는 오늘밤에 좋아라 보고프지도 않다.

이런 때 이런 밤 이 나라까지 복되게 보이는 저편 하늘을
햇살이 못 쪼이는 그 땅에 나서 가슴 밑바닥으로 못 웃어 본 나는
선뜻만 보아도
철모르는 나의 마음 홀아비 자식 아비를 따르듯 불 본 나비가 되어
쬐이는 얼굴과 같은 달에게로 웃는 이빨 같은 별에게로
앞도 모르고 뒤도 모르고 곤두치듯[256] 줄달음질을 쳐서 가더니.

---

254) '그림과도 같고 꿈과도 같은'을 대비해 보면 '그림도'가 아니라 '그림과도'가 보다
적확하다.
255) '열푸른'은 '엷다'와 '푸르다'가 혼태(blending)로 인해 '열푸르-' 곧 '엷고 푸른', '푸르
스름한'의 의미를 지닌 대구방언이다.
256) '곤두'는 '곤두박질'을 줄인 말인 듯하나 '곤두박질'로 교열하는 것이 타당하다.

그리하여 지금 내가 어디서 무엇 때문에 이 짓을 하는지
그것조차 잊고서도 낮이나 밤이나 노닐 것이 두려웁다.

걸림 없이 사는 듯하면서도 걸림뿐인 사람의 세상―
아름다운 때가 오면 아름다운 그때와 어울려 한 뭉텅이가 못 되어지
는 이 살이―
꿈과도 같고 그림과도 같고 어린이 마음 위와 같은 나라가 있어
아무리 불러도 멋대로 못 가고 생각조차 못하게 지천257)을 떠는 이
설움
벙어리 같은 이 아픈 설움이 칡넝쿨같이 몇 날 몇 해나 얽히어 틀어진다.

보아라 오늘밤에 하늘이 사람 배반하는 줄 알았다
아니다 오늘밤에 사람이 하늘 배반하는 줄도 알았다.

---

257) 원본의 '지 첫'은 '지천(地天)'의 오자이다.

『朝光』 2號(1935년 12월)

나는 해를 먹다

구름은 차림옷258)에 놓기 알맞아 보이고
하늘은 바다같이 깊다라-ㄴ하다.259)

한낮 뙤약볕이 쬐는지도 모르고
온몸이 아니 넋조차 깨운260)— 아찔하여지도록
뼈 저리는 좋은 맛에 자스러지기261)는
보기 좋게 잘도 자란 과수원(果樹園)의 목거지다.

배추 속처럼 핏기 없는 얼굴에도
푸른빛이 비치어 생기를 띠고
더구나 가슴에는 깨끗한 가을 입김을 안은 채
능금을 바수노라 해를 지우나니.

---

258) '나들이나 외출을 갈 때 입는 옷'이라는 의미의 대구방언으로 '가림옷', '차림옷'이라는
방언이 있다.

259) 대구방언에서 '지다란하다'(길다랗다), '깊다란하다'(깊다랗다)와 같은 파생어가 있어
중부방언과의 조어상 차이를 보여준다.

260) '깨온'을 '깨온' (朝光), (상시), (작품집), (형설사), (범우사), (선영), (상아), (미래),
(청목), (문학과현실)에서는 '깨온'으로, (대구문협)에서는 '개운'으로 각각 교열하고 있
다. 그러나 전후의 시의 의미가 잘 연결되지 않는다. 따라서 원문의 내용을 잘 살려서
복합동사 '깨온'으로 교열하면 "깨(覺)-#오(來)-ㄴ(관형형어미)"의 구성으로 해석하면
시의 의미가 살아날 수 있다.

261) '자스러지다'는 "너무 기뻐서 숨이 막힐 듯 좋아하는 한 모습", "맛이 너무 좋아서
숨이 막힐 듯한 좋아하는 모습"을 뜻하는 대구방언이다.

나뭇가지를 더위잡고 발을 뻗기도 하면서
무성한 나뭇잎 속에 숨어 수줍어하는
탐스럽게 잘도 익은 과일을 찾아
위태로운 이 짓에 가슴을 조이는 이때의 마음 저 하늘같이 맑기도 하다.

머리카락 같은 실바람이 아무리 나부껴도
메밀꽃밭에 춤추던 벌들이 아무리 울어도
지난날 예쁜 이를 그리어 살며시 눈물지는,
그런 생각은 꿈밖에 꿈으로도 보이지 안는다.

남의 과일밭에 몰래 들어가
험상스런 얼굴과 억센 주먹을 두려워하면서.
하나 둘 몰래 훔치던 어릴 적 철없던 마음이 다시 살아나자.
그립고 우습고 죄 없던 그 기쁨이 오늘에도 있다.

부드럽게 쌓여 있는 이랑의 흙은
솥뚜껑을 열고 밥 김을 맡는 듯 구수도 하고
나무에 달린 과일— 푸른 그릇에 담긴 깍두기 같이
입안에 맑은 침을 자아내나니.

첫가을! 금호강(琴湖江) 굽이쳐 흐르고
벼이삭 배부르게 늘어져 섰는
이 벌판 한가운데 주저앉아서
두 볼이 비자욱게[262] 해 같은 능금을 나는 먹는다.

---

262) ‘좁다’나 ‘비좁다’의 대구방언형은 ‘비잡다’이다.

—「나의 어머니」란 설문답 중에 있는 시조263)   · 시조
『中央』 4卷 5號(1936년 5월)

기미년(己未年)

이 몸이 제 아무리 부지런히 소원대로
어머님 못 모시니 죄스럽다 뵈올 적에
남이야 허랑타 한들 내 아노라 우시던 일

---

263) 산문 「나의 어머니」(『中央』 4권 5호, 1936년 5월) 안에 실린 시조.

『文章』 25號(1941년 4월)

서러운 해조(諧調)

하이얗던 해는
떨어지려 하야
헐떡이며
피 뭉텅이가 되다.

샛붉던 마음
늙어지려 하야
곯아지며
굼벵이 집이 되다.

하루 가운데
오는 저녁은
너그럽다는 하늘의
못 속일 멍통일러라.[264]

일생(一生) 가운데
오는 젊음은
복스럽다는 사람의
못 감출 설움일러라.

---

264) 머리가 텅빈 바보 같은 이를 지칭한다.

눈이 오시네265)

눈이 오시면—
내 마음은 미치나니
내 마음은 달뜨나니
오 눈 오시는 오늘 밤에
그리운 그이는 가시네
그리운 그이는 가시고
눈은 자꾸 오시네

눈이 오시면—
내 마음은 달뜨나니
내 마음은 미치나니
오 눈 오시는 이 밤에
그리운 그이는 가시네
그리운 그이는 가시고
눈은 오시네!

---

265) 이 작품은 1927년 이후 대구에서 술로 마음을 달래고 있을 때 기생 소옥(小玉)의
방에서 썼다는 유고시(김용성 저, 『한국문학사탐방』 참조). 그러다가 1963년 5월 17일
자 『한국일보』에 미발표 유고작으로 이윤수 님에 의해 소개됨. 제목도 가칭으로 첫 행을
따서 "눈이 오시네"로 정하였다.

―發表誌 및 年代未詳
『尚火와 古月』(1951년 9월)

쓰러져 가는 미술관(美術館)

―어려서 돌아간 인순의 신령에게

옛 생각 많은 봄철이 불타오를 때
사납게 미친 모―든 욕망(慾望)―회한(悔恨)을 가슴에 안고
나는 널266) 속을 꿈꾸는 이불에 묻혔어라

조각조각 흩어진 내 생각은 민첩하게도
오는 날 묵은 해 산267)너머 구름 위를 더위잡으며
말 못할 미궁(迷宮)에 헤맬 때 나는 보았노라

진흙 칠한 하늘이 나직하게 덮여
야릇한 그늘 끼인 냄새가 떠도는 검은 놀 안에
오 나의 미술관(美術館)! 네가 게서 섰음을 내가 보았노라

내 가슴의 도장에 숨어사는 어린 신령아!
세상이 둥근지 모난지 모르던 그날그날
내가 네 앞에서 부르던 노래를 아직도 못 잊노라

크레오파트라의 코와 모나리―자의 손을 가진
어린 요정(妖精)아! 내 혼을 가져간 요정(妖精)아!

---

266) '널(柩).'
267) '뫼'는 '산'의 고어(古語)형이다.

가차운268) 먼 길을 밟고 가는 너야 나를 데리고 가라

오늘은 임자도 없는 무덤— 쓰러져 가는 미술관(美術舘)아
잠자지 않는 그날의 기억(記憶)을 안고 안고
너를 그리노라 우는 웃음으로 살다 죽을 나를 불러라

---

268) '가찹다'와 '가직다'는 '가깝다'의 대구방언형이다. 『경북방언사전』(이상규 엮음)의
'가직다'와 '가찹다' 항목을 참조.
　　가직다 휑 가깝다(近). ⇒가찹다·개작다·개찹다. 가직은 질로 나아 뚜고 와 먼 질로
돌아맹기노(달성)(영천)(청도), 고만 병환 드고는 내외간 가직히 하믄 병 더한다고 안
봐 주싰어[봐(모-아)](봉화), 가차운 질로 가래이(성주), 삽짝결 맹구로 개작나?(안동)
(대구)(달성)(포항)(김천)(청도), 가직헌 데는(봉화)
　　가찹다 휑 가깝다(近). ⇒가직다·개작다·개찹다. 그 마실이 개찹다(예천), 가차운 질로
가래이(성주), 가차이(달성), 가찹따(영덕), 가차운 먼길을 밟고가는 너야 나를 데리고가
라. 『이상화/쓸어져가는 미술관』(전역)

—發表誌 및 年代未詳
『尙火와 古月』(1951년 9월)

청년(靑年)

청년(靑年)— 그는 동망(憧望)— 제대로 노니는 향락(享樂)의 임자
첫여름 돋는 해의 혼령(魂靈)일러라

흰옷 입은 내 어느덧 스물 젊음이어라
그러나 이 몸은 울음의 왕이어라

마음은 하늘가를 나르면서도
가슴은 붉은 땅을 못 떠나노라

바람도 기쁨도 어린애 잠꼬대로
해 밑에서 밤 자리로 □□□□□□

청년(靑年)— 흰옷 입은 나는 비애(悲哀)의 임자
늦겨울269) 빚은 술의 생명(生命)일러라

---

269) '늦겨울'을 소리나는 대로 '느껴울' 기록한 것으로 추정된다.

─發表誌 및 年代未詳
『尙火와 古月』(1951년 9월)

무제(無題)

오늘 이 길을 밟기까지는
아 그때가 가장 괴롭도다
아직도 남은 애달픔이 있으려니
그를 생각는 오늘이 쓰리고 아프다

헛웃음 속에 세상이 잊어지고
끄을리는 데 사람이 산다면
검아 나의 신령을 돌멩이로 만들어 다고
제 살이270)의 길은 제 찾으려는 그를 죽여 다고

참웃음의 나라를 못 밟을 나이라면
차라리 속 모르는 죽음에 빠지련다
아 멍들고 이울어진 이 몸은 묻고
쓰린 이 아픔만 품 깊이 안고 죽으련다

---

270) '사리'는 '살-이(명사화파생접사)'의 조어로 대구방언형이다. 이기철(1989)은 '사리'
    의 주석을 "국수, 실, 새끼들을 풀어서 사리어 놓은 것"과 같이 달아 놓았으나 이는
    잘못이다.

—1920年作, 發表誌 및 年代未詳
『尙火와 古月』

그날이 그립다

내 생명(生命)의 새벽이 사라지도다.

그립다 내 생명(生命)의 새벽— 서러워라 나 어릴 그 때도 지나간 검은 밤들과 같이 사라지려는도다.

성여(聖女)의 피수포(被首布)처럼 더러움의 손 입으로는 감히 대이기도271) 부끄럽던 아가씨의 목— 젖가슴 빛 같은 그때의 생명(生命)!

아 그날 그때에는 낮도 모르고 밤도 모르고 봄빛을 머금고 움 돋던 나의 영(靈)이 저녁의 여울 위로 곤두박질치는 고기가 되어

술 취한 물결처럼 갈모로 춤을 추고 꽃심의272) 냄새를 뿜는 숨결로 아무 가림도 없는 노래를 잇대어 불렀다.

아 그날 그때에는 낮도 없이 밤도 없이 행복(幸福)의 시내가 내게로 흘러서 은(銀)칠한 웃음을 만들어만 내며 혼자 있어도 외롭지 않았고 눈물이 나와도 쓰린 줄 몰랐다.

네 목숨의 모두가 봄빛이기 때문에 울던 이도 나만 보면 웃어들 주었다.

아 그립다 내 생명(生命)의 새벽— 서러워라 나 어릴 그때도 지나간 검은 밤들과 같이 사라지려도다.

---

271) '대이기도' '닿기도'의 뜻임.
272) '꽃심'이란 '꽃의 술'을 뜻한다.

오늘 성경(聖經) 속의 생명수(生命水)에 아무리 조촐하게 씻은 손으로도 감히 만지기에 부끄럽던 아가씨의 목– 젖가슴 빛 같은 그때의 생명(生命)!

교남학교(嶠南學校)273) 교가(校歌)

태백산(太白山)이 높솟고
낙동강(洛東江) 내달은 곳에
오는 세기(世紀) 앞잡이들
손에 손을 잡았다.
높은 내 이상(理想) 굳은 너의 의지(意志)로
나가자 가자 아아 나가자
예서 얻은 빛으로
삼천리(三千里) 골골에 샛별이 되어라.

---

273) '교남학교'는 현재 대구시 수성구에 소재하는 대륜중고등학교의 전신이다.

만주벌

만주벌 묵밭에 묵은 풀은
피맺힌 우리네 살림살이
회오리 바람결 같은 신세
이 벌판 먼지가 되나 보다

* 1937년 상화가 백형을 찾아 중국으로 건너갔을 때 지은 시의 일부분임.

『新女性』18號(1925년 1월)

제목미상(미들래톤 지음)274)

나는 일찍 못 들었노라.
참된 사랑이 속 썩지 않고 있다는 말을
그는 애타는 마음, 벌레가 봄철의 예쁜 기록(記錄)인—
장미꽃 잎새를 뜯어먹듯 하기 때문이어라.

—미들래톤

---

274) 영국의 작가 Washington Irvin(1778~1859) 원작소설 『斷腸』을 번역하기 전 번역가
의 말을 싣는 글 가운데 이상화가 시인 미들래톤 시를 번역하여 인용한 작품에서 발취한
것이다. 이상규(2001), 『이상화시전집』(정림사)에서 처음으로 발굴한 작품이다.

『新女性』18號(1925년 1월)

머나먼 곳에 있는 님에게[275]

머-나 먼 곳 그의 젊은 님이 잠자는 데와 친한 이의
한숨들이 안 들리는 거기에서,
그들의 주시(注視)를 벗어나 그가 울도다.
그의 마음 님 누운 무덤에 있음이어라.

조국(祖國)의 애닲은 노래를 쉬쟎고[276] 부르도다.
가락마디가 님이 즐기던 것을 말함일러라.
아 그의 노래를 사랑할 이가 얼마나 되며
부르는 그 가슴의 쓰림을 뉘라서 알랴!

그의 님은 사랑으로 살았고 나라로 죽었나니
이 두 가지가 그의 목숨을 잡아맨 모든 것이어라.
나라로 흘린 눈물 쉬웁게[277] 안 마를[278] 테며

---

275) 이 작품은 이상화의 번역소설 『斷腸』의 머리말 격인 "역자의 말" 뒤에 실린 무어의
시를 번역한 것이다. 이 작품의 원전을 찾기 위해 매일신문사 최미화기자와 함께 경북대
영문과 김철수 교수에게 부탁하여 오리곤주립대학에 가서 연구 중인 경북대 영문과
최재헌 교수의 도움으로 원전 「She is Far From the Land」를 찾았다. 따라서 번역시의
제목은 달려 있지 않았으나 필자가 원전 제목을 번역하여 「머나먼 곳에 있는 님에게」로
달아두었음을 밝혀 둔다. 이상규(2001), 『이상화시전집』(정림사)에서 처음으로 발굴한
작품이다. 아울러 경북대 김철수 교수와 최재헌교수의 협조로 원작시를 찾아 이상규
(2001), 『이상화시전집』(정림사)에 발표하였음을 밝혀 둔다.
276) '쉬지 않고'와 같은 부정법이 대구방언에서는 축약형인 '쉬쟎고'로 실현된다.
277) '쉬웁게'는 '쉽게'를 시적 운율에 맞추어 음절을 길게 늘인 형태이다.

못 잊던 사람 그의 뒤를 따를 때도 멀지 안으리라!

오 햇살이 나리는데 그의 무덤을 만들어라.
그리고 눈 부시는 아침이 오마 하였단다.
그리면 그의 님이 있는 비애(悲哀)의 섬에서
저녁의 미소(微笑)처럼 자는 그를 비추리라.

---

278) '안 마르다'도 '마르지 않다'와 같은 중부방언 형식의 부정법에 대응되는 대구방언형
식의 부정법이다.

『文藝運動』 2號(1926년 5월)

설어운 조화(調和)[279]

일은 몸 말 없는 하늘은

---

279) 2001년 탄생 100주년 문학인 기념문학제(대산문화재단/민족문학작가회의 주최)에서
김윤태 님이 발표한 작품연보에서 처음 공개되었다. "이 시들은 조사자가 새로이 찾은
자료들이다. 그러나 조사자가 소장하고 있던 『문예운동』 2호는 복사 자료로서, 시
「설어운 조화(調和)」의 첫행('일은 몸 말업는 한울은' 27면)만 남은 채 그 뒷부분과
시 「머-ㄴ 기대(企待)」가 수록된 한 면(28면)이 사라지고 대신 광고로 채워져 있다.
시 두 편이 한 면 정도밖에 안되는 것으로 보아 아주 짧은 시편들로 짐작될 뿐, 아쉽게도
시의 전문을 현재로서는 확인할 수가 없다. 다만 목차에서만 확인될 분이다."(김윤태
님 작성: 자료집 102쪽 참조)
위에서 살펴 본 바와 같이 카프의 중심 문예지인 『문예운동』 2호에 실린 작품으로 시
2편(「설어운 조화」, 「머-ㄴ 기대」)과 수필 1편(「심경일매(心境一枚)」)이 낙장으로 발
견되었으나 이 작품은 1행만 남아 있다. 오랫동안 불온서적으로 분류되어 온 문예지
『문예운동』 2호가 앞으로 발견된다면 이상화의 시 2편이 새로 발굴될 가능성이 있다.

『文藝運動』2號(1926년 5월)

머-ㄴ 기대(企待)280)

2부

이상화 산문 전집

1. 문학 평론

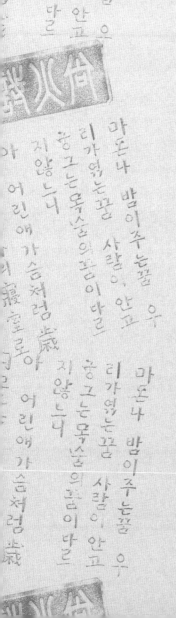

□ 『東亞日報』, 1924.7.14.[1]

1. 先後에 한마듸

今般 大邱 支局에서 한, 少年 文藝募集은 大體로 보아 成功이라 할 수는 업섯다. 應募되기는 詩가 三十七首 文이 四十六首 小說이 八編밧게 되지 안엇다. 그러나 우리는 이것으로 그다지 失望치는 안엇다. 元來 募集이 그다지 大規模的이 아니고 期間도 短促한 嫌이 不無한 대 比하여 는 오히려 相當한 成績으로 역이고저 한다. 그리고 分量으로만 하기보담 內容에 드러가 볼 째에 다만 한둘이라도 그 天才的 閃光이 發輝되는 대는 우리는 滿心歡喜로 祝賀하지 안흘 수 업다. 募集의 主要 精神이 그 點에 잇섯슨즉 江湖에 숨은 少年 俊才가 今般에 果然 얼마나 應募하 엿는지 안엇는지는 疑問이지마는 다만 幾部分이라도 그를 發見케 된 것 은 깃분 일이다. 그래서 今般에 苦心勞作한 應募 諸君의 誠意에 對하야 몬저 謝意를 表한다. 이로부터 分門하여 槪評을 試할까 하는 同時 所謂 選者라 할 우리도 紛忙한 中에라도 제ㅅ단은 詩, 文, 小說 間에 낫낫치 熟審精選한 것을 말하여 둔다. 말하자면 考選이란 으수이[2] 大家 列에 들 사람도 잘 選拔하기는 易事가 아닌대 亦 初學者인 우리가 아모리 愼重 精査하엿드라도 或이나 失手나 업슬가 하는 憂慮를 긋까지 노흘 수 업섯다.

여긔 特히 附言할 것은 元來 發表한 規程에 二十歲 以內라고만 年齡을

---

1) 이 글은 이상화와 최소정 두 사람이 문예작품 응모 심사 후기로 쓴 것인데 어휘와
   필치로 보아 이상화가 쓴 글임이 여러 곳에서 드러난다.

2) 미상.

制限하엿슴으로 自然 二十歲 以內에선 幼年 少年 二部로 난호이지 안흘 수 업섯다. 그래서 二部로 난호아 考選할ᄭ가ᄭ지 하엿스나 다행이 入選된 作品의 作者는 年齡이 十八歲 中間 年齡의 十六七歲임으로 一括하여 考選하엿다. 그러나 作品의 價値가 비슷비슷한 것에는 年齡도 多少間 參酌하엿는 것도 諒解해 주어야겟다.

더욱 小說에는 年齡 問題로 不平ᄭ가지 드른 일이 잇다. 그것은 新聞 紙上 廣告에는 詳載되지 못하엿스나 비라에는 小說은 十八歲 以上者 應募를 要한다 하엿다. 質問者는 왜 小說에는 十八歲 以上으로 하엿느냐 하지마는 이는 小說은 單純히 文章만 보는 것이 아니라 적어도 作者가 相當한 人生觀이 確立한 後에라야 自己의 主義라던지 人生에 對한 觀察을 表現할 수 잇스며 ᄯ짜라 創作의 價値를 드러내는 것이다. 그래서 엇던 作家는 二十五歲 以下 靑年이 小說을 지으라 함은 妄想이라ᄭ지 말한 이도 잇다. ᄯ곡 이 말에 拘泥³⁾하는 것은 아니지마는 主催者 側에서는 旣히 少年 文藝를 募集함에 小說을 ᄲ�@ᆯ 수는 업스나 文藝를 遊戱視하지 안는 嚴正한 意味에서 다만 얼마라도 成年에 갓가운 이의 應募를 願하엿슴인 바 紙上에ᄭ지 發表가 못 되어서 비라를 못 본 遠方에서는 十八歲 以下者도 應募하엿슬 ᄲ분 아니라 二等 當選者가 十七歲인즉 質問者의게는 더욱 未安하나 十八歲란 細則을 보지 못하게 된 것은 그의 잘못이 아닐 ᄲ분더러 나이 적을수록 그의 才分은 더욱 感嘆할 만함으로 十七歲 趙仁基 君 作品을 入選식힌 것과 元來 十八歲 制限을 말한 ᄭ닭을 이에 辨明한다.

條條이 말할 餘裕는 업지마는 今般에 비록 入選이 못 된 것이라도 選外 佳作에도 參與치 못한 것이라도— 餘望과 前程이 豊裕하야 참아 割하기 어려운 것도 不少하나 넘어 無制限하게 할 수 업서서 作者와 選者가 함께 後期를 期하자 한다.

---

3) '구애받다'의 뜻, '泥'는 '막히다'의 뜻으로 사용됨.

이에서 分門 異評을 하려는 것은 只今은 時間 關係로 到底히 枚擧치 못하야 坐한 後期로 推하거니와 就中 小說은 爲先 略言하여 둘 것은 全部 應募된 것이 不過 八編에 當選된 二編 外에는 選外 佳作이라 할 것도 업서서 (억지로 말하자면 晉州 徐相翰 君의 「쓰린 離別」과 大邱 金大坤 君의 「사랑의 눈물」의 功程이 可觀이라 할까) 不得已 二等 三等만 選하엿는 데 二等인 趙君의 「良心」은 一等되기도 부끄럽지 아느나 次等을 連續할 만한 것도 업고 坐는 少年 作品을 넘어나 모다[4] 最上級으로 入等하기는 將來 餘望에 엇덜가 하여 그와 가치 選하엿다.

마조막 新建 文壇의 寧馨兒가 될 諸君의 健康과 努力을 빌고 붓을 던진다.

선후 한마듸

심사 후기다. 당시 『동아일보』 대구 지국이 주최하는 청소년 대상 문예 작품 공모에서 작품 선정 과정을 아주 상세하게 밝힌 글이다. 1920년대 전반기에 지방의 신문 지국이 주최하는, 그것도 청소년을 대상으로 하는 문예작품 공모가 있었다는 점은 당시 신문학에 대한 사회적 관심도를 잘 말해 준다. 그리고 소설 창작에서 중요한 것은 문장의 기법이 아니라, 인생을 관찰하는 인생관의 확립이라는 지적에서 소설에 대한 인식이 상당한 수준에 도달했음을 알 수 있다. 이 글은 이상화와 최소정(崔韶庭)의 공동 집필한 것으로 표기되어 있다. '어휘와 필치'로 보아 집필자를 이상화라고 추정하는데, 그렇게 단정할 만한 분명한 근거는 없다. 언문일치를 이룬 당시 평론문의 일반적인 문체 특징을 보여 주고 있을 따름이다.

---

4) 너무나 모두

□ 『開闢』 58호, 1925年 4月號

2. 文壇側面觀

— 創作 意義 缺乏에 對한 考察과 企待

(一) 觀察의 缺乏

現在 文壇이란 모듬 속에는 觀察性이라든 觀察眼이라든 觀察力이라는 觀察이 업다 할 만큼 缺乏하다고 안을 수 업다. 在來에 잇든 것이 乏絶된 것이 아니라 作品이 出産될 째부터 가저온 先天不足이다. 個性에 對한 觀察性, 社會에 對한 觀察眼 時代에 對한 觀察力 —이 세 가지 가온데의 아모것에서 한아도 못 가젓다 하기보담은 거의 가질 맘이 업섯다 하여도 暴言이 아니겟다. 겨오 이즘 한두어 사람의 (論評 그도 槪評 月評에 지지5) 안치마는) 이 作者와 밋 作品에 對한 要求를 하엿다. 그 要求가 아즉 그리 明瞭한 것은 아니나 그 散漫한 意思를 모두어 보면 社會 觀察眼을 가지자는 忠告的 親分이 만히 잇다. 그나마 반가운 일이라 안을 수 업다. 이로부터 作家의 頭腦에 별다른 營養分을 吸收할 한갓 機能이 생길 줄 밋는다. 오늘꺼 나온 그 作品들을 자세히 본 이면 짐작도 하려니와 거의 다—사특한 작난에 지지나 안엇다. 이것은 作者 自身들이 그째의 創作慾을 反省해 보아도 알 것이고, 쏘 오늘 文壇이 얼마쯤 修辭와 技巧를 收獲한 것 말고는 아모것 내노흘 것이 업슴을 보아도 알 것이다. 이런 收獲이라도 업섯드면 하는 생각을 할 째는 그만 다행한 깃븜이 나오지 안는 배 아니나 이런 收獲을 엇기만스리 마조막 속 업는 작난이 되고 말 짓을 언제든지 할 것은 아니라고도 안흘 수 업다. 個性과 社會와

---

5) '지나지'에서 '지'의 탈자.

時代—말하자면 이 세상과 接流가 업시 살어볼려는 마음이 잇으면 그는 하로 일즉 한울로나 물미테나 사람 업는 곳으로 가야 할 것이다. 웨 그러냐 하면 사람이 된 個性이 엇지 살까 하는 觀察이 업고 個性이 살 社會가 엇더한가 하는 觀察이 업고 社會가 선 時代가 엇더하다는 觀察이 업시는 적어도 이러한 觀察을 해보려는 努力이 업시는 그의 모든 것에서 사람다운 것이라고는 한아도 볼 수 업기 째문이다. 사람다움이은[6] 사람의 良心에서 나온 것이니 사람이 아니고는 차질 수 업는 이러한 美를 사람이 살 쌍 우에 가저오게스리 애쓸라는 觀察이 업시는 사람 作者 노릇은커녕 노릇을 안켓다고 함이나 다르지 안키 째문이다.

(二) 意義의 喪失

더욱든[7] 文壇으로 말하면 어느 나라에서나 별달리 責任을 가지고 잇다. 勿論 그 責任 가온데는 自己의 良心에서 숨여난[8] 創造力으로 말미암아 그도 몰리 責任을 질겨질[9] 째도 잇고 쏘는 個性과 社會와 時代를 觀察함으로 그의 良心이 그러하지 안코는 滿足할 수 업슴에서 責任을 알면서 질 째도 잇다. 責任이람은 다른 것이 아니라 自身이 그 나라 사람으로써 그 나라 말로 그 나라의 追求(사람의 모든 努力을 아울러 永遠한 追求라 할 수 잇다.) 하는 바를 말하는 사람이 되엇스면 그에게는 그 나라 사람으로써 글 쓰지 안는 그 사람들보다는 무엇 한 가지 더 가질 責任이 잇다. 그러타구두 한 개식 가진 눈을 세 개 네 개나 가지라든지 한아쌘인 머리를 둘식 셋식 가지라는 쌈업는[10] 要案은 아니다. 말하자

---

6) 사람다움이라는 것은, '사람다움이람은'에서 '람'의 탈자.

7) 더욱이.

8) 스며난.

9) 짊어질.

면 글 안 쓰는 사람들이 그날의 供給과 그날의 存在를 얽매기에 밧버서 마음으로나 몸으로나 사람답게 살어야 할 아름다운 生活을 생각지 못할 째나 쏘는 그 生活의 아름다움을 가지지 안흘 째마다 이는 冒瀆이다 이는 自滅이다. 할 만한 마음과 다시 그런 缺陷 잇는 자리를 보담 더 完美한 마당으로 만들 수 잇다는 設計書를 숨일 만한 觀察性 觀察眼 觀察力과 밋 그를 繼續할 誠實을 意味한 責任이다. 責任 한 가지를 더 가진담은 그 責任한 만치 한 가지의 勞動(맘으로나 몸으로나)을 더함이다. 여긔서 글 쓰는 사람의 질겨 하는 犧牲的 享樂이 잇고 이로서 文壇의 存在가 잇다고 할 만한 定命的 意識을 가지게 된다. 이 意識의 心核을 가지지 못하고 싸라서 이 享樂의 底意를 잡지 못한 째에는 흔이 참되지 못한 勞動—곳 사특한 작란을 하면서도 한 가지 더 勞動한다는 妄想만으로 그만 本質에 대한 意識을 쌔앗기고 일허버리고 만다. 그러한 가온데서는 前進이 업고 自足이 잇스며 創造가 업고 彌縫이 잇으며 熱騰이 업고 寒縮이 잇스며 젊은 듯하기를 쓰리고11) 늙은 체하기를 질겨 해서 마치 제째에 먹는 씨니를 실혀하고 호작질 비슷한 군입 다시기를 조하함이나 다름이 업는 그째위 망녕을 부리게 되나니 意識을 일허바린 文壇에는 다맛 아모도 몰리 모든 것을 쌔앗어 가고는 말 죽음이 오기를 기대리는 햇소리이가 날 쑨이다.

(三) 低調한 傾向

내가 말하고저 하는 것은 이 우의 말한 바와 가티 늘 本質로 보아서 말할이다. 아모라도 그러케 생각햇슬 테지마는 이즘 달마다 나는 한두

---

10) 어림없는, 도저히 될 가망이 없는.
11) 꺼리고.

어 개의 雜誌에 몃 개 안 되는 作品을 읽어보면 거의 다 안즌 자리에서 쓴 것이다. 만일 그러치 안코 만흔 애를 섯서[12] 만든 것이라면 그는 확실이 作者의 觀察과 意識이 업섯거나 쏘는 쓰기에 適當하지 안흔 自身을 쌔닷지 못함이거나일 것이다. 그 作者들 가온데 몃 사람은 일즉이 觀察을 해보아서 生命 잇고 힘잇는 作品을 쓰기에 훌늉한 사람이 잇섯다. 하나 이즘 나온 것으로 보아서야 어데 사람의 마음을 쌔우칠 것이 잇스며 어데 사람의 마음을 아람답게 할 것이 잇든가. 時代에 대한 警告도 업고 社會에 대한 批評 (作者 技腕에 싸라 拘關이 업슬 준 안다)도 업다. 意識이고 觀察이고 아모것도 업는 것은 사특한 작난이니 말할 것도 아니지만 몃 사람의 意識과 觀察을 조곰이나마 가진 듯한 것도 그리 신통치 못한 經驗에 군더데기를 부친 것이고 별로 늣길 것 업는 想像에 분박재기[13]를 가린 것이다. 이 現狀으로만 나간다면 百年 二百年은 두고 단 十年 二十年 뒤에서도 오늘의 文壇을 돌아보면 이른바 朝鮮文學을 建設하는 사람의 位置 (이런 位置임을 알엇거나 몰랏거나 오늘 글쓴다는 이에게는 不幸인지 幸인지 그리 되엿다)에 잇섯스면도 아모러한 意識을 못 가저섯기 쌔문에 이러타 할 만한 意識나마 남기지 못하게 될 그 붓그러움을 생각할 수 잇슬 것이다. 思考로나 體驗으로나의 生活은 하로만치도 안흔 材料로 慾量에와 作品에는 一生을 지나 본 듯한 表現을 하려 하니 녯니야기에 잇는 글 잘하는 귀신이 엽헤서 일러주기 전에야 그 內容이 엇더할 것은 해가 쓰면 나지 되고 해가 쌔지면 밤이 되듯한 事物의 理致 그대로일 것이다. 엇든 이는 ‘그러케는 말할 게 아니라’든지 쏘 ‘아즉 그럴 밧게 더 잇나’ 하든지 해서 여러 가지 辯駁이 잇슬지 모르나 아모튼지 虛心坦懷로 文壇 意識을 省察한 이면 그 이의 생각은 오히려 이보담 더할 줄 안다.

---

12) 써서.

13) 분(粉) 바가지.

(四) 量과 質

이러케 귀엽지 못한 傾向이 잇게 된 것은 그 動機를 오로지 量과 質에
대한 考慮가 업섯슴에서 비롯하엿다 안흘 수 업다. 이 考慮가 업섯슴은
文學이란 것을 그닥 系統 잇게 思究하지 안코 (나부터 그러치만 作者 全部
가 아니라 大部分 險談이 아니라) 그야말로 이 개천 치다 금 줍는 격으로
아모 쌈업는 作物을 印刷로 보고 갑작이 作者인 척하는 그 拙劣한 속에
서 어든 自慢心이 오늘곳 反省할 機會도 업섯스리만큼 그 考慮性을 쌔
앗섯기 째문에 쓰기만 쓰면 作品이려니 해서 그만 量 —곳 生命의 거름
애를 그리면서도 質 — 곳 生命의 그 自身을 가저올 줄 알엇든 것이다.
勿論 個性들이 모혀 사는 그 社會가 엇지 살까 焦勞하는 그 時代가 아니
고 個體로나 全部로나가 다 — 安定 豊裕한 그 期節이면 生命의 거름애
의 거름애를 그려서 독갑이 소리를14) 할 수도 잇고 쏘 그러는 것이 도로
혀 그날의 生命을 한 번 웃게 할 웃음쩌리도 될 것이다. 하나 朝鮮의
文壇이 가진 時代와 社會와 個性 — 곳 세상에서는 生命 그것을 엇지면
쌔앗기지나 안흘까 하는 그 期節을 밟고 잇다. 아 –니다 生命다운 生命
—내 몸이 사는 맛을 못 보든 그 자리서 일허바렷든 내 生命을 내 몸으로
차저오려는 그쌔이다. 다시 말하면 남의 세상을 模倣한 量的 存在를 읇
조리기보담 나의 세상을 創造한 質的 生命을 부르지즐 쌔다. 純眞한 藝
術은 模倣性을 안 가진 創造熱에서 난다든 말을 反省하고 體驗할 쌔다.
나는 이런 意味에서 이즘 作品의 거의가 社會라든지 人生에 대한 깃흔
煩悶도 업고 생기 잇고 아름다운 心願도 업시 다못 現狀 滿足에서 난
娛樂 氣分이나 쏘는 閑暇롭게 지은 듯한 興味 이약이로 보일 쑌이다.
이랫서야 文學의 人生에 대한 價値 가튼 그 點으론 말고도 어대 朝鮮이

---

14) 활자를 분명하게 확인하기 어렵다. '소'(도깨비 소리) 혹은 '노'(도깨비 놀이)로 읽을
수 있다.

제 文壇을 가젓다 할 거리가 잇스며 무엇을 文壇이 朝鮮에 잇는 보람이라 할싸. 지금 文壇에 本質的 追究가 업는가 잇는가는 誠實한 氣志와 嚴肅한 態度로 觀察을 한 作品이 잇고 업슴을 차저보면 알 것이다.

(五) 生活, 言語, 作家

現在의 作品을 모조리 外語로 翻譯하여서 外國人에게 읽은 뒤의 感想을 들어 본다면 그의 입에서 朝鮮의 내음새를 맛보앗노라 하는 말이 나올싸? 朝鮮이란 그 生命 덩어리의 엇더한 것과 얼마만 한 것(아즉은 희미하게라도)을 보앗다고 하리 만큼 朝鮮의 生命이 表現되엿슬싸? 만일 "朝鮮의 生命이 表現된 作品을 잇느냐 업느냐고 뭇는 말은 文壇이란 成形조차 못 된 오늘이라 너머 이르다" 하는 말이 잇다 하면 그는 확실이 지금 글 쓰는 이를 侮辱 叱咤보담 더 참혹하게 죽이는 憐憫의 소리일 것이다.

웨 그러냐 하면 朝鮮이란 나라에도 사람이 잇는 以上 그 사람들 모다가 臨終席에 누어 잇는 반귀신이 아닌 以上 그들에게도 살려는 衝動이 쉬지 안흘 것이다. 그 衝動이 잇는 것만치는 그들에게도 生活이 잇슬 것이다. 엇던 나라에서든지 그들의 生活이 잇고 그들의 言語가 잇는 以上 그들의 生活이 天國사리가 아니고 大地로 밟은 以上 그들의 言語도 사람의 感覺과 背馳하는 怪物이 아니고 사랑의 痛痒을 指示하는 表現이라면 그들에게도 追求하려는 울음이 잇을 것이오 美化하려는 부르지즘이 잇슬 것이다. 그 울음과 그 부르지즘을 어더 듯지 못하고 그 울음과 그 부르지즘을 그대로나마 記錄하래도 못하는 사람이 그 나라의 生命을 表現하는 作者가 되엿다면 글 쓸 사람의 意識을 못 가진 죄가 얼마나 클 것이며 作者 自身의 本質을 쌔앗긴 허물은 엇지나 될 것인가. 朝鮮에도 生活이 잇고 言語가 잇는 바에야 朝鮮의 追求熱과 朝鮮의 美化慾 곳

朝鮮의 生命을 表現할 만한 觀察을 가진 作者가 나올 만한 째이라 밋는다. 다시 말하면 오늘의 朝鮮 生命을 觀察한 데서 새롭은 生活樣式을 構成할 곳 實感 잇는 生命의 創造를 시험할 創作家가 나올 째라 밋는다.

(六) 創 作

創作은 決코 小說만을 말한 것이 아니다 文學 形式으로야 엇더하든지 現實의 觀察을 망친 想像 (追求熱과 美化慾이 잇는)에 새롭은 社會의 環境을 그리고 그 社會의 規定으로 말미암아 거긔서 人生을 生活하게만 하엿스면 아모것이든지 創作이라 할 수 잇다. 그런데 作家가 分類되는 것은 作家들의 個性이 다른 째문이고 그 社會와 時代가 다른 것은 아니다. 作家의 觀察하는 態度와 感觸 밧는 方法이 各自의 個性이 다름에 짜라 人生을 小說 (長篇이나 短篇) 戲曲 詩 批評이란 여러 形式으로 表現하는 것이다. 밧구어 말하자면 作家는 그의 個性을 짜라서 人生을 詩, 戲曲, 長篇小說, 短篇小說의 形式으로 생각키도 하고 늣기기도 하는 것이다. 그럼으로 作家 한 사람이 한 가지 以上의 形式으로 表現을 한다면 그만치 그 作家의 性格이 多角的으로도 明瞭하기를 要求한다. 絶對로 不可能한 일은 아니다. 그러나 決코 短篇을 複雜하게 延長한 것이 長編이거나 長編을 簡單하게 縮小한 것이 短篇이라고는 할 수 업다. 짜라서 詩를 散文으로 고친다면 그는 散文이 創作이 될 것이나 詩가 散文으로 변하여 젓다고는 못 할 것이다. 또 批評도 엇든 作品을 이리저리 금을 그어서 여긔는 살엇서 조코 저게는 죽어서 낫부드라만[15] 하는 讀後感 비슷한 싸위는 말고 獨特한 境地를 가지고 잇는 批評家의 觀察 感觸이 보일 表現 곳 批評이라야만 創作이라 할 수 잇다.

---

15) 나쁘더라고만.

154

(七) 企待

여긔서 나는 지금 文壇에서도 創作하기에 天分이 잇대도 過言이 아니고 몃 분들에게 忠告와 企待를 들인다.

想涉, 憑虛, 稻香 가튼 이들은 하로 일즉 遊蕩 生活 (쪽 誇張된 말일지 모르나 何如間 氣分上으로라도)을 바리고 될 수 잇는 데까지는 오늘 朝鮮의 生活을 觀察한 데서 어든 感觸으로 第一義的 大作이 될 만한 叢書를 짓기로 지금부터 着工하엿스면 한다.

그리고 懷月, 月灘, 明熙, 石松, 基鎭 가튼 이들은 다—詩 쓰는 이들로써 小說 (前四人) 批評 (後一人)까지 쓰는 이들이니 남달리 가진 頭腦와 남달리 섯는 位置를 다시 닷[16] 告知하여서 그들의 네사롭지 안흔 責任을 다—함으로 말미암아 文壇에서 섯지 못할 二重收果가 잇게스리 바란다.

어썬 이는 文壇의 歷史的 背景이 업슴으로 이 企待를 過分하다 할는지 모르나 우리는 오히려 그리 보배롭지 못한 傳統力 (勿論 全部를 말함은 아니다)에 依賴를 避하려 하고 또 曲型에 사로잡히지 안흐려 애쓰지 안코 잇는 精力이란 精力을 오즉 現在와 未來를 爲하야만 쓰기 째문에 우리의 할 일이란 다못 創造뿐이다. 혹 잘못 생각하게 되면 지금의 文壇에서 애쓰는 自身을 터전 닥는 이 犧牲으로만 녀기게 된다. 하나, 이 마음은 一種의 自爆이다 一層의 墮落이다. 우리의 가진 全部는 언제든지 새롭은 것을 創造함에서 生命을 엇게스리 自然의 恩寵을 바든 것은 무엇보담 먼첨 感銘을 하여야 한다. 그러면 우리에게는 喜悅이 잇스며 勇氣가 잇겟고, 自恃가 도드며 活力이 날 줄 안다.

---

16) 다시 다.

문단측면관

이상화의 문학 비평문 중에서 가장 뛰어난 글이다. 당시 문단의 문제점을 조목조목 들어서 비판한다. 사회와 시대에 대한 관찰력의 결핍, 민족이나 국가에 대한 작가로서 책임 의식 상실, 시대나 사회에 대한 비판의식 저조, 당대 조선이 처한 현실이나 고유한 특성을 살피지 못하고 밖의 것을 양적으로만 모방하는 태도 등을 지적한다. '저조한 경향'이란 대목에서 알 수 있듯이, 그의 문학관은 경향 문학을 지향한다. 그리고 시대에 대한 경고와 사회에 대한 비판을 주문하는데, 이는 그의 '생활 문학론'과 '민족문학론'의 출발점이기도 하다. "조선에도 생활이 있고 언어가 있는 바에야 조선의 추구열과 조선의 미화욕 곧 조선의 생명을 표현할 만한 관찰을 가진 작자가 나올 때"라는 발언에 당시 이상화 문학관이 집약되어 있다.

□『開闢』60호, 1925年 6月號

3. 지난달 詩와 小說

小說부터 먼첨 말하겟다.

「흙의 洗禮」 ―星海 作―『開』

이것은 性格 轉換을 보이려는 作品이다. 思索的 傾向이 잇든 生命―
곳 여러 가지 갈래로 살피려든 그 性格이 實踐的 傾向을 가진 生命―
곳 한 갈래의 길로만 사러가려는 그 性格으로 옮어가는 經路를 말한
것이다.

나는 '傾向'이란 것을 붓친 것에 만흔 意味를 가젓다. 이 作品에 對한
批評의 意味가 '傾向'이란 그 두 字 속에 거의 다 잇다.

웨 그러냐 하면 「흙의 洗禮」를 바든 前後의 明浩가 다 무슨 決定된
行爲를 일즉 갓지 못하엿기 째문이다. 그는 思想 (思索에서어든 決定的
行爲)이랄 만한 것을 가지지 안헛다. 잇다면 將次에는 生産될 수 잇는
'不平' 한 가지쑨이엿다.

한데 처음부터 明浩가 純全한 '不平'만 가젓드면 그에게는 鬱憤이 날
터임으로 한 가지의 思想 (思索함)이 엇든 樣式으로든지 반다시 나왓슬
것이다마는 그의 맘이 柔屈. 懶惰하엿슴으로 叛熱 그대로 살지 못하엿고
쏘 그래도 自身을 反省할 만한 良心은 잇섯기 째문에 모―든 것에 모르
는 척할 冷靜한 그 生活 (或은 隱遁生活)도 하지 못하엿다. 이리하야 그에
게는 都會에 잇스나 鄕村으로 가나 向方 업는 不平과 自身에 對한 不滿

이 그를 써나지 안핫다. 말하자면 제 生命의 空虛 (勿論 이것을 確認은 못하엿다)를 채우지 못한 데서 어든 苦悶이 그의 生命을 여러 가지로 살펴보게 하려든 傾向과 動機는 주엇든 것이다. 하나 그는 그 傾向을 그 動機에 바덧슬 쑨이고 한 자욱 더 드러가지는 안핫다. 그럼으로 '흙의 洗禮'를 밧기 前 그의 性格에 思索的 傾向이 잇섯다고 한 말은 理性과 悟性을 아즉 分認할 줄 모르는 그 時期 生活의 朦朧 狀態를 意味함이나 다르지 안타.

그리고 또 그가 冷靜 生活의 第一步 (實踐에서어든 決定的 行爲)로 밧가리를 오늘 하로 동안 한 結果 純全한 隱遁生活을 하겟다고 하면서도 "이것이 또한 영원이 우리의 시달킨[17] 령을 잠재워 줄 것으로 (아모리 現下의 境遇이지마는) 미들 수는 업다" 한 것을 보면 그에게는 아즉도 思想 (實踐할)이 업슴을 아는 同時에 다못 實踐 生活을 할 듯습허만[18] 보이는 그 쏠을 알 수 잇다. 이리하야 그에게는 저리로 가보자고 하나 眞實을 못 가진 懷疑的 氣分이 잇고 한 갈래의 길을 싸러가기에는 그의 認識한 生命의 發光이 너머나 가엽게도 稀微하엿다. 다시 말하면 지금 그의 性格을 支配하는 그 '不平'은 '不平' 그대로 實踐하기엔 幻想이 아즉 純化를 못하엿다. 그럼으로 '흙의 洗禮'를 바든 뒤 그의 性格에 實踐的 傾向만이 잇다고 한 말은 情意와 理知를 分感할 줄 모르는 그 時期 生活의 混沌狀態를 意味함이나 다르지 안타. 그리하야 明浩의 生活엔 참된 覺悟가 업다는 것이 이 作品에 對한 批評의 縮語다.

그러나 이것을 作品에 對한 批評으로만 말할 수 업다. 나는 이 作品을 힘입어서 現下 朝鮮 사람의 內的 生活을 觀察하엿슴으로 말이다. 아마도 우리나라의 識者들 가온데는 거의가 다―明浩와 가틀 줄 안다. 啓蒙 時期에 잇느니 黎明期에 잇느니 하는 짧은 時日을 가진 朝鮮이니 勿論

---

17) 시달린.
18) 듯싶어만.

이러케도 自身과 社會와 時代와 生命에 對한 觀察이라든 批評에 虛肯한 것이 無理는 아닐 줄 아는 바이나 오늘의 現象을 未來에까지 延長해 볼 째에는 참으로 하로밧비… … 하는 마음이 불 일 듯한다. 이런 말은 그만 두기로 하고 나는 作者에게 한 가지 뭇고저 하는 것이 잇다. 그것은 이것이다.

作者는 이 作品을 쓸 째 朝鮮 識者(明浩를 代表로)의 內的으로 不徹底 非自覺인 것을 暴露식히기 위하야 쓴 것인가 그러치 안흐면 明浩의 生活을 意義가 잇게 생각하여서 그의 生活에서 무엇을 發見하라고 쓴 것인가? 만일 前者의 意味 가트면 모르거니와 後者의 意味일진댄 나는 失念 안흘 수 업다. 웨 그러냐 하면 根本的 意味에서 創作을 쓸 사람은 그 自身이 先知와 가튼 充分한 觀察을 가저서 한 개의 作品에 完全한 '새 세상을 보이거나' '새 사리'[19]를 보여야 할 것이다. 적어도 그리할 만한 洞察은 보여야 할 것이다. 그것을 보이기에는 이 作品에 表現된 作者의 觀察이 너머 狹近하다 하리 만큼 自暴 觀念이 만타. 自暴와 發惡은 類似한 듯하나 아조 다르다. 그것은 沈澱과 流動과의 差異와 갓다. 이것을 主意 삼아 忠告해 둔다.

그리고, 스트로 아모랫든지 지난달 創作 가온데서 가장 무게 잇는 作品인 것을 말하지 안흘 수 업다. 所謂 良心을 일치 안흔 識者의 '思想 과 生活의 統一'에 對한 苦面을 말한 것이라고도 볼 수가 잇다. 이와 가튼 內面 生活에 對한 作品이 나오기를 바라리만큼 作者의 新面을 보인 努力을 다시 感謝한다.

---

19) 새 삶.

「가난한 사람들」—李箕永 作—『開』

이것은 想像에서 나온 것이 아니다. 아마도 엇든 實生活의 斷片을 記錄한 것 갓다. 이만큼 實感이 읽는 이에게 逼注가 된다. 하나 決코 構想이든 技巧를 通하야서 오는 感興이 아니고 專혀 말하자면 廉恥업서진 거러지의 '타령'하는 듯한 그런 慘憺한 生活의 苦味를 讀想함에서 오는 것뿐이다.

그럼으로 小說이란 形式으로 보아서는 具備하기에 不足한 것이 너머나 만타. 차라리 隨筆로나 書簡으로 썻드면 作者의 보배롭은 熱情이 얼마나 더 읽는 이를 衝動까지 식혓슬까 한다.

「정희」—김동인 作—『朝』

이 作品은 아즉 무엇인지를 모르게스리 揭載가 되엿슴으로 그만두기로 하고 이러케 싣허낸 것에 대햇서만 한두어 마듸나 해 보자.

첫제 이 作品을 보면 무슨 그러기일 만한 것도 아니겟는데 웨 엇제 이러케 보기 흉업도록 내여서라도 作品과 讀者와의 感興을 傷하게 할 必要가 무엇이든가 하는 疑笑를 참을 수 업다.

둘재로는 이것이 비록 적어 보이는 일이나 事實인즉 創作이라는 것에 對한 見解를 말할 만한 것이다. 그런데 作者나 編者가 作品에게 엇제 이러케 待遇를 하엿슬까 함이다.

「게집 하인」—稻香 作—『朝』

남의 집 '어멈'사리의 一面을 보인 것이다. 全篇이 거의 對話로 된 데서도 아모 不自然한 것이 업시 場面의 變化를 가저온 것과 쏘 처음부터 끗까지에 엽길로 다라난 說明조차 업서서 한번에 죽 내려읽도록 된 그 軟滑한 技巧는 感服하고도 남을 것이다. 참으로 構想이나 形式이 短篇의 그것을 다 갓초앗다 할 作品이다.

內容의 注意를 잠간 할 테면 '게집하인'인 '양천집'이란 녀자가 '쌱어뱅이' '액구눈'인 것과 싀골 사람임으로 狡猾味를 못 가진 데서 生活에 虐待를 밧는 一種의 哀話다. 말하자면 우서우면서도 눈물나는 그런 이야기다. 作者는 讀者에게 都會人性과 鄕村人性의 墻隙을 살거머니 보이는 同時에 엇질 수 업는가 하는 한갓 悲哀와 바리지 못할 것이다 하는 무슨 問題를 웃는 눈에 눈물을 흘리면서 갓다 주려든 것이다.

그런데 나는 이 作品에 나타난 作者의 觀念과 態度가 調和를 살피지 안핫슴으로 作品의 原生命에 앗가운 微疵를 끼첫다고 생각한다. 그것은 '양천집'의 가진 그 悲哀를 發見한 作者의 現實에 對한 그 溫情인 觀念과 그 悲哀를 알려준 作者의 表現에 對한 그 冷靜한 態度와의 사이에 아모러한 交涉이 업섯기 쌔문에 이 作品이 다못 그닥 싸슨 맛 업는 웃슨 이야기로도 誤解를 바들 만하다는 그것이다.

「朴乭의 죽음」—曙海 作—『朝』

北方 어느 山村의 가난한 집에 자라난 어린 朴乭이가 남의 집에서 썩엇다고 내바린 고동어 대가리를 주서다 살머먹고 中毒이 되여 生命이 危機에 잇슬 그 瞬間—어린 生命의 全部가 다—滅亡될 그 瞬間에까지도 '初試'의 악지바른 搾取慾으로 말미암아 治療를 못 밧고 죽엇스며 쏘 朴乭의 어머니까지 남과 가튼 生命을 일허바리게 됨을 짜라 드듸여 '初試'도 그만 그 報復을 밧게 되엿다는 이야기다. 말하자면 現象 世界에 만흘 悲劇에 因果 觀念을 寓意한 듯한 作品이다.

第六跒初와 가튼 그런 描寫는 골키—외 技腕을 聯想식히리 만큼 쓰엿다고 할 수 잇다. 그리고 또 抑塞된 悲痛을 堪耐하기에는 너머나 哀傷이 만케 사라온 朴卨 어머니의 神經이 자긔 全生의 光明으로 알든 외동아들을 寃痛하게도 쌔앗기다십히 일허바린 설음으로 말미암아 그만 窒息이 되고 다시 錯亂이 되엿다가 마조막 發狂까지 하는 그 景面들도 如實한 感이 잇다.

그러나 이 作品 全體의 感興的 效果로 보아서 그가 썩은 고동어 대가리를 먹게 된 그쌔의 情景(먹고 십헛드라고만 하기보담도 고기에 주렷든 그 食慾이 보엿서야 할 것이다) 이 不足한 것과 結末에 밋친 朴卨 어머니가 '初試'의 얼골을 물어쓰는 것을 본 群衆이 말리느니 욕하느니 놀나느니 해서 아모 混雜한 狀態가 업시 마처바린 그것이 애닯게 생각된다.

쓰트로 나는 이 作者가 남과 가티 纖細와 柔軟한 맛이 업는 대신에 언제든지 素朴과 純性을 남달리 가진 대서 반다시 엇기 어려운 健實한 作品을 우리의 압헤 내보이리라는 미듬성 잇는 企待를 말하여 둔다.

「쑴 뭇는 날 밤」—金彈實 作—『朝』

이것은 '남숙'이란 녀자가 임의 남의 가장이 되고 남의 아버지까지 된 와이란[20] 사람을 그 사람도 멀리 사랑은 하면서 자긔의 愛情과 밋 環境에 대한 省察을 말치[21] 안흔 結果로 그의 理智가 그만 이저바리지 못하든 그 쑴을 영영 幻想 속에다 무더바리게 하엿다는 이야기다. 말하자면 우리나라에는 일즉 드러나지 안흔 그런 新面을 보인 作品이다.

이 作品의 主意로써는 쎔쎔이[22] '남숙'이의 생각을 描寫한 文句에 澀

---

20) Y이란.
21) 말하지.

滯한 言語(안국동을 지날 쌔의 생각을 말한 것과 맨 마즈막에 그의 決定된 생각을 보이든 것)가 몃 마듸 잇슴이 험점이랄는지는 모르나 成功한 것이라고 할 만한 作品인 것은 事實이다.

하지마는 作者가 '남숙'이를 「포애태쓰」[23]로 쓴 것만큼 詩人에 대한 見解가 적은 「포애태쓰」인 것을 말하지 안흘 수 업다. 이 말이 좀 엽길로 퍼질 듯하나 임의 詩人이란 말이 낫스니 아주 쌀게나마 몃 마듸 하겟다.

眞實한 意味에서 '남숙'이는 詩 쓸 사람이 아니다. 詩를 쓰기에는 너머나 功利慾이 만타. 그리고 또 自身의 誠實한 데서 나온 謙遜이 업다. 다못 '무리 압헤 놋토록'—곳 처음부터 한갓 敎養만 되도록—하겟다는 功利慾보다도 더 어려운 誇大妄想이 잇슬 쑨이다. 그에게는 澎張하는 生命力이 업다. 純情이 업고 熱性이 업다. 恐訝가 잇고 微溫이 잇슬 쑨이다. 그럼으로 그에게는 詩를 쓴다는 것이 한갓 두렴 만흔 자긔의 避亂處가 되엿다. 그러케 짐작만 햇스면 쏘 모르겟스되 도로혀 그러는 것으로써 거록한 犧牲이나 된 듯이 誇張을 하는 稚行을 알라. 生命이 潑剌된 데서 나온 生活을 저바리는 그 목숨에서 나올 것이 무엇이랴. 가장 산듯한 生命을 가진 이라야만 詩人이 될 것이다. 웨 그러냐 하면 詩란 것은 가장 산듯한 生命의 발자욱이 쌔문에. 그런데 '남숙'이는 산듯한 생활을 저바리고 난 한숨을 詩로 알엇스니 作者가 '남숙'의 우서운 이 생각을 諷刺로 썻스면 모르거니와 그러치 안흐면 作者의 詩에 對한 誤見인 것은 免할 수 업다.

---

22) 틈틈이.

23) poetess(女流詩人).

「序文學者」—任英彬 作—『朝』

이즘 '文學靑年' 가온데 一種 虛僞的 氣分을 가진 者를 諷刺한 諧謔 作品이다. '仙翁'의 心理 經過가 如實히 描寫되엿다. 우수우면서도 憐憎한 생각이 나게 한 것은 作者의 暗示力을 볼 수가 잇다. 別味 잇는 作品이다.

하지만 나는 作者가 小說로 쓰기에는 用意라든지 構想이든지가—곳 內容에 너머나 單純하다는 感이 업지 안튼가 함이다.

그리고 쏘 作者에게 意見 삼아 말해 둘 것은 보기에 嘔吐가 나게스리 흉업지 안흘 만큼만 漢字를 써주엇스면 하는 것이다.

「憧憬」—韓秉道 作—『朝』

이것은 S란 사람이 애쓰든 美的 追求를 그림으로 表現하렴에서 나온 憧憬과 K란 녀자가 한 번 맛난 異性에게 가젓든 戀慕에서 난 憧憬—이 두 사람의 憧憬이 쯧하지 안는 機會에 서로 맛남으로 말미암아 調和境으로 交融이 되엿다는 이야기다.

젊은 時期에 흔히 잇슬 만한 純粹한 그런 空想 갓지 안케스리 自然스럽은 風味를 얼마씀 보인 것은 作者의 엿지 안케[24] 洗鍊된 技腕을 짐작할 수 잇다. 그러나 한 가지 遺憾되는 것은 暗示가 모자라는 叙述에 갓차워서[25] 다못 漠然한 幻想 生活을 그리워하는 듯한 그것이다.

엇잿든지 이 作品 가온데서 나오는 努力—內的으로나 外的으로나 描寫에 緻密하려는 그 努力이 創作할 技面의 어느 部分을 말하는 듯해서

---

24) 옅지 않게.
25) 가까워서.

164

作者에게 感謝를 안흘 수 업다.

「相換」—自我 作—『朝』

이것은 比諭해 말하자면 눈 코 입이 업는 그런 얼골을 가진 사람이것다. 머-ㄹ리서 보면 사람 갓기는 하나 갓차히 가보면 사람이라고 할 수 업슬 것과 가티 보기에는 무슨 作品 갓기는 하나 읽으면 도모지 新聞에 社會面 記事처럼 '안해를 相換'하엿다는 그 事件을 報告 비슷하게 쓴 그 意味쑨이다. 筆致와 構想 사이에 差違가 너머 만타.

昌洙가 弘得의 안해를 엇재 웨 다리고 도망하게 되엿스며 쏘 弘得이가 昌洙의 안해와 엇재 살기가 되엿는가? 이리된 '까닭'이 이 作品의 主意 生命일 것 가튼데 그 暗示가 도모지 업스니 이것을 무에랄는지는 지은이와 읽은 이가 다시 한 번 본 뒤의 늣김에 맛긴다.

「첫날밤」—金浪雲 作—『生』

'순희'란 어린 녀자가 집안의 貧困으로 말미암아 넉넉한 살림을 빙자하고 음탕한 생활을 제멋대로 사라온 즘생 가튼 늙은 색마에게 셋집첩으로 드러간 것이 '순희'의 가즌 소망을 다 뿌수고 다시 '순희'의 목숨까지 쌔앗고 마럿다는 애듯는[26] 作品이다.

'첫날밤'이란 것은 作者가 '순희'의 生命도 사는 보람이 잇게 사려하든 그 첫날밤이 '순희'의 生命은 언제 잇섯드냐 비웃는 듯한 그 마초막날밤—곳 永遠한 破滅의 '첫날밤'이 되고 마럿다는 寓意에서 命題를 한

---

26) 애틋한.

것이다.

나는 이 作者의 筆致 (이 作品에만. 다른 것은 못 보앗기 째문에)가 모파쌍의 「윤느·리앹」에 잇는 '첫날밤'의 描寫를 聯想식히리 만큼 如實하다는 것을 적고 둔다.27)

지난달 創作으로는 다 된 세음28)이다. 『生長』에 「玉順」이—李鐘鳴 作과 「絶交」—곰보 作—란 作品이 잇스나 그것은 當選된 것과 발서 選者의 所評이 잇슴으로 그만둔다. 그리고 또 新聞에 作者와 밋 題名을 記憶할 수는 업스나 엇잿든 作品이 한두어 개 揭載된 것이 짐작은 되지마는 붓그롭은 말슴으로 읽지를 못하엿기 째문에 거긔 대하얀 말 못하게 된 것을 만히 샤과한다.

쯔트로 한마듸할 것은 만히 나온다고 無條件으로 반가웁달 것은 아니나 그래도 俗談에 '닭이 천 머리면 鳳이 한 머리'란 세음으로 반다시 만키만 하면 各篇 佳作이 나올는지도 모를 터이라 한 달에 겨우 十餘篇밧게 나오지 안는 創作壇의 殷盛을 바라지 안흘 수 업다는 그것이다.

이로부터는 지난달의 詩로 옮어가 보자.

「兄弟들아 싸호지 말자 東方이 아즉도 어둡다」—石松 作—『生』

사람은 個性의 內的으로나 個性과 個性의 接觸되는 그 사이에서나 生命에 對한 鬪爭이 쉰히지 안코 잇슴으로 말미암아 個體의 靈肉 均衡을 어드며 두 個 以上의 無數한 生命이 統一을 엇는 것

이다. 勿論 生命에 對한 鬪爭과 紛擾는 다르다. 이 詩는 分裂 離散이 되고 말려는 今日의 紛擾된 生命에게 주는 懇曲한 精誠 그것

---

27) 적어 둔다.
28) 셈이다.

이다. "형데들아 東方이 틈을 깃버하여라. 오 그쌔의 싸 우에 열릴 것은 춤터쌘이다" 한 것은 作者가 우리에게 調和境을 가르친 것이다.

그런데 全篇으로 보아서는 暗示力이 너머나 드러나 안흔 싸닭인지 모르나 앗짓하면29) 읽는 이에게 '作者는 행여나 避事性을 가지지 안핫는가?' 하는 쯧하지 안흔 疑訝를 바들 만큼 表現이 흐릿다면 흐릿다고 할 詩이다.

「싸뭉개여진 얼골」―「지렁이의 죽음」―基鎭 作―『生』

「싸뭉개여진 얼골」은 우리의 가난한 사람에서 짓쑥으러지려는 生命을 發見한 것이다. 두려움을 주는 詩이다. 作者의 生命의 行儀가 업슴이 서어하다.30) 그리고 「지렁이의 죽음」은 確實이 想像力이 만흔 것이다. 沈痛을 가진 暗示의 詩다. 두 篇에 제각금 넘치는 熱情을 다―感激을 하면서도, 나는 「지렁이의 죽음」을 詩想으로 보아서 몃 번 읽을 것이라고 한다.

「失望과 後悔」―金麗水 作―『生』

平凡한 言語로써 人生을 微妙하게 諷刺한 詩다. 그러나 엇지면 野卑에 쌔지지 안흘까 하는 忠告를 하게 하는 黙感이 잇다. 作者의 技能은 만히 尊敬한다.

---

29) 자칫하면, 아차하면.

30) 서운하다.

「고요한 저녁째」(外 二篇)—浪雲 作—『生』

「고요한 저녁째」란 것은 저녁 情景에 아모러한 發見이 업다. 內容에 아모것도 업는 것을 形式으로만 美化를 하려 햇스니 作者의 詩的 技巧에 缺欠된 것을 알 수 잇다. '金'이란 것에서는 本質을 더 나타내엿다. 熱情 한 가지로만 보아서 '愛人'이란 것이 낫다고 한다. 그것은 "살아서 이러 케 얼골을 맛대고 울고 십허요" 한 句節이 잇는 까닭이다.

「나의 넷집에 도라오도다」—류춘섭 作—『生』

이 詩에선 익숙한 솜시를 남달리 보인 것이다. 하나 것보담도 나는 이 詩想에서 흐르는 誠實을 더 반가워한다. 그것은 이 뒤의 生命에 만흔 冀仰[31]을 두지 안흘 수 업기 째문이다.

「무덤에서 나와서」—姜愛泉 作—『生』

이것은 作者의 思想을 말할만 詩인데 너머 排置에만 힘을 썻고 짜라 서 現實에 驚嘆하는 態度가 너머 輕佻하여서 아즉 어리다는 感이 잇스나 力量의 廣大하려는 努力을 지려둔다.[32]

---

31) 희망과 믿음.
32) 기려둔다.

「고양이의 움」―「겨울밤」―李章熙 作―『生』

異彩 잇는 詩다. 「고양이의 움」이란 것은 幻想의 나라로 다라 나는 作者의 詩情이다. 여긔서 作者의 詩에 對한 態度를 볼 수가 잇다. 그는 確實히 靜觀 詩人이다. 그 대신 生命에서 發顯된 熱光이 업슴을 말하지 안흘 수 업다. 그리고 「겨울밤」은 技巧나 暗示가 족음 模糊하다.

「祈願」―「나무장사의 한탄」―金昌述 作―『生』

이 두 篇은 內在 意識이 확실이 現實的이다. 이런 것을 不拘하고 그의 表現은 아즉도 技巧 偏重하는 態度를 가저 보인다. 『開闢』에 揭載된 「초ㅅ불」이란 詩가 차라리 作者의 觀念과 態度를 具體化한 것으로 보아서 읽을 만한 것이라고 생각는다.

「人類의 旅路」―吳天錫 作―『朝』

이것은 적어도 作者의 用意와 努力한 것만큼 鑑賞하기를 要求하는 貴重한 '詩劇'임으로 한두어 篇의 詩와 가티 그러케만 짐작할 수 업다. 그래서 다음 어느 機會로 미루어 두고 詩란 것이 아즉도 그닥33) 理解를 못 밧는 現文壇에서 이만한 領域까지 드러간 作者의 行跡을 感謝만 해두고 싸라서 「죽음보다 압흐다」란 朴月灘 作의 '詩劇'과 함께 일적은34) 收穫으로 가진 우리의 깃븜도 위선 말을 해둔다.

---

33) 그다지.
34) 이른.

「法聖浦 十二景」—曹雲 作—『朝』

아것은 詩調이기 째문에 여긔 對한 識眼을 못 가진 나이라 그만둔다.
勿論 詩調에서도 語妙와 驚異를 發見하는 데야 다를 것이 업슬 줄은 아
나 그래도 여긔는 特用語(吐, 形容詞 等)가 잇슴으로 그의 是非論과 함
쎄 이 뒤 識眼을 엇게 될 째까지 미룬다.

「늙어지오라」 (外 三篇)—李段相 作—『朝』

이 네 篇 詩 가온데 作者의 敏感을 보인 「늙어지오라」와 쏘 後者의
本質을 말한 「흙에서 살자」는 두 篇을 取하고저 한다. 「心臟」에서도 熱
情을 볼 수는 잇스나 「失題」와 가티 너머 技巧에 애쓰는 자취가 보여서
作者의 感興을 도로혀 문허트렷다.

「나는 惡詩를 쓴다」—李東園 作—『朝』

이 詩의 題名을 처음 볼 째에 나는 번적 생각하기를 妥協 因襲 猜忌에
對하야 發惡을 하는 노래로 알엇다. 하나 이것은 나의 헛된 짐작이엿다.
作者가 詩로 쓴 것이 다못 무슨 일홈도 못 붓칠 有識한 '타령'으로 되고
만 것이다. 무엇보담도 作者가 自身의 生命을 아모 보람업시 만든 것은
"나는 일 업시 惡詩를 쓴다" 하는 그 意識이다. 사람도 아모것도 아니라
고 한 作者에게 靑春은 어데 잇스며 그것을 앗까워할 情意는 어데서
날까? 아모랫든 이러케 길게 쓴 努力과 想量은 感心한다.

「新郎新婦」—巴人 作—『朝』

潑剌한 詩想을 가진 詩人이다. 말하자면 물에서 뛰여나온 고기와 가티 파닥파닥하는 生命을 보이는 사람이다. 그럼으로 技巧와 態度에 남다른 色彩를 씌고 잇다. 이 詩는 銳利한 感受性에 冷熱한 諷刺味를 가진 귀여운 것이다.

「蒼穹」—彈實 作—『朝』

이것과 「언니 오시는 길에」와 두 篇 詩다. 그런데 節奏가 엇제 좀 밋그럽지 못하고 쏘 詩想이 整齊된 것만치 技巧가 모자랏든 험이 잇다. 이 가온데서 나는 「蒼穹」을 取한다. 웨 그러냐 하면 "오오 가을 하날 우리의 집아……" 하는 詩句는 확실히 作者가 發見한 自然과의 同化感에서 나온 보배롭은 그 소리이기 째문이다.

「봄과 마음」—「한빗 아래서」—劉道順 作—『朝』

두 篇이다— 微妙하기는 하나 이 作品의 態度에서 본 作者의 將來할 進程을 위하야 生命의 熱光을 더 追求하지 안흐면 詩의 形骸라고 할 속 빈 技巧만 남게 되리라는 것을 말하고 둔다.

「봄이로소이다」—「呻吟」—姜愛泉 作—『朝』

무슨 作品이든 잘못 써서 읽는 이에게 卑劣하다는 생각을 일으키지 안흐랴마는 愛戀에 대한 情을 숨시 업시 表現한 것만큼 作者의 生命까지 卑劣하게 늣기게 하는 것이 업다. 作者의 注意를 빈다.

이 두 篇 詩 가온데서 바랄 것은 「봄이로소이다」의 속에 나타난 熱情의 未來가 誠實을 일치 말라는 그것이다.

이제는 더 쓸 것이 업서 그만 맛치기로 하고 짠 말 한마디만 적어 놋차.

이것은 별말이 아니다. 勿論 우리의 生活이 글쓰는 것으로만 支撐을 할 수 업는 것은 事實이지마는 임의 글쓰는 사람이면 어느 限度까지는 生活에서 시달킨 健康으로도 쓸거리를 차저야 하고, 쓰지 안흐면 안 될 義務를 自負한 것만큼은 애를 써야 할 것이다(그리 生活에 부닷기지 안는 이로써야 말 할 것도 업지마는). 그런데 이즘이래도 몃 달이 못되기야 하지만 小說 쓰든 이나 詩 쓰든 이 가온데의 몃 분의 作品이 나오지 안는 것은 여간 서어롭다 못 할 것이다. 勿論 想과 力을 潛蓄한다면 도로혀 반가운 企待를 가지고 잇겟다. 그래도 글쓰는 사람의 周圍와 時期를 살펴본 이면 한 달에 한 개쯤이야 쓰지 안흘 수 업슬 줄 안다. 이것은 決코 需要에 對應의 意味로 써라 하는 것이 아니다. 우리 境遇에는 쓸라면 얼마라도 쓸 수 잇는 生活이 잇스니 쓰자 하는 그 쯧이다. 實狀인즉 우리나라만큼 混雜된 生活이 어데 잇겟스며 純化된 生活을 찾는 데가 어데잇겟느냐? 이런 가온데서 글 쓸 感興이 글을 쓸 수 업도록 나오지 안는 데서야 너머나 글쓰리라든 自身의 沒廉한 態度를 짐작 못한 말이 아닐까 하고 둔다.

지난달 시와 소설

월평이다. 이상화 실제비평의 대표적인 평문이라 하겠다. 집필 시점까지 발표된 소설과 시작품을 거의 빠뜨리지 않고 비평 대상으로 삼았다. 일정 기간 지면에 발표된 모든 작품이 한 비평가의 시야에 다 들어오는 시기다. 문단이 협소한 만큼 작가나 시인의 창작 경향이나 수준은 금방 노출될 수밖에 없다. 이는 문인들에게 부담이지만, 창작을 계도하는 긍정적인 영향을 미쳤을 수도 있다. 1920년대 이 같은 월평은 우리 비평사에 실제비평의 한 형식으로 오랫동안 지속하여 왔다. 이 평문에서도 현실 관찰을 중시하는 생활문학론이 그 바탕에 깔렸다. '사상과 생활의 통일'을 강조한다. 비평가로서 이상화는 시보다 소설에 더 많은 관심을 쏟았던 것 같다. 시인만이 아니라 비평가로서의 역량과 태도를 짐작할 수 있는 대목이다.

□ 『開闢』 60호, 1925年 6月

4. 感想과 意見

— 朝鮮文壇 合評會에 대한 所感

'合評'의 價値 如何는 말하자면 評者 그들의 如何에 잇다고 생각는다. 한데 大體로 보아서 지금까지 나온 '合評'이란 것은 評者나 被評者에게 그닷35) 잇슴직하다 할 만큼 必要를 끼치지 못 하얏슴으로 아모러한 獲得이 업는 일성이엿다.36) 웨 그러냐 하면 文壇 一般에게 '合評'이란 것이 輕視가 되엿슬 섇, 評家 그 사람을 엇지 못하엿고 싸라서 그 態度들이 批評의 線外로 다라난 冷嘲 策略 阿諂 漫誇37)와 가튼 不純한 氣分이 보엿섯슴으로 말이다.

이것은 '合評'에 대한 感想이고 다음으로는 意見을 쌀게 적고 그만두겟다.

'合評'이란 것이 月評과 가티 잇는 것이 조흘 줄 안다. 조타는 싸닭은 그런 것이 잇스면 여러 가지로 響應이 되기 째문에 읽는 이에게나 쓰는 이에게 한층 더 緊張味를 가지게 할 것이다. 勿論 그 만큼 소리를 낼 만한 作品이 나고 안 난 것은 作者와 評者와 具備되여야 할 것이다. 作者는 그만한 作品을 썻서야 할 것이고 評者는 그만한 것을 發見하여야 할 것이다. 그런데 作品을 專혀 讀者의 鑑賞에만 맷기지 안흐려고 잇게된 '合評'일 것 가트면 自己 生命을 把握하기에 애쓰는 그런 作者를 수고롭게 할 것 업시 될 수 잇스면 批判의 鑑賞力이 보이고 餘力을 가진

---

35) 그다지.
36) 하나의 소리(一聲), 말 한 마디.
37) 지나친 자랑.

이를 골느는 것이 조흘 줄 안다.

그리고 '合評'의 形式은 總括的으로 하는 것과 쏘는 그 달 作品 가온데 가장 考慮가 만히 보이는 몃 개를 選擇하야서 아조 解剖的으로 하는 것-이 두 가지 形式을 取하얏스면 批評이란 그것에 對한 見解까지 讀者에게 波及이 될 줄 안다.

감상과 의견

'합평회'에 대한 감상과 의견을 피력한 단상의 평문이다. 서구 문학이론 수용과 함께 시작한 우리 근대문학비평은 1920년대에 오면 문학 제도에 편입되어 분명한 자기 위치를 확보한다. 이 당시 비평가는 작가와 자주 논쟁을 벌이며 문단에서 자신의 역할을 확대해 나간다. 합평회도 한국 근대비평 초기부터 비평의 한 방식으로 자리 잡아 지금까지 그 맥을 이어왔다. 이상화는 당시 합평회가 작가와 평자 모두에게 필요한 소리를 내지 못함으로써 경시되는데, 이는 비평이 본연의 책무를 다하지 못하고 냉소, 아첨, 정론성, 자기 과시 등으로 쏠린 탓이라고 진단한다. 그리고 비평이 제대로 이뤄지려면 작가와 평자 모두가 자질을 갖춰야 함을 강조한다. 메타비평에 해당하는 이 단상에서 비평가로서 이상화의 모습을 확인해 볼 수 있다.

□ 『時代日報』, 1925年 6月 30日

5. 詩의 生活化

—— 觀念 表白에서 意識 實現으로

　　詩는 어써한 國民에게든지 항상 그 國民의 思想 核心이 되고 그 國民
의 生命 胚珠가 됨에서 비롯오 誕生의 祝福과 存在할 肯定을 밧는 것이
다. 여긔서 祝福과 肯定이란 것은 詩 自體의 意識 表現을 暗示하는 말이
다. 詩와 그 周圍와의 關係를 말한 것이다.

　　그럼으로 오늘의 詩人은 한便으로는 思想의 批判者이어야 하고 쏘
한便으로는 生活의 先驅者이어야 한다. 그러나 決코 이 批判과 이 先驅
는 남을 말미암아 하는 것이 아니고 모다 나라는 意識과 生命을 純全히
追求함에서 나와야 할 것이다. 그 뒤에야 비롯오 그 周圍 生活의 動力을
나의 마음에 趨向케 하며 나의 意識을 그 生活 우에다 活動시킬 수 잇슬
터이다.

　　그째에 詩人에게는 生活이란 것이 다만 그 自身의 生活만이 아닐 것
이다. 宇宙 속에서 人生 가온대서의 一生活일 것이다. 모든 生活을 이
根本 精神으로써 統率할 만하여야 한다. 오즉 詩學上으로의 思想이란
것은 存在할 수 업는 것이다. 이 時代에 呼吸을 가티하는 民衆의 心靈에
符合이 될 만한 方向을 指示하여야 할 것이다. 그것은 곳 詩란 것이 生活
이란 속에서 呼吸을 繼續하여야 한다는 싸닭이다. 現實의 복판에서 醱
酵하여야 한다는 싸닭이다. 生活 그것에서 詩를 차저내어야 한다는 싸
닭이다.

　　經濟學者나 政治家나 哲學家나 社會學者도 그 生活 半面에 詩를 일허
버리지 안흔 대서 비롯오 그 生活의 眞實이 나며 그 意義의 均齊를 엇고
쌀해서 그 生命의 骨子를 삼는 것과 가티 詩人은 이 여려 生活에 對한

모든 方向을 指示할 만한 生命意識을 把握함에서 詩人이란 生命을 가진 다고 할 수 잇슬 것이다. 웨 그러냐 하면 前者들은 生活의 方便의 牽制가 되기 쉽고 後者는 生命의 飛躍에 奔放을 일삼기 째문이다. 저것은 傍流 이고 이것은 主潮인 싸닭이다. 다만 詩人은 그의 思想을 詩 우에서 行爲 할 샏이다. 하나 여긔서 詩라고 한 것은 文字의 詩만이 아니라 事實의 詩—보담도 詩의 事實을 意味한 것이다. 生命의 本質을 말한 것이다. 그 러고 보면 現實에서 나올 詩 곳 現在할 詩는 반듯이 自然과의 綜合性을 쌔친 것이라야 할 것이다. 나는 사람이면서 自然의 한 成分인 것—말하 자면 나이란[38] 한 個體가 모든 個體들과 關係 잇는 全部로도 된 것이라 야 할 것이다.

거긔서 眞實한 個性의 意識이 나며 徹底한 民衆의 意識이 날 것이다. 쌀하서 生命의 眞面이 날 것이다. 그리하야 利那에도 沈滯가 업시 流轉 하야 가는 自然의 變化를 認識한 데서 어든 永遠한 現實感을 갓게 될 것이다. 그째 그 詩人의 行爲야말로 輕薄한 觀念的 遊戲가 아니라 珍重 한 生活的 表現일 것이다. 어써한 生活인지 그 生活에 對한 檢察도 업시 부즐업게 그 生活을 이름답게 한다고 自身도 살지 못한 妥協的 生活로 그 周圍에까지 染色을 하려 하면서 그리도 못하고 다만 그 周圍로 하야 금 漠然한 속에서 彷徉만 하게 하는 그 詩人보담은 너나할것업시 다 가진 生活에서 各其 품고 잇는 새 生命을 찾자할 그 詩人이 얼마나 더 미덥고 얼마나 더 힘다울 것이냐.

勿論 이런 巨壯한 意識 그대로 살아갈 詩人은 반듯이 별다른 天稟의 享受者일 것이다. 慧敏한 感性과 飛躍하는 生命으로 勇往하는 實行者일 것이다. 果然 우리 時代에 와 우리 周圍에는 이런 詩人 한 사람을 要求 안흘 수 업는 機運이 이미 오고 말앗다. 하나 우리는 現在에 업는 사람을 企待만 하고 잇슬 수는 업다. 아모리 鈍感인 性質로도 誠勤된 試驗이며

---

38) 나란.

試鍊을 바들 수는 업지 안흘 것이다.

　아모랫든 우리의 生命이 生活의 속에서 發現될 것은 事實일 것이다. 그러면 나갈 길은 오즉 生活의 속에 잇슬 쑨이다. 實現의 등성이쎄를 밟고 나가는 데 잇슬 쑨이다. 그러나 詩人의 結局 할 일은 生活에게 詩라는 것을 던저 주는 그것이 아니라 生活에게서 우리의 詩를 차저서 生產을 시키려는 그것이다. 다시 말하면 生活을 詩化시키려는 態度를 갓지 말고 詩를 生活化하려는 行爲를 하여야 한다는 그것이다.

　― 翠雲亭에서

시의 생활화

　짧은 시론이다. 하지만, 이상화 시론의 전부를 짐작할 수 있을 만큼 압축된 평문이다. 이 무렵 이상화의 문학적 지향이 뚜렷하였고, 그 논리가 선명했음을 잘 말해 준다. '시의 생활화'라는 제목은 '생활에서 시를 가까이 대하자'라는 의미가 아니다. 부제가 암시해 주듯이, 관념적인 시에서 탈피하여 생활에 바탕을 둔 의식을 형상화해야만 인간 생명의 진실을 드러낼 수 있다는 주장이다. 즉, 현실 생활에서 시를 찾자는 것이다. 그의 '생활문학론'과 같은 맥락이다. '시의 생활화'와 배치되는 것이 '생활의 시화'라고 한다. 삶과 동떨어진 환상의 세계에 머무르는 시를 말한다. 시는 경박한 관념의 유희가 아닌 진중한 생활 표현이 되어야 한다는 주장에서 그의 초기 낭만주의 시적 지향이 크게 전환되었음을 알 수 있다.

□『時代日報』1925年 11月 9日

6. 讀後 孕像

苦愛와 人神의 一元的 行者로써 眞實의 化身인『써스토이에쯔스키』

―써氏 誕生 百三週年 紀念號

  나는 아즉 써스토이애쯔스키의 作品을 全部 다―닑지 못하얏다. 닑은 것이라고는 열 개가 못 되는 그 속에도 印象性이라든 鑑賞力이 넉넉지 못한 그해―한 살이라도 더 젊엇슬 그째―에 본 것이 만흠으로써 낫나치―말해 낼 수가 업다.

  그 가온대서도 오늘까지 내 記憶에서 써나기는커녕 돌이어 마음속으로 파고드는 그의 精神이 「카라마조쯔兄弟」니 「白痴」니 「罪와 罰」이니 하는 그 作品을 通하야 하로 이틀이 갈사록 나의 눈 압헤 잇다금은 幻影으로 現顯까지 된다. 그것은 무엇보담도『써스토이애쯔스키』가 '사람'이란 界線을 버서나랴고 안 한 '사람답은 사람'―곳 '眞實' 그것의 化身으로 말미암아 美와 善을 受胎하게 된 그 生命의 把握에 잇다.

  한대 이런 생각을 具體的으로 發表하기에는 이 作者에 對한 硏究的 思索이 적음으로 몃 개 作品 속에서 가장 내 마음을 쓰으든 그 感想이나는 대로만 簡略하게 써 보겟다.

  맨 먼첨 「카라마조쯔 兄弟」 가온대 '이봔'의 詩의 審判者로써 '그리스트'의 愛를 攻駁하야 "너는 하늘의 밥을 주겟노라고 말하얏지마는 그 밥이 우리 人間의 몸덩이를 기르는 이 쌍의 밥과 가틀 것가. 만일 하늘 밥을 엇기 위하야 천 사람 만 사람이 너를 쪼처갓다면 하늘 밥보담도 이 쌍의 밥을 버릴 수 업게 된 그 남아지 몃百萬 몃億萬 사람은 어써케 되느냐'고

한 것을 보아라. 이러케도 그는 辛酷한 無神論者인 말을 하얏다.

　그째 그로 말하면 熱狂信者란 評判이 잇섯섯기 째문에 여러 사람에게 만흔 非難을 바덧다고 한다. 하나 만일 '神'이란 것이 人性 가온대에 잇는 '良心'을 가라친 것이라면—God is in thy self—라고 하는 말이 是認된다면 그의 攻駁이란 것이 얼마나 올흔 것이며 그의 人品이란 것은 얼마나 眞實한 것일까.

　그리고 쏘 「白痴」에서 그는 女主人公 '나스타시아'로 하야금 "抽象的 人類愛는 利己主義에 넘지 안는다"고 하얏다. 참으로 現在와 未來를 通하야 이른 人道主義를 써드를 쎄로 하야금 憫死케 할 만한 말이다. 이 세상의 惡人과 罪人과 가튼 心情으로 가튼 生活을 하야 온 그 사람이 아니면—그만큼 物的 追害를 바닷거나 心的 苦悶을 맛본 사람이 아니면—果然 사람의 사랑이란 것을 말할 수 업슬 것이다. 써스토이애쓰스키는 이런 사람의 사랑을 가저섯기 째문에 個人, 民族, 人類의 서로 矛盾되기 쉬운 關則에서도 아무러한 撞着이 업섯슬 쑨 아니라 돌이어 서로 一致된 融合의 可能性을 體現하얏다.

　「罪와 罰」에서는 다른 무엇보담도 가난으로 말미암아 賣淫을 하는 '소늬아'에게 '라스콜늬코프'가 웨 이러케도 남 붓그럽고 분한 짓을 해가면서 사느냐—하는 말에 "神은 나를 위해서 무슨 일이든 다—해주심니다"라고 하는 '소늬아'를 '라스콜늬코프'는 宗敎에 밋친 게집이다 宗敎를 도망갈 길로 만드럿다고 하얏다. 하나 그 길은 苦惱 그것이엇다. 숨결을 트러막는 苦惱 그것이엇다. 苦惱 가온대서 가장 忍辱的 孤獨을 밧지 안

흘 수 업는 愚純한 苦惱이엇다. 그래서 그도 '소늬아'와 가튼 追苦者가
되엇다. 거긔서는 人生의 가장 설어운 悲劇的 心情이 잇섯기 째문이엇
다. 그것을 맛보지 안흘 수 업든 째문이엇다. 이것은 곳 作者 自身의
熱情을 말한 것이다. 이만큼 人生을 써나기는커녕 돌이어 그 속에서 나
는 울음을 찾는 것이다. 그러케도 人生에게 愛着을 가진 사람이다. 가장
사람다운 사람이다.

써스토이애쯔스키의 眞實하게도 人間味 잇든 것은 그의 傳記에서 戀
愛에 대한 그의 生活을 보면 쏘 한 가지 알 수가 잇다. 그의 心靈이
어른과 가티 冷靜하기에는 넘우나 어린아이 갓가웟다. 이것은 채 젊엇
슬 째 일이지마는 그와 사랑을 하든 '마리아·도미트리애쓰나'가 '쿠스
내크'란 地方으로 轉任을 가는 가장을 쌀하가기 되엇슬 째 '새미파라틴
스크'란 마을에서 아모 보람업는 부질업슨 짓인지도 모르고 남몰래 맛
나서 온 밤을 울고 새웟다는 것과 쏘는 그 뒤 얼마 되지 안하서 그리다
못하야 '쿠스내크'와 '새미파라틴스크'와 사이에 잇는 어느 마을에서 —
約 二十里나 되는 그 마을까지라도 가서 愛人을 맛나랴고 헛기대리든
— 그런 것을 보면 짐작할 것이다. 그의 이런 性格이 「虐待밧는 사람들」
이나 「가난한 사람들」이나 「白痴」의 主人公들을 만드러 노흔 것을 보면
알 것이다.

이제는 紙限도 잇고 하니 簡單히 그를 批評한 어느 評傳에서 본 記憶
되는 대로 멧 마듸만 쓰고 마치겟다.
"오 偉大한 써스토이애쯔스키! 그는 깁히로는 深淵의 深淵이오 놉히

로는 絶頂의 絶頂이다. 이 사람이야말로 거룩하다고 안 할 수 업슬 것이다. 그의 使命이란 다만 '슬라브' 民族을 世界化시켯슬 쑨 아니라 神과 人의 一元을 차젓스며 하늘과 쌍을 同體로 만드럿다. 그가 우리에게 여러 준 새 世界는 참으로 놀나운 壯大한 世界다. 거긔는 暴風이 사납고 電光이 번젹이며 소낙이가 퍼붓고 旭照가 내려쏜다. 사람 靈魂의 秘密, 穹奧한 生命은 그의 가슴에서 놀고 激烈悲痛한 情緒도 崇高靜寂한 感情도 어느 것 할 것 업시 神秘로운 現實의 執着에서 난 사랑에 싸여 우리에게 놀나운 視界를 보여 준다. 그는 어둠 속에서 光明을 차저냇고 苦痛 가운대서 幸福을 求햇스며 卑賤에서 崇高를 一利那에서 永遠을 發見하얏다. 그의 作物은 어리석은 罪만흔 우리를 惡魔의 誘惑에서 神과의 會 合으로 쓸고 가는 宇宙의 橋梁이다. 밋 업는 그의 '힘' 갓 모를 그의 사랑 참으로 그의 思想은 世界 모든 思想의 綜合일 것이며 쏘 그의 人格 은 全人類의 愛를 體現한 '敎主'의 人格과 마주볼 것이다."(終)

독후잉상

도스토예프스키에 대한 인상기다. 부제가 말하듯이, 도스토옙스키 탄생 103주년을 맞이하여 신문사에서 기념 특집으로 학예란에 게재한 글이다. 주로 필자는 「카라마조프가의 형제들」, 「백치」, 「죄와 벌」 등 세 작품에 관심이 쏠렸다. 인간 존재의 의미와 삶의 진실을 추구해 온 작가 정신을 높이 평가한다. 톨스토이, 고리키, 도스토옙스키 등과 같은 러시아 문호들은 근대문학 초창기부터 활발하게 수용되었다. 이 같은 외국문학 수용은 일본을 통해 이뤄졌으나, 우리 근대문학 출발에 큰 영향을 미쳤다. 이상화가 외국문학에 대해 남다른 관심이 있었다는 증거는 없다. 하지만, 작가를 소개하는 과정에서 드러나는 논리성과 이해도는 상당한 수준이라고 하겠다. 신문에 발표된 글로서 이 정도 짜임새를 보여 주기는 쉽지 않다.

□ (『朝鮮日報』 1925年 1月 10, 11日)

7. 雜文橫行觀

(一)

今年부터 글 쓰든 이들 가온데서는 이상한 徵候가 한 가지 생겻다. 그것은 筆者들의 內面으로 보앗섯든지 外面 곳 表現上으로 보앗섯든지 말인데 다른 것이 아니라 雜文의 勃興을 니르킬 만한 그 行動을 가라친 것이다. 이것은 거운39) 通症이엇다. 初期니 草創 時代니 하는 그 나라에서 이런 別兆가 보인다는 것은 얼마나 남붓그로운 現象일는지도 모를 일이다. 實狀인즉 우리에겐 그런 時間이 업슬 것이고 업서 보여야 할 것이다.

온갓 方面의 여러 形式으로 創作만 쓰든지 쏘 남의 作家나 어느 時代의 思想을 본데서 어든 知識으로 硏究나 紹介를 하는 그것이 初期의 必然的 進程인 것이다. 그것은 되나 안 되나 創作만 써야겟다는 그 말이 아니라 現代와 우리의 사이에서 나는 欲求와 指的을 차지라는 그 쯧이며 남의 것이나 묵은 것에서 본보려는 그 意味로써 말이 아니라 作家와 時代와의 關聯이라든 쏘는 이 두 가지사이의 서로 交換되는 그 影響이라든지를 批判 觀察함으로써 오늘 우리 出發點의 基準을 가질 수 잇슴으로 말이다.

우리에게는 글 쓰는 사람이 잇고 作品이 몃 개나마 나오니 말이 文壇이지 決코 글 쓰는 機關이라든 그 외 다른 情景을 보아서야 참으로 너머

---

39) 대체로 '겨운'으로 풀이하나, '무거운'에서 '무'의 탈자 가능성도 있음.

나 가난한 것은 事實이다. 하나 이런 것을 번연히 알면서 글을 줄곳 쓰는 사람이 잇는 바에야 文壇의 쑤리를 세우기 위해서라도 一種의 自暴的 自嘲的 浮傲한 태도로 初期니 草創 時代니 하는 그 말만 말고 그럴사록 이째의 할 일을 살펴보고 마음에 켜이는 대로 根底될 만한 일을 해야만 할 것이다.

이런 時期는 熱誠 잇는 努力을 要求하는 철이니 다맛 그것만 보여야 할 것이겟고 되지도 못한 誇大忘想의 醜行이 업슬 것은 말할 것도 아니려니와 싸라서 純粹 眞實한 態度만 잇서야 할 것이다.

(二)

그런대 이즘 우리나라의 文壇을 보아라. 몃 가지 안 되는 雜誌에서 몃 개 안 되는 學藝欄에서 創作(詩나 小說이나) 몃 篇 말고는 硏究나 紹介나 評論 가튼 것은 자최도 업다. 모다 붓 작란쑨이다. 그 가온대라도 참다운 感想이나 쏘는 形式을 버서난 것만큼 奔放한 閃情이나 잇스면 그는 首肯을 할지도 모르나 우습게도 內容이라곤 誇己이거나 邪慾的 虛飾이 보이는 그짜위 雜文만이 예사로이니 말이다.

이 달에도 例外가 잇스니 印象도 아니오 批評도 아니오 稱頌도 아닌 '瑣談'이 그러하고 反評도 아니오 攻駁도 아니오 別號 푸리인 '獨吠'가 그러하고 文藝誌도 아니고 言論誌도 아니고 不同調로 未化된 畸形誌인 '仮面'이 그러하다. 남의 詩를 시러주고 십흐면 그 詩의 잘된 것만 집어 낼 것이고 "내 본래 슬픔이 만흔 사람이라"는 그짜위 衍設은 正行이 아니며 남의 評을 쑤짓고 십거든 그 評의 誤賞된 것을 찍어내야 할 것이지 "가로 세운 읏가락을 左로 右로 보앗다"는 게나 "어쩨 좀 거북스럽다"는 嫌詞를 쓴 쓰테 別名 푸리를 添附한 것은 反評이 못된 雜文의 性質이며 더욱 創刊誌는 廉價인 體面으로도 內容을 고처야겟다.

草創 時代도 오히려 오지를 안핫든가 그러치 안흐면 朝鮮의 文壇은 언제나 발서 停滯까지 되는 셈인가

勿論 이것만이 아니라 雜文이 橫行하려는 이런 現象은 위태롭고도 남붓그로운 일이다. 더욱 그 態度들이 밉다. 比喩해 말하면 논바닥에서는 '피'가 나려 하고 밧고랑에서는 잡풀이 나려는 것 갓다. 쌕리가 박히기 전에 헛일을 말도록 하여야 될 줄 안다. 이런 雜文이야말로 閑暇를 冗費하얏다는 과장을 말함이니 뒷날 하기로 밀기를[40] 바란다.

잡문횡행관

당시 문단의 잡문 발흥을 신랄하게 비판하는 글이다. 신문학 초창기라고 말하면서도, 이 시기에 부합하는 열정적이고 순수한 문학 창작을 외면하고 잡문을 생산하는 문단을 비판한다. 꼭 작품 창작만이 중요하다고 보는 것은 아니다. 초창기일수록 작가나 사상을 소개하고 연구하는 이론적인 활동이 필수적임을 인정한다. 필자가 문제로 지목하는 것은 개인적인 욕망에 사로잡혀 자신을 과장하거나 거짓으로 꾸미는 글이다. 여기서 김억이 창간한 『가면』이란 잡지를 두고 문예지도 아니고 언론지도 아닌 기형지라고 비난한다. 이것을 빌미로 두 사람이 사이 논쟁이 벌어진다. 이 잡문 비판에서 이상화는 신문학이 가야 할 길을 나름대로 제안한다. 작가는 개인 세계에 함몰되지 말고, 시대 현실을 비판적으로 인식해야 한다는 것이다.

---

40) 미루기를.

□『朝鮮日報』1925年 11月 22日

8. 가엽슨 鈍覺이여 荒文으로 보아라

—「荒文에 對한 雜文」 筆者에게

세상에 불상한 人物이 장님 벙어리 귀멍청이 안즐뱅이 곱사등이 가지 가지로 만흘 터이지마는 그보담도 더 불상한 人物이 한아 잇다면 그것은 生鮮 비웃 눈알 가튼 두 눈 쓰고 무엇을 본다면서 實狀은 못 보는 게나 맛창가지로 三十 本生에 글工夫햇다면서도 國漢文 석거 쓴 것을 짐작조차 못 한다고 鐵面을 겹겹이 집어신 듯이 萬目所視에다 도로혀 생멱싸든 格으로41) 짓써들든 그 鈍覺의 所持者—「荒文에 對한 雜文」의 筆者일 것이다.

웨 그러냐 하면 글을 볼 줄 모른다는 것은 一步를 더 드러간 말이니 그만두고 글을 넑고 나서 그 글을 넑은 니야기를 하면서도—그 글에서 드른 말을 올타고 말은 하면서도—그 글을 알어볼 수 업다고 하는 그런 錯覺的 行動을 햇스니 말이다. 이것은 確實히 筆者의 鈍覺質을 說明할 만한 것이며 따라서 療養을 식혀야 할 것이다. 그 療養法은 오즉 筆者의 精神을 바로잡아 주는 것이 第一策이겟슴으로 지난 錯覺的 行動을 지금 가라처 주는 것이다.

"雜文橫行觀의 筆者는 初期에 雜文이 勃興해선 붓그로운 일이라 한 뒤에 創作이나 남의 作家이나 어느 時代의 思想을 知識的으로 研究 紹介할 것이라— 는 意味에 말은 나 亦是 同感일 샏더러 都是 初再三期니 할 것 업시 創作 研究 紹介를 하지 안해서는 안 될 것이다. 이런 意味에서 그 筆者의 雜文이란 것은 '自暴的 自嘲的 浮傲한 態度'를 가라친 것이

---

41) 생목 따든 격으로, 억지로 멱살을 다잡아 쥐는 격으로.

되니 올흔 말이다"고 하얏다.

이러케도 怜悧하게 文意를 짐작이나 한 듯이 態度를 부리다가 드디여 그 말이 假面에 부듸치자 그만 罔知所措한 쏠로 荒文이니 荒說이니 햇스니 벼록도 상판이 잇거든 이것을 所謂 反駁이라고 쓴 셈인가. 이 行動이 온전한 精神의 압뒤를 생각하는 버릇인가?

참으로 밧기에도 惶悚하게 녀겨야 할 그 '惶文'을 도로혀 冒瀆하려 하얏스니 勿論 그 짓이야 한울을 울어러 가래침 밧는 노릇이겟스나 그래도 筆者의 前程을 위한 이 老婆心은 부질업시 가엽슨 생각을 품게 된다. 그러나 내가 일즉 쑤중을 하려 안 햇드면 모르거니와 임의 말을 낸 바에야 쑤중을 타고 안 타고 하는 그 成就性은 생각할 것도 업시 한 번 더 일러만 두는 것이다.

雜誌를 한 개 낸다는 것은 여간 어려운 일이 아닐 것도 事實이며 쏘 여간 반가운 일이 아닐 것도 事實이다. 하나 그 어려운 것과 반가운 것은 다一그 雜誌의 內容을 條件으로 하여서 하는 말이다. 더욱 文藝를 위하야 난 것이라면 아모리 貧弱하드래도 그 時代 그 民族精神을 가저야 할 것이 맛당한 일이다一언제든지 그 民族 文藝는 그 民族의 內的 生命 集約을 圖謀하는 것이니 말이다.

한데 「假面」에 잇든 것은 무엇이엇느냐!

帽子타령 머리타령 化粧타령 眼鏡타령 수염타령 옷타령一홍동지 탈 춤 추는 그것도 못 된 탈타령에서 무슨 眞實이 쑤덕쑤덕 흐르고 藝術家 의 良心이 가개의 開業 廣告를 예사 作品삼아 내노흔 모양이니 이것이 誇己와 私慾的 虛飾이 아니고 무어며 이싸위 글들로 겨오 한두어 개 創作 (詩)만 씌워두엇슴이 그 雜誌의 文藝性을 씌지도 못한 內腸과 同時 에 不閏調로 未化된 畸形誌인 醜面을 自破하지 안핫느냐. 그리고 다맛 그런 글로 자랑써리 못 되는 글로 文藝誌라고 高唱 絶叫를 하니 이만큼 筆者의 文藝觀이 自暴的 自嘲的 浮傲한 態度임을 事實이 證明을 하고 말지 안핫느냐. 이런 짓을 몰럿서도 鈍覺이 아니겟느냐. 例證을 더 들

것이나 그 중에 가장 '放笑瞻太空' 할 것만 取하야 보엿고 남아지는 모진 者 겨테잇다 벼락맛는다는 엇던 未安을 씨칠까 해서 그만둔다.

　나의 文學觀은 이싸위 所謂 文藝를 머리부터 발까지 否定한 제 오랜 줄만 記憶해 두고 나의 雜文觀은 '傍白'만큼이나 形式을 버서난 것만치 奔放한 思想과 閃情을 가질 그째에 알여고 하여라. 웨 그러냐 하면 '傍白'이란 말조차 모르는 머리에 思想이나 感情이 移入될 수 업스니 말이다. 傍白이라고 힌 白字가 달렷스니 그런 文字로 오즉 아는 獨白이란 것을 행여나 이게 아닌가 하고 비겨본 셈인가. 임의 白字 모듬을 해보려면 科白 就白 李太白은 웨 쓰지 안핫는가. 空然한 抽象的 禍才로 나붓기지 말고 具體的 良知를 닥기로도 가엽슨 錯覺的 行動을 말어야 비로소 眞實을 짐작할 平人이 될 것이다.

　이러케도 筆者의 頭腦가 아즉 本人 以下에 잇고 보니 所謂 '싸케스칙' 한다고 한 그 '싸케즘'은 도로혀 '싸키-'(捲尾猿)의 작반이 되얏슬 쌘이고 所謂 '쪽크'란 것도 現代에 맛지 안는 '쏘밀러'(캐쾌묵은 웃으게)를 時節도 모르고 지절기는[42] 소리가 되얏스며 '惶文'을 荒文으로 아는 筆者의 '眞失'된 態度는 羊과 가튼 讀者들의 마음을 不純하게 더럽힐 念慮가 잇다. 그러기에 나는 이런 것을 언제 어데까지든지 그대로 傍觀만 하고 잇슬 수 업게 녀기는 사람이 되얏서라도 相對가 되야 줄 터인즉 鈍覺의 눈에서도 悔悛의 피눈물이 나게스리 說往說來가 되도록 바란다.

　　　　　　　　　　　　　　　　　　　　—11·一九日

---

42) 지저기는.

가엽슨 둔각이여 惶문으로 보아라

　김억과의 논쟁으로 쓰인 글이다. 1925년 11월에 김안서에 의해 창간된 잡지 『假面』에 대해 이상화가 「雜文橫行觀」(『조선일보』, 1925.11.11.)에서 "문예지도 아니고 언론지도 아니고 不同調로 未化된 畸形誌"라고 비판한다. 이에 김안서가 「荒文에 대한 雜文―'雜文橫行觀'의 필자에게」(『동아일보』 1925.11.19.)란 글로 반박하자, 이상화는 다시 이 글을 발표하여 신랄한 어조로 대항한다. 논쟁은 더 이어지지 않았으나 한 차례씩 오고 간 반박문에서 1920년대 당시 우리 문단의 문학논쟁이 어떤 모습으로 전개되었는지를 짐작할 수 있다. 잡지를 창간하려면 적어도 그 시대의 민족정신을 담아내야 한다는 상화의 주문은 틀린 말이 아니지만, 실현 가능성이 문제다. 논쟁이 문제의 핵심을 벗어나서 개인의 인식공격까지 드러낸다.

□ 『文藝運動』 창간호, 1926년 1월호

9. 文藝의 時代的 變位와 作家의 意識的 態度論—概考

一

어제까지의 文藝란 것은 趣味이엇스며 享樂이엇다. 趣味의 趣味를 싸르다가 趣味의 骨格을 일허바린 趣味엇스며 享樂의 享樂을 쪼처가다가 享樂의 形體만 더우 잡은 享樂이엇다. 둘이 다 ― 生活의 內面을 洞祭하지 못한 대서 보든 '泰平'이란 그것을—거름자의 거름자 가튼—外的 現想을 헛짐작하게 된 그 錯誤에다 싸닭을 둔 째문이엇다.

어느 時期에나 엇던 邦土에나 모든 것이 모조리 '泰平하얏스며' 싸라서 모조리 幸福된 일이 잇서 본 것도 아니어든 하물며 前代의 남의 文藝를 그대로 이른바 知識階級 (비록 그 程度대로라도)이 다만 傳受 耽溺만 해섯슴이랴.

이것이 어제까지의 趣味와 享樂의 덥길로43) 드러간 남붓그로운 出發點이엇다. 사람답지 못한 自滅地帶에 첫자욱을 드려노흔 것이엇다. 이리하야 남의 生命의 時代的 變位는 생각지 못하고 오즉 남의 生命의 空間的 存在만 쏟보게 되려 하얏다.

---

43) 옆길로.

二

남의 前代 文藝에는 참으로 아람다운 人間의 生活을 大地에서 차즈려고 부르지즌 作家가 勿論 小說일지언정 잇든 것이 事實이아니냐. 그러나 그쌔에도 外面의 泰平을 겨우 抑制만 해 가든 그 因襲 生活에서는 人生의 使命으로 알든 그 純眞한 絶叫도 오즉 空想의 한마디 잠고대엿스며 다만 藝術의 한 가지 갈래엿슬 쭌이엇다. 얼마나 애닯은 일이랴.

이 가튼 空想과 이 가튼 藝術이 곳 그 趣味와 그 享樂이 엇째 한마대 잠고대와 한 가지 갈래로만 評價가되고 말 것이엇슬까. 그 藝術의 힘 미더운 氣運과 그 空想의 보배로운 精神이 무슨 技巧니 엇던 形式이니 하는 그 싸위 分類에만 入籍이 되고 말 것이엇슬가. 어제까지의 文藝가 이 생각을 것서 나온 것이냐. 처음 쓴 눈이 남의 存在만 본 것이엇느냐.

三

事實은 그 時代와 그 社會에 언제든지 아모 省覺이 업시 存在된 대로 寄生만 하며 寄生된 대로 爛熟만 해지는 그 文化는 그 時代가 다른 時代로 밧귀려 하고 그 生活이 다른 生活로 곤치려⁴⁴⁾ 할 쌔에 반다시 動搖가 생기면 衝突이 나나니 이것은 다―오려는 定命的 恢復과 오려는 必然的 創造를 말하는 現象이다.

그리하야 存在된 趣味에서만 찾든 그 趣味와 存在된 享樂에서만 찻든 그 享樂은 이런 寄生에서 爛熟 爛熟에서 頹唐―이라는 道程을 밟다가 그 생활의 時代的 變革으로 말미암아 그 趣味를 抱擁할 수 업스며 그 享樂을 呼吸할 수 업슬 쭌 아니라 드듸여 罪惡視하게 되고 마즈막 無用

---

44) 고치려.

化되고 마는 것이다. 이것은 오로지 그 生命의 時代的 變位를 思索하지 못한 創造力의 缺除된 것이 趣味와 享樂으로 文藝를 만든 까닭이엇다. 살려는 그 意志가 업든 까닭이엇다.

四

그런데 오늘 朝鮮은 엇더한 時代에 잇는가. 엇던 文化를 노흘 先兆로 文藝가 나왓는가. 그리고 우리 民衆은 外的으로 드러난 이 '泰平'이 內的 現象을 말한다고 할 수 잇슬까. 우리 生活에는 抑制해가는 假態가 잇지 안흘까. 보담 完成된 그 世界에 미듬을 가젓스리만큼 生活에 대한 意慾과 感情이 꼭두로⁴⁵⁾치밀엇는가. 이것을 民衆은 짐작을 하는가. 이것을 제각끔 깨처야 할 것이 아닌가.

이즘 思想上으로 階級에 對한 聞見이 써들어 잇스나 깁히 全的 衝動을 니르키려는 그 焦操가 업시 發程 前의 覺寢期로 생각될 쑌이며 더우든 보담⁴⁶⁾ 完成의 追求에 마음을 가진 趣味게 얏고⁴⁷⁾ 그 生活의 實現에 生命을 길르는 享樂이 너머나 적음으로 서로 企待를 못 가지게 되야 드듸여 分裂이 되고 마는 것이 아닌가. 어제까지의 文藝가 이러한 生覺이 업시 남의 存在에 對한 가엽슨 그 模倣인 것은 여긔서 證左가 되지 안는가.

---

45) '꼭대기로', '머리 위로'.
46) 더욱이 보다.
47) 취미가 얕고.

五

이럼으로 朝鮮의 作家는 民衆의 性格이 되다십히 된 이 因襲을 버서난 그 本能 (心的, 物的)을 基點으로 하야 게서 비로소 生命을 차즐 그 趣味와 生活을 누릴 享樂이 오게스리 해야만 참 完成 追求의 意義와 自然히 附合될 만한 文藝를 나케 될 것이다. 그러기에 이런 趣味와 享樂을 가지려 할사록 生命은 사라지고 形體만 남은 그 因襲의 存毒이 우리 全的 生活을 얼마나 崩塞식히는가 하는 批判的 思索에 게으르지 안어야 할 것이다. 外面으로 드러난 그 '泰平'의 속짜지 透視를 하여야 할 것이다.

이것이 오는 時代와 오는 社會를 볼 수 잇게 할 수도 잇쓸 것이고 生命과 이 生活을 救助해 낼 수도 잇는 것이다. 여기서 個體와 全部의 離存的 統一이 아모 거리낌업시 짐작도 될 것이다. 이것이 언제든지 作家의 態度로되여야 作家의 生命을 바로 가진 作家가 될 것이다.

六

그리고 보면 이째야말로 우리 作家들은 하로 빨리 實現的 觀察로써 創造될 生活의 터전이란 그 時代의 마지할 차림을 告知하기 위하야 批判的 激昻과 解剖的 叱咤 속으로 드러가야 할 것이다. 그 激昻으로는 時代 文化를 支配하려는 識輩이 轉向 疾走케 할 수 잇스며 그 叱咤로는 社會 生活을 繼承하려는 靑年이 奪心 蹶起케도 할 수 잇쓸 것이다.

거기서 어제짜지의 文藝는 本質 生命의 極小 部分의 副作用인 模倣의 趣味와 幽靈 生活의 沒我 盲從의 錯覺態인 因襲의 享樂이 업서지고 自我 意識을 가진 生命 元體가 나올 것이며 創造의 生活이 비롯할 것이다.

이만큼 作家의 職責이 重大할사록 作家는 本能 生活 義務 純化에 대한 制作을 自身의 할 일로 아는 그런 反省과 屬望을 一種의 새 倫理觀으로

覺持하여야 한다. 그리하야 因襲으로 '泰平'을 抑制해 가는 그 生活과 그 生活을 人生의 本能으로 보는 그 趣味와 享樂의 生命 冒瀆性을 부서 바림에서 藝術의 업지 못할 그 理由를 세워야 한다. 거긔서 새로운 美를 가저야 한다. 이것이 사람으로써의 生活을 追求的으로 殉情的으로 指標하는 아름다운 生命의 把持者 — 意識 잇는 그 作家의 반다시 가지게 되는 態度일 것이다.

문예의 시대적 변위와 작가의 의식적 태도

주장이 분명하고 논리가 명확하다. 이상화의 대표적인 비평문의 하나다. 그는 당시 조선 문예가 취미와 향락에 빠져 생활의 내면을 통찰하지 못한다고 보았다. 시대 흐름에 따라 문화와 생활도 변화한다. 그런데 문예는 정지된 공간의 태평스러운 겉모습에만 시선이 미치고, 그 이면에 내재하는 시대적인 변화에 인식이 미치지 못함으로써 창조력을 발휘하지 못하고 단순한 취미나 향락에 빠지게 되었다는 것이다. 다가오는 시대와 사회를 전망하려면 현실 생활에 대한 관찰과 비판적인 인식이 필수적이라고 말한다. 문예에 창조적인 역할은 시대와 사회에 대한 관찰을 통해 현실을 비판적으로 인식해야 한다는 현실주의 문학관이 잘 드러난다. 이 시기 이상화의 비평이 경향 문학에 뿌리를 내리고 있음을 확인해 준다.

『開闢』, 65호 1926년 1월호

10. 無産作家와 無産作品(一)

- 이것은 紹介로보담도, 다만 讀物 턱으로[48] 보기 바람니다

現代 作家라고만 하여도 그 數는 限量이 업다. 그리고 또는 그들의 現代에서 影響된 環境도 다 各己 다를 것이다. 만일 詳細한 統計로 그들 이엇던 環境에서 生成이 된가를 分類만 할 수 잇다면 그것은 아마도 無用한 事業이 아닐 것이다. 現代와 가튼 時代에서 有産階級에 나서 秩序 잇는 學校 敎育을 바든 藝術家와 無産階級에 나서 눈물과 쌈 속에서 아름다운 心靈을 가지게 된 그 藝術家와의 差別로 말미암아 現代의 社會 諸相이 또는 人生 意義가 얼마나 틀리는 角度로 表現이 될 것인가. 그것은 반다시 考察하지 안을 수 업는 한 가지의 事業이겟스나 지금은 時間도 識量도 그만큼 가지지 못하얏다. 멧 가지 생각나는 대로 여러 作家들 가운데서 먼저 恪別하게 近代 或은 現代 無産階級 作家의 特調을 가진 作家 멧 사람과 다음에 無産階級을 主題로 한 作品을 略說하려고 한다. 以下에 쓰랴는 四作家 가온데서 조지·씨씽만은 年代로 보아도 다른 作家보담 오래 전 서람[49]이다. 그는 一八五七年에 나서 一九〇三年에 죽엇다. 그러나 다른 作家들은 아즉도 現代에 生存하얏다. 勿論 살아 잇대도 그들의 旺盛한 創作力은 다— 지나갓다. 만일 新時代를 代表할 만한 新作家를 要求한다면 그는 必然한 일이나 그것은 여긔서 쌔기로 하얏다.

---

48) 대신으로, 보답으로.
49) '사람'의 오기.

作家

댄말크의 首府인 코팽하갱 포리치캔의 新聞社 編輯室에서 니러난 이야기다.

어느 날 靑年 한 사람이 原稿한 묵검을 가지고 編輯室 안으로 들어왓다. 室內에는 編輯 記者인 애드와드·부란대스가 잇섯다. 아모러한 記者들의 慣例로 그 原稿 內容을 자세히 보지도 안코 넘어 長遑하다는 口實로 拒絶하려고 하얏다. 하나 참아 그 말을 입 밧게 내지 못한 것은 그 靑年의 얼골을 한 번 것 더본50) 째문이엇다. 그째끗 그 포리치캔 新聞社를 드나들든 사람 가온데서 그러케도 悲慘한 姿態를 그러케도 衰弱한 사람이 온 일이 업섯슬 것이다. 그러케도 파려지고 햇슥해진 얼골의 表情에는 말 못할 무엇이 그래도 감초여 잇섯다. 琉璃窓 뒤에서 갓가히 보이는 바다와 가튼 그 눈동자가 까닭도 업시 부란대스의 마음을 쓰은 것이엇다. 그래서 부란대스는 그 原稿를 집으로 가저 가서 읽기를 비롯하자 等閑하고 冷情하얏든 自身을 혼자 속으로 叱辱을 하얏다. 웨 그러냐 하면 그 作品에 主人公 가튼 젊은 天才는 먹을래야 먹을 것이 업서 心身이 共疲가 되여 잇슬 째이엇슴으로 거긔서 그는 처음보는 作家의 住所 쓰인 卦套에 十크오내 紙幣를 너헛서 쌜리 붓치고 다시 그 글을 읽고 잇슬 째에 그 靑年이 왓든 것이다. 그 돈을 밧고 엇더케 반가웟든지 밋칠 번이나 하엿다고 하든 것이엇다. 그럴 것이다. 그만한 金額은 그 主人公이 처음 가저보는 만흔 돈이엇스니까.

그날 밤에 부란대스가 수웨댄의 批評家 아키새르·룬대갈드를 맛나 異常한 일홈도 업는 靑年 作家의 作品에 自己의 感動된 것을 이야기하엿다. "그건 다못 文才가 잇서 그럼이 아니라 영위 목구멍을 쥐여짜는 듯한 深刻味가 잇서 말이다. 말하자면 쩌스토이애쯔스키와 가튼 그런 무

---

50) 처다본.

196

슨 힘이 잇단 말이다……." 이 말에 룬대갈드가 "응 참으로 그러케 宏壯한 것이든가! 그래 表題는 무엇이던지?" 무럿다. "表題는 「The Hunger」(飢餓)이고 作者는 「Kunut Homeun」(쿠누트·함쓰ㄴ)이란 사람이라"고 하엿다.

一九二〇年 가을에 수웨덴 王에게 노벨 文學賞을 바든 諾威[51]의 現代作家 쿠누트·함쓰ㄴ은 異國 댄말크에서 비로소 發見이 된 것이엇다. 그의 作品 「放浪者」(The Wanderer)나 쏘 「飢餓」의 主人公과 가티 그는 赤身空拳의 無産者로서 偉大한 藝術家로 發見이 된 것이엇다. 이러하야 그는 부란대스의 護意로 處女作 「飢餓」를 코팽하갱에서 가장 新思想을 代表한다든 『New Soil』(新土)란 雜誌에 掲載하게 되엿다. 그것은 一八八年頃 함쓰ㄴ이가 極度의 絶望으로 米國에서 도라와 댄말크를 석 달 동안이나 彷徨할 째이엇다.

△

英國에 「The House of Cobweb」(거미줄집)이란 短篇이 잇다. 異常한 靑年이 역시 異常한 性格과 生活哲學을 가진 靑年에게 거미줄투성이가 된 다 쌔서진 집 방을 빌리려고 하는 대서 이야기가 시작된 것이다. 빌리라는 靑年이 그 前 下宿방에서 한 時間 전에 잠은 쌧서도 아즉 누은 채 이런 생각을 하고 잇다. 時節은 六月달 어느 아침 여섯 시엇다. 壁線紙로 빗초이는 아침 해비치 조희 우에다 꼿 그림자를 그리는 듯하얏다. 그것은 엇던 植物學者라도 한아 모를 야릇한 꼿쏀이엇스나 그는 다맛 부드럽게 흘러나리는 녀름 해살에서 꼿밧이라든 들판이라든 풋나무 울타리 가튼 것을 聯想만 하고 잇섯다. 아모래두 석 달 동안은 될 텐대 엇재 지나갈까—한 週日에 十五 쉴링식으로야 방세 밥갑 쌜래싹—엇재

____
51) 노르웨이.

살아나가나. 그러면 이 집을 써날까. 실상인즉 이것두 奢侈는 아니지마는 예서야 아모리 節約을 한대두 二十五 쉴링으로는 살아날 수 업지……. 게다가 이번 作品은 석 달 동안 써야 할 테지. 만일 그래두 못 쓴다면 목매 죽어도 주타. 그러면 出版商을 맛나야 할 텐데—그째까지 내 할 일은 가만이 드러안저서 이 作品을 물고 너흘 것쑨이다. 녀름철이 되여서 萬幸이다. 暖爐가 쓸대업다. 고요만 하고 해ㅅ살만 비초이는 구석이면 아모러한 대라도 괜찬타. 대채 이 바닥에서는 방세와 밥갑 얼러서52) 한 週日에 十五 쉴링쯤 해 주는 대는 업나. 팔자 소관이다. 한번 쏘대보자.

이리하야 용하게 차진 것이 거미줄 집이엇다. "나는 쏙 참말로 함니다. 내가 조곰 반즈러하게 차렷지마는 가진 돈은 몃 푼 못 됨니다. 그나마라도 석 달 동안을 먹고 살랴구 해요. 그것은 내가 지금 책을 지으니 그것만 다 되여서 판다면 아모 일이 업슬 테지요마는 그게 아모래도 석 달 동안은 써야 할 것임니다. 그러기에 고요만 하다면 엇던 방이라두 괜찬습니다. 엇드시우 빌려주실 테요."

이 말을 듯든 사람의 얼골에 차츰 놀나는 기운이 더하여첫다. 눈동자가 두려워하는 動靜이엇다. 그리자 휘파람이나 불려는 듯이 입설을 쏙족하게 모후면서 "책을요—당신—당신은 책을 쓰신다구요! 그러면 당신은 文士이심니까……." "애-쏘처내는 판임니까. 하지만 同行을 하랴거든 가난한 사람끼리 가란 말도 잇습지요……." "그러면 존손 博士 가트신 쵀터톤 가트신……. 아 -니 쵀터톤의 臨終 쌔와 가트실 량반이 아니실 줄은 밋습니다마는……. 그러면 골드스미뜨 가트신!" "아모래튼 올리애의 名望을 半쯤은 가젓습니다. 골드스미뜨가 아니라 나는 골드솔프니까요." 이래서 방은 빌리게 되얏다. 그럭저럭 석 달 동안 살 原稿가 冊肆에서 冊肆로 도라다니든 쯔테 엇던 出版會에서 五十 폰드에 買收하

---

52) 합쳐서.

라는 편지를 바덧는데 그쌔는 正月 어느 날이엇다. 그날은 골드솔프의 文壇的 歷史에 니저바리지 못할 그 하로ㅅ날이엿다. 이리하야 이 作家는 그 다음날에 런돈으로 漫遊를 하얏다.

　참으로 이 作家만큼 貧窮과 싸우고 貧窮 그것을 聯想케 하는 作家도 듬을 것이다.53) 그는 生活의 거의를 貧窮에서만 사라난 無産者이엿다. 다못 後半生의 短期는 먹고 지낼만 햇섯스나 그것도 그리 充分한 것은 아니엿다. 그러면서도 그는 超人主義者요 貴族主義者이엇다. 그래서 언데쌔지든지 貧窮이란 것을 미워하얏다. 만일 境遇만 容認햇드면 엇던 貴族的 享樂을 하엿슬넌지. 쏘는 조금만 더 勞働하얏드면 위연만한54) 生活이야 못하얏슬까. 그러치만은 게름을 부리면서 항상 실어하는 貧窮에 쓰을리고 잇섯다. 거긔에서 그의 貧窮에 對한 暗昧와 傷弱과 反抗이 느―ㄹ 잇게 된 것이엇다. 이럼으로 어느 批評家는 그를 貧窮을 享樂하면서 살든 作家라고 하얏다. 그러면 이 作家는 누귈까 英國의 조―지·기씽이다. 十九世紀末 英國 文壇에서 現實主義派의 雄將이든 그 作家이엇다.

△

　그는 一八七二年 三月에 諾威에서 낫다. 그는 스트린드벌그와 가튼 女婢의 아들이엇다. 어머니는 그를 養育할 수 업서 어느 山村 農家에 주어바렷다. 거긔서 慘酷하든 그의 生活이 「巨大한 飢餓」라든지 쏘는 다른 作品에 如實하게 描現이 되엿다. 그의 生母 이야기를 여러 사람이 할 쌔마다 웨 그들은 그 애를 '불상한 자식이다!' 하느냐. 동무들이 골이 나면 웨 그를 '애비도 업는 자식!'이라고 욕질을 하얏스며 비웃섯느냐. 그러면서도 그 필이란 애는 마음세 됴흔 얼굼백이 트로앤의 妻를 어머

---

53) 드물 것이다.
54) 웬만한.

니라고 불럿고 또 그 女子의 호랑이 가튼 가장을 아버지라고 불럿다. 이리하야 대정깐에서 메질을 할 째도 쪽배로 바다에 고기 잡으려 갈 째도 식히는 대로 그들의 말을 쪼첫다. 그랫서 그의 幼年 時代는 웃는 것을 罪惡이라고 생각한 듯한 그런 村民 속에서 지낫다. 이 村民들은 쌜리 박힌 貧窮과 讚美나 부르기와 地獄의 두려움에만 마음이 다— 쌔앗겨 저서 어둠침침한 바다 안개와 가티 陰盃한 사람들이엇다라고 「The Great Hunger」(巨大한 飢餓)에 主人公 필의 生歷을 이러케 썻다.

그는 쏘르드에서 고기를 잡엇다. 녀름은 들에서 염소와 소를 먹엿다. 學校는 한 週日에 한 번식— 日曜日에만 敎會를 가게 되엿다. 山村 小學校를 처음 갈 째는 그가 열다섯 살이엇는데 그째야 비로소 文學이니 詩니 하는 것이 現世에 잇는 줄 안 것이엇다. 그 學校를 맛치자 그는 어느 富農의 傭人이 되엿스나 工夫를 하려는 마음이 씬허지지 안헛다. 그리다가 엇재 許諾을 어더서 어느 下士官이 經營하든 私立學校에 入學하얏다. 거긔서는 月謝 衣服 가튼 것을 줌으로 三年 동안이나 잇섯다. 그의 마음에는 어대든지 돈 안드는 敎育이면 어대서든지 智識을 어드려고 하얏다. 그째 가티 英語를 배우든 호텔 문직이가 殺人罪로 入獄이되얏다. 그 모델이 그의 小說에 나온 것이다. 그리고 公開講義 가튼 것이 잇스면 엇재섯든지 다니든 판에 햄만방과 쿠누트·함쓰ㄴ의 講演이 그에게 特別한 印象을 주엇다. 그런데 그째 그의 希望으로 말하면 작그만한 地主나 쏘는 軍曹가 되려고만 하엿다. 웨 그러냐 하면 軍曹만 되야 戰爭만 나면 將官의 地位까지도 昇進할 機會가 잇스니까. 그러나 이제는 이따위 野心이 다 사라지고 그는 다못 詩人이 되랴는 焦願을 가지게 되얏섯다.

이러케 夢想을 하든 것이 現實苦에 부듸치자 그만 그는 아름다운 詩歌의 꿈은 보고 잇슬 수 업섯다. 生活의 迫害가 아모 容恕 업시 드러밀엇다. 거긔서 그는 下士官의 學校을 나오면서 장사를 해서 그 다음해까지에 여러 職業을 격것다. 쏘로트 群島에서 漁夫 노릇도 하고 여긔저긔서

人夫 짓도 하얏다. 裁縫機商의 外交員도 하얏고 貿易會社의 書記도 하얏다. 會社에 다닐 째는 佛語文典을 研究하더니 詩를 쓰느니 밤에는 戲曲이니 小說을 脚色하려고 稿案을 하느니 하다가 그 이튿날 執務도 못하게스리 頭痛으로 알튼 일이 例事이엇다. 그래서 그가 쓰는 帳簿란 것은 우습고도 불상하게 볼 만큼 지저분한 먹투성이엇다.

現代 諾威 文壇에서 쿠누트·함쓰ㄴ과 並立한 作家 요한·보앨이야말로 이런 過去를가진 意志의 作家이다.

△

그가 아홉 살 째는 洋靴 修繕商의 雇奴이엇다. 主人은 至極하게도 殘忍한 사람이엇다. 이 作家는 이러케 말하얏다. "나는 어느날 물을 스리다가 보시기를55) 써러트려서 손을 만히 닷첫다. 그날 밤에 그만 그 집을 다러나왓슴으로 한아버지에게 쑤중을 듯고 그 다음에 쏘 漆장사의 종놈이 되얏다"고. 그러나 그는 거긔도 오래도록 잇지 못하얏다. 이째부터도 그의 心靈은 송도리재 '漂浪性'에게 쎼앗겻든 것이다. 彫刻師의 弟子도 되얏다. 남의 집 庭園직이도 되엿다. 그러다가 한참 동안 定着이 되기는 「올가」로 다니는 汽船에서 廚夫 노릇을 한 째이엇다. 印刷된 文字에 對한 好奇心에 쓰을려서 열여섯 살 되는 少年의 몸으로 카잔의 大學村에 와보앗. 그리자 "이런 아름다운 것을 無料로 배와보자"는 말래야 말 수 업는 慾望이 그로 하야곰 곳 大學을 訪問하게 하엿다. 그러나 얼마나 慘酷한 虛僞인가. "無料 敎授란 것이 學校 規則에는 絕對로 업다"는 그 頑冥으로 말미암아 귀여운 그의 希願은 헛쑴이 되고 만 것이다. 有産과 無産으로 敎育의 均等이 差別이 되얏다. 그것으로 社會의 不合理한 것이 얼마만큼인 것을 알 것이다. 그러케 잇지 못할 社會의 不合理가

---

55) 반찬류를 담도록 사기로 만든 그릇.

얼마만치나 虐待바든 이 少年의 가슴을 傷해섯슬 것이며 썩혓슬 것인가. 絶望된 그 少年은 그만 두어 달 뒤에 어느 洞里에서 팡장사56)가 되얏다. 한 달에 四圓이라는 科給으로 그는 飮食을 먹으면서 더럽고 숨막히는 집 마루턱 방에서 살앗다. "팡장사 집에서 팡을 구어 주고 잇슬 그째의 내 生活은 一生 가온대서 가장 苦痛스롭든 二年인 것을 생각하면 얼만큼이나 悲慘한 印象을 가진 듯한 生活이엇다"고 어느 短篇에 말하얏다.

"天井에는 쓰으름 거미줄이 쫙 씨엿다. 곳 내려안즐 듯한 천정 미테서 장군 가튼 여섯 놈이 그 나무판자 울이57) 속에서 살엇다. 밤이 되면 진흙과 곰팡투성인 벽 사이에 씨엿다. 일어나기는 새벽 다섯 시엇다. 이러니저러니 할 동안에 여섯 시가 된다. 그러면 쏘 일을 시작한다. 일이란 것은 다른 게 아니라 우리가 자는 동안에 만드러 둔 가루로 먼동이 튼 째부터 밤 아홉 시나 열 시까지 테불에 기대선 채 하로 終日 팡을 굽게스리 반죽을 익이는 것이다. 우리는 각끔 왼몸이 저리는 것을 업새려고 줄곳 허리와 등을 압뒤로 흔들기도 하고 틀기도 해야만 한다. 怪物과 가튼 크다란 가마솟이 이글이글한 불쏫을 큰 입을 버리듯이 버리고 더운 김을 우리에게 쏨는다. 그리고 그 엽흐로 쏠린 바람이 드나듯는 구멍 두 개가 둥글게 쓴 눈깔가티 곳도 업시 하는 우리의 일을 언제든지 살피고 잇다" "이러케 우리는 밀가루와 몬지와 발바닥에 무겁게 달려다니는 진흙과 숨막히는 더운 김 속에서 날마다 가루를 익이고 비스캐트를 만들고 팡을 굽기에 우리의 쌈을 짜낸 것이다. 우리는 이런 일이 말 못하게스리 미웟다. 그래 그럼인지 우리는 손수 만든 팡은 먹지 못하고 그런 향긋한 것보담도 개썩 가튼 것만 먹고 살앗다"

居處가 흉악하엿고 飮食이 흉악하엿다. 그의 健康은 더 오래도록 거기에 잇지 못하게 하얏다. 이래서 그는 埠頭 人夫로 되얏다가 그 이튿날은

---

56) 빵장사.
57) 널판지로 만든 우리.

202

樵夫가 되얏다가 하얏다. 이러케 온 러시아를 써도라다녓다. 그는 주머
니에 한 코패크만 잇서도 冊과 新聞을 삿서 그날 밤이 새도록 읽엇다.
녀름이면 들판에 자고 겨울이면 빈집이나 동굴에서 잣다. 一八八九年
그가 수물한 살 째 自殺까지 하려고 胸部를 쏘앗스나 죽지를 안헛다.
이러케 嘗若를 하든 그야말로 드듸여 世間 道德이란 씌쓸가티 보고 무엇
에든 拘束되지 안는 自由魂으로 社會의 不合理를 향하야 宮殿을 하든
作家 無産階級의 藝術家의 豪誇를 永遠히 傳할 막심·골키엇다.

作 品

「飢餓」나 「放浪者」에 나온 無産者는 거의 다 배속이 편한 地下人들이
다. 兩篇의 主人公은 다 所有한 것이 업슴으로 文明社會에서 抛棄가 되
야 먹는 듯 마는 듯한 꼴로 輝煌한 都市를 헤맨다. 더군다나 「飢餓」의
主人公은 몃칠 동안이나 굶엇다. 그는 神明을 咀呪하면서 개 먹인다는
핑게로 고기집에서 썍다구를 어더 온다. 옷자락 미테다 그것을 감초어
가지고 남의 집 문간 뒤에서 쓰더먹어 보앗스나 진이 나게스리 주린
五腸이 밧지를 안핫다. 그래서 嘔吐를 하얏다. 눈에서 눈물이 쏘다젓다.
왼몸이 부르를썰럿다. 견듸다 못해서 필경은 나무 썹질를 씹어 잠간
동안 허기를 니젓다. 그 나무썹질 맛이 쏙쏙한 感覺으로 보엿다. 배곱흔
心理 感覺을 엇던 心理學者라도 이러케 深刻하게 硏究한 사람이 업슬
것이다. 그는 다못 창자 빈 것이 神經과 感覺을 못견대게 구는 그 苦痛의
낫낫츨 科學者의 細心으로 實驗만 할 쑨이다. 그 苦痛을 주는 빈 창자를
社會의 細胞가 웨 가지지 안흔 것인가 함에는 아모러한 關心과 興味를
갓지 안핫다. 거긔서는 오즉 엇던 주린 사람의 臨床 日誌를 잇는 대로
보일 것쑨이다. 社會 組織이 엇더하단 것이 이 사람과 무슨 交涉이 잇스
랴. 그럼으로 이 作品에는 머리도 끗도 업다. 그리다가 主人公을 크리스

좌늬 市中으로 도라만 다니게만 함이 무엇하든지 作家는 섭섭하게도까지 굼주린 主人公에게 "집집마다의 들창에 눈부시게도 밝은 크리스챠늬여 잘 잇거라"라고 시키고 "英國으로 가는 배에 水夫가 되여 갓다"고 하얏다.

한데 이것은 作家의 傾向을 생각해 보면 곳 解決이 될 것이다. 大概 諾威 國民性에는 二種의 典型이 잇다. 한아는 海賊 時代의 遺傳性으로 항상 새로운 憧憬을 찻고 무엇인지 外部에서 抑壓하려는 것에 反抗을 해서 永久 流轉의 生活을 하려 한다. 이럼으로 探檢者도 되고 水夫도 되고 아모 게라도 된다. 말하자면 絶對 自由를 찾는 것이다. 남아지 한아는 出生한 國土에 달라부터서 祖先에게서 바든 神聖한 大地를 더욱 더 耕堀하려는 것이다. 함쓰ㄴ의 作品은 그 두 가지 傾向이 前期 後記로 난호여 보이는대 「飢餓」라든 「放浪者」라든 「牧羊神」이란 것은 다—漂泊者의 享樂을 中心으로 한 것이다. 그것은 自身의 體驗을 어느 部分까지 採用햇슴으로—곳 無産者에겐 文明 都會에서 코기럭기만한[58] 돈버리에 싼작싼작하기보담 차라리 한 푼 업시라도 맘대로 다니는 것이 그들의 本望이기 째문이다. 그럼으로 그들이 無産者인 것은 그런 變氣性으로 말미암아 自由롭게 救援이 되는 셈이다. 勿論 이런 心理를 가진 作品이 現代의 階級鬪爭을 主題로 한 것과 全혀 質이 다른 것은 잔말을 할 것이 아니다.

△

골키의 마칼·츄드라의 主人公은 말햇다. "자— 들어봐. 쉬흔여들 되는 오늘까지 나는 가즌 것을 만히 보앗다. 내가 안 가본 츤이라곤 업슬 테야. 그려는 것이 내가 살아가는 방법이라네. 다녀라 다녀라 그러면

---

[58] 코의 길이만큼, 매우 조금만큼.

왼갓 거이 다 보인다. 한 곤대 지룩하게 잇서선 못 써. 버릇만 들면 아모게라두 다—못 쓴다. 그러니 사람의 세상을 실찬케 녀길라면 달마다 가튼 生活을 치어버리고 거서59) 빙빙 도라다녀라. 꼭 밤과 낫이 永遠히 다름박질을 하는 게나 맛찬가지로 말이야……" 코놔로ᄄ가 말을 닛는다. "여보게. 난 세상을 도라 다니기로 작정을 햇네. 뭐-ㄴ지두 모르지만 세상에는 느-ㄹ 새 것이 잇서. 아모 것도 생각지 마러라—바람이 불어 사람의 마음에 잡틔를60) 다 씰어 준다는 데 그래. 맘대로 다 속편하다. —누구 한아 괴롭게 구는 게 업구 배가 시장하면 거긔 쉬면서 이틀 동안 돈버리를 하지. 일터61) 돈 벌 일이 업대두 도라만 다니면 아모나 줄 테지. 이래서 여러 곤대 첨보는 구경도 할 수 잇다는 게지"

預言者의 어머니라고 하는 어머니의 主人公을 보아라. 勞動者이오 社會主義者의 子息 파웰이 十字架의 殉教者처럼 西伯利亞로 放逐이 된 뒤 夫人의 心靈이 비로소 眞理의 光明을 보게 되얏다. "이 地球는 넘어 만흔 不正과 悲哀를 運搬하기에 염증이 낫다. 그래서는 사람의 가슴에서 도다 오르는 새 太陽이 보고저워 남몰래 썰고 잇다" 그 夫人은 업는 아들의 할 일을 하려—이웃 마을로 가서 착한 말을 宣傳하려고—汽車를 타려 할 쌔에 警官에게 잡혓다. 이제는 그만이라고 생각한 그 老母는 群象에게 이러케 불으지젓다. "들어보시요, 저들은 내 아들이며 당신 동무들이 여러분에게 眞理를 일러드리려고 한다고 그들을 處罰햇습니다. 우리는 勞動으로 말미암아 다— 죽어 갑니다. 배곱흐고 치위로62) 못 견대고 잇습니다. 우리는 언제든지 흙탕 속에 잠겨 잇습니다.그래서도 언제든지 不正한 속에 잇습니다. 우리 人生은 죽음이 되고 어둔 밤이 되얏습니다" "마님 萬歲"라고 한 사람이 써드럿다. 그리자 警官이 그 夫人의 가슴을

---

59) 거기서.

60) 잡된 티끌을.

61) 설령, 예를 들면.

62) 추위로.

줴질러서[63] 夫人은 비틀거리다가 의자 우에 넘어젓서도 또 불으지젓다. "여러분 여러분의 모든 全力을 한 사람의 指導者 미테다 結合을 식혀야만 됩니다" 警官의 붉고 억센 큰 손이 이번에는 夫人의 목을 줴질럿슴으로 夫人은 뒤쪽지를 벽에다 부듸첫다. "입 닷처 비러 먹든 늙은 뎐!" 하얏다. 이러케 警官이 욕질을 하자 夫人의 눈은 더 크게 쓰면서 반들반들하얏다. 그리고 턱을 바르를 썰면서 "뉘가 復活한 사람을 죽일 수 잇느냐."고 부르저젓다. 警官은 더욱 험상스러워지며 이번에는 바로 얼굴을 내려 갈겻다. 그러자 검붉은 물이 그 夫人의 눈을 캉캄하게 하면서 입으로 피가 좔좔 흘럿다. "올흔 사람을 쌔저 죽이는 것은 피가 아니다……."고. 老母는 부리지즈면서 힘을 일코 비틀거리다가 문득 群衆의 눈들이 사납게 번들거림을 보앗다. 더욱은 그 夫人의 친히 아는 눈이.

쏘 "…… 아모러케 크게 피바다를 만든 대도 저들에게는 眞理가 잡히지 안는다……"고. 夫人이 말을 맛치자 警官이 또 몹시 목을 줴질럿다. 그 夫人이 쌔르쌔르하는 목에서 겨오 가늘게 "불상한 사람들."이라고 할 쌔 한 사람이 깁흔 한숨으로 夫人에게 대답을 하얏다.

「懺悔」에서는 神을 찻다가 크리스트 神에 絶望을 하고 勞働者 속으로 드러가 고생을 하다가 오즉 한아인 自己의 理想神을 最後에 民衆에게서 發見한 맛츠뷔-가 잇다.

"民衆이여 네야말로 나의 神이다. 너의들의 번거로운 勞役인 探求 속에서 너의 아름다운 心靈을 만드럿다. 모든 神의 創造者인 너의들이야말로 곳 나의 神이다. 너의들 말고는 쌍 우에 다른 神은 한아라도 두지 말게 하여라. 웨 그러냐 하면 너의들이야말로 奇蹟의 創造者인 오즉 한아인 神이니쌰."

△

---

63) 쥐어지르다. 손으로 쥐어박다.

이만한 革命魂과 反逆性은 남어지 三作家에선 못 볼 것이다. 그런대 이상한 것은 「핸리·라이크로으트 日記」作家로 「新俱樂部街」作家로 「現世地獄」의 同情者라고 부르는 조지·기씽이란 作家이다. 그는 自己가 그리케도 作品은 貧窮을 主題로 햇슴에도 不拘하고 마음속까지 貧民을 실혀햇슴은 엇던 矛盾일까. 異常한 게 아니다. 그는 個人主義者엿고 貴族 趣味를 그리워하든 가난한 사람인 까닭이다. 그는 長篇 「데모스」 (Demos)로 데모크라시의 體体를 思想한 것이다. 데모크라시란 것은 賤民의 大集에 지나지 안는다. 思想이며 藝術은 그 賤民을 脚下에 두고 볼 權威를 許得한 듯이 생각하엿다. 그래서 貧民은 下類 階級은 趣味도 智識도 한번 洗鍊이 못 된 無智의 쎄다. 自己는 長久한 半生을 더 그런 階級과 살어왓슴으로 갑절 明瞭하게 그들의 無知를 보앗다고 생각하얏다. 쏠키의 「懺悔」에 잇는 맛츠뵈-와 여긔서 反對되는 것을 發見한 것이다. 그러면 이 無知의 本源이 어데 잇느냐. 기씽은 함쯔ㄴ과 가티 이런 一線으로 視力을 모라넛는 興味를 갓지 안핫다. 런돈가튼 都會를 馬車로 다닐 것은 생각도 못하얏다. 그는 너머도 가난햇섯슴으로 時間이 드는 것도 발이 부르틈도 헤아리지 안코 열두 시간 열다섯 시간이나 거러다 녓다고 「라이크로으트日記」에서 말하얏다. 그는 그의 後半生에 勞働 問題에 對한 論文을 써달라는 엇던 雜誌의 依賴를 바덧슬 째 "나는 이제 貧民 生活의 問題 가튼 것은 一切 興味가 나지 안는다"고까지 하얏다. 그러나 그는 '中流 階級의 歷史家'라고 불릴 만큼 「이오늬안 海畔에서」 속에 쓴 것처럼 勞働과 심업슨 말로 말미암아 병신이 된다십히 傷處투성이가 된 손과 오래도록 빗질을 니저버린 리숫과64) 아모라도 옷으로는 보지 못할 더럽고 해여진 누더기를 입은 중나희나 된 안악네의 그 사람다워 뵈지 안는…… 悲慘한 꼴을 니저바리지 못하얏다. 다못 너머나 오래도록 그의 길음도 하든65) 貧窮과 不幸이 언젠지도 몰래 그로 하야곰

---

64) 머리숱과 인 듯.

모든 人間에 對하야 알 수 업는 시들픈 마음을 가지게 하는 同時에 굿센 敎養을 가진 그는 이른바 群衆의 無知에까지 내려가서 그 속에 뒤석기고만 말고 그런 趣味를 가지지 못한 것이다.

△

요한·보앨로 말하면 쏘 다른 特彩가 잇다. 그는 오래도록 無産階級에 자라서 虐待밧는 그 階級의 苦勞를 맛엇다. 하나 그는 그 現象을 顚倒식힘에 쏠키와 가티 産業革命과 社會主義로 社會를 改造하려고 안햇다. 그는 虐待밧는 편의 不合理를 考察한 同時에 그 階級 自身에게도 쏘 救援하여야만 할 그 無知를 發見하얏다. 世界의 煩惱란 것은 말할 것도 업시 이 두 편의 無知와 無知와의 鬪爭에서 나는 것이다. 그것은 智識問題가 根本이 됨으로 當迫된 社會 改造는 먼첨 心靈 改造에 잇고 다음이 樣式 改造일 것이라고 그가 생각하얏다. 그 心靈의 改造를 宗敎의 信仰에 가저오라든 것이 곳 「巨大한 飢餓」이고 人道的 精神에서 行進을 하라든 것이 「The Face ofthe World」(世界의 얼골)이나 쏘는 「Our Kingdom」(우리나라)이다. "어머님 당신은 虐待밧는 사람이 엇던 사람들인지를 아심니까. 그것은 虐待밧는 사람을 虐待하게스리 밧는 사람 우에 업히려고 하는 그 사람들을 가르친 것입니다. 勞働者가 흔이 빗산 賃金을 바들 째에는 엇덧슴니까. 그들의 일하는 成績은 더욱 不良함니다. 우리가 도라다니는 세상을 보고서 그 進步되여 가는 것을 자랑하시요! 大陸은 民族 憎惡으로써 혼자 써들고 잇슴니다. 政黨 內의 各 團体는 서로 미워하고 團員끼리 暗殺을 함니다. 그것은 내 혼자만 다른 團體 우에서 그 團體를 征服하려고 하기 째문입니다. 나는 그런 모든 것을 向하야 그것을 改造하려고 함니다. 이— 내가!" 하는 이것이 보앨의 世界

---

65) 길기도 하던.

改造의 信念이다.

　　― 續 ―

□ 『開闢』, 66호 1926년 2월호

11. 無産作家와 無産作品(二)

―「紹介로보담도 讀物 턱으로 보기 바람니다」

그의 作家와 作品

"世界 歷史的 新世紀의 黎明은 人類의 鮮血로써 붉게 되얏다. 虐殺된
國民의 藝術이란 반다시 莊嚴하여야 한다. 그러치 안흐면 存在할 수 업
슬 것이다. 人類가 일즉 取材하든 어느 것보담도 넓고 戰爭보담도 크고
業보다도 가밀고66) 사랑보담도 놉흔 한 가지의 視野가 이제는 藝術의
압헤 제 몸을 밧치려 왓다. 그것은 勞動이다. 人類가 이마에 쌈을 흘림
으로 살어온 오늘 女子를 누리고 戰爭을 하든 世界를 滋養식힌 勞動은
이제 人類의 詩에 빗초이지 안케 되얏다" "우리의 우로 내려진 苦惱가
그 不可思議한 運命의 바다에다 人類를 흘려보내는 現代에 未來로부터
우리를 불러주는 듯한 소망 잇는 소리가 조곰도 들리지 안는 것은 무슨
까닭일가. 勇氣 만흔 國民이 놀나운 人類의 努力을 보이고 잇는 것을
마음 잇는 사람들은 가만이 바라보고 잇다. 이러케 光輝 잇는 努力에서
이러케 사나운 괴롬에서 이러케 소망이 만흔 것에서 웨 생각 깁흔 智人
이 니러서서 그 울리우는 말로써 새로운 樣式을 創造하지 안는가. 오느
라 詩人이여 世界는 너를 기대린다." 이러케 부르지즌 프방스의 피앨함
프도 無産階級에서 란67) 作家이다. 그의 民衆이란 一篇은 그가 勞働者이
든 自身의 體驗을 機軸으로 하얏서 勞働者의 世界에 새로히 터저나 近代

---

66) 넉넉하고, 풍부하고.
67) '(자)란'에서 '자'의 탈자.

는 새로운 自己意識을 內面으로 觀察한 權化된 習作이엇다. 그는 가난한 팡장로써68) 깁흔 藝術 心靈을 날크라운 社會 意識의 속에다 飽和를 식혀바렷다. 이리한 虐待를 밧든 勞動者의 눈을 通하야 본 사람마다의 아름답다는 모든 것은 돍 새 씨인 잡풀이 그 돍 미테서 애처로운 꼿봉을 피우고 잇는 듯이 도로혀 虐待밧는 편에 잇섯다. 그 비트러는 젓스나 그래도 必然의 生命의 表章의 美가 얼마나 가엽슨 姿態로 具現되야 잇는가. 虐待바든 美, 搾取된 美 여긔 함프의 巨憎이 잇다. 蜜賣淫의 집 개에게 하로 百 수—짜리의 科理가 먹인다. 쌕다귀가 업다십히 칼질을 하야서 기럼씨를 너머 넛치 말라는 詰問이 잇다. "얼마나 사람의 말 못할 羞恥냐. 나는 두 달 동안 배를 말려본 적도 잇다. 아모 것도 먹지 못한 날이 멋칠이나 될지도 모른다. 그런대 개 한 머리에게 百 수—짜리의 대졉이란 다— 무엇이냐" 이것을 만들든 보이가 곳 침을 바트면서 "여긔는 쌕다귀라곤 들지 안앗슴니다"라고 할 째 그 동무 보이도 그 음식에다 침을 바트면서 말을 하얏다. "이리하야 그들의 負傷이 되얏든 正義觀念이 復讐된 것이다고 한 「료리집에서」란 短篇은 그의 지긋지긋한 体驗이 아니고 무얏일싸. 또 「The Rich City」(富村)에 展開된 無産者의 各相을 보아라. 스트라익를 한 뒤의 쓸쓸한 동리의 不安에서 貧富 兩階級이 뒤범석이 된 鬪爭의 心理를 얼마나 細密하게 正義의 한 길을 찻는 그의 省察이 잇느냐. 그는 쯔랑스의 쏘르키—란 말을 듯는다. 그는 젊어서부터 팡을 차저 英國 西班牙 佛國으로 씌을려 다니듯이 아모대나 放浪을 하얏다. 파리의 人民大學의 學生이 된 제가 二十六才 째인대 그 뒤는 北部 佛蘭西 鐵道에서 七年 동안이나 勞動을 하얏다.

△

---

68) 빵 장수로서.

팡장사하든 勞動者에서 나온 現代 藝術家로는 쏘르키-와 함프 말고 쏘 한 사람이 잇다. 그는 白耳義의[69] 作家 스틘스트라우앨르스이다. 勞働者의 生活만 모훈 「The Gass of Life」(人生의 路程)이란 短篇集 作家이다. 그도 文壇에 나올 째까지는 西部 쁘란다-스의 아앤램므에서 農夫와 農婦의 단골집 팡장사를 하고 잇섯다. 이 속에 描寫된 勞動者는 放浪者요 農夫요 勞動者의 子息뿐이다. 그는 「奇禍」의 主人公과 가티 흔히는 社會의 不合理에 憤怒한 째도 업지 안핫다. "웨 그는 일하지 안흐면 안 되는가. 언제든지 쉰히지 안코 일하지 안흐면 안 되는가. 아모것도 안코도 살기만 하기는커녕 아모 것도 안코도 安樂한 生活을 실토록 하고 잇는 사람이 얼마나 만흔대"라고 하는 反抗도 쑥리박히지 안는 것은 아니나 그보담도 그는 몃 갑절 더 心靈의 哀痛을 勞動者들이 가진 그 環境으로 솟기에[70] 밧벗다.

그것은 「「파이프」를 물고나 「파이프」 업시나」라는 스캣취만에서도 그의 애듯한 情緖를 맛볼 수 잇다. 거긔는 엇던 젊은 少年이 밀 구루마를 밀고 간다. 路中에 수레를 멈치고 담배가 가의 陳列窓을 정신업시 드려다보앗다. 파-란 솔문가티 싸하 둔 담배갑 우에는 길기도 긴 肉柱樹 파이프가 색실에 쉬여 잇다. 점잔하게도 큼직한 담배ㅅ대 골통에는 님검이다 검둥이다 엽븐 아씨들의 얼골이 삭여 잇고 琥珀 물쭈리가 달린 海泡石대도 잇다. 완갓[71] 種類의 담배ㅅ대가 잇다. 少年은 한숨을 한 번 쉬면서 "이러케도 엽분게 이러케이도 만쿠나! 어머니가 삭일을 맛기만 하만……" 하얏다. 그는 코를 류리창에다 밧작 눌르고 넉 쌔진듯이 「파이프」의 모양과 갑슬 살펴보앗다. "아 어머니" 少年은 맘에 드는 「파이프」가 가지고 십헛다. 어머니는 싹일만 맛게 되면 한 개 사주겟다는

---

69) 벨기에.
70) 쏟기에.
71) 온갖.

約束을 오늘도 하고 나갓다. 그는 斷念을 하고 수레채를 잡어쥐고 큰길로 停車場까지 밀고 갓서 거긔서 도라올 어머니를 기대리고 잇든 것이다. 한낫 해ㅅ살이 동맹이를72) 이들하게스리73) 묽고 너흐는 악착한 더운 날이다. 馬車 안에서는 馬夫가 조을고 잇다. 말은 머리를 쌔트리고 세 다리로 섯서 각금 생각한 듯이 파리를 날리려고 한두어 번 발을 굴린다. 집 업는 쩨거러지가 서늘한 나무 그늘 미테서 잠을 자고 잇다. 少年은 남의 집 울타리에 기대서서 목을 쌛치고 기대렷다. 그리자 汽車가 드러왓다. 맨첨에 내리는 사람이 쭝쭝하게 살찐 紳士이엇다. 다음에는 婦人 그댐에도 婦人 그리고는 다— 다른 사람쑌이엇다. 맨 나종에 어머니가 내려왓다. 어머니의 엇개 우에는 푸르덩덩한 빈 포대기가 언처잇다. 어머니는 그 포대기를 밀 구루마 우에다 힘업시 집어던지면서 가늘고도 힘업는 소리로 "쏘 일이 업드라. 아이구 한누님 제발 살려만 줍소—" 하얏다. 이리하야 母子는 다시 더 한 마대 말도 안코 멀고 먼—ㄴ 村길을 거르면서 시덜푼74) 집으로 향하얏다. 담배가 가를 지날 쌔 少年은 선듯 그 陳列窓을 것더보고는75) 무엇인지 시성노76) 노래를 혼자 불럿다. 집은 아즉도 머—ㄹ다. 해ㅅ살은 씨지고 잇다.

막심 코르키—가 洋靴修繕 집의 使僕인 것과 가티 댄말크의 現代 作家인 마르틘·안대르생·네기쭈도 少年 時代를 그러케 지나왓다. 그는 코펭하겡의 貧民窟에서 난 사람으로 文壇에 나올 째까지는 벽돌 장사로 사라왓다. 그의 四部 長篇 「勝利者 패를래」에서는 無産者인 한 少年이 세상과 싸호고 세상에 서서 苦惱를 하고 잇섯다. 그러나 필경은 그 싸홈에 익이고 大規模의 社會 改造者로써 營業할 歷史를 잡은 것이다. 그런대

---

72) 돌멩이를.

73) 미상.

74) 고달픈.

75) 거들떠보고는.

76) 저절로.

댓듸- 가온대는 고집만코 착한 貧村의 處女가 엇더케 慘酷한 運命에게 咀呪를 밧고 드듸여 娼婦에까지 墮落이 된 것이 三部의 長篇에 如實하게 記錄이 되여 잇다. 그런대 「勝利者 패를래」는 作者 自身을 어느 点까지 模型한 것으로써 "一八七七年 五月 초승의 어느 새벽이엇다. 바다 저편에서는 灰色 쇠리를 무겁고 물 우로 쇠을고 바다 안개가 슬금슬금 밀어온다"든 北歐의 海岸에서 識業을 차저서 예까지 건너온 父子들의 처음 내려보는 그 感想이 그림과 가티 印象이 되야잇다. 主人公인 패패를래가 社會主義도 近代 産業 組織도 아즉 드로오지 안흔 적은 山村에서 洋靴 장사의 工僕이 엇슬 째까지는 괜찬엇다. 한번 코팽하겐의 大都會에 쒸어나온 뒤로는 그의 鬪爭의 用意는 모다가 現代의 勞動 問題이엇다. 그는 第一線의 勇者로써 언제든지 雇主와 官憲의 橫暴과 싸홧다. 作者는 또 自己의 몸소 격근 体驗으로써 이 鬪爭의 意義를 內面으로 觀察하기도 이저바리지 안핫다 作者는 漲溢할 만한 想像力을 가젓스면서도 感傷者일 嫌疑는 죠음도 업섯다. 「패를래」는 드듸여 익엇다. 그리하야 그는 勝利에서 獲得한 資金으로 勞動者 共同生活을 위하야 田園都市를 建設하게 되얏다. 댓듸-는 風塵 世上의 진흙 수렁 속에 째저서 올 수도 업시 쌈으려젓다.[77] 거긔는 그 女子가 意志로써 엇지할 수 업는 運命의 힘이 잇기야 하지마는 아모래튼 댓씌-자신의 道德的 責任이 죠음도 업다.

無産者를 主題로 한 作家와 作品

白耳의 現代作家 조르즈·애쿠-는 「The New Carssage」(새로운 「카르새지」)의 作者로써 主人公 파리멜에게 無産階級者로써의 憤怒와 反抗을 悲壯하게도 强烈하게 表現을 식혓다. 라우랜트 파리멜은 아버지가 죽고

---

77) 까무라졌다.

孤兒가 된 까닭으로 아버지와 同業을 하든 商人 드보사이스의 집에서 下人 비슷 손님 비슷하게 자랏다. 學校에도 다 스나 드보사이스의 딸 기-나에게 사랑을 하다가 拒絶을 당하얏슬 쑨 아니라 그만 그 집에서 쏫겨까지 낫다. 그리고 기-나는 汽船 會社의 主人이면서 怜悧한 詐欺를 例事로 하는 惡資本家인 패야-드의 妻가 되얏다. 이리하야 어려서부터 안트와프 地方 집도 절도 업는 거러지 속에서 프로래타리아의 生存權을 要求하기와 恢復하기 위하야 잇는 힘을 다해서 싸후고 잇든 파리댈은 지금 正面의 對敵인 패야-드부터 업새야 할 것이엇다. 그런대 그째는 패야-드의 橫暴한 利慾과 搾取가 갑절 더 심해저서 移民 會社를 計劃햇 서는 移民을 破船식히기도 하고 危殆한 彈藥 工場을 새윗서는 女工과 兒工을 燒死케 하얏다. 사랑하는 기-나의 幸福을 위햇서든 搾取되는 無 産階級에게든 아모래도 더 참을 수 업게스리 된 파리댈은 불난 彈藥 工場 미테서 패야-드를 안은 채 타죽고 마럿다.

이 作品이 나온 뒤로 안토와프로 가는 사랑은 武器를 準備하여야 할 만큼 그러케 두려워 하얏고[78] 한다. 이런 事實的 評判을 이르킨 것은 이 作長 가온대서 파리댈이 석겨 노는 無依者들의 生活이 그런 威脅을 줄 만큼이나 深滲이 되어 보엿기 째문일 것이다. 그처름 그 無産者들은 法律과 道德에 對한 恐怖를 늑기지 안는 사람이며 그만한 밋도 업는 憎惡를 暴惡한 資本家에게 던지든 사람들이엇다. 한대 파리댈이 實際 行動에서 쓴 手段은 決코 最後의 그 場面쑨만이 아니엇다. 市會議員의 選擧에서 파리댈 等 無産黨의 候補者가 慘酷하게도 金權黨의 「패야-드」 로 말미암아 破散이 될 째에도 民衆側에서는 불꼿 가튼 憤怒를 니르켓 다. "이 싸홈의 마조막 結果로 무서운 混亂과 怒氣가 안토와프의 民衆을 動搖식혓다. 金權黨은 다맛 腐敗와 無氣力으로써도 겨오 勝利만 어더 쓸 쑨임으로 미워 못견대는 샛밝안 얼골과 怨恨 가득한 파란 얼골이

---

78) 하얏(다)고: 하였다고.

애닯은 눈물을 쥐어쌕리면서 毒矢 가튼 咤罵와 險淡을 民衆의 머리에서 주저도 업시 터저나오든 것이엇다." 十九世紀末의 안토와프의 現實을 잡게 된 이 作長이 '새로운 카르째지—'라고 命名이 된 것은 商業市로 된 넷날 카르째지-가 滅亡된 것과 가티 새 商業市로 된 오늘 안토와프 가 金權高能 政治의 腐敗한 속에서 破滅이 되여 가는 것을 象徵하려고 한 것이다.

△

애쿠-와 가튼 根本 觀念에서 無産階級의 主人公을 階級鬪爭史上의 勇將과 가티 選擇한 것은 西班牙 피오바로쟈의 三部作 「The Struggle for Life」(人生의 鬪爭)일 것이다. 또 가튼 傾向을 取한 作品으로는 「The City of」[79](主意 깁흔 都會)이다. 「人生의 鬪爭」에선 말하자면 作者의 主意가 現代의 社會 組織이 人生의 生活味를 極端으로 괴롭게 하고 그 偏見과 無慈한 것이 自然의 人間性을 虐殺식히고 잇는 것을 보다 못하야 그에 對한 猛烈한 抗議를 提出하려고 한 것이다. 第一部인 '探究'란 것은 陋醜한 下宿의 女婢工 노릇을 하는 패트라의 아달 되는 마누앨이란 靑年이 마드릿드로 처음 왓서 洋靴 修繕工이 됨에서 시작이 된다. 그는 오자마자 浮浪者 無職者와 드듸연 賣淫窟에까지 出入하게 되면서 피투성인 싸홈과 죽을 줄 모르는 色鬪와 그 째쌘인 耽溺과 개즘생보담도 더러운 貧民窟의 惡臭가 永遠의 走馬燈과 가티 뒤범벅이 된 그의 荒亂한 生活의 印象에 그을리게 된다. 그리고 地下層의 社會가 무서운 原始的인 獰惡 그것으로 예사롭게 展開가 된다. 그러나 숨결이 막히는 下海 人生의 雰圍氣 속에 마누앨은 作家와 가티 그 意義를 觀察하고 잇다. 야밤의 靜寂과 神秘는 人世에서 自覺 줄 大都會의 一秒 동안이다. 마드릿드의 새벽

---

79) '주의 깊은'이라는 영어 단어가 탈자.

216

에 섯서 잇는 마누엘의 姿勢는 참으로 壯嚴 그것이엇다. 夜守의 角燈불이 열푸른 동트는 속에서 어삼치래해저서 軟灰色 거리 우로 춤을 추고 잇섯다. 검은 누덕이 줏는 사람의 거름애가 행길에 써러진 헌 씨걱지를80) 주으려고 허리를 굽힐 째 그것은 날근 누덕이에서 난 독갑이 가튼 반갑지 안흔 그 影姿이엇다. 저고리를 얼골까지 싸고 밧삭 야윈 거러지가 날이 세기 전에부터 이처름 가만가만히 자추를 감춘다. 그 뒤로는 勞動者들이 지나간다……. 그 여러 일슌들로 말미암아 正直한 마드릿드란 마을은 이제부터 쏘 紛擾於 이날의 準備를 차리고 잇는 것이엇다. 소리 업는 그 밤의 混雜에서 눈부씨는 아참의 活動으로 옮어가는 이 一瞬間이 마누엘로 하로야곰81) 싯도 업시 깁흔 瞑想으로 기어들게 하든 것이다.

그는 이러케 解釋하얏다. 이 마을 부헝이의 存在와 勞動者들의 生存은 決코 平行線 우에서 족음도 서로 어울릴 것은 아니다. 한편에는 歡樂 惡德의 밤이요 한편에는 勞役 피곤한 아참이다. 그는……? 그에게는 그가 第二의 階級에 付屬되지 안흘 수 업다고 녀것다. 말하자면 어둔 그늘 속으로 도라다니는 것 말고 해ㅅ발 미테서 일하는 그것으로 말이엇다.

길욱한 82)人生의 第一期인 '探究'는 그들이 結論까지 가게 하얏다. 그리고 第二部 以下는 自覺한 勞動者로써의 그의 復活을 意味한 것이다.

그의 「注意 깁흔 都會」에서도 時代에 自覺한 無産者의 눈에 빗초인 銳利한 文明 批評이 잇다. 注意 만흔 都會! 그것은 넘어나 注意가 만한서 生氣를 다—일흔 都會이다. 아니 그것은 都會가 아니라 西班牙 그 나라이다. "民衆은 모다 죽엇다. 그들의 頭腦는 일을 두엇다. 西班班는 關節 硬化病으로 알코 잇는 한 몸뎅이다. 족음만 꼼작하야도 그만 압허 죽을

---

80) "헌 찌거기" 곧 '쓰레기'를 뜻한다.
81) 하여금.
82) 길쭉한.

지경이다. 그럼으로 進步를 한대도 천천이 하여야 될 것이엇다―飛躍은 할 수가 업다." 이러케 다 죽어가는 西班牙를 昏睡에서 잡아 이르키기에는 가진 努力을 앗기지 안한 主人公 쾌친도 "良心이란 무엇인가 弱한 마음 그것쑨이 아닌가. 正直이란 무엇인가 機械的인 어던 것에 지나지 안는다" 하얏다. 西班牙 사람은 오즉 무아 사람가티 일을 하고 쥬-와 가티 돈만 벌면 그만이라고 어둡고도 무거운 그 맘을 품고 銀가루가 흐르는 달 미테서 남몰리 울 수밧게 업섯다.

△

브라스코·이바네스도 西班牙의 作家로서 「The Shadow of Cathedral」(僧阮의 거름애)와 「The Fruit of the wine」(葡萄 열매)의 作者이다. 두 篇이 다― 無産階級의 社會 改階心를 改造으로 한 것으로 두 篇이 다―慘敗로 쯔틀 맛친 것이 이 作家의 文明 批判일 것이다. 「僧阮의 거름애」에서는 싸원과 푸루동에게 만흔 힘을 바든 젊은 僧侶인 「카브리엘루나」가 偶像化된 宗敎의 形殼을 內面부터 쌕수고 無産者의 光明으로써 新宗敎를 創造하려고 한다. "산 몸으로 充分한 滋養을 攝取하여야 할 여러분이 맛업는 甘藷와 팡만으로 妻子 되시는 이의 腸胃를 속이고 잇는대 이 寺院의 神明이란 木制의 偶像은 엇덧슴니까. 際限도 업는 奢侈―眞珠와 黃金투성이가 아님니까. 여러분은 그날 그날의 쯰니를 차저 자시기에도 넉넉지 못하야 悲慘한 우리 속에서 알코 잇지 안흘 수 업는 그동안에 아모 쓸대업는 이런 偶像들이 웨 이런 豪華를 해야만 하는가를 여러분은 족음도 疑心한 적이 잇슴니까"고 하얏다. 講壇에서 젊은 僧侶가 이러케 怒吼를 하자 "듯는 이들이 무슨 불덩이에 어더마진 듯이 놀낫서 서로 눈을 드려다 보고 잇다." 한참 동안은 疑訝가 그들의 마음에 쌀려 이섯스나 結局 堅固한 覺醒의 確信이 그들의 얼골을 빗나게 하얏다. 맨 처음 陰盃한 목청으로 鐘을 치는 산에가 "참말이다"고 하자 신발장사도 "참

말이다"고 맛장고를 첫다. 그러나 이 金璧이 燦爛한 大寺院의 모퉁이에서 한 푼 업시 病에 싸들린 鬪士는 結局 설어운 絶望으로 永遠의 눈을 깜고 말앗다. "大地는 그의 죽음의 秘密을 감초고 잇섯다. 엄골을 안 보이는 어머니 가튼 大地는 지금까지 이 一生의 鬪爭을 無感覺하게 직히고 그의 모든 偉大도 野心도 悲慘도 愚行도 그가 替後까지 標的을 하든 人生의 豊饒와 革新과 함께 다— 大地의 품속에서 석지 안흐면 안 될 것으로 알고 잇섯다"고 作者는 알코 쏘 絶望을 하얏스나 새로 나는 建設의 後援隊는 世界의 四方에서 突進을 하야왓다. 그 戰綿은 족음도 허터지지 안코 그의 理想은 決코 大地의 품속에서만 석고 잇지 안헛다.

「葡萄 열매」에선 葡萄酒 工場의 職工들을 中心으로 하고 勞動者 「패르난도」가 날쒸는 것이다. "世界는 이제야 數千 年의 睡眠에서 눈쓰기 비롯하얏다. 幼兒 時代에 쌔앗긴 것을 奪還하려는 勇敢한 抗議가 지금 나오기 시작는다. 土地는 그대들의 것이다. 뉘가 그것을 만드럿다고 할 것이 아니다. 그러기에 土地는 다— 그대들의 것이다. 만일 土地 우에 엇던 改良이 施行된다면 그 施行은 그대들의 쌈투성인 손에서 된 것일 것이다. 그럼으로 그대들의 所有로 반다시 도라갈 것이다. 人間은 空氣를 呼吸할 權利가잇다. 日光에 쏘일 權利가 잇다. 그러면 그대들을 維持하는 그 土地의 所有權을 要求한다는 것은 족음도 異常할 것이 업는 말이 아니냐 "慈善이다? 慈善이란 것은 美德의 假名을 집엇슨 利己主義란 말이다. 搾取한 剩餘價値의 極小分을 犧牲이란 名義로서 自己의 形便이 조흘 쌔에 分配하게 되는 그것이 아니냐. 慈善? 아니 正義다. 그의 가진 것은 萬人에게 난호아야 할 것이다." "人類를 救助할 것은 다맛 正義쑨이다." "正義는 天國의 것이 아니다. 地上의 것이다." 이 나라는 넓다 그러나 이 나라의 富力은 겨오 八十名이나 百名의 資本家로 말미암아 搾取되고 잇다. 그것은 얼마만한 不合理일싸. 패르난도는 이 葡萄酒 工場의 職工들에게 工場 資本家의 正體를 항상 暴露식혓다. 하나 官憲과

資本家의 對抗하는 편은 赤手空拳인 그보담 더 實力이 잇섯다. 勞動者들은 모조리 資本家들의 품속에 안겻다. 지금은 누귀 한 사람 동패르난도의 熱辯에 귀를 기우리는 이가 업다. "흔히 勞動運動에 오는 이와 가티 저치도 指導者—ㄴ 체하는 훌륭한 詐師欺이다. 저치의 煽動으로 勞動하는 人間들은 지금 다—共同墓地의 흙 미테서 썩은 꿈을 꾸고 잇다……. 아모래튼 說敎는 적고 收穫은 만어야 勞動者의 참동무는 賃金을 주는 雇主쑌이다. 賃金을 주면서 덤으로 葡萄酒 멋 잔만 마셔주면 그야말로 참 조흔 雇主다." 勞動者의 한 사람이 동무에게 이러케 말하고서 元指導者인 패르난도에게 蔑視하는 눈치를 주엇다.

葡萄의 열매는 점점 알이 잘 배고 資本家의 財囊은 차점 부러 갈 쑌이다.

△

墺智利의 안드래스랏코는 「Men in Battle」(싸호는 사람들)에서 强烈한 反軍國主義를 提唱하얏슬 쑌이 아니다. 「Home again」(歸鄕)에서 祖國을 위하야 負傷을 하고 戰爭에서 도라온 勇士가 戰爭으로 猝富가 된 强慾한 工場主를 刺殺한다. 그것은 戰爭 中에 工場이 되야 이 勇士 복단의 친분 잇든 處女가 職工으로 거긔를 다니다가 工場主에게 貞操를 强賣하게 되얏다. 그리하야 奢侈해진 그 女子는 다시 가난방이 복단을 것더보지도 안핫다. 더운다나 복단은 砲藥으로 말미암아 두 눈이 다 — 어두어진 가엽슨 병신이 되얏스니 말도 할 것이 업서 보이든 것이다. 이럼으로 그의 絶望을 戰線에서 養得을 한 그 殘忍性이 그만 채질을 하여서 極端의 憎惡를 工場主에게 품게 되얏다. 그리고 또 洞里 사람들이 이 工場의 德澤으로써 갑절 富裕하게 되얏다고 追從을 하는 꼴이 아니코웟다. 그리하야 그는 自己가 戰場에서 도라올 째 洞口에서 맛낫든 社會主義者 미할래라는 사람의 섀속을 어이는 빗고는 말이 아즉도 이저바릴 수 업시 새롭게 記憶이 되든 것이다. "자네는 두 눈을 업새고 얼마나 먹나. —筆에

五百 파운드나 되나. 그보담 갑절 一千 파운드나 되나. 허지만 戰場에서 가마귀 밥이 된 人間들은 아모것도 못 바덧지. 그러나 엇대. 자 工場 主人은 말이야! 하로에 멧 百 파운드를 벌면서도 손수락 하나 닷치기나 햇느냐 말이야. 더운다나 그 돈을 주머니에 담북 집어너코는 工場의 女工을 마구잡이로 남기지 안코 죄다 誘引을 하지. 지금이야 그 놈도 洞里에서 第一 큰 猝富가 되얏지.”

이리하야 복단은 드듸여 工場主를 죽이고 그도 自殺을 하고 마럿다.

△

그리고 露西亞의 無産階級을 말한 藝術로 말하면 나 가튼 貧務한 智識으로도 헤아릴 수 업슬 만큼 만타. 써스토마스키의 「Crime and Punishment」(罪와 罰)과 「Poor Folk」(가난한 사람들) 그런 것이다. 또 알치바쇄웊의 「Tales of the Revolution」(革命이야기). 쿠푸린의 「The River of Life」(生命의 河水)에도 러시아 學生 階級의 悲慘이 얼마나 식컴엇케[83] 보이느냐. 屍體의 右脚膝關節 우에 十四號라고 粗惡한 잉크로 쓰여 잇다. 解剖 講臺로 올러가는 順番이다. 慘酷하게도 嚴肅한 作者의 리알리슴에 實生活의 殘忍이 符合이 되엿다. 로프신의 革命을 捕捉한 「The Pale Fass」(蒼白한 말)과 「What never Happned」(아모 일도 업든 것)에서 더 올러가서는 고-골의 「The Frask」(外套) 래시코읇의 短篇集 「톨스토이」「튜르개네웊」「코로랜코」「옉래새예웊」가티 擧例키 어렵다. 다맛 래오늬드·안도래읇의 「國難을 맛난 民衆의 告白」에서는 別다른 刺戟을 바들 것이다. 그것은 一九一四年의 世界大戰을 맛나 職業도 地位도 安着된 生活도 함께 업새 바린 無産 中流階級者의 告白으로써 切迫한 現實의 世界가 싯검엇케 흐르는 안도래웊의 人生 懷疑를 더욱 陰慘케 하얏고 地獄의 불에

___

83) 시커멓게.

타는 罪人의 告白를 想味케 한다. "人間이란 것은 얼마나 설어운 갓인가. 이 세상에 잇는 人間의 運命은 얼마나 괴롭고 수수겻기와 가튼 魂靈에 對한 苟責인가. 무엇을 찻겟다고 人間의 魂魄이 더듬으며 도라 다니느냐. 피와 눈물 속에서 발버둥치든 남아지는 대채 어대로 간단 말인가" 그는 끈히지 안코 이러케 알으면서 눈을 가리운 屠場의 家畜과 가티 來日 모르는 運命의 의미를 定方도 업시 짓헤멘다.

그리고 쏘 異彩잇는 넷 作家 意味잇는 作品 턱으로 스태푸댁크의 「The Carnier of a nihilist」(虛無主義者의 生涯)를 提出하려고 한다. 고리고 쏘 「Underground Russia」(地下의 露西亞)도. 한대 이 두 篇의 內容에 對한 紹介는 쓰기를 둔다. 웨 그러냐 하면 梗槪를 縮說하자면 러시아 王朝政府와 XX를 根本的 XX하려는 것으로써 不絶히 秘密運動을 하는 늬힐리스트의 生活을 그런 것이니 그리 累累히 쓰잘 것이 업다.

이 밧게 近代 勞動者의 自覺을 把捉한 것으로써는 쯔랑스의 애밀·쏠과의 쌔르미날이라든 킹슬래-의 「알톤록크」라든 갈스워리-의 戲曲 「爭鬪」 가튼 다위일 것이다. 이즘 더운다나 工場 生活을 題材로 한 作品이 만호나 쇼-대스몬드의 「대모크라시)」 발보아의 「Against the Red Sky」(붉은 한울을 향하야) 가튼 것은 아즉도 印象이 새로운 것이다.

다른 作家와 밋 作品은 다음번 ― 가튼 無産階級을 觀察한 作品에서도 大槪 그 視野野가 三界로 난호여 잇는 것을 說明할 째―에 몃 낫[84] 더 쓰려고 한다. 다음번 이것을 보시랴면 이번 作家들과 밋 먼첨번에 쓸린[85] 作家들의 態度를 한 번 더 자세롭게 미리 보아 두어야 할 것을 말해둔다.

― 續 ―

---

84) '몇 개'의 대구방언.
85) 쓰인.

무산작가와 무산작품

　『개벽』 1926년 1호와 2월호에 연재된 글이다. 서구문학사에서 빈곤한 생활을 했던 작가와 가난한 생활을 내용으로 하는 작품을 소개하고 있다. 본문에 들어가기 전에 필자는 "이것은 소개로보담도, 다만 讀物턱으로 보기 바랍니다"라고 하였다. 이는 세계의 무산작가와 무산작품에 대한 소개라고 하기에는 작가 및 작품 선정에서 뚜렷한 기준이 없고, 전체를 망라하지 못했다는 뜻이다. 임의적인 것이니 가벼운 읽을거리로 봐달라는 자기 방어적인 언급이다. 또한 글을 쓴 사람을 표기함에 있어서도 '尙火 抄'라고 적었다. '抄'는 '어떤 글에서 필요한 부분을 가려 뽑는다'는 의미다. 따라서 이 글은 이상화가 자신의 지식을 바탕으로 하여 직접 집필한 것이라기보다는 기존 문헌들로부터 초록(抄錄)한 것으로 볼 수 있다. 어쨌든 경제적 빈곤을 주제로 설정했다는 점은 그의 문학관이 신경향파와 무관하지 않음을 말해 준다.

□ 『開闢』 68호 1926년 4월

12. 世界 三視野
－「無産作家와 無産作品」의 終稿

이 篇은, 二月 一日에 쓰인 그런 反抗 精神을 가진 것과는 좀 다른 態度인 것을 먼첨 말해둔다.

三視野

A는 無産階級者가 無産者인 까닭으로 現代 産業 組織의 미테 살어는 가면서도 機械 工業에게는 뒤쫓겨 지고 資本家에는 搾取가 될 쑨이다. 그 悲慘到極한 情態를 갓업는 同情과 못참을 憤怒로써 表現한 作品이다.

B는 有産階級이란 그 限界를 업새 바리고 一種의 文明 批評에서 基点을 가진 것이다. 다못 原始的인 野性과 放浪性이 文明의 豪華에게 反抗을 하면서 大自然에게 向하게 되나니 이것은 複雜한 現在 生活 機關의 機構를 背反하고 힘자라는 대까지 本能 一線인 純朴性으로만 도라가려고 하는 것이다.

C는 三派로 난홀 수 잇스니 第一은 人道的 精神에서 洞察을 하는 것이고 第二는 人世의 恒河沙苦를 消滅하려는 쯧으로 爵位도 富財도 特權 等屬의 一切 誇張을 다 집어던지고 몸소 無産階級에 드러가서 그들과 함께 苦行의 生活을 하는 것이다. 第三은 無産者의 環境에 나서 無産者의 地位에 安住하면서 크게는 世界를 적게는 個人의 苦悶을 人道的 魂과 犧牲性血로 얼마쯤이라도 가볍게 하려는 迫害와 慘苦의 속을 勇敢하게 거러가는 것이다.

224

A

A의 部類로는 亞米利加의 압톤·싱클래아가 지은 「Gungle」(叢地) 가튼 것일 것이다. 「叢地」는 러시아에셔 온 頑朴한 農夫 — 율기스·루독스의 家族이 市俄古[86] 엇던 屠肉 社會에 扁傭이 되야서는 平安하얏스나 열한 食口나 되는 家族이 男子 세 사람의 勞動으로 그날 그날을 먹고는 지낫스나 그들이 現代 産業 組織의 殘虐한 待遇를 밧기는 그 뒤의 곳 일이엇다. 會社 안에는 이것저것에 다—쓰이는 가즌 齒車가 마주 돌고 잇다. 監督이니 — 巡視니 —하는 것들이 次例대로 賃金을 搾取하는 것이다. 職工에게는 몃 時間이라도 係關할 것 업시 勞動을 식히고 될 수 잇는 대로 賃金을 싸게 주엇다. 그래도 누귀누귀 할 것 업시 아모든지 다— 일자리를 일허바릴 것이 두려워서 不平도 怨望도 못하고 抑制로 일을 하고 잇다. 全家族의 苦狀은 이로 말할 것이 아니엇다. 필경은 어린애들까지 工場으로 단녀야 할 형편이엇다. 이 社會에선 몃分이 늣개 出場을 하여도 한 時間 賃金이 날러가는 판이엇다. 그러나 五十分 동안 일을 하엿다면 한 時間 賃金도 주지를 안핫다. 여긔서 勞動하는 것은 그야말로 工場 機械와 競爭을 하는 것이엇다. 만일에 機械보담 뒤처지는 적이 잇스면 工場 문 밧게는 그들 代身으로 드러 오려는 無産者 쎄들이 드러밀 것만 생각할 샌이엇다. 이러다가 마즈막 율기스는 병드러 눕게 되얏다. 會社에서는 곳 契約을 解除하얏다. 다행이 병이 나흔 뒤에 마튼 일은 前보담 몃 갑절이나 괴로운 일임으로 毒素와 더러운 속에 허덕이는 慘酷한 쏠이엇다. 그만이라도 무던할 터인대 어느 날 밤 그의 안해 나나가 工場에서 도라오지 안핫다. 이튼날 아츰에야 도라와서는 무엇이라고 辨明을 하얏다. 그 뒤부텀 이런 일이 자조 繼續되엿다. 율기스가 생각하건댄 會社 監督이 돈 잇고 세력 잇는 자세로 나나를 弄絡한 줄로 알고서

---

86) 시카고.

憤怒한 結果 그는 監督이란 者를 힘껏 싸렷다. 이 까닭으로 그는 監獄에 갓치엇다. 그의 家族들까지 退社를 당하고 마럿다. 이런 人間 消費의 殘忍한 것이 物質文明의 頂点에 잇다는 그 大都會에서 활개를 치고 橫行을 하든 것이다. 그러나 생각해보면 그것이 야릇한 것이 아니다. 物質文明이란 것은 結局 經濟文明이요 生産文明이다. 거긔서는 멧 千萬 機械의 齒輪이 쉴 사이 업시 鼓喊을 치면서 짓밟힌 無産階級의 苦痛하는 그 소리조차 휩쓸어 죽이는 것이다. "勞動者는 奴隸다. 그들은 다못 建設하기 샏임으로 오즉 언제든지 일만 할 샏이다. 그들의 피와 쌈은 地上 모든 建設物의 세맨트이다. 그들은 그들의 勞動으로 말미암아 짓싹으려저 가면서도 밧는 報酬라고는 짓드릴 움막조차 업고 참으로 사러간다고 할 만한 飮食조차 먹지 못한다"고 한 골키의 말이 過言이 아닐 것이다.

B

文明이란 것이 萬一 그런 것이라면 이 세상에 文明보담 더 진절머리 날 것이 업슬 것이다. 그들은 文明이 나흔 一切의 舊套를 버서바리고 一切 會社 法則에 束縛을 밧지 안코 一直하게 野蠻스런 自然兒가 되야 赤裸한 人間의 本體를 나타내여 보면서 虛僞의 文明에게 挑戰을 하라는 것이다. 그럼으로 그들의 한 사람은 自己가 自己를 이러케 부른다. "이 친구와 써러질려고 말구 一生을 여긔서 가티 지날 만한 忍耐性을 기를 테면 자네들도 文明社會에 나지 안흐면 안 되네. 거긔서야말로 자네들을 妨害할 가진 束縛이 잇다. 惡毒한 虛僞의 習慣으로써 承認이 된 束縛이 거긔에 잇다. 自己愛의 病的인 中心이 거긔 잇다. 簡單히 말하자면 마음을 허틀고 感情을 참게 하는 虛榮의 虛榮이 거긔 잇다. 아모러한 올흔 理由도 업고 아주 허황스럽게 一般으로 文明이라고 부르게 되는 그것이 곳 그것이다." 「Bneatunes hat and wene Man」(한 번은 사람이엇든 즘생)의

主人公은 이러한 理想을 代表한 것이다.

　이 우에 든 B의 作品은 放浪者를 主人公으로 하엿스나 골키의 自然兒와는 타이프가 달으다. 싹크·론돈의 作品에 나온 사람들과 풀래트·하-트의 作品에 나온 사람들이 그것이다. 웨 그러냐 하면 골키에 나온 절늠바리쎄와 世界苦의 사람들은 다— 文明의 意識을 背景으로 하야 그 束縛에서 逃免된 自由와 歡喜에 자즈러지는 것이나 론돈과 하-트의 쓰는 人物은 처음부터 文明에 對한 興味를 가지지도 안엇다. 오즉 나온 그대로의 自然兒로써 가장 純眞하게 더럽혀지지도 안코 大自然에게만 哺育이 된 原始人의 自然愛를 가젓슬 쑨이다. 그들은 어수선한 人間 社會의 法則에 束縛이 되야서 살기보담도 意志上으로 그 本能과 慾望을 가로막지 안흘 生物의 世界와 自然의 生命에게 無窮無盡한 自由를 항상 차즈려고 한다. 론돈에게서는 이런 荒朴한 壯嚴奏와 意志美를 볼 수가 잇다 한다. 하-트에게서는 그 우에 人間味가 添加된다. 거긔는 아주 野性을 품고 잇는 流浪의 쎄가 잇다. 그것으로 말하면 文明 社會에서는 浮랑자도 되고 싸움쑨도 되고 淫婦라고 嘲笑밧는 追放者가 되고 해서 이 세상에서 가장 不道德한 사람도 가장 畜獸 갓다는 사람도 그들쑨이라는 指目을 바드면서도 한편으로 虛僞 充滿한 文明 社會에서는 어더볼 수도 업슬 놀나운 他愛性과 犧牲心 —의 아름다운 感情을 안고 잇다. 例를 들자면 「The Hock of Hoauing bamh」(성쭈럭이의 「우막」)이나 쏘는 「The Out casts of pockor plat」(푹카, 쑤라트의 追放者)이니 읽거 보면 알 것이다.

C의 一

　C의 第一에 付屬될 것으로는 英國의 作家 미하엘·패아레스의 「The Hoad manler」[87](道路工夫) 가튼 것을 들 만할 것이다. 나는 이 作家가 엇던 經歷을 가진 사람인지는 모른다. 그러나 그는 아마도 謙遜하고 敬

虔한 사람으로써 人類 祝福의 奉仕者로써 道路工夫로 石手로 現實의 人生 影姿를 가만히 보살필 그 刹那에 深海와 가티 싸러안즌 맑은 瞳子를 생각게 하고 쏘는 聖者와 가튼 內和를 心臟의 鼓動에서 늣기게 한다. "나의 理想은 다 되얏다. 나는 道路工夫다. 엇든 이는 돌쪼시라고도[88] 부른다, 아모러케나 올흔 말이다." "우리가 젊엇슬 째에 우리는 자주 우리의 理想이란 엇던 것이란 것을 제 맘대로 議論도 하엿다. 그러나 나 말고 몃 사람들이나 그 理想대로 가게 되얏는가. 쏘 몃 사람이나 이러케 理想대로 된 나의 마음을 알아줄 텐가. 結局 現世와 未來의 우리들은 同胞와 사괘이고 살고 奉仕하겟다고 할 것박게 — 쏘는 大地의 가슴 우에서 神의 얼골 볼 것박게 — 人生에게 차즐 것이 무엇이겟느냐. 구비구비 쳐 잇는 한길 바닥 엽헤 다리를 멈치고 우리 同胞의 발자욱을 위하야 奉仕를 하는 그 刹那 — 모-든 것이 다 — 나의 것으로 보인다. 거기는 발서 貪慾과 悲愁가 나의 人生이란 그 속으로 드러올 만한 틈이 업서젓다" 이러한 道路工夫의 人生 觀察은 濃厚한 宗敎味를 씌고 愼重하게 展開가 되여 잇다.

同一한 宗敎味와 人道的 精神으로 본 無産者로 스웨덴의 女性 作家 쎌마·라개르래쯔의 「The outcast」(棄却된 사람)이 잇다. 세상에 誤傳된 風說로 破産이 된 젊은 수꽈ㄴ의 無慘한 迫害를 못 니겨 孤寂한 小島로 가서 그 部落의 人道的 開發과 慈善事業을 經營함으로 애닯은 追憶를 이저바리게 한 尊貴한 理想으로는 女史의 短篇 「A Chrimnias guest」(聖誕祭夜의 손님)과 共通된 一味의 信念이 잇다. 「Jnaisibhle Clhins」[89](不可見의 쇠사실)이란 作品 가온대의 한 篇이다. 音樂이란 것이 엇던 것인지도 잘 모르는 마을에 갑작이 年俸을 奪失케 된 루스탤에게는 씀작도

---

87) The Road Mangler의 오자.

88) 돌을 쫓는 사람, 석수장이.

89) Invisible chains의 오자.

할 수 업는 困境이엇다. 웨 그러냐 하면 그의 職業이란 것은 樂譜를 造寫하는 것과 鼓笛을 놀리는 것�뿐이엇슴으로 이리저리 도라다녀 보앗스나 맛당한 職業이 업섯다. 말지 못하야 그는 本來 그리 親誼가 깁지도 못하는 有名한 提琴家 릴래크로나의 집애 붓처 잇기로 하얏다. 그리자 크리스마스가 되야 每年 家族끼리만 모혀 서로 크리스마스를 질기든 이 집에서는 今年에 루스탤로 말미암아 자못 妨害가 될 듯하얏다. 이것을 짐작한 루스탤은 어데로 旅行을 가야겟다고 해서 까닭 업는 길을 方向도 업시 써낫다. 그러나 善良하고 親切한 이 집 主人만은 마음세 조흔 루스탤을 쪼처내다십히 보낸 것이 마음에 씨여서 엇질 줄 몰럿다. 幸인지 不幸인지 루스탤은 途中에서 눈 속에 파뭇처 窒息이 된 것을 洞民들이 發見을 하고 一音樂家의 집으로 업고와 바렷다. 이리하야 結局은 그 크리스마스에 루스탤도 參加하게 되얏다. 그리고는 主人은 말할 것도 업스려니와 主人의 夫人도 루스탤의 재미성 잇고도 착한 人品에 感心을 하게 되야 無情하게 쪼처내든 것을 스스로 後悔하엿다. 그래서 어린 兒孩들의 音樂 敎師로 囑託을 함으로 그해 크리스마스는 모다가 마음 가득한 깃븜으로 例年보다도 더 愉快스럽게 질겨하얏다. 엇재 조곰 넷이야기 맛이 잇기는 하나 이것이 라개르래쯔 女史 作品의 特性이니까. 말하자면 모든 사람의 感情을 서로 짜숩게 얽어매는 '不可見의 쇠사실'이 얽혀 잇는 것이다.

C의 二

C의 二에 部屬될 것으로는 오란다의 作家 루이·쿠패라스의 「Magesty」(王位)란 속에 나온 社會主義者 딴치이다. 그는 본래 王國의 華族이요 또는 重臣이엇다. 그러나 한 번 社會主義의 理論을 賞味하자말자 그날로부터 代代 先祖로부터 물려바든 榮爵을 누덱이가티 버서바리고 초라

한 農夫가 되야 그 宮廷을 써나바렷다. 이래서 그는 한 平民이 되얏서 ××主義의 使徒로 새로운 理想을 農夫들에게 宣傳을 하얏다. 그는 國內를 巡視하고 온 皇太子 웃트마의 압헤서 이러케 말을 하얏다. "都會는 腐敗하얏습니다. 鄕村의 生活은 가장 聖化 된 것임이다. 여긔서 그들이 살고 잇습니다. 나는 발서 오라 전부터 田畓과 牧場을 다— 農夫에게 밧첫습니다. 나는 그들을 위하야 가진 家畜까지도 사서 밧처야겟습니다" "그러면 자네는 農夫들을 그리케 못해서 支配를 하려는가?"고 皇太子가 무를 째에 그는 웃스면서 "千萬에 말슴이외다 — 支配한다는 것이야 당치도 안슴니다. 그들로 말하면 나의 農夫가 아니라 그들은 그들 自身의 農夫임니다. 그들은 다— 自身을 위해서 勞動을 함니다. 나는 그들과 가티 다맛 農夫의 한 사람으로써 일을 할 뿐이니까 말하자면 우리 씨리는 서로서로 다— 平等일 뿐임니다"고 예사롭게 대답을 하얏다. 「王位」란 作品은 이 社會主義者의 짤과 皇太子와의 戀愛를 中心으로 한 王位의 傳統과 時代의 苦悶이 三角的으로 葛藤이 되여 보이는 것이다. 그 외 한 사람은 보히미아 現代의 女性 作家 카로티네·패리시아이다. 이 사람의 것에는 보히미아의 民衆이 오스트리의 專制에서 獨立을 하려고 農民의 사이에 한 가지 宗敎 團體가 니러낫다. 그것을 指導하는 것이 貴族의 짜님으로 아름다운 마리아·패리시아이엇다. 또한 사람은 패리시아의 別邸 문직이의 아달인 한 靑年이 잇다. 오스트리의 죠새쯔 二世는 皇太子 가온대서는 보해미아와 밋 다른 種族에게 同情과 平民의 親分을 품고 잇는 것이지 한 번 皇帝가 된 뒤로는 도로혀 오스트리로 보해미아를 倂合하려고 하얏다. 그것을 패리시아가 看破를 하고 子爵의 외동 짤로 自己에게 도라올 領地와 別莊과 榮譽도 쌔리채 던저바리고 문직이의 아들인 그 靑年과 結婚을 하얏다. 그리하야 單純한 無産階級者 안해로 農夫의 自由의 — 進程을 위하야 奮鬪한다는 그것이 槪意다.

C의 三

    C의 三에는 獨逸의 개르하르트·하움트만의 「The goolinbhrist」(크리스트의 愚者)와 알치바쇠ᅳᇋ의 「이빠ㄴ·란대」가 첫재일 것이다. 「크리스트의 愚者」에서는 그의 戱曲 「機工」에 採取된 그의 故鄕인 '純朴한 시레시아'가 여긔도 主人公의 舞臺로 展開되어 잇다. 그런데 「機工」에 表現된 機工의 洞里의 悲慘한 生活이 여긔도 역시 主人公의 心理에 符合이 되야 잇다. 이 鄕土에서 아주 貧窮한 집에 자라난 앰마누앨·퀸트는 少年 째부터 크리스트의 福音을 說敎하려는 熱情으로 마음을 태우고 잇섯다. 그리하야 곳 弟子들이 필경은 만하지고 마렷다. 웨 그러냐 하면 이러케 가난하고 괴로운 속에 시달리는 地方처름 神의 慈愛를 憧憬하기에 適切한 場所가 업는 그 째문이엇다. 剝奪된 物質的 恩惠를 天國에서 듯는 福音으로써 尉勞할 밧게는 道理가 업서 보임으로 漸漸 宗敎的 「마늬아」가 그의 全人格을 把持하게 된 것이다. 그는 神의 소리로써 이 긋도 업는 地上의 懊惱를 救援하려고 決心을 하얏다. 迫害가 오면 올사록 그의 信念과 弟子의 數가 차즘 澎大되어 가섯다. 그리하여 入獄한 퀸트가 法說 속에서 크리스트의 降臨을 보고는 그 自身이 크리스트인 것을 드대여 確信하얏다. 그가 말하는 것은 데모크라스틕인 社會平等을 基調로 한 無私의 勞와 그 敎旨인 것과 가티 原始 크리스트敎에 還元을 强調한 天眞한 그 마음의 소래이엇다. 迫害는 아모러한 곳에서나 니러나든 것이다. 여러 사람들은 거운 다[90] ─ 그를 한갓 狂信者로 看做하얏다. 하나 거긔서는 合理的으로 그의 이론바 神에 對한 가라침을 否定하는 사람들 쑨이엇다. 過去 數千 年來로 神을 우리는 차젓다. 그러나 神은 보이지 안핫다. 假令 보엿다고 하드래도 좃다. 엇잿든지 나는 斷言을 한다. 神은 차즐 만한 거리가 못 된다고. 아모래도 이 數千 年 동안을 神은 여간

---

90) 거의 다.

머리를 썩히지 안핫슬 것이다. 그래도 아즉 이 社會 平等의 問題가 조금도 解決이 못된 그대로만 잇고 쏘는 神이 그런 일에 아모러한 興味를 가지지 안핫다면 神이 우리에게 何等의 價値가 잇다고 할 것이냐 고크로스키가 冷笑하얏다. "運命이 人間에게 내려온다고?"라고 엇던 牧師가 힘찬 주먹으로 테블을 친다. "나는 이 테블을 칠 수 잇다. 그러치마는 運命은 人間을 치지는 못한다. 神은 그런 힘을 運命에게 주지를 안는다. 神은 人間에게 自由 意志를 주엇다. 그는 善行엔 報賞을 주고 惡行에는 刑罰을 내린다. 神과 人間의 압헤서 너의 罪惡의 責任을 가질 것은 運命의 것이 아니다. 責任을 맛틀 것은 오즉 人間이다"라고 그는 어대까지든지 퀸트의 神의 意志를 否定하얏다. 하우프트만은 그 嚴肅한 現實主義의 洞察로 아모러한 審判을 내리지는 안코 이 새로운 「狂 크리스트」의 進程을 다못 無私의 靑眼으로 바라보앗다. 그리다가 行衛不明이 된 퀸트는 오랜 뒤에 屍體가 되어서 스웨스 國境의 氷雪層에 파뭇처 잇는 것이 發見이 되얏다. 말하자면 가다가 너머저 얼어 죽엇슬 터이다. 그의 호주머니 속에는 오즉 조희쏘각 한아가 나왓슬 쑨이엇다. 쓰인 文字라고는 '天國의 神秘'엇다. 아모도 그 意味를 알지 못하얏다. 퀸트는 쌔치고 죽엇는가 그러치 안으면 의심만 하다가 죽엇는가 이 한 쏘각 조회는 아마도 問題의 열쇠를 가진 것이다. 그러나 結局 무엇을 意味한 것일싸. '天國의 神秘'…… 作家는 여긔서 붓을 던저 바렷다. 苦惱의 根源이란 物質인가 靈魂인가 物的 改造인가 心的 改造인가. 作家는 이미 「機工」에서도 同一한 疑訝를 가젓다. 今日이야말로 이 作家가 그 懷疑의 雲霧를 싸개고 나올 그 時機가 熟到된 쌔가 아닐싸.

알치바쇠ᅳ의 「이쏴ㄴ란대」는 퀸트와 가튼 聖純하고 敬虔하야서 그와 가튼 忍辱을 밧는 聖者이기는 하나 그러타고 퀸트처럼 굿센 熱狂을 가진 宗敎人은 아니다. 란대로 말하면 다맛 크리스트에게 차라리 人道的 精神과 苦悶의 救世魂을 發見하려고 한임. 이웃 사람에 對한 사랑의 權化를 發見하는 그것이다. 그는 人間이란 엇더케나 微少한 것인가 瞬間마다 쏘는 百萬分의 한 刹那에 이 巨大한 地球도 엇던 두려운 힘으로 말미암아 全혀 생각도 할 수 업는 遠距離에 힙쓸어가고 말 그런 恐怖에 썰고 잇다. 이래서 人生의 空虛를 거긔서까지 늣기면서 쏘 "아주 些小한 敵意 잇는 그 힘이 우리의 存在를 앗고 말 수가 잇다"고 미드면서도 이 宇宙의 眞核로 볼 人道의 歷史的 發展은 極히 적으며 쏘는 自由인 것을 보고 잇다. 사람은 모다 冷却하야서 무엇이 우리의 地球에서 나오기를 期待하고 잇는 듯이 보인다고 하얏다. 그 무엇이란 것을 반드시 나올 것이다. 나오지 안흐면 안 될 것이다. 그것이 나오는 그날에야말로 모든 것이 攪亂이되고 動搖가 될 것이다. 거긔서 비로소 破壞가 니러나고 거긔서 비로소 創造가 나올 것이다. "새로운 光明은 우리의 압헤 나오고 새로운 生命 — 새롭고 쏘 가장 놀나울 만한 人生이 거긔서 솟아날 것이다" 한 信念을 그는 內心 깁히서 늣것든 것이엇다.

란대야말로 그 사람이엇다 — 볼상한 엇던 學生이 數百 里 相距나 되는 머-ㄴ 地方에서 알는다는 소리를 듯고 안찌도 서지도 엇절 줄 모르든 그 사람은 그러치만 길을 써날래야 銅錢 한 푼이 업섯다. 하는 수 업숨으로 그는 徒步로 몃 百里를 거러 가서라도 看護를 하려 하얏다. 시슈마리오쯔가 無謀한 짓이라고 挽留을 하얏다. 그러나 그는 "우리는 서로 사랑하지 안흐면 안 될 것이다. 서로 어엽브게 녀겨야만 될 것이다. 그 外에ㅅ 일은 自然히 엇더케 될 것이다. 모-든 것은 오로지 苦惱의 洗禮를 치른 뒤에 비로소 成就가 되는 것이다. (以下 九九項에 續)

만일 이 世上에 苦痛되는 것이 업섯드라면 靈魂은 停滯가 되어 드디어 死滅하고 말 것이다"라고 이상한 말을 하얏다. 그리고는 길도 업는 荒野를 돈도 업시 거러가다가 그만 目的地의 半을 못다가서 어느 숩속에서 飢渴을 못늬겨 客死를 하고 말엇다. "하느님! 하느님!"이라고 그는 나직히 불러보앗다. 그믐밤가티 어두운 그 숩 속에는 나직한 그 소리가 두려웁게도 쏙쏙하게 그의 귀속으로 맛장구를 칠 쑨 죽은 듯이 소리가 업섯다. 비가 함박으로 퍼부엇다. 그는 아무러한 知覺이 업게 되고 말앗다. 반들거리는 눈들을 가진 親한 사람들의 얼굴이 기다란 行列을 지어 그의 압헤서 인사를 하고는 그 자리를 지나가든 것이다. 뒤에서 뒤에서 꼬리를 니어 오다가는 다시 머얼리 저편으로 사라져 버리던 것이다. ·····"아—아—아—!" 알는지 우는지 모를 가느디 가는 부르지즘이 아득하게 스리 어둠속을 흘너가고 말앗다. 다맛 그것쑨이엇다.

> ## 세계 삼시야
> 「무산작가와 무산작품」에 연속되는 글이다. 앞의 글이 반항적인 의도를 가지고 쓰인 까닭에 주관성이 강하다면, 이 글은 빈곤 문제를 다룬 작품을 객관적인 입장에서 크게 세 가지로 분류·설명하였다. 첫째는 무산계급자의 생활고와 자본가의 착취를 다룬 작품이다. 둘째 유형은 문명비판의 입장에서 자본주의 사회 구조를 비판하고 원시성과 자연을 이상으로 삼는 것이다. 셋째는 유산자나 무산자나 모두 경제적인 욕망을 버리고 휴머니즘을 지향하는 유형이다. 각 유형의 개략적인 윤곽을 제시하고 그 예가 되는 소설 작품의 줄거리를 상세하게 설명하였다. 이 글에서는 이상화의 문학적 태도가 직접 드러나지 않는다. 하지만, 그가 가난한 현실 생활과 무산계급에 대한 관심이 없었다면 이런 글은 발표되지 않았을 것이다.

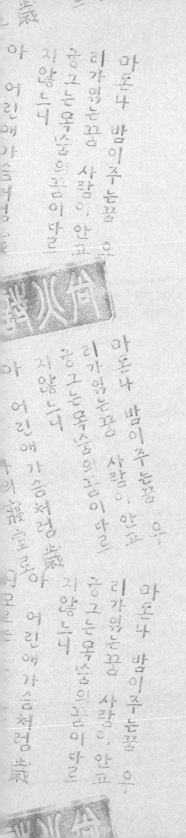

2. 창작 소설

『신여성』, 6월호 1926년 6월

1. 淑子

보슬보슬 나리는 봄비는 개이고 하늘에는 한덤 구름도 업시 다만 담록색이 말고 쌔긋하게 나타난다. 다스한 봄바람은 꼿향긔를 힘슷 실어 가지고 가는 곳마다 사분사분이 쑤려주고 이 산과 저 언덕에는 온갓 꼿이 봄빗을 맘대로 자랑하며 피여잇다. 꼿을 차자 이리저리 휘날리는 봉접들은 물으익는 듯한 꼿향긔에 취하야 펄펄 춤을 추며 방긋방긋 웃는 엡분 꼿에 키쓰를 하고 벗 부르며 첨아 밋헤서 지저귀는 어린 새들의 소래가 더욱 즐겁게 들닌다. 아! 이 신비(神秘)의 대자연미를 그 누가 찬미하지 안을가? 그러나 이 자연미의 품에 잇는 만은 인류 중 엇던 자는 춘흥을 못이기여 깃버 쮜며 하로라도 이 봄이 더듸 갓스면 하는 자도 잇고 그와 반대로 주린 배를 움키쥐고 헐버슨 몸으로 비록 봄은 왓스나 봄 너는 나와 아무 상관이 업다는 한탄을 하는 자가 더욱 만을 것이다. 아! 고로지 못한 이 세상의 일이 생각할사록 싹하다.

        ×   ×   ×

오날도 이 W군에 갑부라는 일홈을 듯는 최○○(崔○○)의 집 후원에는 파룻파룻하게 새 입이 돗는 금잔듸 밧헤 아릿다운 애교가 흐르는 듯한 얼골에 애닯은 수심이 가득 차고 그 마음속에는 누가 아지 못하는 비밀의 고통과 번민이 잔득 북밧친 듯한 엇던 젊은 녀성 한 사람이 손에 피봉에 주소와 수신인을 구문(歐文)으로 쓰고 또 그 녑헤는 붉은 잉크로 (崔淑子氏)라고 쓰인 편지 한 장을 들고 오더니 마음 안에 모진 상처의 압흠을 못 이긔여 얼골을 찡그리며 한숨을 휴—내쉬고는 힘업시 풀밧에 주저안젓다.

그는 눈을 스르르 감고 무엇을 상상하더니 다시 눈을 쓰고 정신업시 자긔 치마자락에 날너와 붓는 한 쌍의 범나븨를 보다가 다시 그의 얼골에는 과거의 무엇을 뉘우치며 애처로이 덕임을[91] 못 금하야 거의 울듯한 표정이 써오른다. 그는 다시 한숨을 휴—내쉬고 들엇든 편지를 쯧고 칠팔 페지나 되는 긴 편지를 읽기 시작하엿다.

　—넛날에 나의 애인이 엿든 숙자씨에게!!

(中畧) 아! 숙자씨! 생각이 나심닛가? 아모리 그 사이 긴 세월이 지낫다 하드래도 이것만이야 당신의 뇌에 희미하게라도 긔억이 되리다. 지금부터 삼 년 전 지내든 일이요? 물론 생각이 나실 줄 밋슴니다. 아! 오늘에 추억을 하니 다시금 생각할사록 아슬아슬하고 지기지기하외다.[92] 그째야말로 나는 당신이 업시는 못 살 것 갓헛고 당신이 역시나 업시는 살 수가 업슬 것 갓헛지요. 그로부터 삼 년이라는 시간이 지나 오늘에 니르기까지 당신의 그 무엇이 나의 가슴에 날카라운 칼을 몟백 번 몟천 번을 던지여서 다시 도을 수 업는 상처를 내이섯슴닛가. 생각을 하면 소름이 찟치고 몸서리가 납니다. 나는 어래[93] 삼 년 동안이나 나와 아모 상관이 업서진 당신을 이즈려고 애도 만이 써 보앗담니다. 그러나 그러나 이저버리고저 하는 대로 그째의 일이 하나식 둘식 더욱 쏘렷쏘렷하게 머리 속에 쉬여 나오더이다.

　그 중에도 나의 팔싹팔싹 쮜는 이 심장을 쥐여쏫는 듯이 나의 가슴을 압흐게 하는 것은 삼 년 전 십이월 이십구일 힌눈 오고 찬바람 불든 그날 저녁 내가 당신의 집에 갓슬 쌔 일이외다.

---

91) 여김을.
92) 지긋지긋합니다.
93) '어레이', '당연히'.

당신과 나는 이 세상의 모든 거리낌을 써나 당신의 침방에서 오직 단 둘이 안젓슬 째 당신은 붓그러움을 다 니저바리고 내 가슴에 쓱 앵기여서 렬정에 쓸어나오는 음성으로 "내 몸은 벌서 당신씌 맷겻스니 당신의 맘대로 ×××. 나는 당신을 거즛이 업는 참으로 사랑합니다—당신은—" 할 째에 나는 아츰 이슬에 물으익은 앵도 가티 쌜갓코 쏘 말낭말낭하는 당신의 쌤에××××××××××××으며 "오—숙자씨! 당신은 나의 영원한 사랑이올시다"라고 부르짓든 일이요.

그밧게 쏘 한 가지 그로부터 석 달이 지나 내가 당신의 영광스러운 졸업식에 참예하려고 平壤에 갓다가 나의 고향 W邑으로 도라오든 날 저녁에 당신은 내가 류하든 그 려관에 오섯든 째 일입니다. 써날 시간이 점점 갓가와 올 적에 당신은 내 가슴에××××× 애가 타고 피가 쓸는 듯한 어조로 "나를 이곳에 혼자 두고 당신은 어대를 가시렬닛가? 당신을 못 써러저 우는 나를 쎌처바리고 발길이 잘도 라스실94) 터임닛가? 못가세요, 못가세요 당신 혼자는 아모 데도 못 감니다 죽던지 살던지 이러케 하고 가티 잇습시다……네?……성신(成信)씨……" 하며 어린 애처럼 쎼를 쓰며 울음으로 말긋를 맺고 리별의 설은 눈물을 쓰거운 내 가슴에 흘리든 일과 시간이 되여 당신과 나는 정거장까지 나왓슬 째에 당신이 나의 손길을 할일업시 놋치고 남붓그러운 생각도 업시 흑득흑득 늣겨 울든 일이요?

아! 숙자씨! 그째야말로 나의 환경만 허락하엿스면 차라리 내 어머님을 못 뵈옵더라도 당신의 겻를 영 안 써나고 십헛슴니다. (中畧)

머나먼 이 나라에 와서 객창에 몸을 붓친 지도 벌서 일년이외다 쯧밧게 고향에 친고로부터 당신이 당신의 싀가로부터 쫏김을 밧아 친가에 와서 날마다 슬품의 생활을 하신다는 놀라운 소식을 들엇슴니다.

아! 숙자씨! 이 소식을 드른 나는 당신이 새 애인과 재미잇게 지나신

---

94) 떠나실.

다는 말을 들을 째보다 대단이 섭섭하엿습니다.

황금만능 물질주의(黃金萬能, 物質主義)인 당신의 부모와 이 불합리(不合理)한 사회의 악착한 행동으로 말미암아 당신의 귀여운 전정이 애처롭게 줏밟혀 버리고 만 것을 생각할 째에 인정상 금할 수 업는 인류애 즉 우리 조선에 만은 녀성들이 당신과 가티 죽엄의 생활을 하는 것이 가련하고 불상하다는 늣김을 못 금하겟습니다. 그러면 녯날에 나의 애인이엿든 당신에게 오직 이 말 한 마듸로 충고를 하나이다.

이것은 당신도 당당한 개성을 가진 사람인 것을 쏙쏙이 쌔다르시고 이 불합리한 이 사회 족 피려는 쏫 가튼 당신을 이러케 만든 이 사회에 대하야 당신의 취할 길이 무엇이며 의무가 무엇인가를 자세이 쌔다라 그것을 위하야 분투하시란 말이외다. 다시 말하면 현하 녀자게에 당신과 가톤 여러 녀성들을 참혹하게 멸망의 험굴로 모라넛는 악마를 대적하야 선전포고를 하고 반항의 긔발을 두루시오. 승전의 퐛대를 향하야 하로 밧비 당신의 쏫다운 청춘이 다 가기 전에 쏫이 써러지고 봄이 이울기 전에 어서어서 한시 밧비 출발의 종을 울니시오.

아직것 당신은 눈못보는 소경이엿고 속이 업는 허수아비엿기 째문에 지금 이런 비운에 설음과 눈물의 생활을 하게 되엿담니다. 그러나 당신은 선천적으로 그런 약자이엿고 쏘 압흐로도 영원토록 이 모양으로 쏙 살어야 한다는 것은 결단코 안임니다. 당신은 이러케 만든 그 무엇이 잇서요. 그러면 그것은 당신의 원수요. 일반 녀성들의 적이올시다. 생각을 하면 니가 갈니고 치가 썰님니다. 당신과 쏘는 일반 녀성들의 개성을 죽이고 자유를 쌔앗고 사랑을 쌔트리고 정조짜지 더럽게 하는 악마 가튼 그 원수를 흔적도 업시 죽여 바리고 리상적 평화의 신인간(新人間)을 건설하기 위하야 용감스러히 싸우는 새 사람이 되시라는 말슴이외다.

이것이 오직 당신의 유일의 활로임니다. 그 다음에야 참다운 사랑의 락원이 당신을 향하야 나타날 것이외다. 그러면 나도 당신을 다만 그 무엇을 위하야 가튼 전선(戰線)에 싸호는 동지로의 우애(友愛)로써 길이 사랑하여 드리리다. 안녕이 게십시오.

················녯날에 당신의 사랑밧든 리성신 씨—

그는 편지를 다 읽고는 힘업시 잔디밧헤 쓰러저 흙흙 늣겨운다. 그 우름은 녯날에 지내든 사랑의 품안에서 렬정에 쒸돈 그 무엇을 회상하며 과거의 자긔 잘못을 긋업시 뉘우치고 싸라서 자긔를 이러케 만든 그것을 힘짓 원망하는 설음이엿다.

아! 그러면 그 편지는 엇던 사람의게로부터 온 것일가? 그런 편지를 쓰며 밧게 된 내면에 무슨 사정과 모르는 비밀이 얼키엿슬가? 꼿으로 치드래도 한참 피려는 모란 가튼 그를 꼿 피는 아츰과 달 돗는 저녁에 가슴을 태우며 눈물을 쑵리게 만든 것이 무엇일가?

×   ×   ×

벌서 삼 년 전 엇던 녀름날이엿다. 륙칠 년이나 가진 고생을 다 격그며 고학생활을 꾸준이 하야 ○○전문학교에서 우수한 성적으로 공부하든 리성신(李成信)은 참을 수 업는 늣김을 밧고 그해 봄부터 학업을 중지하고 운동에 몸을 밧치엿다. 싀골 게신 늙은 어머니에게 근친 차로 그의 고향을 오든 길이엿다. 경의선 역에서 나려 성신의 집을 오랴면 반다시 숙자의 집이 잇는 이 ○○동을 지나야 한다. 그 동리 바로 압헤는 룡소(龍沼)라는 쐐 큰 못 하나이 잇다. 성신은 찌는 듯한 더위에 방울 짬을 흘니면서 이 못가에까지 와서 먼길에 피곤한 몸을 쉬려고 못가 서늘한 정자에 안저서 사면에 천연 경치를 바라보앗다.

푸른 물이 잔잔한 못가 서편에는 욱어진 갈밧 속에 동무를 부르는 갈새들이 지저괴고 못가에 드리운 수양버들가지는 황금빗 쇠소리의 청아한 노래가 울어 나온다. 못 남편 가에는 욱어진 송림 사이로 서늘한 말근 바람이 부러와서 고요이 피여 잇는 못물에 목욕을 하고 지나간다. 못 한가운데는 겨우 십여 세나 되여 보이는 두 어린 아히가 적은 배에 몸을 실고 고기를 낙그면서 무엇이라고 천진란만하게 속살거린다. 성신은 이 그림 가튼 조흔 경치를 우둑허니 안저서 바라보앗다.

어데서 "아-ㅅ" 소래가 갑자이 들니엿다. 성신은 쌈작 놀나 사면을 살펴보앗다. 못 가온데서 자미잇게 놀든 어린 아해 하나가 실수하야 물에 쌔지엿다. 배 가온데 다른 아희는 소래처 울며 발을 동동 구른다.

성신은 운동에도 누구에게 지지 안는 선수이엿고 쏘 헤염치는 대는 놀나운 재조를 가진 청년이엿다. 웃옷을 버서버리고 내의를 닙은 채로 물에 풍덩 쒸여 들엇다. 맛치 성난 고래가 모진 파도에서 날쮜는 것 갓다. 이윽고 성신은 어린아해를 쩌안고 배를 저어 자긔가 안젓든 그늘 밋흐로 도라왓다.

이대에 평양○○녀자 고등보통학교에 공부하다가 하긔 휴가에 자긔 집에 와 잇는 숙자는 찌는 듯한 더위를 못 이긔여 자긔집 이층 다락으로 올나가 서늘한 바람을 마시면서 학과를 복습하고 잇섯다. 그는 책 보든 뇌를 쉬이는 듯이 다락 란간에 몸을 의지하야 남쪽으로 바라뵈는 룡소에 경치를 구경하며 자긔 어린 동생이 이웃집 아해와 가티 연못 한 가에서 배타고 고기 낙는 것을 보고 어린 아해들의 자미잇게 노는 것이 고와서 빙긋이 우섯다. 쯧밧게 자긔 동생이 실수하야 못물에 쌔지는 것을 보고 쌈작 놀나 엇절 줄을 모르고 "어머니-" 소래를 치며 안방으로 쒸여나려 왓다. 맛츰 그쌔는 집에 아무도 업섯다. 숙자는 황망이 연못으로 내달아 왓다.

이야말로 의외엿다. 숙자는 엇던 청년이 자긔 동생을 구하야 가지고 나와 못 가 큰길 역 정자 아래서 물을 토하게 하는 것을 보앗다. 어린아해는 념려 말라는 듯이 손을 흔들며 "괜치안어!" 하고 나무를 의지하야 안젓다. 숙자는 쯧밧게 깃붐을 못 이긔여 그 청년이 잇는 나무 아래로 쒸여갓다. 두 사람은 마조치엿다.

그 청년은 다른 사람이 아니라 숙자와 륙 년 전 이 ○○동 소학교를 가티 졸업한 리성신이엿다.

"아! 성신씨!"

"아! 숙자씨가 아님닛가?"

"이것—엇지된 일 임닛가 언제 오섯세요?"

"네! 바로 지금 오는 길이 올시다. 잠간 지체를 하다가—그런데 저 애는 뉘집 어린애임닛가! 하마트면—"

"글세올시다. 참말 성신 씨가 안이엿드면—저 애는 제 동생이얘요"

"아! 그러세요—숙자 씨가 평양서 공부하신다는 소식은 들엇습니다. 참 맛난 지 오랫습니다— 자미 만으세요?"

"그럿치요—아이—정—공부를 그만두시고 일을 보신다지요? 참 수고 만이 하시겟습니다—"

"……"

숙자는 자긔 동생을 일으켜 안으며 자긔의 온몸을 한 번 살펴보앗다. 과연 황망이 쮜여나오기 째문에 상반신엔 웃옷을 안 닙고 열분 내의만 닙엇다. 스사로 붓그러움을 못 이긔여 몸을 움짓하엿다.

성신은 숙자가 그의 집으로 들어가자는 간청을 들을 쌔 실로 드러가 보고 십흔 생각도 만엇섯다만은 늙은 어머니가 기다릴 것을 생각하야 집으로 가고 말엇다.

숙자는 어린 동생을 업고 집으로 도라와 다시 다락으로 올나 갓다. 방금 전에 지내든 광경을 하나식 둘식 뒤푸리하여 보앗다. 피가 와글와글 쓸코 근육이 펄덕펄덕 쮜는 듯한 성신의 남자다운 톄격과 싱글싱글 우스면서 좀 굿세인 듯하고도 은근한 표정이 잇는 그의 활발한 음성이 퍽 귀여윗고 쏘 부러웟다. 내가 웨 좀 더 친절이 감사의 치하를 하지 안엇노 하는 후회도 하여 보앗다.

더욱이 오 년 전 숙자가 ○○동소학교를 졸업할 제 자긔는 이호로 성신은 삼호로 졸업하고 우등생 사진을 박힐 쌔 성신이가 자긔억개 우에 손을 걸치든 것이 실치도 안코 도리여 깃부든 그 생각을 하엿다.

자긔가 내의만 닙고 쮜여 나온 것이 붓그러워서 엇절 줄을 몰을 제 그가 발서 눈치는 채이고 고개를 숙이며 빙긋이 웃든 그의 화긔가 넘치는 듯한 얼골이 퍽 다정하여 보엿다. '아! 그러면 그가 지금 집에 가서 내 생각을 하고 우슬 것이지!' 하며 일변 붓그러운 생각을 못 금하야 치마자락으로 얼골을 가리여 보기도 하엿다. 하여든 이삼일 동안을 숙자는 성신을 동경(憧憬)하엿다.

성신이 역시 숙자와 작별을 하고 집으로 도라와서 오래동안 그립든 어머님을 맛나 얼마 동안은 아모 생각도 못하엿스나 이삼일을 지나면서 자연이 숙자를 생각하엿다. 다시 한층 숙자의 열븐 내의를 통하야 빗최든 그의 육체미를 겸하야 동경하면서 숙자가 붓그러워서 엇절 줄 모르고 안달하든 것이 더욱 애처로웟다.

그로부터 나흘을 지나 이 ○○동의 주최로 ×××을 거행하게 되엿다. 그 중 성신은 한 사람의 내빈으로 조리잇고 의미 깁흔 축사를 하엿고 숙자는 독창을 하엿다.

성신이가 렬렬한 웅변을 토할 적에 제일 밋칠 듯이 환영을 하며 박장을 한 사람은 숙자이엿고 숙자가 고흔 음성으로 청아한 독창을 할 적에 손벽이 쌔여저라 하고 제일 힘 잇게 박수를 하는 사람은 성신이엿다.

회가 필한 후에 성신과 숙자는 다과회에서 맛낫다. 이상하게도 두 사람은 식탁을 마조하게 되엿다. 두 사람의 시선이 서로 마조 쯰이자 아모 말 업시 얼골을 불키며 빙그레 우섯다. 그 우슴에야말로 무엇이라 말할 수 업는 무슨 뜻깁흔 의미가 잇섯다.

식장으로부터 나온 두 사람은 약속이나 한 듯이 숙자의 집 압까지 속살거리며 갓다. 숙자는 성신에게

"언제 쏘 서울로 가세요?"

"오는 토요일 오후 차로 가겟습니다."

"그러면 저와 가티 정거장까지 가십시다. 저도 그날 평양으로 갈 터인데요 네?——"

"좃습니다. 가티 가십시다. 벌서 개학인가요?"

네! 성신은 숙자를 작별하고 집으로 갓다. 숙자는 가는 성신의 뒷모양을 우둑허니 서서 안 뵈이기까지 바라보앗다. 흘으는 세월은 어느 쌔던지 쉬임이 업시 가고 쏘 다라나서 벌서 약속하얏든 날이 되엿다.[95]

숙자는 이 십리나 되는 정거쟝까지 오면서 성신에게 여러 가지 니야기를 들엇다. 그의 말은 대개가 다 숙자다려 저 헐벗고 못 먹는 조선의 녀성 더욱이 가즌 압박에 여지 업는 학대를 밧는 그들을 저 세계로 인도하는 선도자(先導者)가 되여 달라는 의미 깁흔 부탁이엿다.

세 시간 동안이나 성신의 말을 들은 숙자는 아직쩟 자긔가 모르는 진리를 처음으로 듯는 듯이 퍽 자미잇게 드럿다. HK역 오후 두 시 남행차는 성신을 싯고 우렁찬 소래로 구름 덥힌 산과 산을 울니면서 검은 연긔를 토하며 남으로 남으로 멀니 사라지고 말엇다.

그리하야 성신은 남으로 숙자는 북으로 헤여저 잇섯다. 과연 두 사람은 다 성격이 조흔 사람이다. 숙자가 성신의 그 아름다운 성격과 리상을 아는 것 갓치 성신도 역시 숙자의 성격을 잘 리해하얏다. 그러나 숙자가 성신에 대하야 엇던 생각을 가지고 잇는지 성신이 숙자에게 대하야 무슨 쯧을 가지고 잇는지 피차에 서로 알지를 못하고 다만 서로 "저이가 나를 사랑하여 주엇스면" 하는 애타는 생각만 서로 가슴속에 깁히 품고 잇섯다.

아직쩟 아모런 생각이 업시 지내든 숙자는 이 사회에 대하야 자긔의 의무가 무엇이며 자긔의 취할 길이 무엇인가를 깁히깁히 생각하여 보앗다.

숙자는 오백여 리를 격하야 잇는 성신에게 자조자조 편지를 주고 바덧다. 숙자의 편지에는 반드시 자긔가 이 불합리(不合理)한 이 사회에 대하야만은 심적 고통을 밧는다는 말과 ××에 대한 만은 가라침을 달나는 말이 씨여 잇섯다.

---

95) 여기까지가 『신여성』 1926년 6월호 수록.

흘으는 세월은 변함이 업시 다라낫다. 언으듯 닙 써러지는 가을이 가고 힌 눈이 나리는 겨을이 되엿다. 엇던 날 숙자는 성신에게 이런 편지를 써 붓치엿다.

빈한과 곤궁에 시달리여 부귀에게 멸시를 밧고 권력에게 줏밟힘을 당하는 만은 우리의 동무들을 위하야 주야로 분투하시는 성신씨에게!!
(中畧) 저는 이제 잇흘만 잇스면 동긔 방학을 하고 집으로 가겟습니다. 만일 하실 수 잇스면 제가 ○○동에 잇는 동안에 한 번 와주시요. 저는 당신의 그 ××에 대한 가라침을 더 듯고 십습니다. 네! 성신씨! (中略) 썩어진 이 거즛의 탈을 버서버리고 참다운 살림을 하고 십허 애타는 저를 당신은 손잡아 인도하야 주시지 안으시람닛가?(下略)
성신은 이 W군 ××××에 참예할 겸 숙자를 맛나려 ○○동에 왓섯다.
펄펄 나리는 힌눈과 닥처부는 찬바람이 온 세상을 차듸찬 어름으로 화하여 버리는 듯한 십이월 이십구일 밤이엿다. 숙자와 성신은 이 세상의 모든 거리씸을 써나 ××××××××××××××××××××
××××××××××××××××××××××××××××××
×××××××××××××× 실로 이 긔회야말로 두 사람의 가슴에 파뭇고 혼자 혼자 썩이든 모든 생각을 서로 쏘다 노코 나는 이럭케 당신을 사모하여 왓습니다라고 할 만한 둘이 업는 긔회이엿다. 숙자는 지금 북그러운지 슬푼지 깃분××××××××××××××××××××××
××××××××××××××
×××××××××××××××××××××××××××××××
×××××××××××××××××××××××××××××××
××××××

"아! 성신 씨! 당신도 물론 짐작하실 줄 압니다. 하여튼 지금 저는 성신 씨가 업시는 살 수가 업슬 것 갓습니다. 참으로 당신을 사랑합니다……………………그러면 성신씨 당신은 저를……?" ×××××××××

×××××××××××××××××××××××××××× 성신은 가장 엄숙한 말로한숨을 휴— 내쉬며

"숙자 씨! 고맙습니다. 이 몸이 저 청산에 한 줌 흙이 되기 전에는 당신의 그 넘치는 사랑을 안 닛겟습니다. 물론 져 역시 당신을 힘씻 사랑합니다만은 숙자 씨가 저를 사랑하고 제가 숙자 씨를 사랑한다고 맹세하기 전에 반드시 해결하여야 할 큰 문제가 잇슴니다. 이것은 숙자 씨가 우리의 사랑이 아름다운 열매가 맷칠 수 잇도록 분투할 만한 용자(勇者)가 되여 달라는 것이외다. 보세요! 제에게는 아모것도 업슴니다 제의 이 굿세인 주먹과 아무런 권세와 황금을 가진 자라도 쌔앗지 못할 이 새쌜간 마음 밧게는 이무것도 업슴니다. 당신의 그 쯧을 엇덧타고 말할 수는 업슴니다만은 황금만능주의(黃金萬能主義)에 중독이 되여 잇는 당신의 부모의 쏘 지금 당신이 처하야 잇는 이 사회는 결단코 당신과 저 갓흔 놈의 사랑을 허락지 안을 것입니다. 그러닛가 만일 당신과 나의 사랑을 성공시키랴면 당신은 몬저 백절불굴의 무서운 싸홈을 하는 전사가 되야 하겟다는 말슴이웨다."

성신의 말은 과연 목메이고 썰니는 음성이엿다.

"아! 그러면! 성신 씨! 당신은 엿해것 저를 엇던 사람으로 보앗단 말슴임닛가? 아이 참! 엇저면 그리 야속하시오? 저는— 저는 넷날의 숙자는 안이야요 네! 그 더러운 돈이 썩은 가령 저 불합리한 사회에게 나의 귀여운 그 무엇을 쌔앗길 나는 안임니다. 저것들과 저는 아무 상관이 업서요 성신 씨를 사랑하려는 저는 벌서 쌔다름이 잇섯담니다. 엇저면 그리 사람을 안이 알어주시우……" 하고는 늣겨 울엇다.

성신은 부지불식간에 숙자의 손을 잡으며

"아 숙자씨! 숙자씨! 그러면 저는 당신을 사랑합니다. 참으로— 당신은 나의 영원한 사랑이올시다."

그리하야×××××××××××××××××××××××××××××× ×××× ×××××××× 길이—백년가약의 굿은 맹세를 하엿다.

그러나 그 곳이 과연 아름다운 열매를 맺즐가? 더욱이 물질주의(物質主義)자의 가정에서 황금만능이란 생각으로 자라난 숙자의 가슴에 갓 도다 나오는 그 엄이 과연 모진 서리(霜)의 침노가 업시 잘 자라날가?

지는 해와 돗는 달을 그 누가 멈추리요. 언으듯 먼산에 싸이엿든 백설은 다 녹아 바리고 보드라운 봄바람이 사분사분이 부러오는 봄이엿다.

성신은 숙자의 졸업식에 참예하고저 평양에 왓다가 다시 상경(上京)하려는 날 밤이엿다.

숙자는 성신이 가류하는 P려관으로 차저갓다. 연인과 연인의 리별을 위로함인지 창공의 말근 달이 두 사람이 안즌 창에 고요이 빗최여 주엇다.

성신은 이제 두 시간만 잇스면 쩌러지기 실은 애인을 혼자 두고 머나먼 서울로 가야하는 피치 못할 길이엿다.

숙자는⋯⋯⋯

성신은⋯⋯⋯⋯⋯⋯⋯⋯⋯⋯⋯⋯⋯⋯⋯⋯⋯⋯

"아! 숙자 씨! 울지 마세요. 당신은 저 만은 동무들을 위하야서는 우리의 그 무엇이든지 희생하여야 할 것을 이즈섯슴닛가?⋯⋯⋯⋯⋯⋯⋯⋯⋯⋯⋯⋯ 깁히 생각하세요. 리별에 설어서 가슴 입흔 나를 당신은 웨 위로하야 주지 안으심닛가? 자! 울지 마세요— 네—" 하는 그의 말은 목메이고 쏘 썰녓다.

숙자는 정거쟝까지 성신을 전송하려 나갓섯다. 억임업시 정각에 쩌나는 긔차는 생명가티 귀이 녁이는 애인 성신을 싯고 남으로—고요이 잠든 밤 공긔를 쌔트리며 점점 멀리 갈 적에 모자를 버서 내여 흔들든 성신의 자태가 점점 희미하여지다가 아조 사라졋다. 숙자는 남북그러운 생각도 안코 수건으로 얼골을 가리고 흙흙 늣겨 울다가 할일업시 도라가고 말엇다.

그 후 숙자는 평양 엇던 학교 훈도로 시무하게 되엿다. 자연이 숙자와 성신의 사이를 숙자의 부모가 알게 되엿다. 자유(自由)가 무엇인지 인권(人權)이 무엇인지 개성(個性)이 무엇인지 말부터 모르고 더욱이 금전만능에 황금주의자인 그의 부모가 그들의 사랑을 허락할 리치는 만무하고 더욱이 야소교 독신자인 숙자의 부모야말로 성신 가튼×××××를 원수와 가티 보는 판이엿다. 그리하야 자긔 딸 숙자에게 "차라리 너를 이 세상에서 다시 못 볼지언정 리성신과 너와의 혼인은 절대로 허락할 수 업다"라는 편지를 하엿다.

숙자가 교편을 잡은 학교에는 C군에 갑부요 야소교 쟝로의 아달로서 그 학교에 명예로 시무하는 교무주임 김영화(金永化)라는 청년이 잇섯다.

김영화는 숙자를 맛나자 그의 아름다운 미색에 안이 놀날 수가 업섯다. 그리하야 영화는 가즌 수단과 묘한 게교로 숙자와 그의 아버지를 쇠하여서 '엇잿든 숙자를 자긔에 손에 너흐려' 하엿다.

세월은 흘으고 인심은 변한다. 사람의 맘을 누가 알리요. 그리 쓰겁고 렬렬하든 숙자의 맘은 열 번 찍어 안 넘어지는 나무가 업는 격는으로 고만 차듸찬 어름과 가티 식어버리고 말엇다.

숙자의 가슴에 갓 도다 나오든 그 귀여운 무엇은 그의 부모와 김영화의 가즌 쇠임에게 고만 짓밟혀버리고 말엇스며 싸라서 그의 귀여운 정신은 가엽게도 황금으로 쟝샤지내버렷다.

성신은 숙자에게서 편지를 밧은 지가 벌서 이십여 일이 되엿다. "어데가 탈이 난는가. 사흘이 멀다고 편지를 하든 그가 웨 이럭케 소식이 업슬가" 혼자 중얼거리며 그날도××××관에 갓다.

쯧밧게 성신은 평양에 잇는 엇던 친고로부터 숙자가 김영화라는 부호와 친하야 가지고 미구에 정식으로 혼인하리라는 조롱 비슷한 편지를 밧엇다. 그러나 성신은 그 편지를 부인하엿다.

"저를 단념하여 주시요. 아무래도 우리의 처디가 성신 씨와 저 사이에 사랑을 허락지 안슴니다"라는 암중출권(暗中出拳) 갓흔 편지를 밧은 성신은 하도 어이가 업서서 얼마 동안은 아모 정신이 업시 저 서천에 기우러지는 붉근 해를 원망하듯이 바라보다가 무슨 결심을 한 듯이 허허 우스며 평양을 향하얏다.

평양에 와서 숙자가 과연 김영화라는 사람과 단꿈을 쉬는 것을 친히 목도하고 당장에 달녀들어 "이 더러운 계집아해야! 너는 웨 나를 속엿니?" 하며 쌤을 갈기고 허리를 차던지고 십흐리만치 흥분되엿섯건만은 성신은 북밧처 오르는 모든 감정을 쑬걱 참고 "당초에 잘못이니라. 나에게는 연애보다 더 급선무가 잇지 아느냐?" 부르지즈며 무엇을 니젓다가 다시 생각이 난 듯이 고개를 쯰덕—하고는 서울로 올라왓다.

"에라 그만두어라. 니저바리자. 이 세상 쌕로의 하나로서 의지가 박약하고 수양이 부족한 녀자는 응당 그럴 것이다. 그러나 그의 가슴에 도다나오든 그 무엇이 무참이 썩거지고 마는 것이 분하다" 부르지즈며 망각(忘却)의 길을 밟게 되엿다.

아! 이것이 뉘의 탓일가. 리성신의 처음으로 순화하랴든 사랑의 피줄을 슨코 쏘 소금을 쌕리며 그의 새로 피랴든 즐거움의 꼿봉오리에 모진 서리를 퍼부은 것은 과연 무엇일가?

돈만 알고 더욱이 야소교 독신자인 숙자의 부모가 리성신 갓흔 무산자요 쏘×××××를 배척하는 것은 유혹 모르거니와 어린양 가튼 숙자의 그 쓰겁고도 힘 잇든 사랑을 하로 아츰에 안개로 화하야 버린 그 무엇이 잇다.

성신은 그것을 원망하엿고 결단코 숙자를 원망하지 안엇다. 도리여 그의 쟝래에 대하야 애처로운 생각을 못 금하엿다.

변함 업시 작고 작고 가는 세월은 언으듯 여름 지나고 일은 가을이 되엿다. 성신은 이 W군×××××에 선동자(煽動者)라 하야 철창 생활을 하게 되엿다.

설상에 가상으로 실연의 애곡을 부르짓다가 다시 일동 일정에 자유가 업는 옥중 생활을 하는 성신은 부자연한 이 사회에 대한 반항이 더욱 격렬하여지며 싸라서 엇더케 할 각오(覺悟)가 더욱 분명하여젓다. 실로 성신의 옥중 생활은 그를 더욱 용감한 전사(戰士)가 되게 하엿고 그의××에 대한 분투에 결심을 일층 더 굿게 하엿다.

깃븐 사람 압헤서나 슬픈 사람의 압헤서나 다 갓치 사라저버리는 광음은 언으듯 그 이듬해 쓰거운 구름이 훗터지는 녀름이 되엿다. 일 년이라는 긴 세월을 옥중에서 한만이 허비하고 성신은 말긔 출옥을 하엿다

성신은 감옥으로부터 나와 얼마동안 집에서 휴양을 하다가 여러 동지들의 권면도 잇고 또 그가 옥중에 잇슬 째에 결심한 바가 잇서서 ×국오로 건너가 학창에 몸을 부치엿다.

눈물이 잇스면 우슴이 잇슬 것이요 눌니움을 밧는 자에게도 자류롭게 널어슬 째가 잇는 것이다. 흥진비래(興盡悲來)는 이야말로 만고불변의 진리이다. 김영화와 혼인을 하야 향내가 나고 쓀이 흐르는 듯한 스윗홈을 일우엇든 숙자는 엇지 되엿슬가.

일 년이 못 지나서 김영화는 다시 다른 여자를 사괴여 가지고 그와 정식으로 혼인을 하는 동시에 숙자를 축출하여 버럿다. 진정한 사랑이 업시 일시적 충동으로 결합된 부부가 엇지 쟝구이 계속 되리요.

이리하야 쫏김을 밧은 숙자는 친정으로 도라와 눈물과 한숨으로 세월을 보내게 되엿다. 더욱이 그의 가슴을 못살게 압흐도록 하는 것은 넷날의 성신의 추억이엿다. 아! 후회한들 무슨 소용이 잇스며 추억을 한들 쓸 데가 잇스리요. 째는 벌서 느젓다.

성신이가 모스코에 온 지도 벌서 일 년이다. ×××대학 압헤 나서는 성신의 두 눈에는 이전보다 더 한층 강한 광채가 번득이엇다. 그는 우리 조선에 헐벗고 못 먹으며 또 학대를 밧는 동무들을 생각할 째에는 "념려 마라! 우리의 째가 온다"는 듯이 빙긋이 웃고 다시 주먹을 부르쥐며 또 썰엇다.

그는 엇던 날 본국에 잇는 친고로부터 숙자가 김영화에게 쫏쎠나서 자긔 친정에 와 잇다는 편지를 밧고 삼 년 전 과거에 그의 애인이엿든 숙자의 모든 일을 회상하여 보앗다.

실로 성신은 이래 만은 동지들과 갓치 손길을 마주잡고 반드시 나터날 새 인간을 향하야 나가는 자미에 삼 년 전 그의 가슴에 상처는 흔적도 업시 다 나어섯다. 그러나 숙자야말로 가엽고 불상하게 되엿다. 대지에 검은 쟝막이 것치며 동천의 불근 해가 소슬 째부터 온 세상이 황혼에 물들 째싸지 왼종일을 눈물을 흘니며 울음 우나 그를 위로하여 주고 불상해 하여 줄 사람도 업다. 더욱이 십오야 발근 달이 창틈으로 흘너들고 사면이 죽은 듯 고요할 째는 지금부터 삼 년 전 십이월 이십구일 성신의 품에서 백년의 굿은 약속을 하든 그 생각이 쮜여 나오며 짜라서아지는 눈물과 터지는 울음을 안이 흘니며 안이 울 수가 업섯다.

자연이 숙자는 온 셰상에 모든 물건을 대할 째 스사로 북그러웟다. 그리하야 그는 과거의 모든 과실을 뉘우치며 자긔를 그럭케 만든 그 모든 것을 힘껏 원망하엿다.

성신은 "그럭케 될 줄은 미리 알엇노라"는 듯이 고개를 쯰덕—하면서 "아! 지금 숙자를 맛낫스면 그가 이 압흐로는 엇덕케 하여야 하겟다는 것이라도 가라처 주엇스면 하며 자긔가 녯날에 숙자를 얼마쯤 사랑하얏나 그럼으로 편지 한 쟝을 써 붓친 것이엿다.

— (긋) —

소설 「숙자」

　　1926년 「신여성」 6월과 7월 2회에 걸쳐 연재된 단편 소설이다. 부잣집의
딸 '숙자'와 가난한 농촌 출신인 청년 '성신'의 만남, 사랑, 이별을 시간 순서
에 따라 회상 형태로 구성한 작품이다. 숙자 부모의 반대로 사랑을 이루지
못한 두 사람은 이별 후에도 각각 고난의 길을 걷는다. 숙자는 부모의 강권
으로 학교 교무주임 김영화와 결혼을 하지만 곧 버림받고, 성신은 배반당한
첫째 원인이기도 황금만능주의 불합리한 사회에 맞서 투쟁의 대열에 나서
다가 투옥된다. 감옥에서도 성진은 사회에 대한 반항심을 버리지 않고 개혁
의지를 불태운다. 봉건적인 결혼제도의 불합리성에 대한 비판정신과, 계급
의식의 각성을 통해 새로운 사회를 건설하려는 이상주의 정신이 드러나고
있다. 남녀의 로맨틱한 사랑을 그리는 낭만주의 요소와 부르주아 계급에
대한 비판을 앞세운 현실주의 요소가 공존하는 소설이다.

『신여성』, 10월호 1932년 10월

2. 初冬

　팔월 한가위ㅅ날—

　오리ㅅ골 복순 아비는 김 말음댁에 요공으로 수탉 한 마리를 갓다 주엇다.

　닭은 붉은 바탕에 검은 빗갈이 얼리는—대순(竹旬)을 먹고 녜천(醴泉)에 마시고 벽오동 가지에 누엇는 봉황의 긔개보다 늠늠하엿다. 복순 아비는 김 말음이 수탉을 바드며 자별히 치사하는 데 죄나 진 듯이 저허하엿다. 그는 집으로 도라오며 쾌감을 느꼇다.

　한 쌍 닭에서 암탉마자 추석날 아츰에 국거리로 드러가고 복순네 뜰 안은 닭이 엄서서 한결 넓어진듯 십헛다. 그 뒤로 다지 닭은 놀[96] 생각을 하지 안엇다.

　음력으로 팔월 그믐께 해서 삼수동(三水洞)에 사는 최 지주 영감의 생신이 왓다. 복순 아비는 그르트면 닭이나 노왓슬 걸 하고 후회하엿다. 그는 추석날 집에서 암탉을 업샌 것을 새록새록 후회하엿다. 말음집에 간 수탉은 생각하지 안엇다. 그러나 저러나 복순 아비는 지주댁에 닭이나 한 마리쯤은 부조해야겟다고 속으로 생각하고 속죄(贖罪)할 궁리를 해보앗다.

　지주의 생신을 너닷새 압두고 복순 아비는 삼수동으로 나갓다. 그날은 마츰 장날이엇기 째문에 복순 아비는 집신 열암은 켜레를 자락 구적에 너허 가지고 팔러 나갓다. 그러나 집신은 팔리지 안엇다. 그도 세상의

---

96) '놓다'의 활용형. '놓다'는 '키우다', '치다'라는 대구 방언.

변천으로 집신 싸위는 돌아보지도 안엇다. 자정이 기웃하야 아마 파장될 지음에 집신은 닐어들 켜레나 팔리엇슬까 수입은 일 원도 못되엇다. 복순 아비는 그나마 가지고 륙십 전으로 쓸쓸한 암탉 한 마리를 사들엇다. 그리고 지주댁으로 가보니까 그 곳에는 벌서 다른 작인들의 공궤하는—닭, 게란 싸위가 벌려 잇섯다. 복순 아비도 암탉을 지주 압헤 곱순이[97] 내노핫다. 지주는 매지근한 미소를 지우며 "웬 걸 다 가저 오나?" 하며 검사를 피웟다. 그리고 지주의 장부에는 복순 아비의 이름을 적은 아래 게일수(雞一首)라 하엿다. 복순 아비는 륙십 전에서 이처럼 거륵한 깁쌤을 일즉 맛보지 못하엿다. 그는 지주 압헤 두 발 무낀 채로 누어서 말쭝거리는 암탉을 빙그레하며 보앗다. 암탉은 한 번 쏨틀하엿다 최 지주의 생연[98]은 삼수동을 근방으로 린근에 파문을 설치엇다.

생신 전날—

김 말음은 추석에 작인들에게 바든 닭, 게란 따위를 송두리채 지주에게 갓다바첫다. 김 말음이 가저 온 닭은 근 이십 수나 되엇다. 그 중에 복순 아비의 요공한 수닭이 가장 이채를 씌웟다. 한 번 갈기면 피를 팍 토하고 너머트릴 세찬 발굽을 소리 업시 쑤벅쑤벅 옴기고 잇섯다. 지주는 말음을 도라보며 어써자고 이러케 만흔 닭을 가저 왓느냐고 꾸중을 하엿다. 말음은 희의의 미소를 입매에 씌우며

"집에서 좀 낫든 닭이기에 몃 놈 가저 왓습조!" 하며 뒤통수를 툭툭 첫다.

"자네네가 언제 이러케 만흔 닭을 낫섯든가?" 하며 지주는 웃는 얼골을 복순네 수닭으로 돌리웟다. 말음도 싸라 보앗다. 지주는 메를 잣는 듯이[99] 머리를 쌔웃거리며 서성거리는 붉노랑 빗갈의 수닭을 탄상하는

---

97) '공손히', '조심스럽게'.

98) 生宴.

99) 찾는 듯이.

듯이 멍하니 보앗다. 말음은 뒤에서 득의의 미소를 지웟다.

지주의 생신이 되엇다.

최 지주의 일가나 말음패나 작인패들은 물론 사둔의 팔촌 최 지주의 전장과 접경이나 헌 사람들까지 다 모엿다.

복순 아비도 오리ㅅ골에서 멧멧 작인늘과 함께 지주댁으로 모여 갓다. 김 말음은 그 전날 최 지주 집에서 밤을 새우며 제 일처럼 만사를 정성되려 처리하엿다. 지주의 생연은 상상 이상으로 성대하엿다. 어써튼 차일(遮日)을 여섯이나 그 널따란 마당에 —가을이면 너댓 마당을 한써번에 하고 로적(露積)을 산덤이처럼 이십 길이나 싸올리는 —치고도 좁다 하야 대청 안마루까지 사람들로 콱 찻섯다. 지주는 녀름 등불에 쓰러오는 부나븨쎄 가튼 이 사람들에게 어른에게는 갓 걸른 방문주 한 잔식이라도 어린애에게는 인절미 한 점이라도 쌔지 안코 주엇다. 거지쎄들이 이삼십 명 모여드러 법석이엿다. 그들에게도 골고로 먹이가 도라갓다. 거지쎄 가운대 누가 살그먼이 전육(煎肉) 조박을 흠첫다. 이것이 마새100)가 되엇슬 쌔 지주는 전육을 다섯 접시나 더 내다 주엇다. 이날은 공중에 나는 새도 취하야 갈팡질팡하엿다.

복순 아비는 김 말음과 점심을 한방에서 하게 되엇다. 그래서 그런지 복순 아비에게도 특별이 김 말음과 마찬가지로 백반에 닭국이 드러왓다. 복순 아비는 과분하게 융숭한 대접을 바드매 어심에 불안을 느끼며 죄나 진듯 상 십헛다. 복순 아비는 저녁쌔 도라오며 최 지주 영감의 거륵한 흥덕을 찬양하엿다.

그는 닭국 마신 것이 무엇보다도 마음에 깁쌧다. 닭국과 최 지주의 덕과를 혼동 하엿다.

지주댁 뒤ㅅ간에는 복순네 숫닭의 붉노란 덜깃이 고스란이 터저 잇섯다. 그리고 복순 아비의 집신 파러 산 암닭의 덜깃도 고요이 엿보엿다.

_____

100) 마수.

복순이가 열네 살 되든 삼 년 전 봄 —

그는 한 동리오리ㅅ골에 사는 오(吳)장이의 아들과 약혼이 되엇섯다.

—그해 어썬 날.

복순 아비가 삼수동 장에서 얼근이 취해 가지고 곤들만들해 돌아왓다. 복순 어미는 그를 부축해 드리어 아래ㅅ묵에 누엇다. 그는 세상 모르고 잠드러 버렷다.

복순 어미가 그의 머리맛헤서 바누질을 하다가 삼경이 지난 째쯤 해서 그만 일거리를 주섬주섬 치울 째 복순 아비는 부시시 쌔드니 냉수를 차젓다. 안해가 갓다 주는 냉수를 드리켜고 난 그의 입에서는 아즉 술 냄새가 나는 듯하엿스나 그는 새삼스레 무엇을 니젓다가 차즌듯이 마누라를 보며 말을 할듯 할듯 입술을 들먹거렷다. 복순 어미는 개키든 옷감을 든 재로 남편을 보고

"무엇이 어쨋소?" 하며 의아한 듯이 무럿다.

그는 이윽고 입을 쩨엿다.

"복순 어맘! 그 일 말야! 그 일이 그러케 되고 마럿서 오장의도 승낙하고"

안해는 알어채럿다는 듯이

"그러케 됏서요 그러면 초체(醮禮)는 언제쯤?"

"그야 뭘 서두를 것 업지 개가 복순이보다는 한 살 아래인가 보지 그러니까 이 태쯤 넉넉히 넘겨잡고 그동안에 어써케……" 여긔까지 말하다가

"우리가 하시절에 남처럼 번듯이 힐 형편도 못되고" 하며 그는 혼자말처럼 중얼거렷다.

복순 어미는 봄밤의 나긋한 치위에 쪼그리고 두 손을 호호 불다가

"오장의는 뭐랍듸까?"

"그 이야긴 건드리지도 안엇서 …… 그런데 오장의 말이 삼백쉰 냥(삼

십오원)박게는 더 못 될 형편이라고……"

그는 비상 국을 마시는 듯이 여긔서 말슷을 막고 마렷다 안해는 고즈 녁이 피마자[101]기름의 피시시 타오르는 불똥을 보고만 잇섯다. 한편 구석에 누더기 속에 누엇는 복순이는 가늣한 잠소리를 하엿다. 그는 열 네 살의 게집애 아닌가.

그해 봄은 ―

이러 해서 ―복순의 약혼으로 오장의에게 바든 삼십오 원으로 춘궁을 겨우 넘겻다.

가을이 왓슬 째 복순이 초례시킬 이야기는 쌍방에서 다 가티 하지 안엇다. 농사가 말이 아니엇기 째문이엇다.

그러든 것이 재작년 가을에 와서는 좀 농사가 되어 절구 소리도 나게 되엇다. 복순네는 이에 혼례 이야기를 쓰집어 내엇다.

어느 날 삼수동 장에서 복순 아비는 오장의를 술집 구석방으로 이끌고 드러갓다. 둘은 술잔을 주고 바드며 허튼 이야기를 하다가 복순 아비가

"장애! 어쩌케 올에는 치르고 말지요!"

"낸들 생각이 업겟소마는 망지조이구려![102] 저번에도 말하지 안엇소 한 해나 보자고"

"난 늘 그년이 걱정이 돼서……"

"그도 오는 가을에 하느니 올에 하면 짐도 덜겟지만! 공도 아다시피 내 집 식구가 며치요? 오는 해엔 내 큰 녀석이 분가도 허겟고 하니……"

복순 아비는 그에게 더 종용(慫慂)할 용긔가 업섯다. 자긔의 생각대로 한다면 자긔의 삶에 대한 쓴 힘 업는 고문(拷問)이요 위협인 복순이―아 니 그는 그에 대하야 맹장(盲腸)적 존재일지도 모른다. 늘 속히 출가시켯스면 하엿다.

---

101) '아주까리'의 대구방언형임.
102) '罔知措', "어찌할 바를 모름."

둘은 갓모를[103] 바루 하며 술집을 나섯다. 복순 아비가 장에서 도라오
자 안해는 남편의 긔색을 살폇다. 아까 아츰에 복순 어미는 남편에게
오늘은 꼭 결말을 지라고 부탁 하엿든 까닭이다. 복순이는 한편 구석에
서 소긋이[104] 버선을 시칠 째[105] 그의 어미는 이윽고 내려다보더니
"너그 무슨 버선코냐 유자코냐?" 하며 딸을 나무랫다. 딸은 코 씃을
가위 씃으로 내미러도 보고 실에 쒸어 당기어도 보앗스나 좀체 모냥은
되지 안엇다.

복순 아비는 안해에게 '외'라는 표정을 지으며 아래ㅅ목으로 가저 주
서안젓다. 그리고 불쏭에 번득이는 딸의 얼골을 멍-하니 바라보다가
혼자말로 "열다섯 살" 하고 외엇다.

×　　　　　×　　　　　×

복순이가 열여섯이든 작년.

오장애의 아들은 어느 가을날 남모르게 동니 청년들과 가티 일본으로
출분하엿다. 열다섯박게 아닌 그가 인생의 아름다운 쑴을 그리며 물을 건너
갓다. 그러나 그것은 당연 이상의 그의 한낫 망동으로 공연이 고생과 금품
을 허비하고 올 이른 봄에 도라오고 마럿다.

그러기 째문에 작년 가을에는 꼭 이룰려든 복순이 혼례가 쏘 다시
연긔되엇다.

이째까지의 복순이는 아모 감각과 반응이 업는 존재엿다. 그리다가
작녁부터 몽롱한 가운대 자긔라는 처녀를 생각하고 싸라서 인식하엿든
것이 가을에 자긔의 배우(配偶)자의 일본으로의 출분에 비로소 적확한

---

103) '갓모자를'.
104) '다소곳이'.
105) '시침질을 할 때'.

감각을 어덧다. 그는 자긔의 배우를 처음에는 인식하고 전환하야 엄연한 사랑을 발견하엿다. 그러나 그는 도리어 이러한 생각을 죄악의 망상이라 하엿다. 올부터 이 오리ㅅ골에 창설된 수리조합에 물이 도랏다. 동구 박그로 왼편에 산기슭 부듸친 곳까지 퍼진 갈밧이 논으로 된다고 최 지주네는 조와하엿다. 그래서 최 지주는 븐대 수리조합이 되기 전에 이 로전을 헐갑으로 매수하앗든 것이 자긔가 열렬한 수리조합의 발긔자가 되어 일반의 련서(連書)까지 어든 이후 착착 사업이 진행하야 최농장이란 간판을 걸고 전화까지 걸엇고 이십 여명의 사무원을 두엇다. 그래서 올에는 그곳에서 쌀이 나왓다.

그러나 쌀 갑은 참락하야[106) 최 지주는 안절부절을 못하엿다. 웨냐하면 수세(水稅)가 삼백 평에 십이삼 원이요 옛날에는 소지황금출(掃地黃金出)이던 기성답들도 야릇한 노릇에 걸리어 노픈 백미에는 팔구 원 야튼 백미에는 오륙 원의 수세를 지불하게 되엇다.

이리하야 최 지주와 작인 간에는 수세 째문에 승강이 되엇다. 복순네나 오장애네나 이 오리꼴이나 삼수동이나 이 시수리조합 동리 구역 안의 주인들은 전전긍긍하엿다.

복순네도 벼를 쩌드리[107)지 안엇다. 수세에 도조에 채무에 남는 것이 얼만가를 쪽쪽이 알기 째문이다.

어느 날 밤.

복순이가 잠이 드럿슬 째 복순 어미는 남편에게

"여보 먹을 쩐 업는 데 쌀년만 씨고 잇스면 대수요? 그 년을 굶겨죽일 수도 업고……"

"상주더러 제일[108)다투자네!?"

---

106) '폭락하여'.

107) '끌(모으다)-어-들(入)-이'의 어휘구성으로 '끌어들이다'의 의미를 가진 대구방언형이다.

108) '祭日'.

"비쏘을 게 아니라 내일은 가서 좀 썩심을109)써봐요!" 하는 안해의 말긋은 한숨으로 싸늘하다.

복순이는 아까부터 어렴풋이 깨엇다가 이야기를 듯고 가슴이 저리엇다.

자긔 딴에도 빨리 출가하야 어버이의 근심을 덜고 시펏다. 그는 가만히 벼개닛을 만저 보앗다. 눈물방울이 저저잇섯든 것이다.

이튿날 복순 아비는 안해의 권고라니보담 사정이기 때문으로 오장애를 차저갓섯다. 음력 시월 초순의 날은 무엇이 곳을 듯하야 찌푸릇하엿다.

복순 아비는 오장애를 맛나서 넌즛이

"장애 어써 컬테요!?" 하고 무럿다. 그의 얼골에는 질문이라니보다 애수가 얼키어 잇섯다. 그러나 오장애의 얼골도 복순 아비에 못하지 안엇다.

"사세가 딱한데 올만 속는 셈치고 참으시우 내 큰 녀석이 분가도 못하고 그리고 몸 압허 누어 잇는 사람도 잇서서"

이 말을 하는 오장애의 가슴 속에는 의혹의 반발(反撥)로 닐어나는 크다란 울분의 뭉텅이가 파혼(破婚)이라는 섬광(閃光)을 보엿스나 오장애는 무한지옥(無間地獄)을 쌔저 나오는 셈치고 모든 것을 참엇다. 복순 아비는 달갑잔은 대답에 헛기침을 기치며 침을 배트려고 문을 여럿다. 박게는 첫눈이 펄펄 날리고 잇섯다.

"허허 벌서 눈인 걸!"

둘은 앵무처럼 가티 뇌이고 다시금 벌에 내버린 나락을 생각하엿다. 그들 둘의 가슴은 창 박게 나리는 눈ㅅ발처럼 느긋한 듯하고 싸늘하엿다.

복순 아비는 고츰을 후기며110) 니러섯다. 오장애는 복순 아비를 붓잡으며 잠간 기다리게 하고 박그로 나갓다.

"눈도 오기도 한다" 하며 오장애가 드러올 째에 박게는 절구 찟는

---

109) '미련을 부려, 억지를 써서'.

110) 추스르며.

소리가 낫다. 오장애는 몃 말 되는 나락이 잇섯기 째문에 시방 그것으로 점심을 짓게 하고 드러온 것이다.

복순 아비는 점심 지으려고 나락을 찟는 절구 소리를 듯고 그래도 오장애네는 우리보다 낫고나 하고 생각하엿다. 그는 오장애에게 "웬 절구소리요?" 하고 무럿다. 오장애는 열적은 우슴을 지우며

"쌀을 파라오지 못해서 집엣것으로 점심이나 좀 지으려고……" 하고 대답하엿다. 복순 아비는 점심을 마치고 오장애 집을 나왓다. 한 그릇 흰밥에 풀럿든 마음도 눈길을 거를 째에는 다시금 가시가 도치기를 시작하엿다. 암루(暗淚)에 저저 어대라 호소할 곳 업시 고민하는 복순의 얼골이 그윽이 써올랏다. 눈은 속절업시 나리어 복순 아비의 등덜미를 더펏다.

— (舊橋에서)

소설 「초동」

1932년 「신여성」에 발표된 이상화의 두 번째 창작 단편소설이다. 오릿골이란 농촌을 배경으로 농민들의 가난한 삶의 이야기를 회상 형식으로 구성하고 있다. 복순이와 오장이의 아들은 삼 년 전에 혼약했는데도, 양 집안이 가난하여 초례를 올리지 못한다. 양가 모두 굶기를 밥 먹듯 하는 형편이다. 복순이 아버지는 딸을 시집보냄으로써 입을 덜고자 하고 오장이는 며느리를 새로 들어오는 것이 은근히 부담스러워 핑계를 대어 초례를 미룬다. 이 와중에 지주나 마름에게 명절과 생일 때 요공을 바쳐야 하는 소작인의 처지를 형상화하여 당시 궁핍하고 모순된 농촌 현실을 반영하고 있다. 하지만, 소작농인 등장인물은 현실을 비판하거나 저항하지 못하고 순응하는 선량한 사람으로 그려진다. 이런 점에서 이 작품은 본격적인 프로문학의 다가가지 못하고 자연 발생적인 계급문학의 수준에 그치고 말았다.

3. 번역 소설

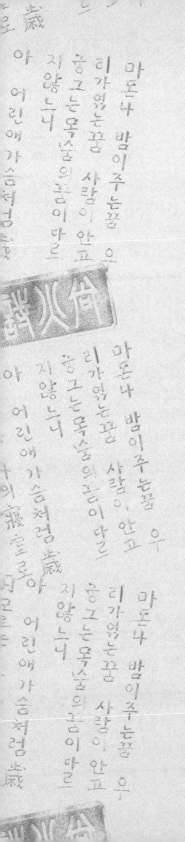

□『新女性』18호 1925년 1월

1. 斷腸

『譯者의 말』

米國은 十八世紀 末 獨立戰爭이 나기 전에도 그들의 文學을 가젓섯지만 그는 다―그리 귀업지는 못한 것이다. 한 나라로 存在된 뒤―와싱톤·어-쌔ㅇ으로 비롯하야, 文學史의 첫 페지가 열리게 되엇다.

그 이는 一七八三年 四月 三日 뉴욕에서 나서, 一八九年 十一月 二十八日 선사이드 어-쌔ㅇ톤에서 죽엇다. 어려서 法律을 배우려다가 치어바리고 장사를 하려 하엿다. 그때 그때, 한갓, 자미로 스위프트·애듸손 의른들을 보앗다. 그리다가, 그는 수물한 살 되든 해, 英國으로 나서 잇해[111] 만에 도라와, 週間雜誌를 發行함으로부터, 그의 재조를 남들에게 알리게 되엇다.

하나, 그가 文學家의 한 사람으로 企待를 밧게 되기는, 一八〇九年『뉴욕史』를 쓴 뒤부터이다. 그 뒤 一八一五年에, 다시 渡英한 三年 만에 도라와서 지은 것으 잇다[112] 이로 말미암아, 그의 名聲으[113]本國에서만 니 아니라, 英國에서까지 써돌게 되엇다. 그것이 스케취쌕― 一八〇九一)이엿다. 이외도, 그의 作品이, 여간 만치 이라 스케취쌕은, 그가 英國 巡遊에서 어든 追憶, 事實, 感想의 모듬이다. 諷刺 숙에도, 哀愁가 돌고, 莊重 한가운대서, 웃음이 들려―그의 남달리 가진 情熱을 짐작할 수 잇다. 이 情熱을 보기 위하야, 여러 篇 가온데서「斷腸」을 번역합니다.

---

111) 이 년.
112) '이'의 오자.
113) '이'의 오자.

그리고 또, 이 「斷腸」이, 얼마 만치나, 사람의 마음에 逼注된 것을 證明하기 위하야 자미 잇는 事實 이약이를 간단하게 쓰겟다. 어-쎄ㅇ씨가 『스케취쌕』을 내자 그 가온데서 「斷腸」을 보고 참으로 다 가튼 文字로써로 갑 아름답게 쓰 天才이며 아울러 女性에 대한 崇烈한 理解야말로 어름 가튼 智慧를 가젓다 하야 치하와 감사로오서 손님과 편지가 물밀듯하엿다. 그 가온데는 안악네들이 만하쎗다고 한다.

　이외에 異邦 사람으로 感化된 詩人 한 분이 잇썻다. 그는 쌔론이이엇다. 그는, 어느 날 그를 차저온 손님에게 이 「斷腸」을 어달나 하엿다[114] 그 손님은 米人이엿다. 그는 소리를 나직이 하야 읽기를 하다가 그도 그만 興奮이 되여 詩人을 보지도 안코 읽다가 드디여 다―읽고 보니 쌔이론은 흑흑 늣기며 울고 잇섯다. 손도 아모 말을 못하고 잇더니 詩人은 손님에게 "내가 우는 것을 보섯지오? 나도 눈물은 그리 만치 안으나, 「斷腸」을 볼 쌔는 그만 움니다. 제절로 울어짐니다." 하엿다.

　이러케도 엽은이[115] 「斷腸」이 朝鮮 말에도 그의 熱度를 그대로 가저올넌지 모르나 아모랫든지 본 쯧은 올머왓슬 줄 밋는다.

　　— 大邱茂英堂에서[116]

　　나는 일즉 못 드럿노라
　　참된 사랑이 속석지 안코 잇단 말을
　　그는 애태는 마음, 버레가 봄철의 엡분 記錄인―
　　장미꼿 입새를 쓰더먹듯 하기 쌔문이여라.

　　　　　　　　　　　　　　　　　　　　　—미들래톤

---

114) '읽어 달라'의 오류인 듯함.
115) '가엽으니'의 오류.
116) 1925년 이근무(李根茂) 씨가 대구시 중구 서문로 58번지에 무영당을 창업하였는데 그의 호의로 상화가 이곳에서 워싱턴 어빙의 작품 「단장」을 번역하였다고 한다.

모-든 사랑의 이약이를 비웃으며 꿈길을 가는 듯한 情熱의 小說을 다 못 詩人 小說家의 꿈인 말로만 아는 것은 늣김 만흔 젊은 時節을 일적 것치는 사람이나 放蕩한 사리에서 아모 마음 업시 사라온 그이들의 예샤로 하는 버릇이다. 사람의 天性에 대한 나의 識察은 나로 하아곰 이이들과 별달리 생각게 한다. 사람의 性質이 세상 사리로 말미암아 冷靜하여지며 社交의 術策에 씌을려 헛웃음을 웃게 되엿드래도 그 차듸찬 가슴속 깁히는 잠자듯한 불꼿이 아즉도 남몰리 숨어 잇다 거긔 한 번 불이 부트면 그야말로 사나오리라. 이쏜이랴 쌔로는 그 불꼿을 이 세상에선 사를117) 수 업게까지도 되리라. 참으로 나는 진실한 盲目神의 信徒며 그의 敎旨를 정성끗 쫏는 나이다. 내가 告白을 하랴? 나는 사랑을 그려 창자들여 이는 이의 올흠을 미드며 사랑을 일코서 죽는이의 맛 당함을 밋노라. 그러나 나는 아모래도 이것이 男만에 自그닷 목슘에118) 두려운 病이라. 생각지 안는다. 다뭇 엡븐 아씨들을 만은 무덤 속으로 싸무러지게 하는 무서운 病이라고만 밋는다.

男子는 好奇野心의 動物이다. 그의 本質은 그를 세상의 다톰과 써듬 속으로 씌은다. 사랑은 그의 만은 시절에 한갓 비름이 될 쑨이오. 쏘는 劇幕이 쉬는 사이에 알 외는 音樂이 될 쑨이다. 그는 名譽를 차즈며 財産을 차즈며 世界思想에 地位를 차즈며 同族의 우에서 支配權을 찻는다. 그러나 女子의 全生은 愛戀의 歷史이다. 心情 하나가 그의 世界다. 나라를 세우려 애쓰는 마음도 거긔 잇스며 숨은 보배를 캐려는 욕십도 거긔 잇다. 그는 그의 同情으로 위태롭은 일을 하며 그는 그의 全靈을 배에 실고 愛戀의 바다로 저어간다. 만일에 破船이 된다면 그의 境遇야말로 絶望이다—이는 心情에 滅亡인 쌔문이다.

사랑을 일흠이 산애에게도119) 얼마쯤은 쓴 哀痛이 될 것이다 이 괴로

---

117) 불태울.
118) '男子만에 그러하듯 목슘에'의 오류인 듯하다.

옴이 그의 軟情을 썩힐 것이며—이 괴로옴이 그의 幸福을 샹홀 것이다.120) 그러나 그는 敏活한 인물이라—가진 事業의 紛擾 속에서 그의 생각을 싸을 수 잇으며 歡樂의 潮水 속에서 그의 마음을 잠길 수도 잇고 쏘 사랑을 일흔 그 자리가 너무나 쓰린 생각을 니르킬 쌔면 그는 하고 십흔 대로 그의 자리를 밧굴 수 잇스며 새들의 아참 나래를 가진 듯이 이 쌍의 머—ㄴ 긋까지 나서 평안이 잇게 될 수도 잇다.

그러나 녀자의 사리는 定着 隱遁 瞑想的이다. 그는 그의 가즌 생각과 늣김이 무엇보담 더 동모다운 동모이다 아—만일에 그의 생각과 늣김이 悲哀를 싸르는 종이 되여 보아—어데 가서 그의 慰安을 치즈랴? 그의 運命은 사랑하야서 이김에 잇다. 그러나 그의 사랑 속에 惡幸이 잇섯다면 그의 마음은 원수에게 占領된 城塞과 가티 쌔앗겨져서 내바려져서 荒凉한것만이 남게 되리라. 반들거리는 눈들이 얼마나 만히 흐러젓스며—보드라운 쌜들이 얼마나 만히 야위젓스며—아릿짜운 몸들이 얼마나 만하 무덤 속으로 사라젓스되 그들의 아름다움을 시들게 한 까닭은 말할 이도 업도다—내 목숨을 쌔앗슬 활쌀을 맛고도 그를 덥고 감추노라 두 나래를 훔켜 안는 비듥이 가티 負傷된 사랑의 쓰라림을 세상에게 숨김이 아씨의 天性이다. 柔軟한 女性의 사랑은 항상 붓그러워하고 말이 업다. 비록 幸福스롭을 쌔라도 그는 혼자만 들을 수 잇게스리 숨을 쉬거돈 하믈며 不幸이 올 쌔야 그는 가슴의 가장 깁흔 곳에다 숨결을 파뭇고 몸은 쑥으려121) 소리도 업는 破滅 속에서 걱정을 니저바리려 한다. 그는 그의 애틋한 心願과 함께 失敗를 하엿다. 그는 精神을 깃브게 하며 脉搏을 쌔르게 하야 血管을 지나는—生命의 시내를 健康한 여울로 흐르게 하려는 養生法까지 얼사년스럽게 글긴다. 그의 安息은 부서젓스며—

---

119) 사내에게도.

120) 幸福을 상하게 할 것이다.

121) 움츠려져.

生氣를 주는 단잠은 憂鬱의 쓴 숨에 毒殺이 되고—"밧삭 마른 哀痛이 그의 피를 쌔라먹어" 드듸여 그의 衰弱한 몸은 外界의 조고마한 傷因으로 말미암아 그만 시들어지고 말게까지 한다. 오래지 안하 그를 차즈면 그의 쌔 아닌 무덤 우에 애닯은 울음만을 볼 것이다 그러치 안으면 이즘 싸지도 생생하고 엡부든 그이가 갑자기 저럿케도 '음침하고 벌레먹게' 되엿는가 놀나게 된다. 너는 니르기를 겨울에 觸寒이 되엿거나 몸 간수를 잘못하여서 그가 느러젓다 할 것이다—마는 그의 强力을 발서 쌔라먹고 그로하야곰 蛆虫의 밋기밥이 되게 한 마음에 색인 病은 아모도 모르리라.

그는 森林의 자랑과 아람다움을 차지한 부드러운 나무와 갓다. 가슴 속엔 버레가 먹엇서도 崇雅한 태도와 輝煌한 맵시를 가진 그 나무와 갓다. 더 새롭고 더 숫다울 시절은 되엿서도 갑작이 그 나무만 시들어지며 가지마다는 쌍으로 써러지고 입새는 하나식 하나식 써러지다가 마조막 그 나무는 골고[122) 마른채 森林의 고요한 속에서 스르륵 넘어질 것이다. 그러면 우리는 거칠어진 그 자욱을 드려다 보고 부질업시 돌개바람과 모진 벼락의 악착한 짓이라 생각는도다.

나는 아씨들이 墮落이 되고 自棄가 되야 그만한 울로 사라지듯 이 세상에서 차즘 업서지는 事實을 만히 보앗다. 그리고 나는 肺勞 衝寒 虛弱 惱心 憂鬱—이 가즌 病으로 그들을 죽게까지 하는 經路를 생각해 보앗다. 나는 사랑을 일흠이 거의 다 그 初症임을 알앗다. 實例의 한가지로 어느 나라에서 일흠 잇는 이약이를 이즘 내가 드른 대로 쓰겟다.

누구든지 愛蘭의 절믄 志士 E의—悲劇 가튼 이약이를 생각해 보아라 그리 쉽게 이저바리기에는 너무나 感銘이 되는 이약이다. 愛蘭에 叛亂이 잇슬 동안에 그는 가즌 애를 쓰다가 잡히여 大逆이란 定罪로 死刑을 바덧다. 그의 죽음은 모-든 사람의 同情에 깁흔 印像을 주엇다. 그는

---

122) '골다'는 '마르다' 또는 '굶다'의 대구방언.

英敏하고 智慧롭고 勇强한 靑年이엿다 그는 審判을 바드면서도 膽大하엿스며 威儀가 잇섯다 逆賊이란 말을 憤責한 것이며—저의 구든 名聲을 말한 熱辯이며—宣告 바들 째의 그 絶望 속에서도 後裔에게 愛國熱을 부르짓든—이 모-든 것이 여러 사람의 가슴을 쒜쓸엇스며 원수까지도 그에게 대한 酷刑을 원망하엿다.

그러나 이 보담 그의 설음을 다 그리지 못할 가슴이 하나 잇섯다. 靑年은 지난날 幸福스럽을 째 귀염성 잇는 유명한 辯護士의 싸님의 사랑을 바덧다. 그는 女性들의 손씃하고 쓰거운 첫사랑으로 그를 사랑하엿다. 세상의 公論이 그를 反駁할 째나 運命에게 咀呪를 바들 째나 위태로움과 어둠이 그를 휩쌀 째나 그 아씨는 그 가격은 그 懊惱보담도 더 속을 태우며 그를 사랑하엿다. 원수에게까지 同情을 니르켯거든 하믈며 그의 靈魂을 다 차지한 아씨의 속쓰린 설음이야 엇더햇스랴! 서로서로 이 세상에선 한 사람쑨이라고 사랑하든 그들의 사이에 무덤의 겹문이 갑자기 다치며 가장 아름답고 쌀틀한123)이를 닐허 바리고 터-ㅇ빈 세상에서 무덤의 문턱만 직히게 된 그의 설음을 말해보아라.

아 이러한 무덤의 두려움이여! 이리도 놀라웁고 이리도 名譽롭지 못하여라! 넓은 이 세상에선 난호든 이 哀傷을 쓰다듬을 만한 아모 記憶도 업섯다—난호이든 그 자리를 그립게 할 만한 숨막히는 情況이나마 업섯고—난 호엿노라 불타는 가슴을 다시 살리랴고 한울의 이슬과 가치 설음을 녹일만한 복 만흔 눈물조차 업섯다.

그의 훗진 사리는124) 갑절 더 외롭게 되려 그를 써나지 안는 不幸은 아버지의 怒念에 대질려 마참내 집에서 쏫겨나게까지 하엿다. 놀냄으로 말미암아 허트러지고 시달린 그의 精神이 여러 동모의 애쓰는 同情과 親愛를 밧기야 햇서도 그는 아모러한 慰安이라도 쓸 데 업슴을 격글

_____

123) 알뜰하고 살뜰한.
124) 홀진 삶.

쑨이엿나니 이는 그도 義俠과 앗길줄 모르는 敏感을 가진 愛蘭의 民族인 째문이엇다. 그는 가멸고125) 벼실 놉흔 이들에게 가장 엡부게 보여 그들이 마음 두게까지 되엿다. 그리하야 그는 社交場으로 쓰을려 갓섯다 그들은 왼갓 事業과 가즌 娛樂으로 그의 근심을 업새 바리고 그의 사랑의 설은 이약이를 이저바리게 하려 하엿다. 그러나 그것은 부절 업슨 일들이엿다. 오히려 幸福당게 아는 목숨이 잇는 곳에 드러와서 그의 靈을 골아지게126) 하며 불태워서—다시는 엄도 곳도 못 피게 함이야말로 참아 못할 재앙이다. 그는 영영 歡樂을 가차이 하지 안엇다 砂漠 복판에 잇는 듯 외로울 쑨이엿다 그를 둘러 잇는 세상은 보려도 안코 다만 설어운 黙想 속으로만 거닐 쑨이엿다. 그는 여러 동모의 단말을 비웃으며—〔엡분 이의 노래를 삼가지 말고 너무나 슬기롭게 그를 속이지 마라 불럿다.〕

그의 이약이를 하는 사람은 그를 어느 假裝 舞踏會에서 보앗다 한다. 그리도 가엽고 놀나게스리 참혹하게 된 봄이 이 세상에서 쏘는 업스리라. 歡樂에 어우러진 뭇 가온데 그도 盛粧을 하고 나왓스나 햇슥하게 야윗스며 근심 듯는 그 얼골을 보면—독갑이 가치 찬 김이 나고 樂도 업는 재빗 세상으로만 도라다님을 보면—그들이 잠간 동안이라도 설음을 이저바리게 하려 가엽슨 그의 마음을 속이려 햇스나 아모 쓸데업는 헛일이 된 것을 알겟다. 그는 눈부시게 차린 뭇사람 속으로 넉일흔 듯 도라 다니다가 管絃樂臺우에 올라서서 아모러한 마음 업시 휘―ㄱ 둘러 보더니 멍든 마음의 미친 짓으로 자 그만한 哀曲을 쩔며 불럿다. 본래 그의 목청이 아름다웟지만 그날은 이러케도 悲慘하게 된 靈이 부르는 노래이기 째문에 그리 참다 윗스며127) 그의 가슴을 여이는 듯하였다.

---

125) 부유하고 재산이 많고.
126) '골아지다'는 '말라비틀어지다', '여위다'의 대구방언.
127) 웃으며.

뭇사람은 말업시 고요히 그를 에워싸고 듯다가 아모 말업시 그만 눈물 속으로 자자지고 마럿다.

이 애틋한 이약이는 온 나라에 물쓸 듯한 感興을 줄 수 밧게 업섯다. 이 이약이에 늣긴 어느 勇敢한 젊은 士官은 죽은 이의게이라도 각근할[128] 째야 산 사람에겐 얼마나 사랑을 주랴 생각하며 結婚을 청하엿다. 그는 사절을 하엿다. 이는 그의 모든 생각이 바릴래야 바릴 수 업는 愛人의 記憶에게 쌔앗긴 째문이엿다. 그는 그의 訴願을 구지 말하엿다. 그는 그의 愛情도 애정이려니와 그의 보배롭은 性格을 원함이엿다. 그는 자긔의 功勞로써 동모의 집에 부침사리를[129] 하는 그를 도앗섯다. 쌃게 말하자면 젊은 士官은 맛참내 그를 엇게스리 되엿다. 그러나 그의 마음은 이즐래야 이즐 수 업는 그 愛人의 것이엿다. 젊은 士官은 그를 다리고 시실리섬으로 갓섯다. 그는 오란 설음의 記憶이 자리를 옴기면 사라질싸 함이엿다. 그는 사랑스럽고 쏜볼 만한 안해가 되야 남을 깃브게 하려 힘써보앗다. 마는 그의 靈 속에 쑤리 깁게 박힌 沈黙과 그를 삼키고 말려는 憂鬱은 아모래도 나수지[130] 못하엿다. 그는 차즘 차즘 애닯게도 시드러지면서 그날 그날을 보내다가 오라지 안하 가엽슨 斷腸의 犧牲이 되여 무덤 속에 싸무러저 바럇다.

그를 위하야 愛蘭에서 일흠 잇는 詩人 무-어[131]가 이 아래의 노래를 지엇다—

머-나먼 곳 그의 젊은 님이 잠자는 데와 친한 이의
한숨들이 안 들리는 거긔서,

---

128) '각근하다'는 "특별하고 깍듯하다"라는 의미의 대구방언.

129) 곁살이를.

130) 낳게 하다.

131) Thomas Moore(1779~1852), 「She is Far From the Land(머나먼 곳에 있는 님에게)」라는 작품을 이상화가 번역한 시.

그들의 注視를 버서나 그가 울도다
그의 마음 님 누은 무덤에 잇슴이여라

祖國의 애닯은 노래를 쉬잔코 부르도다
가락마다가 님이 질기든 것을 말함일너라
아 그의 노래를 사랑할 이가 얼마나 되며
부르는 그 가슴의 쓰림을 뉘라서알랴!

그의 님은 사랑으로 살앗고 나라로 죽엇나니
이 두가지가 그의 목숨을 잡아맨 모든 것이여라
나라도 흘린 눈물 쉬웁게 안마를테며
못 잇든 사람 그의 뒤를 짜를째도 멀지 안으리라!

오 해쌀이 나리는데 그의 무덤을 만드러라
그리고 눈부시는 아참이 오마하엿단다
그리면 그의 님이 잇는 悲哀의 섬에서
저녁 해의 微笑처럼 자는 그를 비초리라!

단장

　미국의 낭만주의 작가 어빙(Irving Washington)의 단편소설이다. 어빙이 도영 3년 만에 귀국하여 발간한 단편집 「스케치북」(1819)에 수록된 작품 중 하나다. 사형을 받은 젊은 지사 E와 어느 변호사 딸과의 지순하고 애틋한 사랑 이야기다. '역자의 말에서는 작가가 이 작품을 창작하여 발표하기까지의 경위를 설명하고, 이 작품이 발표되고 나서 극찬을 받았다는 후일담을 소개한다. 그리고 곧바로 작품으로 들어가 등장인물 중심 이야기를 전개하지 않고 일인칭 화자의 사랑에 관한 생각을 지문 형식으로 길게 진술한다. 이는 구체적인 형상화의 방법이 아니라 논설적인 진술로 이뤄진다. 지순하고 뜨거운 사랑의 속성을 다소 흥분된 어조로 번안하고 있다는 점에서 이상화의 낭만주의적인 성향을 엿볼 수 있다.

□ 『新女性』 19호, 1925년 2월

2. 새로운 동무

─ 폴·모랑 作

—드라이댄은 그의 作品 속의 愛人들에게, 자랑도 하고
쏘는 음탕한 말을 하엿다………쏠태르

　나는 내 몸보담도 그 녀자를 더 아는 듯하다. 그래도 나도 아즉 한
번도 그 녀자를 맛난 적이 업다. 그 여자의 일흠을 폴라라고 하니 일흠
까지가 내 일흠과 비슷하다. 파리란 곳은 이상한 데라 한 자리에서도
우리들은 흔히 서로 엇갈리고 쏘는 서로 쇠리를 싸라가게 된다. 그러나
언제 엇던 데서든지 서로의 얼골을 가리울 만하게 두덥고 쏘 서로의
숨결을 드를 만하게 엷은 벽을 가리우든 것이다. 나는 그 녀자가 집웅
마루턱 방에 잇는 줄을 알고 잇다. 누군지 내게 그 녀자의 방 천정에서
새들이 부우리를 울리는 그 소리가 들린다고 말하얏다. 저 멀리 봐래리
앙 산줄기가 단쇠 가튼 바다 우에 써 잇는 듯이 보엿다.
　나는 한 번 그 녀자집 들창을 보려간 적이 잇섯지마는. 그 집 헌함이
훔짓하게 써저잇섯슴으로 아모 것도 볼 수 업섯다. 그 녀자는 창문을
열지 안핫다. 그 녀자에겐 몃 사람 못 되는 동무쑌이엿스나 그 대신
서로의 친분으로 말하면 아주 간절하고 정리 두터운 사이기 쌔문에 도
로 혀갈리지 안는 사고임이라고 하는 편이 더 맛당할 것이엇다. 이마와
턱만이 아섬푸렷한 섬과 가티 밝고 한편 쏠은 예술 그것처럼 기름진
거름애 속에 쌔저잇든 한 근대식으로 찍은 그 사진으로 보면 그 녀자의
얼골에는 아망스럽고도¹³²⁾ 깁흔 정이 잇서 보이는 그런 성질이 드러낫
섯다. 그 녀자에게 대한 나의 호긔심이 넘어도 만핫서엇던 쌔로는 새벽

가티 그 녀자의 쓰레기통 속을 뒤저서는 시드른 꽂이니 편지쪽이니 과실 썹질이니 하는 것을 주어온 일도 잇섯다. 나는 또 언젠가 그 녀자의 센 머리털이 참빗살에 얼켜 잇는 것을 분 적도 잇섯다. 누군지 지금은 니저바렷지마는 나에게 모래사장 우에 보작이의 발자국과 가티 쪽쪽하게도 자욱이진 그 녀자의 발자국을 보여준 사람이 잇섯다. 엇것지 그 녀자는 몸이 너머 야윗서 서서 잇슬랴면 쇠로 만든 신발을 신잔코는 비틀거린다든 그런 비극 시인과 가튼 그런 녀자는 안닌 듯하엿다. 그러치마는 그 녀자는 본래 진중하고도 아모 쌈 업고 철 모르는 원수 가튼 녀자이엇다. 그 녀자는 무슨 싸홈과 가티 나를 렬중식혓다.

『퐈쌕리스』처럼 나도 이 싸홈에 출전까지 하지는 안핫스나 거긔서 물러오는 여러 사람의 눈에서 나는 병술과 정치의 중요한 것을 살펴보는 것이다. 나는 항상 그 녀자를 얄미웁게 녀것다. 나는 거운 그 녀자를 사랑하고 잇섯다. 웨 그러냐 하면 나는 그 녀자가 내 취미의 거운 다—를 가지고 잇는 줄을 알므로—그리고 그 녀자는 내가 아니라도 적어도 내가 잇섯스면 하든 것과 비슷함으로—그리고 그 녀자도 역시 나 처럼 사랑함으로.

아늬에스

나는 혼자 식탁 압헤 안젓잇다. 나는 아늬에스가 오기를 기대리고 잇다.

오늘밤 이 만찬회는 그 녀자의 생각으로 그 녀자가 말한 것이다. 『파리』성 밧게 잇는 이 료리집에서 남 몰리 맛나자는 것도 그 녀자가 말한 것이다. 그래서 나는 이리로 와서 약속한 종려나무와 진달래꽃과를 바라보고 잇다. 그 녀자가 꼭 와야만 할 그 시간은 엇전일인가 발서 지낫다. 그러나 우리 둘 사이에 시간이란 것을 서로 직히는 것이 아니다. 시간은 실상인즉 그 녀자의 재산처럼 제 맘대로 하는 것이다. 그 녀자가

---

132) 고집스럽고도.

276

내게 준 시간 가온데 녀자는 가진 것을 다—너흠으로 그 녀자가 나를
절하는 시간 가온데 그 녀자 제 몸이 스사로 처지게 됨으로 말하자면
나는 그 녀자와 갈리지 안흔 것이나 마찬가지 결과이엇다. 나는 아늬에
스를 사랑하고 잇다. 나는 쏘 그 녀자도 그 녀자의 태도로 나를 사랑하
고 잇다고 녀긴다. 그래서 그 태도를 나는 묘하한다. 나는 쏘 그 녀자는
아모와 갓지도 안타고 밋는다. 그것은 밋는단 것이 배속을 유하게 해서
만 그런 것 안이다. 다른 녀자들은 언제든지 눈물이니 성정머리니 월경
이니 보선이 헤여젓너니 하는 말썽쑨이엇스나 아늬에스에게는 그 녀자
가 생길 것을 짐작하든 그일 말고는 아모 일도 업섯다. 그리고도 예사룹
은 일은 결단코 나지 안핫다. 그 녀자의 생활은 열두 시간 동안의 잘못과
열두 시간 동안의 건망증으로 된 것이엇다. 그것은 일종 물씨도 잇고
쓸 대도 잇는 건망이엇음으로 그 녀자를 맑게 하고 그 녀자를 침착하게
한 효험이 잇서서 그 덕분으로 그 녀자는 그 어린애 가튼 얼골로 저를
만족하게하지 안흘 모든 예사룹은 행복에 대한 힘센 열정을 언제라도
일허바리지 안케 되는 것이다. 말하자면 아늬에스는 사랑스러운 령리한
우로 굽어진 코를 가진 녀자이엇다. 그래서 그 녀자 몸에는 알로[133) 굽
어진 코를 가진 산애 몸과만 일어날 큰 위태한 일이 생기는 것이다. 숨소
리도 근치지 안코 그 녀자는 자긔 운명이란 긔차의 모든 것을 쏘처 다니
고 잇는 것이다. 그 녀자는 훌늉한 가문에 태여낫섯다. 그러면서도 그
녀자에겐 텬성이 미련한 그 사람들의 장끼인 설워할 줄 모르는 성질과
살랴는 그 힘과를 가저섯기 째문에 그 녀자는 이째껏 가진 운명의 시험
에 견대온 것이엇다. 그 녀자의 현란스러운 행동에서도 항상 속쓰린 맛
이 잇섯다. 그 녀자의 위로 속에도 엇던 형편에서도 그 녀자는 커다란
지혜를 일허바리지 안핫다. 아늬에스는 누구보담도 밋친 짓 가튼 것과
쌈성이 업는 일을 하얏다. 그러치만 내가 쏘 말을 하겟다—그 녀자는

---

133) 아래로.

쪽쪽한 비판력과 속속드리 조심성 가득한 방법으로 지극히 간단하게 일을 하얏다. 그 녀자는 써드는 속에서 살려고 하얏다. 우리들에게는 골통이 짜쌔질 듯한 소리도 그 녀자에게는 참으로 재미로윗다. 지난날과 오늘에 그 녀자의 생활이 로맨틕한 성공의 놀나운 것이면서도 나는 그 증거를 말할려고 하지 안는다. 웨 그러냐 하면 그 녀자를 우리들이 짐작할랴면 그 녀자가 여긔와서 내 압헤 안저서 눈 한 번 깜작일 그 사이에 그 녀자의 오늘이란 하로의 묵은 터전을 헤알려 보아서 아모러한 거즛 잘난 것이 업시 이야기하는 지난날의 여러 가지를 말하는 것을 보고 이 위태로운 작란 괴로운 작란 싸부리는 작란이 그 녀자와 함쎄 드러나서 나처럼 아모러치도 안케 그 녀자와 갓가히 지나는 사람에게 보일 것만 본대도 넉넉히 알 줄 생각는다.

오늘밤 나는 아늬에스를 내 혼자가 가질 수 잇슬 듯하다. 우리들은 언제든지 그 녀자를 내것으로 만들지는 못하얏다. 무슨 권리로써 우리들에게 이 사회덕인 보배를 혼자 차지하게 될 것이랴. 엇재 집웅미테서 남이 압박을 한다면 집이라도 날려 보낼 듯한 그 폭풍우를 보존할 수 잇스랴? 웨 그러냐 하면 아늬에스는 친연스로운 얼골로써 그 녀자 주위에 야릇하게도 갑작스럽게 폭발이 되는 그 행동을 함으로 말이다. 그 녀자는 산애들을 향하야 "당신이 만일 아모 것도 안흐시랴면요 내 댁으로 차저가리다"라고 하든 대전쟁 이전 녀자들의 어리석은 것을 웃든 것이다. 엇지면 그 녀자는 귀엽게 각근한 태도로 올른지도 모른다. 그것도 역시 그 녀자 성질의 어느 모퉁이다. 더운다나 사람이 그 녀자를 자세히 보자 안는 듯해 보일 쌔에 그 녀자가 그리는 버릇이다.

내가 기대리고 잇건마는 아늬에스는 아즉도 오지 안는다. 쏜이가 이럴 째마다 나의 기대리기 지워운 것을 짐작하고 그것을 니즈라는 듯이 내 압헤다 새 수저를 밧궈주고 갓다. 나는 넛날 그림에 기다리기에 라증이 난[134] '혼인날 신부'와 비슷하다고 녀겻다. 지금은 발서 밥 먹든 손들이 차츰차츰 니러날 째이다. 서로 갓가히 드러안저서 서로서로 서로의 속으로 드러간다. 춤출 자리를 만드노라고 복판에 잇는 식탁을 엽흐로 치운다 봐이올린 타는 악사가 제 악긔 우에 제 이스발을 써드러 보이랴는 듯게 째 무든 수건을 거긔다 편다. 그러고는 나에게 사슴과 가티 거만스럽게 표본과 가튼 눈을 굼부린다. 그리다간 톄경에135) 빗초인 제 몸을 보고는 제 물에 반한 듯이 눈을 반들거린다. 한울은 아즉 밝다. 그러나 한울 구먹은 발서 밤이다. 서쪽으로 불려가는 기다란 구름이 밧부게도 것고 잇다. 나는 긔가 막혀서 지금 내 압헤는 파리가 잇다는 것도 말할 줄도 모르는 판이다. 파리와 나와의 사이에는 연붉은 꼿을 감은 마로늬 강과 아름다운 반사광선을 보이는 센느 강이 흐르고만 잇다.

"—안령하서요. 아늬에스가 아즉 오잔앗나요?"

"—폴라?"

"—그럼은요 폴씨"

"—엇재서 나 인줄을 아섯나요?"

"—아모리 보아도 당신이 두면요 의심할 것도 업시 말이얘요."

세상에 나서 처음 나는 그 녀자의 소리를 듯는 것이다. 그 녀자는 말하얏다.

"—쏘 한 사람의 자리를 준비해 두어야 해요. 오늘밤에는 『아늬에스』가 우리 둘을 대접하려는 모양이얘요. 느저질지도 모르니 자긔 오기를 기대리지 말고 진지를 잡수어달라고 그리두면요."

이리하야 아늬에스가 나와 폴라나 두 사람이다—이러케 서로 대면하게 됨을 안다면 이리로 오지 안흘 것이라고 짐작을 하고서 일부러 우리에게는 그런 눈치를 보이지 안흔 것이다. 이리 하고 그 녀자는 우리 둘만을 서로 '맛나게' 한 것이다—맛나게 한다. 그것은 사람과 사람 사이의 사고이는데 가장 아모러치도 안흔 관계이고 두 사람을 한 자리에다 갓

---

134) 싫증이 난.

135) 체경(體鏡)에.

다 두는 것에 지나지 안는 것이다. 이러하야 우리는 그 녀자가 와야만 비로소 질거워질 우리는 지금 그 녀자도 업시 이러케 마주보고 안저잇다. 이 모양으로 아늬에스는 좁은 자리에 이째썻 난호여 잇든 그 녀자의 가장 큰 재산을 그 녀자를 가장 사랑하는 줄 아는 그 두 사람을 괘로웁게 녀기게 하면서도 그래도 그 녀자의 하고 저운 것[136] 하고 접지 안흔 것을 존중히 녀겨서 그 녀자의 쯧대로 쫏는 우리 두 사람을 맛나게 해보려든 것이다. 그런 까닭으로 말하면 폴라나 내나 둘이 다—한 해 전부터 순전하고 고든 마음으로 아늬애스를 사랑하는 터이니 말이다.

폴라는 말도 업서 내 압해 안젓다. 우리는 서로서로 이러려니 생각한든 그 태도 그대로이다. 그것은 참으로 잘도 드러맛게 어울린 것이다. 『폴라』는 하얏다. 그 녀자는 그 우에다 도 힌 분을 바르는 것이다. 그 녀자의 얼골은 붉은 횡선(橫線)을 쯰은 힌 우단 평원반(平圓盤)인데 복판에서 검은 쌔로 절반을 난호아 두엇다. 쌔 쯕대기에서 쪽곳게 븨는 것은 모자이엿다. 이러케 내게 보이는 그 녀자는 아주 적은 한 부분쑨이엿다. 하지만 그것만이라도 실상인즉 여간 큰 발견이 아닐 것이다.

오랜동안 아늬에스의 간절한 게획에 쯧밧게 나온 다른 사람을 이러케도 정답고 갓갑게 잇서서 살썹지 주름까지 드려다 보이고 만저보게도 되고 손이 닷게스리 가깝게 처다보게 되리라는 것을 뉘가 오늘까지 생각이나 하얏스랴?

"—나는 몃 번이나 당신을 죽여 바릴려고 생각햇드랍니다."라고 『폴라』가 말하얏다.

"—지금 이 자리에서도 나는 당신의 죽음을 빌고 잇슴니다."

라고는 하지마는 별로 아모러케도 위태로운 것이 업슴으로 우리는 서로 웃는 수 밧게는 다른 일이 업슬 듯하얏다. 그래서 우리는 소리처 웃어야 할 것이다.

---

136) 하고 싶은 것.

이러케 사랑하는 사람씨리 맛난 것처럼 가티 친하게 밥을 먹고 잇는 우리를 우리가 보고서. 그런대 우리에게는 재미러운 맛이 업다 우리는 둘이다—점잔하고 미련하게도 정직하기 째문에 서로 마주 저안서 고개를 쌔트리고 잇슬 뿐이다. 아늬에스가 업슴으로 우리는 엇결줄 모르고 잇다. 눈에는 보이지 안는 연붉은 젓통(乳房)이 잇는 사령장관이 우리사이 잇서서 진지를 잡숫고 잇다.

뉘가 남몬저 그 녀자의 일흠을 말할 터인가?

쏜이-가 왓다. 아늬에스에게서 뎐화가 온 것이다. 그 녀자는 오늘밤에 이리로 못오는 것이다. 몸이 피곤해서 그 녀자는 잠자려고 하는 것이다. 우리는 밥 먹을 수 밧게 업다. 그러치만 이것은 대채 갑자기 니러난 일인가 쏘는 미리 계획을 다—해두엇든 일인가? 오냐 아모게든지 그 녀자를 잘 아는 우리에게는 지금 이번 일이 자기 쯧대로 성공 되엿다고 질거워하는 그 녀자의 태도가 눈으로 보이는 듯하다. 그 녀자는 이것을 너머 큰 짓이라고 할 것이다. 철모르는 보드라운 마음도 업시 폴라는 나에게 그 녀자가 나 보담도 더 오라도록 아늬에스와 알게 된 것을 말하고 래망이란 호수우흐로 돗배노리를 하든 것과 노르만듸에 꼿성한 능금나무 미테서 주고 밧는 입맛추는 그 이야기를 되씹기로써 나에게 대한 그 녀자의 우월권(優越權)을 먼첨 가지랴고 애를 켜는 셈인가? 언제와 가티 그 녀자는 자기의 사랑에 대한 계획을 설명하여서 들려주려는 것인가? 그러나 섭섭하게도 나는 아모 것도 모르는 민주주의자(民主主義者)임으로 넷글 가튼 게야 하나 존경하지 안는다. 그 녀자의 나온 코를 납작하게 해주어야겟다. 요긴한 쌔에는 나는 아늬에스가 그 녀자의 겨테서 지나든 작년 팔월 그 달을 나도 가튼 싀골 려관에서 남몰래 지나든 것까지 말해버려야겟다. 그리면서 가만이 그 녀자의 눈을 드려다보아야겟다. 그쌔는 아참마다 새벽에 아늬에스가 폴라의 별장에서 몰래 쌔저 나오든 것이다. 나는 그 녀자를 추근추근하고 어수선한 이부자리우에서

눌러문 태든 것이다. 그럼으로 나는 여자들의 포스라운137) 위로니 가스자 수염이니 하는 것은 한번 선웃음에 붓치고 도라보지도 안는다고.

폴라가 모자를 버섯슴으로 내가 짐작하든 것은 한가지도 니러나지 안코 마럿다. 그 녀자가 모자를 버섯다. 그러자 그 녀자의 압니마가 나왓다. 타-ㄱ 터진 갓가워질 온순한 압니마이엇다. 영위138) 짠사람이다. 그 녀자는 머리를 싹지 안핫다. 그 녀자의 입도 지금썻 내가 의미를 잘못 알앗든 것이다. 지금 내 압헤서 밥 먹고 잇는 사람은 '맘대로 친하게 쉬운' 부드러운 털실에 싸힌 목사님의 마음이다. 나는 오늘썻 몰랏다—우리의 비판력이 이러케도 광선의 조화로 엡브고 언짠은 것이 영위 달너지는 것인 줄은. 지금은 나는 나와 가티 씨웃씨웃하고 잇는 그 사람과 마음이 서로 어울려지고 잇다 그 사람의 심장도 여긔서 원수 갓든 그 사람의 압헤 잇게 된 고마운 늣김으로 주저를 하고 잇는 것이다. 폴라는 내가 바라든 것과 가튼 잘난 것과 못난 것을 하나도 가지지 안핫슬싸? 쌈성이가 업시 용서 잘하는 누나는 아닐싸?

이째 나는 우리와 가튼 녀자동무를 지려주어야 할례의와 그 녀자의 험담을 함으로써 가장 쉽살스럽게 쌜리 폴라와 사이가 조하지고 말고 저운139) 그 욕심의 꼭대기에 올랏다.

"—아늬에스를 재판해보릿싸?"고 내가 무럿다.

"—결석 재판이면은 아모래도 서운해요."

"—그 녀자에게 사형(私刑)을 줍시다."

"—왼갓 사람의 손에 쪽쪽이 쯧기고 말 것을 이전부터 나는 참 잘 죽는 죽음이라고 녀겻서요. 그런데 그건 아모에게나 죽을 수 업는 죽음

---

137) 호화스럽고 사치스러운.
138) 영 판이한, 영 다른.
139) 말고 싶은.

이애요. 하지만 우리의 아늬에스에게는 아모래도 꼭 드러맛는 죽음임니다요. 사형이 맛친 뒤에 모디가 귀중한 듯이 그 녀자의 살점 뭉텅이를 하나식 가지고 갈 것을 생각해보서요.”라고 폴라가 말하얏다.

“─당신은 엇던 살점을 하고저 원하심니까?”

“─여러 사람이 뒤범벅이 되얏슬 쌔는 나는 가리기도 실코 쥐이는 대로 아모대나 쓰들 것이려니해요. 그러치만 정말로 말하면 그 녀자의 손쑤락을 나는 조하함니다만 반지가 씨엿기째문에 그게 그리 쉽게 내 손에 드러올 것 갓잔슴니다요. 그러니까 나는 녀자의 입술이나 바랠까 십흠니다요.”

“그러면 우리는 그 입술을 가지기로 합시다.” 햇스나 이말은 나도 몰리 나의 입에서 흘러나온 말이다. 그와 가티 이째에 엇던 거름애가 내 눈에 써돈다 그것은 세 사람이 한쩌번에 입을 맛추는 거름애이다. 두 시실리 나라의 긔장(紀章)인 다리셋이 잇는 몸뎅이 보담도 더 보기 무엇한 삼각형 입술 씃들 만이 이웃 입술 쓰테 다을 쑨이면서 입은 부질업시 애를 켜면서 셋 아궁지처럼 불김 가튼 숨결 속에서 공긔를 마시고 잇는 입술들의 분주한 쏠…….

나는 겨오 마음을 싸러 안치고 말을 니엇다.

“─한대 그래두 말 못하는 그 녀자의 입을 참 무엇 하겟나요? 연지 속에든 말 말고 무엇이겟나요?”

우리는 피와 이상한 것쑨인 이 앨리자배트 시대 취미의 이야기는 그만 두엇다. 웨 그러냐 하면 우리의 말소리가 지금은 우리의 심장이 말하게 하얏슴으로 말이다. 처음 맛난 두 사람 사이의 말은 업서도 빗가래가 잇는 듯한 사고임 그것으로 말미암아 서로의 사이가 긴해지고[140] 말이 나면 나오는 그대로 하면서 그 자리의 심심 파적 이라는 마음에도 업는 것을 말하고 잇는 사고임이 흔히 잇는 것이다. 우리의 지금 사고임도

---

140) ‘긴해지다’는 대구방언에서는 ‘매우 중요하다’, ‘비밀스럽다’라는 의미로 사용된다.

실상 그것이엇다.

그리다가 우리는 둘이다—가튼 리유로 아늬에스를 사랑한다고 하는 것이 가장 쉬웁게 짐작한 것이다. 말하자면 사랑할 것은 아모게든지 다— 온갖 사람에게다 가티 맛보여지고 잇지 안는가? 이런 일에 생각이 된 질거움과 슯은 것을 우리는 살월 수가 업섯다. 아늬에스의 웃음과 그 녀자의 사늘한 손 그 녀자의 변덕만흔 마음—그 녀자는 진실이란 것을 사랑하든 다음에 아모에게나 진실하다고 하얏다—그 녀자가 자긔의 행동을 노래로 만들어서 노래를 부르든 버릇, 사람이 잇서도 노래에 잇는 말로써 남몰래 맛나자는 약속을 하든 것—(아이그머니나 당신에게두 그러세요?) 책칼처럼 그 녀자가 내내 쑴는 향긔 육신의 괴롬으로 말미암아 그만두지 안흘 수 업는 그 녀자의 음탕—두통—녀자에게 드믄 안온한 것을 실혀하는 마음 그 녀자의 어리ㅅ광대가튼 살림사리 그와 반대로 그 녀자의 비극 시인의 풍이 잇는 인생에 대한 짐작 그 녀자의 어린애가티 연한 살성 가튼 것들이 우리 두 사람을 아늬에스에게 매즘을 맷는 것이엇다. 그런데 그 녀자가 업슴으로 오늘밤 우리 둘은 못 박은 듯하얏다.

달은 파리의 우에서 구멍을 쑬고 잇섯다. 이상스럽지 안흔 속편한 마음이 우리 두 사람을 차지하얏다. 쑬물을 짓바른 쌀기가 다 팔럇대도 우리는 그리 서운하게 녀기지도 안핫다. 올흔 편에는 쩌진 솔개가 먹고 남긴 코릿새와 가티 보이는 쌈브의 싸스탕크 우에 크라마르의 다러나는 과실 우에 연기가 자고[141] 잇다. 왼편에는 공업덕(工業的)인 안개는 살아지고 보아·드·불로느의 숩 우로 식물성(植物性)의 놀이 쌀려 잇다. 파리의 파노라마 우에 솟사 잇는 만흔 긔념비 미틀 금언(金言) 모양으로 등불들이 다름질을 하고 잇다. 밤에 경계하려는 경관이 사이드·카—를 타고 지나간다.

---

141) '잦다'는 '꽉 끼어 있다'라는 의미를 가진 대구방언.

폴라가 그것을 가르처 보이면서

"─저 사람들은 밤에 경찰 가튼 것이 될 줄 아는 모양이지요?"라고 하얏다.

"─잠간 동안에 모든 것이 아주 간단하게 해결이 되구 빈틈 업시 다 될 줄 아는 지금 가튼 시대의 경찰이 될 것임니까. 시절이 녜전 가트면 우리 둘은 서로 싀기로 싼보면서 오늘밤에 죽이기도 하구 독약을 먹이기도 햇스리라고도 십흠니다. 그런대 우리는 지금 이러케 함께 서로 사랑의 묵어운 짐을 지고 잇슴니다. 사랑하는 사람들의 외과뎍(外科的) 인 시간을 보내기에는 아모러 한부조도 아즉 모자람니다. 보서요 엉터리 업는 맛남도 그게 한쩌번에 두 사람의 희생을 낼 경우에는 얼마나 질거운 노릇이 되는지 말입니다. 이런 새로운 우정을 말할 째는 엇던 말을 써야겟서요? 녜전부터 살든 집에 아모러치도 안케 잇는 게나 맛찬 가지로 우리는 녜전부터 잇는 그 말을 씁니다그려. 사는 것이야 별다르지마는 그러타구 새집을 새울 쩌리가[142] 업스니 말임니다. 세상 사람들에게는 눈에 보이는 드러난 일만 알쑨입지요. 그래서 누구던지 속으로는 쏘 다른 것이 잇는 줄을 모르고 잇습니다

우리는 니러섯다. 나는 폴라의 팔을 쩟다. 우리는 아늬에스를 생각고 잇섯다. 우리는 더군다나 알고 저웁게 녀겻다. 그 녀자가 사랑하는 사람이라고 우리 둘 가온대서 누구를 더 만히 사랑하는지를. 하나 겨오 마음을 바로 안친 우리의 걱정이 우리의 손 스트로 조곰 억제가 되고 싸러안게가 된 오늘밤이 우에[143] 더 그것을 놀나게 해서 조흘 것인가? 우리는 포앙·드쥬르 편으로 내려갓다. 말도 업시 우리는 자칫하면 오늘 쑨일지도 모르는 행복다운 휴전(休戰)을 맛보는 것이다. 우리는 눈에 가리는 것도 업시 서로서로의 싸홈터로 싀을려 온 것이엇다.

---

142) 어떤 근거나 이유.
143) 어찌.

「새로운 동무」

　　1925년 2월 「신여성」에 발표한 프랑스 소설가 모랑(Morand Paul)의 단편소설이다. 이상화는 1년 후인 1926년 1월에도 같은 작가의 작품 「파리의 밥」을 번안하다. 두 작품 모두 화자인 '나'가 만나는 여성인물에 대한 이야기다. 이 작품은 '폴라'와 '아니에스'라는 두 여성을 일인칭 관찰자 시점으로 그린다. 두 여성 인물에 대한 '나'의 생각과 느낌이 주를 이룬다.

3. 艶福(신문연재단편) / □ 번역 長篇

一

오 쓰랑(한 쓰랑에 日貨卅 九錢) 은화로 세음을 치르고, 그 남아지 돈을 바든「듀로아이」는 료리ㅅ점을 나왔다.

그는 천품이 튼튼한데다, 더욱이 군대 다련으로 말미암아 체격이 조핫기 쌔문에 몸을 쭉펴고 수염을 틀면서 아즉도 흥청거리고 잇는 손들을 쓰-ㄱ 훌터 보앗다. 그 눈짓은 그물과 가티 자라는 대까지는 볼 수 잇는 눈짓이엇다.

녀자들은 차즘차즘 다 그를 보앗다—녀직공 샛과, 머리는 허털어진 채, 늘 몬지 투성이인 모자을 쓰고 몸이 비틀어진 듯이 옷을 입은 중년 녀음악사와 장사하는 가장들과 가티 먹고 잇는 부인들과—이들은 다, 이 집 단골손이엇다.

밧그로 한길에서 그는 잠간 동안 어쩔가 생각해 보앗다. 오늘이 륙월 이십팔일인데 주머니에는 그믐날까지 살아나갈 돈이라곤 륙 쓰랑 사십 산팀(한 산팀에 日貨 四厘)뿐이엇다. 란취를 말고 썬너를 두 번 먹든지 그러치 안흐면 썬너를 말고 란취를 두 번 먹든지 해야 만 할 형편이엇다. 란취는 한끼에 이십슈 (한슈에 約 二錢)요 썬너는 한 끼에 삼십슈니 란취만 먹는다면 일 쓰랑 이십산팀이 남을 것이다 그러면 그 놈으로 팡 두 쪽 쑈새지 쎄르 두 병을 부르봐르에서 먹을 수 잇다고 생각하얏다. 지금 생각한 이것은 그의 가장 큰 호사이엇고 그의 가장 질거워하는 밤 재미이엇다. 이리하야 그는 노트르담 거리로 갓섯다.)

그는 군인으로 잇슬 째 긔병 군복을 입고 지금 바로 말등에서 내려온 듯이 가슴을 내밀고. 거름을 쌜리 거르며 여러 사람을 해치기도 하고 남의 엇개를 문지르기도 하얏다. 그는 해여진 모자를 한 편에 비스듬이 쓰고 발굼치로 길바닥을 굴럿다. 아모 일 업는 세상에 잇스면서도 아즉 긔병으로 잇슬 째의 용긔와 거만이 남은 듯이 길가는 사람이나, 집이나, 온시가나 무엇이니 누구니 할 것 업시들, 다 그는 멸시하는 듯 하얏다.

비록 룹십 쯔랑짜리 옷을 입엇슬망정 남달리 아름다운 몸집은 숨길 수 업섯다. 키가 얼벙도[144] 하려니와 모양도 훤출하며 곱슬 수염 틀어올린 게든지 동자가 작고도 령롱한 파란 눈이든지 제절로 쉽돌아저서 한 복판에, 갈음자가[145] 난 쌈붉은 머리라든지가 말하자면 통속소설에 잇는 색마와 다를 것이 업섯다.

파리의 바람씌가 차츰 살아지는 듯한 녀름 저녁이엇다. 아궁지처럼 더운 시가는 숨갓븐 밤에 더워 못 견듸는 듯하얏다. 수채는 화강석 터진 구멍으로 독한 냄새를 피우고 지하실 부엌에서는 긔명물[146] 썩은 초간장 냄새가 들창으로 나와서 한길에 갓득하얏다.

속옷만 입은 문직이들은 파이프를 물고 커다란 집 어구마다,[147] 마차가 다니는 문간 안에 의자를 타고 안저 잇섯다. 그리고 길가는 사람은 모자를 벗어 쥐고 맨머리로 아모 힘업시 것고 잇섯다.

듀로아이는 부르봐르에 오자마자 다시 엇쩌면 조흘가 생각하얏다. 쌍 재리재에서 불로느 가로수(街路樹) 미트로 가면서, 쌔긋한 바람이나 쐬어 볼가 하얏다. 허나 쏘 다른 욕심이, 사랑에 대한 욕심이 그를 씌을엇다.

어쩐 사랑이 생길가? 그는 알 수 업섯다. 허나 그는 벌서 석 달 동안이나 밤낮으로 기다렷섯다. 가끔, 제 이쁜 얼굴과 호긔 잇는 태도를,

---

144) '얼벙하다'는 "키가 커서 어리석어 보이다."라는 의미이다.

145) 가르마.

146) 그릇을 씻은 물.

147) 어귀마다.

몸소 고마워하면서 여긔저긔 사랑의 찌꺽지를 주어 보앗다. 그리면서도, 그는 항상 보담 더 놉고 보담 더 조흔 것을 바라고 잇섯다.

빈 주머니와 더운 피만 가진 그는 골목 어구에서 "여보셔요, 우리집으로 가티 가실테야요?" 하는 돌아다니는 계집들을 맛나면 반갑게는 녀겻스나 그는 그들을 짤하가지 못하얏다. 줄 돈이 업든 것이엇다. 그래서 다른 것—거의 갑업슬 천한 키쓰를 바라고 잇섯다.

그는 언제든지 녀자들이 모이는 곳—녀자의 무도장, 녀자가 오는 카페, 녀자가 다니는 한길을—조하하얏다. 녀자 엇개에 문질르기와 녀자를 더리고 이약이하기와 녀자를 놀려주기와 녀자들의 달큼한 향긔를 맛기와 녀자들과 갓가이 잇기를 그는 조하하얏다. 아모러튼 저의들은 녀자이나, 녀자란 사랑을 밧게스리 된 것이다. 하는 호화롭게 큰 사람이 흔히 가지는 이런 경멸하는 마음으로 녀자를 업수녀기지는 안헛다.

더위에 부댓겨 거리로 나온 뭇사람쎄의 뒤를 짤하 미들랜느를 향하고 그는 갓섯다. 가장 큰 카페에는 손님이 한길까지 쏙찻서 눈이 부시게스리 술자리를 차리고 잇섯다. 그들의 압헤 잇는 둥근 식탁에나 모난 식탁에는 붉고 누르고 푸르고 보랏빗 나는 잔들이 노혀 잇섯다 그것은 술병을 채워 노흔 맑은 빛을 서늘하게 하려는 것이엇다. 듀로아이는 목이 밧작 마른김이라 먹고 십흔 마음이 나서 그의 발자욱이 늘어지게 되엇다.

二

더운 갈증(渴症)이, 녀름밤의 그 갈증이, 그의 뒷덜미를 집헛다. 그는 싸늘한 물이, 천장으로 흘러가는 듯하얏다. 허나 오늘 저녁에, 맥주 두 잔을 먹고 나면 내일은 그, 맛나지 못한 저녁밥조차 굶을 형편이다. 그리하야 그는 그믐쎄의 가장 괴롭은 동안을 또 다시 격글 쑨이엇다.

그는 혼자 중얼거렷다. "열 점까지는 참아야 한다, 그쌔쯤 해서 아메리칸―카페로나가서 한 잔쯤 먹지, 아모리 목이 말라도." 그는 테블 엽헤 안저서 제 마음대로 목을 적시고 마시는 사람들을 한참이나 훌터보앗다. 그는 연긔를 내고, 거만한 태도로 여러 카페를 지나면서 손님들의 옷과 모양을 보아, 한 사람이 얼마씩이나 돈을 가젓슬는지를 한번 선뜻 보고, 짐작을 하면서 거러갓다. 평안히 안저 잇는, 사람들에 대한 분노가 마음속에 치밀엇다. 아마 저들 주머니 속에는 금화, 은화, 동화를 볼 수 잇슬 것이다. 적어도, 하나 압헤 두 투이(불란서 舊金貨의 이름, 이십 프랑의 갑이 잇는 金貨)씩은, 가젓슬 것이다. 카페 한 집마다에, 백 명씩은 들어 잇슬 테니, 두 투이가 백 번이면 사만 프랑이다. 그는 그들의 압흘, 점쟌케 지나치면서 '도야지'라고, 중얼거렷다. 그 중에 하나쯤, 어둔 골목에서 맛낫드라면, 그는 야전연습(野戰演習)쌔에 흔히 촌집닭과, 오리를 잡아먹든 모양으로, 족음도 주저업시, 목을 잘랏슬 것이다.

이리하야, 그는 아프리카에서, 남방(南方) 전초대(前哨隊)로, 두 해나 잇는 동안, 아라비아 사람에게서, 략탈(掠奪)하든 일이 생각되엇다. 올르말란 종족을 셋이나 죽이고, 닭 스무 마리, 염소 두 마리, 금덩이 몃 개와, 여섯 달 동안이나, 웃음�꺼리가 될 것을, 자긔와 밋 친구끼리, 난호아 가지든, 그 략탈(掠奪)을 생각하고는 잔잉하고도, 속 시원한 웃음이 그의 입술 우으로 빙글에 쩌돌앗섯다.

그 범인들은 영영 잡지 못하얏다. 그보담 더한 것은, 아라비아 사람을 군인들의 몃기밥으로[148] 아는 듯이, 수색조차 하지도 안핫든 그것이엇다.

파리에서는, 그리 못할 다른 것이 잇섯다. 아모든지 관리에게 들키지 안케스리, 허리에 총칼을 차고서, 략탈을 할 수 업는 곳이엇다. 듀로아이는 쌔앗은 나라에서, 제 욕심대로, 방탕된 준사관(準士官)의 온갖 본능(本能)을 마음에 늣겻다. 그는 참으로 아라비아 사막에서, 지내든 잇해

─────────────────────────

148) 미끼 밥, 미끼.

동안을 그리워하얏다. 무슨 운명이, 그를 거긔 잇게스리 안핫든가. 허나, 그째 그는 고국으로 돌아오며, 더 조흔 일이 잇스려니 바랏섯다. 그러나 지금은—아! 그럼, 지금도 썩 조치 안흔가?

그는 입천정이 밧삭 마른지 알아보려고, 혀를 썰썰차 보앗다.

뭇사람은 찬찬히, 그의 겨틀 지나갓섯다. 그는 아즉도 생각하면서, "이 개 돼지들—이 병신 가튼 놈들은, 호주머니ㅅ속에, 다 돈을 가젓슬테지"라고, 여러 사람을 대질르고, 속 편한 소리를 남몰리 회파람질하얏다. 그의 팔굼치에 대질린 산아이는 돌아보고 중얼중얼하며, 녀자들은 "어찌 저러케도 부랑스러울가!" 하얏다.

그는 보르뷔르 극장을 지내서 아메리칸 카페 압헤까지 왓슬 째 목이 못 견디리만큼 마르기에, 한 잔 먹을까 하고 거름을 멈 다. 그는 작정하기 전에, 전긔 시계를 치어다 보앗다. 시간은, 아홉 점 십오 분이 지낫섯다. 그는 눈 압헤 맥주ㅅ잔이 노혓기만 하면, 단숨에 들이켜 버릴 것을 잘 알앗다. 그러면, 열한 점까지는 무엇을 할고?

그는 지나왓다. "미들랜까지 가자, 갓다가, 쏘 찬찬이 돌아오지" 하얏다.

그가 로페라 모통이에 니르자마자, 건장한 젊은 사람과, 마주 지나첫다. 그 얼골은, 어대선지, 낫익은 듯한 생각이 낫섯다. 여러 가지, 녜전 긔억을 생각하면서 "대체, 이 친구를 어대서 내가 알앗든가?" 하고, 제법 큰소리로 혼자 중얼거리며, 그 사람의 뒤를 딸하갓섯다.

아모리 생각해보앗서도, 생각이 나지 안핫다. 그리다가, 갑작이 이상한 긔억이 나자마자, 눈 압헤, 더 야위엇섯고, 더 젊엇슬 째, 긔병 군복을 입은, 그 사람의 태도가 보엿다. 그는 큰소리로 "무엇, 쏘레스틔애로군!"이라고 부르지즈며, 갓가이 가서, 그 사람의 엇개를 첫다. 그는 돌아서서 듀로아이를 보고 "웨 그리십니까?" 하얏다.

듀로아이는 너털웃음을 우스며 "자네 날 모르겟나?" 하얏다.

"몰르겟소"

"긔병 륙련대에 잇든 듀로아이일세."

쏘레스틔애는 손을 내밀면서

"무엇, 자넨가. 그동안 잘 잇섯나?"

"아모일 업섯네, 자네는?"

"응, 그리 신통챤네! 생각해 보게, 나는 지금 가슴에 멍이들다십히 되엇네. 사 년 전 파리에 오든 해 부르봐르에서 어든 감긔로 일년 여섯달 은 기침을 쏙 하네 그려"

〈이하 생략〉

「염복」

　　모파상의 장편 「벨 아미(Bel Ami)」(1885)의 번역 작품이다. 1925년 7월 4일 「시대일보」에 처음 연재될 때에는 번역하였는데, 그 이후에는 독자에 게 이해의 편의를 주기 위해 번안으로 바꾸었다. 가난한 철도국원인 주인공 '듀로아이'는 타고난 미모와 재치로써 사교계의 총아가 되어 여성의 인기를 독차지한다. 이 과정에서 주인공은 모든 수단과 방법을 동원하여 출세의 길을 달린다. 프랑스 제2공화국 시대 부르주아 사회의 타락상을 권세를 추 종하는 한 사람의 냉혈함을 통해 리얼하게 형상화한 작품이다. 당시 파리의 풍속과 문란한 남녀 관계를 객관적인 관점에서 선명하게 부각시켜 많은 독자를 확보했다고 한다.

□『新女性』1926년 1월호

4. 「파리」의 밤

― 폴·모랑 作

구주대전 이후 어느 나라 할 것 업시 형락적 퇴패적이든 것을 새로운 '감각적 론리'로 쓴 "밤이 열리도다" 하는 소래 속에서 그쌔 푸란스의 사회상을 보인 「륙 일 경주의 밤」이란 한 핀 가온데서 한 구절을 번역한 것이외다.

표현하는 형식이나 기교가 다름으로 처음 보는 이에게는 이상할 줄로 암니다. 그리고 이 제명은 역자의 자작입니다.

李相和

발서 사흘 동안이나 밤마다 그 녀자가 거긔에 왓다. 그 녀자에게는 다리고 오는 사람이 업섯다. 춤출 째 말고는 언제든지 혼자 쑨이엇다. 춤은 하나도 쌔지지 안코 남과 가티 다―추엇다. 춤 가리키는 선생이나 녀자들이 그 녀자와 가티 추엇다. 다른 산애들이 가티 추자고 소청을 하면 그 녀자는 쏙 거절을 하얏다. 내가 이리로 왓서 잇는 것은 그 녀자를 맛나려 온 거라고 그 녀자는 알고 잇스면서도 그래도 그 녀자는 나를 거절하든 것이엇다.

내가 마음이 쓰을리게 된 것은 그 녀자의 우윳빗 가튼 등심살도 아니고 그 녀자의 검은 비가 오듯이―검은 구슬이 얼린거리든―그 옷도 아니고 귀찬스럽게도 왼몸에 오지조지 발린 호박 가튼 그 싸위 보석도 아니고 귀초리에 데여달린 호박 귀고리와 가튼 그 녀자의 갈죽하게 씨저진 그 눈 째문에도 아니엇다. 나는 차라리 그 녀자의 팡파지럼한 코와 압흐로 불숙 내민 그 녀자의 가슴과 가을 포도 입사귀처름 노릿노릿한 빗가래가 잇서 보이는 유태ㅅ 사람과 가튼 그 녀자의 아름다운 얼골빗과 엇전지 싸닭이잇서 보이는 그 녀자의 사람을 호리지 안는 그 행동에 마음이 쓰을렷든 것이엇다. 그리고 쏘 밤마다 반다지 두어 번 식은 그 녀자가 자리를 써낫서 화장실로 가거나 뎐화하려 가는 것을 보고서 나의 호긔심이 차차 사뭇치게 된 것이엇다.

그 녀자는 제가 먹은 음식갑슬 제가 치럿다. 그러나 쏀이에게는 한 푼도 주지 안헛다. 그 녀자는 단술이나 쓴술이나 다—마섯다. 사흘ㅅ잰가 되는 오늘밤 자정에서 두 시까지 동안에 그 녀자는 쎔판느를 두 잔 아늬쎗드를 여섯잔 코냑크를 한 병 마신 것이엇다. 이수시게와 호도 갑슨 밧지 안는 것이엇다.

그 녀자가 쏘 뎐화를 걸려고 니러섯다. 나도 그 녀자의 뒤를 싸러가 보앗다.

뢰아애요. 맛쥰 우유가 잇서요? 돌앗서요? 역구리가 결리든 것은 이젠 결리잔 아요? 잡수섯서요? 응……? 긔계로요?』

랏샐 분가루와 남몰리 맛나기와 코카인과 쌕서진 인형과 보리집회기와 꼿입사귀 가튼 것으로 믈끠도 업시 지저분한 그 화장실에서 우리 두 사람이 아주 더 서로 알게 되얏다. 그 녀자는 석경149) 속의 입설에 입을 맛츈 듯이나 닥아섯서는 람프 압헤서 제 몸을 드려다 보고 잇섯다. 그 녀자의 숨결이 석경 우에 구름처럼 쓴 우에다 나는 심장의 형상을 그리엇다. 그 녀자는 엇게를 소스라첫다.

그 녀자는 은빗 가튼 지나 관리가 탑압헤섯서 생각고 잇는 듯한 문에150) 잇는 바지를 입엇든 것이엇다. 그 녀자의 가슴 우에 이런 문애가 여러 층으로 여긔저긔 잇는 그 탑문을 낫낫치 손쑤락으로 눌르면서 나는 무러보앗다.

"셋ㅅ방이 업슬넌지요?"

---

149) 거울 곧 石鏡.
150) 무늬.

그 녀자는 전례(篆書)로 쓴 글자처름 앵도라지면서[151]

"—무슨 소리를 하세요?"

방직이로 잇든 할멈이 걸려 잇는 외투에 닥든 손을 쎄고서 우리 편으로 도라보다가는 나를 생각는 듯이 사화를 식혓다.

"—엇재 당신은 점잔은 량반가티 보이기는 하는대 그건 내가 술이 취햇서 그래 뵈는 게로구면요."라고 뢰아가 말하얏다.

발콘 란간에 기대여보니 검둥이 음악대가 힌 옷을 입고서 학질든 놈처름 몸을 썰면서 쏄을 불눅이면서 악긔를 울리고 잇섯다. 꼽으러진[152] 꼿 가튼 구리쇠 가등(街燈)이 공장도 굴쑥도 업는 대신에 시(詩)가 넘치는 쪼각 구름을 씌운 센느 강 두던의 뒤ㅅ경치를 빗초이고 잇섯다. 춤추는 방안에서는 춤추는 사람들이 밀어 붓치고 쓸어당기노라 발짓을 놀리엇다. 거긔서는 고기국 냄새와 썩은 게란 냄새와 겨드랑이 냄새와 향수 "오래잔아 그 날이 올 것이다" 이 냄새가 써오고 잇섯다.

"—당신 댁이 어데신가요? 나는 그만 영위 엇잘 줄을[153] 모르게 되엿습니다"고 내가 말하얏다.

"—롱담이심니까 그러찬으면 참말로 반해섯나요?"

"—언제든지 두 가지다—입지요"

이리자 그 녀자가 말하얏다.

"—어데선가 쏘 한번 당신을 본 듯한 생각이 듭니다요."

"—당신은 내 누의야 업서선 안될 누의야."라고 그 녀자의 옷자락에 입을 맛초면서 내가 말한 것이다 그 녀자의 눈에 내가 상판 두텁고 야비하게 녀길 쌈성이 업는 산애 가티 보엿서 그 녀자는 핑게를 하얏다.

"—당신은 퍽 급작스런 량반이오구려."

---

151) 획 돌아서면서.

152) 굽혀진.

153) 어찌할 줄을.

"─그리 급작하지도 못함니다마는 나는 무슨 일을 할 째라두 닥치는 대로 급히 서들다간 필경 헛일을 하고 맘니다. 그래두 쏘쑤물쑤물 한다면 쏙 그만 염증이 생긴 것을 내가 알고 잇스니까요."

"─이젠 발서 두 점임지요 나는 이 자리를 써나갈 시간임니다."

"─가기 전에 웨 당신은 각금 나갓든 것을 들려주시지요. 그걸 옛서 두 팜니까?" (그것은「코카인」)

그 녀자는 써러트린 게란과 가튼 둥근 눈을 쓰고서

"─사람을 쏙쏙이 보고 말슴을 하세요. 나는 죄인이 될 만한 짓은 안슴니다요."

"─그러면 무엇하려 나가섯서요?"

"─일하고 잇는 우리집 밧긋량반 소식을 무를랴고 그랫지요."

"─당신의 됴흔 사람은154) 뭘 하는가요?"

"─선수얘요……'륙일 경주'의 선수얘요……"

"─엿새 동안을 다름박질한담니다. 당신은 푸틔마류의 소문을 못 드리섯서요? 엇지면 그러시우!" 라고 하자 그 녀자는 몸을 획틀면서 힌 톡기털로 만든 외투에 몸을 드르륵 마럿다.

"─오늘 밤은 마부를 보내바렷슴니다. 탁시를 한 채 불러주시지요. 가기는 그룬내르까지라구요."

획 굽으러진 센느 강가를 씨고서 자동차 발동긔가155) 밋친 염통과 가티 구럿다.

쿠르 라 랜느의 등불은 연분홍 진주를 짓쌕려둔 듯이 보엿다. 린(燐) 불빗 가튼 하수도의 물기침하는 듯한 그 소리. 나는 가진 수작을 붓처서 샨 드 마르스쯤 가서는 바른 토정을156) 해보려고 하얏다. 발서 풋나물

---

154) 배우자.

155) 자동차 바퀴가.

156) 구토(嘔吐).

파는 저자로 가는 뱃차157)짐이 다닌다.

　　나는 말했다

　　"—나는 마차가 됴화요. 오늘밤도 우리가 마차를 탓드면 합니다. 그랫서 그 속에서 몃칠이든지 그 마차 등잔이나 창문이나 고무 수래박휘 가튼 것을 연구까지 다— 보도록 타보앗드면 됴흘 것이엇서요. 더우다나 마차를 탄대두 유르뱅의 집마차들 창에 잇는 그 휘장은 들창반까지 박게 더 내려오지 안는 것 기운 쌔진 망아지처름 비틀비틀하면서 남의 말과 맛부듸치는 것도 파리가 뒤로 멀리 차츰 싸무러지는 것을 바라보면서 부질업서질 사랑하는 이끼리 서로 질길 째에는 그래도 괴로움이 되지 안흘 것……그런 여러 가지는 알아두어야 합니다."

　　그룬내르다. 쇠다리미테서 물이 썩거저 싸히고 잇다. 애인과 가티 볼 그란간에는 붉은 람프 장사하는 이들이 볼 그란간에는 푸른 람프 십사 프랑 이십오 산틤.

　　나는 걱정을 하얏서

　　"—당신 댁은 파리에 잇잔슴니싸?"

　　"—엇잔 헛소리 만하세요. 뉘가 내집 이야기를 하든가요? 나는 지금 두시에 잇는 현상경주(懸賞競走)를 보려고 동긔자전거(冬期自轉車) 경쟁장으로 가는 길임니다."

---

157) 배추.

「파리의 밤」

    소설가 모랑(Morand Paul)의 소설집에 수록된 작품 「육일 경주의 밤」이란 가운데 한 부분을 번역한 것으로 「파리의 밤」이란 제목은 번역자 이상화가 붙인 것이다. 화자인 '나'는 파리의 어느 무도장에서 아름답고 독특한 행동을 보이는 '뢰나'라는 여자에 끌리어 그 여자를 관찰하고 만나 대화를 나눈다. 작품 일부를 번역한 것이어서 완결된 이야기가 없이 여성 인물의 성격을 부각하는 데 집중되고 있다. 모랑은 세계 제1차 대전 후의 파리의 퇴폐적인 사회상을 감각적으로 재치 있게 묘사한 작가로 널리 알려졌다. 감각적이고 서정적인 문장은 세계적으로 주목받았다. 이태준의 『문장강화』에서도 "불란서 문단에서 가장 비전통적 문장으로 비난을 받는" 작가로 소개된 바 있다.

□『開闢』 71호, 1926년 7월

5. 死刑밧는 女子

― (西班牙)브라스코·이바늬에스

한 해 두 달 동안이나 라빠에르는 좁은 옥방에서 사러왓다.

그는 해골 빗가래와 가튼 네모진 벽으로 세상을 삼엇기 째문에 그 벽마다에 틈이 진 데와 으스러진 자라까지도 눈에 보이는 듯이 알고 잇섯다. 손바닥 맛한 푸른 한울을 가로 모로 얽어맨 쇠살창이 잇는 조고마한 놉흔 들창이 그의 해이엇다. 한 간이 되락마락한 그 방에서도 그가 몸을 움작이기는 반간어럼이 겨오될 섇이엇다. 웨 그러냐 하면 갑작이도 요란한 쇠사실 소리가 나면서 그 쇠사실 끗헤 달린 쇠고리가 그의 발목을 움켜쥐어서 복사쌔를 파먹는 듯이 압흔 까닭이엇다.

그는 '사형선고'를 밧고 잇섯다. 그의 재판에 대한 모든 서류가 맨 마조막 검사를 맛칠 그 동안 그는 거긔서 산송창이 된 대로 한 달 쏘 한 달을 보내고 온 것이엇다. 그래서 넉시 아즉도 써나지 못한 송장과 가티 옷칠한 널 속에서 썩어지면서 차라리 단번에 못할 노릇으로도 참아 못할 이 노릇을 집어치웟스면—하듯이 목이 잘러 매일 그째가 빨리 와서 다—한꺼번에 씃장을 내여주기를 그지업게 녀기리만치 기대렷다.

그가 가장 마음 괴롭게 녀기는 것은 '깨씃'한 것이엇다. 누진 기운이158) 돗자리를 내서 그의 쌔곡까지 씀여들 듯이 날마다 쓱 쓸고 닥고 하는 마루바닥이엇다. 몬지 한아 안저 보지도 못하게 되는 그런 벽들이엇다. '추졉은 것'과는 사괴여 보지도 못할 만큼 죄수에게는 '금령'을 내려둔 것이엇다. 참으로 외롭다. 만일 거긔 쥐 한 마리가 나오면 그는

---

158) 눅눅하거나 더러운 기운.

적은 밥일망뎡 논하 먹고 조흔 동무와 가티 니야기를 한다. 또 만일에 어느 구석에서 거미 색기라도 보인다면 그는 먹여주기 버릇으로써 스사로 위로를 한다.

그 무덤 속에서는 한갈 가튼[159] 그 생활박게 다른 생활이 드러오지는 못하게 되엇다. 엇던날—아 라쌰에르는 얼마동안이나 그것을 니저바리지도 못하얏슬까—참새 한 마리가 짜부르는 어린애와 가티 놉흔 들창에서 엿보고 잇섯다. 해빗과 한울의 작란 구력이는 쌍밋헤 누러케 야윈이 가엽슨 즘생이 한녀름이란대도 머리에다 수건을 두르고 다 날근 담뇨쪽으로 허리를 감으면서 치워 써는 것을 보고 야릇하게 녀긴다는 것을 보이는 듯이 재재굴거리고 잇섯다.

그 새는 짓십어 노흔 됴희와 가티 피스기 업시 하야케 광대뼈가 드러난 그 얼골에 놀나기도 하고 쏘는 ‘야만’가티박게 안 보이는 그 차림에 두려운 마음이 나서 들창으로 넘어나오는 무덤 냄새와 썩은 털 냄새를 피해가는 듯이 드대여 나래를 치고 날러가 버렷다.

그의 귀속으로 드러오는 단 한 가지 소리는 감방으로 도라가는 죄수들이 감옥 마당을 지나가는 것이엇다. 그들은 아모러테도 머리 우의 넓디 넓은 한울을 보고 잇섯다. 바람을 쏘인 대도 들창에서 드러오는 그 바람이 아니엇다. 두 다리도 자유롭고 쏘는 가티 귀속질할 만한 그 사람조차 업는 것이 아니엇다. 사람의 세상에 ‘불행’하다는 것은 그 가온데서도 층게와 분별을 가지고 잇섯다. 언제든지 사람을 써나지 안는 ‘불만’이란 것이 라쌰에르에게 늑기어젓다. 그러타 나는 마당으로 도라다니는 사람들을 부려워해서 그런 경우를 가장 갓고저운 듯이 생각하고 잇스나 옥안에 잇는 이들은 다 박게 사람을—말하자면 제 맘대로 사는 그 사람들을 부려워하고 쏘 지금 거리 우로 다니는 사람들도 아마 제 팔자에 만족하지 안코 엇던 가지 가지의 욕심으로 애를 쓰고 잇슬 것이 아닌

---

159) 한결같은.

가!………'자유'란 것은 참으로 참말 거륵한 것인대 말이지 엇잿든 한 번쯤은 여긔 드러와 보는 게 좃타!

그는 '불행'의 매―ㄴ 씰지에서 제 몸을 보앗다. 엇던 발악이 날쌔는 마루 바닥을 파재치고 도망질을 해보려고도 하엿다. 그러나 직히는 눈은 빈틈이 업시 덜미를 집듯이 그를 내려눌럿다. 그가 노래를 부르면 써들지 마라고 호령을 한다. 넛날 어머니에게서 귀동령한 쎔쎔이 아는 그 긔도를 코소리로 외어 보아서 그것으로나마 위로를 하려고 하면 그것조차 입을 다물게 한다.

―이게 웨 이래 밋친 체―해 보려고? 씀싹도 말구 죽은 듯이 잇서―

'사형집행자'가 얼마 남지 안흔 그의 몸에 손을 대지 안케스리 그가 마음과 몸을 바로 가지기가 가장 소원이엿다.

아 밋치광이! 그는 그러케 되기를 참으로 실어하엿다. 그러나 씀작이지 못한 것과 왕모래 가튼 밥이 그를 샹하고야 마럿다. 그는 밋친 생각이 가위눌리 듯하엿다. 밤이 되면 한 해 두 달을 지나왓서도 아즉 길드리지 안흔 등불에 기가 막혀서 눈을 감을 쌔 그의 원수―누구라고는 말할 수 업스나 그를 죽이랴고 하는 모든 인간들―이 그의 잠드는 것을 엿보아 그의 창자를 뒤집는다―는 웃스꽝스런 생각으로 무써운 증이 들게 하엿다. 창자가 씨어지는 듯이 압흔 것은 꼭 그 쌔문이라고만 하엿다.

나제는 언제든지 자긔의 지난 일을 생각하고 잇섯다. 그러나 '긔역'이 너머도 어수선해서 꼭 다른 사람의 경력을 듯고 잇는 듯하얏다.

그는 엇던 사람을 쑤다린 그 까닭으로 처음 죄수가 되엿다가 궁벽한 골짝에 잇는 적은 자긔의 고향으로 도라왓슬 쌔에ㅅ일을 생각해 보앗다. 그의 일흠은 이웃 동내 갓가운 마을에 써돌게 되야 길거리 술집에 모히는 이들은 입에 침이 마르도록 그의 이약기를 하엿다.

―정말 담큰 놈이야 라빠에르가!―

그 마음에 가장 니야기꺼리엿든 그 처녀가 사랑이란 것보다도 두려운 마음과 까닭도 업시 섬기고 십흔 그 생각으로 그의 안해가 되려고 결심하엿다. 그 마음에서 남달리 대접한다는 그런 사람들은 그 마을 경관의 총을 그에게 주면서 비위를 맞추고 그의 억센 용맹을 칭찬하여서 이다음 '선거'할 쌔에 힘을 빌리려고 하엿다. 그는 아모러치도안케 그 근방을 쥘락펼락하엿다. '반대자'를 곳 세력이 업서진 그 '반대자'를 손도 발도 내보지도 못하게 하엿다. 그리자 드대여 그들도 견대다 못해서 감옥에서 갓 나온 엇던 싸홈꾼을 청해와서 라싸에르와 마주서게 하엿다.

─제-기! 이 장사로 못처름 어든 일흠이다. 자칫하다간 이 노릇도 못 해먹게 되겟슨. 남의 밥을 쌔서 먹으려고 주제넘게 나온 자식 한번 혼쓸을 내주어야겟네─

이래서 필경에야 잇고말 결과란 것이 숨어잇기와, 겨냥한 총질과, 소리를 지르거나, 발버둥질조차 못하게스리 총자루로 냅다갈겨 '박살'이 되엿다.

말하자면 그것은……산애의 할 일이엇다! 그래서 마즈막 닷는 곳은 오래감만에 보게 되는 동무가 만흔 감옥과 그쌔까지 그를 무써워하든 놈들이 그에게 리롭지 못할 증거를 대여 그날까지 죽도 못대본 그 분푸리가 된 '재판'과 놀나운 '판결'과 오래지 안허서 죽음이 오려니─기대리는 지긋지긋한 그동안이 한 해와 두 달이 된 것이다. 그에게로 올 죽음은 이러케 오래도록 쓰으는 것을 보면 아마도 '우차'를 타고 오는 듯하다.

그는 용긔가 업든 것이 아니다. 그는 싸ㅇ보르테-라나 협객 쯔렁시스코애스태팡이나 도라다니는 노래까지 된 그 '공명'을 그가 언제든지 듯고 잇는 그 위엄스런 사람들과 비겨볼 쌔에 엇던 변이 잇서도 두려워하지 안튼 자긔의 담력도 그들보다 못하지 안흔 것을 스사로 알기도 할 쑨 안이라 밋기도 하엿다.

그러나 잇다금 그는 야밤에 눈에 안보이는 용수철에 퉁겨진 듯이 자리에서 벌덕 니러나 발목에 달린 쇠사실이 요란하게도 썰거럭 썰거럭 하엿다.

그는 어린애 가티 울부짓고 갑작이 뉘우치면서 쓸데업는 그 쌔위 소리를 내지 안흐려고 하엿다. 그것은 그의 마음에게 부르짓는 다른 사람이엇다. 그가 지금까지 모르든—아모 것에나 두려워하고 아모것에나 울기 잘하는 다른 사람—제비콩과 무화과를 다려서 감옥의 카ᅄ라는 쓰거운 그것을 대여섯 잔을 먹어도 잘 싸러안지 안는—다른 사람이엇다.

쌜리 싯장을 내고십허 죽음을 원하든 그 라ᅄ에르로 보아서는 이제야 다맛 그 껍대기밧게 남지 안헛다 그 무덤 속에서 새로 만들려진 라ᅄ에르는 한 해와 두 달이 발서 지나가서 필경에는 마조막이 갓가워 오는 것을 생각하고 무서워 썰엇다. 그런 비참한 속에서 쏘 한 해 두 달을 지내라고 한 째도 오히려 반갑게 허락을 할 것이엇다.

그는 걱정으로 못견댈 판이엇다. ‘불행’이란 것이 곳 갓가워짐을 짐작하고 잇섯다. 어데를 보든지 그것쑨이엇다. 드나듯는 문에 쭐려 잇는 적은 들창으로 엿보는 점잔은 이의 얼골에도 감옥의 ‘목사’ 태도에도 그것을 볼 쑨이엇다. ‘목사’는 이즘 씨는 듯이 더운 그 옥방을 사람과 니야기하기에 가장 조흔 데로—담배를 한 개 태우기도 제일 조흔 데로 아는 듯이 날마다 점심 째가지내서 쏙쏙 들느든 것이다. 몹쓸 놈! 텬하에 몹쓸 놈!

그런대 이 ‘심문’이 그를 가장 편치 안케 하는 것이엇다. 웨 그는 올흔 긔독교도 인가? 아닌가 물론임니다 ‘목사’님. 그는 ‘목사’를 거룩하게 녀겻다. 손톱에 무든 째만큼도 그들을 업수히 녀긴 적이 업섯다. 그의 집안으로 말하여도 한아 나물헐 것이 업섯다. 왼 집안이 다 — 올흔 ‘교의’를 위해서 싸호기도 하엿다. 말이야 그러치만 그 마을 ‘목사’님이 그러케 하라고 식혓기 째문이엇다. 이런 대답을 하면서도 그는 자긔가 ‘신자인’ 것을 증명하려고 다해진 가슴을 재치고 째투성이 된 애스카푸라리오(聖布片)와 매다리아(聖徽章)을 한주먹에 집어 내엇다.

그러면 ‘목사’는 그에게 「예-쓰」의 니야기를 하엿다. 예시쓰는 한우님의 아달이면서도 그와 가튼 경우에 쌔젓든 것을 말하엿다. 이 비교는 불상한 반귀신을 감동식 햇다.

— 무엇이라구 엿주어야……거저 황송합니다…… —

이러케 비슷한 것을 질거워는 하엿지마는 그는 될 수 잇는 대로 늦게 되기를 비러섯다.

그리자 어느 날 벼락과 가티 그의 머리우로 무써운 말이 울려왓다. 마조막으로 한다든 그 검사가 스티 난 것이다. 이래서 죽음은 가장 쌔르게스리 '뎐보'로 오려고 하엿다.

엇던 '간수'에게 그의 안해가 그가 이리로 드러온 뒤에 나흔 어린 쌀을 안고 감옥 압흘 헤메이면서 그를 맛나고저워[160] 하드라—는 말을 듯자 그만 그는 의심을 하지도 안헛다. 제가 그 촌에서 예까지 쪼차왓다면 그건 일이 다된 것을 말하는 것이엇다.

그는 '특사'를 청해 보라—는 말을 드럿다. 이래서 모든 '불행'한 사람들의 마조막 이 소망에 밋친 사람처름 달라부텃다. 다른 사람들은 그러케 된 사람도 잇지 안는가. 그도 엇지 못할 사람이 어데 잇슬까. 더운다나 그의 목숨을 살린다는 것이 어질고 착하신 마리아크리스치나(西班牙國王 알·쫀소 十三世의 母王으로 一八八五年부터 一九〇二年까지 攝政하엿다)에게 무슨 수고로움이 될 것이랴. 거저 '도장' 한아만 찍는 것쑨 안인가.

그는 '우연'이나 쏘는 '의무'로 그를 차저오는 사람—'매장업자' '변호사' '목사' '신문긔자'—들에게 그들은 그를 살릴 수 잇다는 듯이 썰면서 절하는 듯이 굽흐려 무럿다.

—엇더켓서요? 찍어주실 듯하오 애?—

그는 이튼날에 '도수장'으로 넘기는 황소와 가티 묵겨서 싀을려 고향으로 보낼 것이엇다. 거긔서는 '사형 집행자'가 준비를 해두고 기대리고 잇는 것이다. 그리다가 감옥문을 나설 쌔에 그를 맛나려고 언제라도 언제라도 그의 안해가 기대리고 잇다. 검은 얼골에 입설은 두텁고 눈섭은 지튼 아즉 채 젊은 녀자로 쏘쟁이도 입지 안코 너틀너틀하는 치마자

---

160) 만나고 싶어.

락이 마구ᄉ간의 집풀과 가티 쿡— 찌르는 그런 냄새를 쑴는 듯하엿다.

그 녀자는 자긔가 거긔에 잇는 것을 놀난 듯하엿다. 그 둥글고도 멀쑹한 눈에는 괴로움보다도 얼쌔진 듯이 보엿다. 그리다가 그 녀자는 커다란 젓통이에 매여달린 어린애를 드려다 보고 비로소 두어ᄉ방울의 눈물을 흘리엿다.

—아 한우님! 어미와 이자식이 남붓그러 엇재 살우! 제가 이럴 줄이야 몰낫구려 어린 이것이나 업섯드면요!—

'목사'는 그 녀자에게 위로하려고 하엿다.

—단렴을 하는 것이 가장 조흔 일이오. 과수가 된다면 당신을 더 복스럽게 해줄 그런 사람을 웅—새로 맛나면 그만입지요—

이 소리를 듯자 그 녀자는 자긔의 쌈 업는 것을 쌔치는 듯하엿다. 그래서 자긔가 처음으로 생각하든 그 사람 말까지 해버렷다. 그는 착한 젊은이로 라ᅄ에르가 무서워서 손을 내밀지는 못하지마는 이즘에도 마음에서나 들ᄭᅡ에서 그 녀자를 보고는 무엇이라고 말하고저운 눈치를 보이든 것 갓헛다.

그러나 그 녀자는 '목사'와 문직이들의 질색을 하는 듯한 눈치를 알자 아조 시침이을 쎄고 흘리기 어려운 눈물을 다시 쏘 쌋다.

해저믈 째 '통지'가 왓다. 확실한 허락이 잇섯든 것이다. 그 어툰—라ᅄ에르의 생각에는 영원한 한우님이 절마다 잇는 금침과 단장을 온 몸에 감고 잇는 그것을 그려보앗다—은 온 데서 오는 '뎐보'와 '소지'를 보고는 '뎡죄'를 하엿거나 '선고'를 하엿거나 죄수의 목숨을 살려주시게스리 마련한 것이엇다

'특사'는 감옥 안에 잇는 여러 천마리 귀신이 쩌드는 것가티 만드럿다. 쏙 죄수를 낫나치 '무죄방송'이나 된 듯이

—자 얼마나 질거웁소—라고 문ᄭ안에서 '목사'가 특사된 죄수의 안해에게 말을 하엿다.—이제 당신 가장되는 이는 '사형' 아니오 그리고 당신도 과수가 안 되게 되엿구려—

젊은 녀자는 머리 속에서 현긔ㅅ증이 날 만큼이나 이 생각 저 생각이 싸호는 듯이 아모 말이 업섯다.

—그래요 조치요—라고 겨오 쳔연스럽게 말하엿다—그러면 언제나 나온대요?—

—무얼! 나오다니?……정신 업는 소리 마로. 나오는 게 다—뭐야 목숨만 산 것도 고맙게나 녀기오. 언제 아쯔리카로나 귀양을 갈지 모르나 나히 젊어 몸이 튼튼하니까 괜찬아 아즉도 이 십년이야 더 못 살라구—

처음으로 녀자는 참마음에서 울엇다. 그러나 이것은 설어워 우는 울음이 아니고 소망이 슫허진 울음, 엇절 줄 모르는 밋친 울음이엇다.

—자 이럴게 아니오—라고 '목사'는 귀찬케 말하엿다— 이것이야말로 한우님을 시험해 보는 것이란 말이오. 아시겟소. 당신의 가장은 목숨이 살지 안핫소 모르것소? 이제는 '사형'을 안 바더도 좃탄 말이요.……그런데도 당신 마음에는 흡족하지 못하오?—

녀자는 눈물을 그첫다. 그 눈이 반들거리면서 미워한다는 쯧을 내여 보엿다.

—그래요 조치요 저 사람을 살려두기만 해줍쇼……나도 조와는 한다오 그러치만 저 사람이 살기만하면 나는 엇지란 말이요?……

그리고 한참동안 잇다가 빗 검고 피쓸는 즘승내 나는 그 몸둥아리를 부르를 썰면서 고함소리로 이러케 말하엿다.

—이러구 보면은 '사형'을 밧기는 나로구료! 내가 사형을 바든 셈이로구료오 맙시샤—

— 尙火譯 —

「사형받는 여자」

　스페인 작가 블라스코 이바녜스(Blasco Ibanez. V.1867~1928)의 작품을 번안한 것이다. 세계 제1차 대전을 다룬 작품을 명성을 얻고 작가이다. 사형수 라파에르는 사형선고를 받고 집행을 기다리고 있다. 아내와 어린 딸을 만난 후 목사의 주선으로 특사를 청한다. 청이 받아들여져 그는 사형을 면하고 20년간 아프리카 귀양살이로 가게 된다. 이 소식을 들은 그의 아내는 울부짖으면서 말한다. 남편은 사형에서 귀양살이로 바뀌었지만, 자신은 남편과 평생을 헤어져 살아야 하니 사형을 받은 것이나 다름없다고. 결미에서 사랑의 절실함이 잘 표현된 작품이다. 이상화는 두 편의 창작소설에서는 경향성을 부분적으로 드러냈다면, 번안소설에서는 사랑을 주제로 한 여성취향적인 것에 관심을 보였다. 그가 도일하여 2년여간 불문학을 공부하면서 이러한 유럽 작가의 작품을 접했고, 그것이 계기가 되어 작품을 번안했던 것으로 추정된다.

4. 수필 및 기타 산문

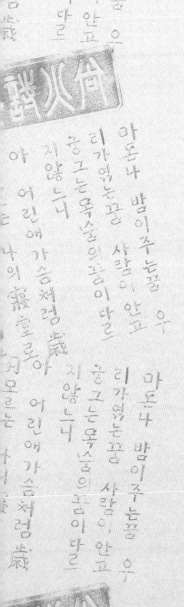

□ 『開闢』 57호, 1925년 3월

1. 出家者의 遺書

"Alass! I can not stay in the house
And home has become no home to me……"

— R. Togore —

나가자! 집을 써낫서 내가 나가자! 내 몸과 내 마음아 쌜리 나가자.
오늘까지 나의 *存在*를 支保하여 준 고마운 恩惠만 샤례해 두고 나의
生存을 비롯하려 집을 써나고 말자. 自足心으로 만흔 罪를 지엇고 彌縫
性으로 내 良心을 시들게 한 내 몸을 집이란 '隔離舍' 속에 끼이게 함이
야말로 우물에 비초이는 별과 달을 보라고 아모 쌈 모르는 어린 아해를
우물가에다 둠이나 다름이 업다. 잇다금 아즉은 다 죽지 안흔 良心의
閃光이 가슴 속에서—머리 속에 번적일 째마다 네 마음 반쪽엔 自足이
먹물을 드린 것과 그 남은 반쪽에 彌縫—파 먹은 자최를 오—나의 生命
아—너는 얼마나 보앗느냐! 어서 나가자—물들린 데를 씻고 이즈러진
데를 싣허버리려 네 마음 모다가 痼疾을 품고 움작일래야 움작일 수
업는 半身不遂가 되기 전에 나가자 나가자—힘 자라는 데까지 나가자!

엇든 時代 무슨 思想으로 보든지 사람의 情으론 집이란 그 집을 업새
기와 쏘 집에서 나를 쯰을고 나온 담은 무어라 할 수 업스리 만큼 그닷
설어운 場面일 것이다. 하지만 이 存在에서 저 生活로 가고는 말 그 過渡
期를 참으로 지나려는 사람의 밟지 아니치 못할 關門에는 항상 悲劇이
무엇보담 먼첨 그를 시험할 줄 밋는다. 이 시험은 남의 맘에서나 내 생각

에서나 어든 짐작만으로는 아모 보람이 업는 것이다. 아ー니 도로혀 아는 척하는 죄만 지을 쑨이다. 오즉 참되게 쌔친 마음과 정성되게 살 몸뎅이가 서로 어우러젓서 치뤄보아야 할 것이다. 이것은 모르든 것을 發見함이나 쏘는 모를 것을 顯惺과 가튼 그런 자랑이 아니다. 다맛 自然을 저바릴 수 업는 사람의 生活을 비롯함쑨이다. 自然은 언제 무엇에게든지 悲劇으로 말미암아 세 生命을 주는 것이다.

나의 反省에서 붓그롭은 告白을 한다면 나의 집에 자그마한 不安이라도 나기 전에 내가 집은 업새지 못할 데도 나이란 나는 나왓서야 할 것이다. 얼골 두터운 핑게일지 모르나 이러한 反省을 비롯한 그째는 反省의 指示를 곳 實行할 만한 意志가 쌕리 깁게 박히지 못한 열여들 되든 해부터이엿지만 그 뒤 어졔까지도 實行은 못하엿다. 쌀게 말하자면 모ー다가 한갓 未鍊의 두렴 만흔 抑制에게 果斷性을 쌔앗긴 째문이엿스며 이 行爲의 內面에는 나이란 나의 살든 힘이 그만치 微弱하엿다는 事實이 숨어 잇다.

이러한 事實로 誌銘된 나의 지난 生命을 읽을 째마다 언제든지 우리게도 한 번은 업서저야만 할 定命된 집을 구태여 잇게스리 애쓰든 彌縫性과 그러한 속에서 헛쑴을 쑤너니 차라리 하로 일즉 미처지지 못한 속쓰린 自足心을 볼 수 잇슬 것이다.

×   ×   ×

사람이면 다 가지게스리 마련이 된 자긔의 良心이 업시는 그에게 한 사람이란 個性의 稱號를 줄 리도 바들 수도 업슴과 가티 그러한 個性이 아니고도 집을 차지한다면 그는 집이 안이라 그 집의 範圍만치 그 나라에와 그 時代 人類에게 씨치는 것이란 다맛 罪惡쑨이기 째문에 집이란 한 存在를 가질 수 업다. 아, 그 짜위 것보담 나의 良心을 일허버리지

안토록 애써야겟다. 그래서 나의 個性을 내가 가지고 사러야겟다. 良心
업는 生命이 무엇을 하며 個性 업는 社會를 어데다 쓰랴. 모-든 생각을
한뭉텅이로 만들 새 生命은 지난 生活의 터전이든 내 몸의 性格을 反省
함에서 비롯할 것이다. 이러할 良心에서 생겨난 反省은 곳 良心 革命을
부름이나 다를 바이 업다. 이 길은 避할 수 업는 길이다. 나는 내 몸에게
이 길을 싸러만 가자 비러야겟다.

×   ×   ×

　사람이란 누구이든 혼자 살 수 업는 것이다. 다맛 個體로 보아서만이
아니라 個體가 모힌 그 집도 한 집만이 살지 못한다. 그럼으로 나에게는
그들을 섬기고 쏘 내가 섬기여질 그런 關係가 잇다. 좀 더 갓가온 意味
로 말하자면 그리하지 안흘 수 업는 先天的 義務와 理論的 求權이 잇다.
　이 義務를 다하고 이 求權을 가지게 된 그쌔가 비로소 나이란 한 사람
—良心을 일치 안는 한 個性—인 사람이 된다. 참으로 사람이 될랴면
彌縫과 自足으로 개도야지 노릇을 하는 가온데서 모-든 羈絆을 쓴코
나와야 한다. 내 몸속에 잇는 개도야지의 性格을 무엇보담 먼첨 쌱서야
한다. 세상에서 내가 가장 사랑하든 내 自身조차 앗가움 업시 쌱서야
할 그 자리에서 무엇 그리 참아 바릴 수 업는 것이 잇스랴. 사람이 되려
애써 보아야겟다. 나이란 全身을 뭉처서 나이란 良心을 만드러야겟다.

×   ×   ×

　오늘 다시 생각하여도 한울을 보기 붓그럽은 것은 나의 鈍覺이엿든
것이다. 알게 된 것이 한 자 기리가 되면 그 기리만치는 내가 살아보아야
할 것이다. 그 기리만치 살려면서도 그 압헤 이른바 설어운 場面의 뒤에
올 成功을 미리 疑訝함에서 어든 懶怠으로 말미암아 躊躇를 하다가 드대

여 自足과 彌縫으로 지나든 鈍覺 그것이다. 그 生活에서 임의 살게 되엿스면 그 生活대로나 忠實하게 살아야 할 것이지만 그리도 못하고 헛되게 時節을 저주하엿스며 부절업시 生命을 미워하든 그 鈍覺이다. 말하자면 自然을 鑑識할 만한 그런 反省이 업섯든 것이다. 槪念에서 짜낸 自覺—입설에 발린 自覺—이 넉 일흔 生活에게 무슨 그리 놀날 만한 소리를 들려줄 수 업섯든 것은 맛당한 일이다.

언제든지 한번 오고는 말 이 機運이 하로 일즉 오늘에라도 오게 된 것을 나는 속마음 깁히 깃버한다. 사람의 몸으로 다른 星宿에 가서 살지 안는 바에야 저바릴 수 업는 自然의 가르치는 말을 듯지 안흘 수는 업는 것이며 쌔치지 안을 수 업는 것이다. '설음을 지난 뒤의 깃븜'이 良心 生命의 한아쑌인 希望이다. 永久의 喜悅은 自然이 厖大한 悲劇 넘어에다 모서 노핫다. 아, 나는 이 悲劇을 마종가야겟다. 良心과 自足彌縫과의 싸홈이다. 다시 말하면 사람과 개도야지와의 싸홈이다.

사람의 목숨이 본래 그리 오래지 못한 가온데 더우든 그 半生을 지낫다고도 할 수 잇는 나의 生命이 다하기 前에 진저리날 이 싸홈이 맛치게 될는지—그리하야 참으로 사람이 사는 듯한 세상에서 가진 쑴대로 다맛 하로 동안이나마 살아볼는지—그는 내 마음으로도 푸리 못할 가마득한 일이다. 하나 나의 목숨이 일즉 自然의 悲劇이 바로 맛친 뒤에 나지 못하고 永久한 喜悅로 건너갈 진검다리 턱으로 나오고 말엇스니 自然은 그만치 나의 生命力을 바라는 것이다. 오—이것은 나의 定命이오 나의 活路이다. 무엇보담도 조심을 하여야 할 것은 가진 정성을 다—햇서도 나의 압흘 보살펴서 길을 일허바리지나 안을 그것쑨의 참다운 아들이 되게스리 나의 마음을 가질 것쑨이다.

— 1.20.25. 車室에서—

출가자의 유서

이 글의 주제문은 '내가 집을 떠나자'이다. 떠나야 할 집은 자족 미봉(自足 彌縫)의 삶이다. 이는 개와 돼지의 노릇을 하는 생활을 말한다. 자기 자신의 개성과 정체성을 자각하지 못한 채 개와 돼지처럼 본능적인 욕망만을 추종 하며, 미래에 대한 대책과 주체성도 없이 미봉책으로 살아가는 생활이 내가 떠나야 할 집이다. 이런 집은 양심을 시들게 한다. 양심이 없으면 생명을 지닌 개성으로 존재한다고 볼 수 없다. 미래에 대해 확신을 하지 못하고 현실에 안주하면서 시대를 한탄하거나 회의에 빠져 자기 자신을 미워하는 태도를 버리는 것이 집을 떠나는 일이다. 나태함과 겁에 빠져 주저하지 말고, 나약함을 던져버리고 과단성 있게 자신의 삶에 주인이 되어야 한다는 말이다. 이 글은 형식에서도 아주 특이한 측면을 보인다. 한 줄 띄우기로 구분한 8개 단락이 길이가 거의 같다.

□ 『開闢』 63호, 1925년 11월

2. 傍白

◇

　眞實한 融和는 個性을 消滅까지 식히는 그 犧牲에서만 獲得을 할 수 잇다. 眞實한 美妙는 混合과 離存이 되여야만 비로소 그 躍動을 볼 수 잇다.

○

　이것을 항상 矛盾으로만 녀기는 사람은 外形만 보는 精神 洞察者가 아니다. 웨 그러냐 하면 한 송이 꼿을 험상스런 돍비렁에서 보기와 여러 송이 꼿을 混色霧처럼 된 溫室에서 보기와 가튼 理由이기 쌔문이다.

○

　그럼으로 融和나 美妙가 그 驚異的 價値에선 絶對로 差違가 업슬 것이다. 하나 한 송이 꼿이나 여러 송이 꼿이 서로 融和와 美妙로 될 만한 그 意慾을 缺除한 꼿이라면 그것은 꼿으로는 보지 못할 한갓 怪物에 넘지 안는다.

○

대데[161] 個性을 消滅식힌단 말은 小我에서 大我로 옮음을 意味한 것이고 混合에서 離存을 한단 말은 大我에서 小我로 옮음을 意味함이다. 決코 다 自我意識이란 것을 沒却한 뒤의 行爲 가튼 것은 아니다.

○

그런데 사람이 生命意識을 가장 精誠되게 懇切하게 追索하는 동안은 그 效果가 아즉은 自身에만 잇슴으로 小我라고 할 수 잇다. 그러나 追索에서어든 그 '힘'이 참지 못할 衝動으로 될 동안은 生命의 意識이 남에게 밋치기까지 實現이 됨으로 大我라고 할 수 잇다.

○

이것을 가장 敏捷하고 純眞하게 轉換식히는 사람이 참으로 生命의 藝術家이다. 쉴물 가튼 美妙와 간장 가튼 融和로 生命을 料理하는 사람이다. 實現하리만큼 洞察을 하고 洞察한 것만큼 實現을 할 詩的 生命을 가진 사람이다.

○

人生은 完成物인 不完成品이다.

動物眼과 進化論으로 보면 完成된 것이다. 人類心과 生命學으로 보면 不完成된 것이다.

○

---

161) '대개'의 오식.

그러나 人生이란 것이 不完成이란 範疇 안에 宿命的으로 存在된 것이 아니라 完成으로 向行하는 道程 우에 可能的으로 追近하게 된 것이다.

○

우리의 知力이 밋처가는 대로 적어둔 人類史를 보아라— 그것은 오늘 까지 不完成에서 完成으로의 努力한 報告書가 아니냐? 다시 말하면 보 담 完成 對 不完成의 鬪爭 記錄이 아니냐?

○

이럼으로 그날의 生活에 주저를 하고 게을한 이는 現狀 維持者나 및 現狀 自足者와 다름이 업는 愚惡한 이며 곳 動物 分類學에서만 사람이 다. 鬪爭은 必然의 過程임으로 말이다.

○

世界는 人生이 잇서야 存立이 되는 것이다.
永遠은 瞬間이 잇고야 構成이 되는 것이다.
그럼으로 나는 밋는다—
永遠한 世界는 瞬間마다를 사람답게 사는 째와 사람답게 사는 데서 肇産이 되는 것이라고—.

○

世界를 너머 廣大視햇서 인생을 侮辱하지 마러라.
永遠을 너머 神聖化햇서 瞬間을 冒瀆하지 말어라.

318

眞實치 안흔 人生이 모혓서도 世界란 意義가 자랑이 되느냐.
空虛쑌만인 瞬間이 싸혓서도 永遠의 價値를 지절기겟느냐.

◇

生活은 尊重하다. 思想은 尊重하다.
　흔히 우리가 하는 말이다. 그러나 이 말이 生活이란 것이 存在로만 잇지 안코 思想이란 것이 言語에만 머물지 안흘 그 意識의 衝動에서 發源한 行儀의 跫音이 아니면 차라리 아–니 반드시 입을 다물 만한 굿센 마음을 가저야 할 것이다. 言語도 生命이 됨으로 말이다.

○

　生活의 尊重하온 싸닭은 生活 그것의 背景인 思想이 잇기 째문이고 思想의 尊重하온 싸닭은 思想 그것의 舞臺인 生活이 오기 째문이다. 그럼으로 思想 업는 生活은 生物의 寄生에 지나지 안코 生活 업는 思想은 癎疾의 發作에 다를 것이 업슬 것이다. 本能이 그리식히는 것이다.

○

　일즉 우리에게 그만큼 쌔친 自我의 意識이 잇섯다면 그 쌔친 ‘힘’이 그러케 말로 나오기 전에 아마도 그만한 物的 表現을 우리에게 먼첨 가지도록 되엿서야만 할 것 갓다. 이것은 사람이 意識이 衝動 그대로 살아갈 째의 必然的 態度인 싸닭이다. 眞理는 거긔서 비로소 나온다.

○

生命이 尊重하다. 實現이 尊重하다.

이즘 우리가 늣긴 말이다. 그러나 이 말이 生命의 가려운 자리를 긁기만 하고 實現의 선잠 깬 소리를 거듭만 한다면 그 意識의 衝動은 남붓그럴 만큼 微弱한 것이다. 그 行儀 의 跫音은 한 곤데서 발버둥질하는 虛響일 샌이다. 實現은 沈黙에서 옴으로 말이다. 하나 邪惡도 이런 形式을 가지는 것은 우리가 미리 알아 두어야 한다.

◇

이 世界 民族 가온대 理性的 種族으로 特別히 顯著하기는 츄-톤 人種 —곳 써이취,162) 오란다 스위댄, 놀웨이, 잉글리쉬— 와 밋 中華民族이다. 이와 反對로 感性的 種族으로 特別히 顯著하기는 라틘 人種—곳 쁘란스 배르기—이탈리—와 밋 日本 民族이다.

○

말하자면 歐羅巴에서는 츄―톤族과 라틘族이 서로 對抗을 하고 東洋에서는 日本人과 中華人이 서로 對抗을 하야 反對의 國民性을 가젓게 되엿슴으로 이 두 種族은 過去 現在 未來를 通하야 永遠히 相爭할 運命을 稟負하고 잇다. 勿論 싸홈싼일 鬪爭을 意味함이 아니다.

○

그럼으로 朝鮮이란 나라는 이 사이에 끼여서 確然한 性格을 못 가진 데서의 悲哀와 崩塞된 生活을 돌리기 어려운 데서의 苦惱와 싸호지 아니

---

162) 도이치, 독일.

치 못할 進程의 가짐을 생각할 째에 朝鮮이란 民族도 一種의 叛抗的 宿命을 全的으로 鬪爭을 치름에서 解脫을 求하여야 할 것이 보인다.

○

거긔서 完全한 國民性과 完全한 生命力의 把持될 것이며 實現이 될 것이다. 또 오늘 朝鮮이란 意識이 世界의 意識에 한목 씨일 與料로 되려면 이 環境의 省覺을 각근이 가질 째에서만 비로소 그것이 噴源으로 될 것이다.

◇

迫頭된 새 文學은 아모에게든지 冀待와 和樂은 주려고 생각지 안는다. 그것은 生命의 意識이 衝動으로 變함에서 못처 나오는 絶味 그것이기 째문이다. 이제 와서는 實現 前의 소리가 아니라 實現後의 소리로 되엿다. 아즉은 實現이란 그것이 全部를 못 덥헛지마는.

○

그러기에 抑壓이 되엿든 多數에게는 希望과 活力의 扶助가 될 터이나 特權을 가젓던 少數에게는 戰慄과 落膽의 恐吼가 될 것이다. 웨 그러냐 하면 새 文學이 그들의 反省조차 업던 邪惡의 모듬인 特權의 存在에 對한 抗議를 말함으로 말이다. 이 抗議의 潛在意識 ―곧 新建設을 多數 民衆은 반김으로 말이다. 그째는 太陽도 비로소 참웃음을 웃기에 말이다.

○

"過去의 民衆은 Nothing이엇다.

現在의 民衆은 Something쑨이다.

未來의 民衆은 Everything이리라"고—

十九世紀 初에 엇던 쯔란스 詩人이 말한 것이 잇다. 天體의 運行이 느럿든지 宇宙의 變化가 쉬엇든지 오래 전 그째의 '未來'가 이즘에야 발자욱이 크게 들린다. 새 文學 속에서 쏙쏙히 들린다.

恒常 悲痛한 熱情으로 人生을 追及하자.

모—든 眞理의 自体인 그 生活도 거긔서 나오며 모—든 眞理의 化身인 그 智慧도 거긔서 나온다.

人生은 自然의 本能이다. 自然의 誠勤이 人生의 熱情이다.

방백

아포리즘의 형식이다. 각 분절된 화제가 스무 개 이상 연결되면서 전체적으로 통일성을 이룬다. 형식뿐만 아니라 내용에서도 주목된다. 이상화 문학 가운데에서 사상을 가장 깊고 집약적으로 표현 글일 것이다. 융화(融和)와 미묘(美妙), 혼합(混合)과 이존(離存), 대아(大我)와 소아(小我), 완성과 미완성, 연원과 순간, 생활과 사상, 우연과 필연, 이성과 감상, 과거와 미래 등 많은 대립하는 두 극점을 상정한다. 이 대립 구조에서 이상화는 양자택일이 아닌 변증법적인 사고와 논리 전개를 뚜렷하게 보여준다. 가령 사상은 생활의 배경이고 생활은 사상의 무대라는 비유가 변증법적 사유의 한 예이다. 이 글의 핵심 주제는 문학의 생명의식이다. 생명은 양자의 투쟁 과정에서 생성되는 변증법적 지양이라는 것이다. 생명의식은 개성을 중시하면서도 그것의 융화인 보편적인 사상을 존중할 때 생성된다. 그것은 양 극점에 머물지 않고 지속적인 투쟁에 의해 민첩하고 진실하게 전환할 때 가능하다는 것이다.

3. 速射砲

靈魂競賣

B: 지난 12月 日本 프로 作家들이 東京 긴자에서 世界 文史 初記錄인 靈魂競賣式으로 原稿 넉마전을 보앗다네그려

D: 經濟思潮가 膨脹할사록 이상한 商品이 다—나오는군.

B: 그야 발서부터 그래 왓지마는 이것은 원 너머도 창피하니 말이지 一 第一 高價 落札이 三圓五十錢이라구?

D: 뭘, 價格 多少로야 말할 게 아니지만 競賣式으로 한 그 商賣術이 창피는 하군!

A: 자네들이 참 창피하네. 그만큼 經濟 組織이 되엿다는 그 象徵으로 보지 못하네

그려!』

B: 여보게 그럴듯한 말일세마는 그리다가는 '靈魂競賣'도 안 되구 '靈魂更埋'가 되겠데

D: 아니야 '靈渾更昧'가 될 것 갓데

A: 그런다구 파뭇칠 靈魂이라든지 쏘는 눈코 못쓸 靈魂이 된다면 그건 해서 뭘 하겠나? B君! D君! 자네들의 생각은 그 '貸借關係'를 돌려서 '靈魂競賣'를 '靈魂敬買'로 보게. 靈魂 商人의 할 일인가 아닌가?

速射砲

　잡지사에서 단상으로 여러 사람의 글을 함께 수록한 것 중 하나다. 희곡의 방식을 취한 수필인 셈이다. 수필의 서술처럼 문장을 늘어놓지 않고, 등장인물의 대화를 중심으로 화제가 빠르게 전환된다. '속사포'라는 제목은 말하는 방식을 두고 붙인 것이 아닌가 싶다. "영혼 경매식으로 원고 넝만전을 보았다"는 아마 오래된 육필 원고를 경매하는 현장을 목격했다는 말 같다. 이를 두고 작가는 인간 영혼을 경매하는 것이라고 보았던 것이다. 인간의 영혼조차 상품으로 매매하는 자본주의의 속성을 비꼰다. '영혼경매'를 동음이의어로 조어하여 말장난을 하는데, 이는 물질에 영혼을 파는 세태를 냉소하고 비판하는 데 매우 효율적이다. 이상화의 침울하고 무거운 다른 글에 비하면 밝고 재치가 넘치는 글이다.

『開闢』, 1월호 1926년 1월

4. 단 한마대

— 新年의 文壇을 바라보면서

"나라는 그 사람의 속아지지 안흔 生活 感情만!"이란 단 한마대를 나의 要求삼아 말해 둔다.

웨 그러냐 하면 '나'라는 그 사람의 生活을 굿세고 眞實하게만 삶으로써 거긔서는 그 魂鬼의 呼吸이 우리의 가슴에 울려오도록 하여야 藝術이란 가온데서도 文學의 별다른 그 職能이 드러나고 짜라서 作家의 生命이 나올 것이니 말이다.

단 한마대

1926년 『개벽』지 신년호에 수록된 글이다. "新年의 文壇을 바라보면서서"라는 설문에 현진건, 박영희, 이익상과 함께 답하는 형식으로 쓰인 글이다. 자기 자신을 속이지 않는 진실한 생활 감정의 중요성을 강조한다. 진실한 삶과 생활이 예술의 근원이고, 여기서 작가의 생명이 우러나온다는 것이다. 생활, 진실, 생명 등은 이상화의 문학정신을 지탱하는 핵심 개념이다.

□ 『時代日報』, 1926년 1월 4일

5. 新年을 弔喪한다

歲初부터 구즌 소리를 한다는 것은 두말할 것 업시 청승마즌 노릇일 것이다. 一年 열두 달을 내내 걱정으로만 지낼 요망한 짓일 것이다. 어째 생각하면 미운 노릇으로도 보일 것이다.

그러나 三百六十日은 그만두고 三萬六千日을 눈물 속에서 헤염질을 한대도 십흔 마음이 나는 바에야, 하고 십흔 째인 바에야 이 마음을 막을 수도 어썰 수도 업는 것이다. 만일에 나무라고 십흔 그 입이 잇거든 幸인지 不幸인지 이 마음을 가지고 나온 우리 人生을 나무라렴으나.

진저리나는 한 해를 죽을 판 살 판 겨오 지나서 泰山이나 하나 넘어온 듯이 후유하게 한숨을 길게 쉬고 행여나 올해에는 복치레야 못할망정 하다못해 昨年보다 가벼운 苦痛이라도 덜려질가 하야 헌 옷이나마 쌀아서 닙고 막걸리라도 한 잔을 마셔야 할 만큼 이런 사람에게도 올해나 반기리 만큼 그러케도 지난 해는 언제든지 사람에게 아기자기한 생각만 남기고 사람의 가슴을 멍드린 체 가고 마는 것이다.

그러나 사람아 우리가 오늘썻 살아오는 그 동안에 虛空에다 線을 그리듯이 時間 우에다 줄을 그려 예까지 一年 제까지 一年이라고 하며 하나씩 하나씩 건너올 째마다― 몃 百年이란 그 가운대 어느 것은 우리의 애끗든 소망을 밧지 안흔 一年이라 말할 수 잇스랴. 우리의 눈이 無形한 것을 본다면 모든 지난해에서 아즉도 마르지 안흔 피ㅅ물을 볼 것이고 우리의 귀가 空寂조차 듯는다면 모든 지난해에서 지금썻 물구비치는 아우성을 들을 수 잇슬 것이다.

보아라 한번 웃음이라도 더 웃어 보고 한 방울 눈물이라도 덜 흘려 보려든 代물림하는 사람의 소망은 얼마나 오래도록 불상스롭은 쑴으로만 구떠진 채로 싸혀 왓느냐. 설마 오늘부터나, 설마 올헤부터나 걱정이 적어지리라 하는 판에 박아둔 새해 祝福은 멧 만 사람의 입에서 돌이어 서로 빗쇼아 하는 그 쯧을 가저 보이게스리 들려만 왓느냐. 멧 해 동안의 소망을 半分의 半分쯤으로나마 단 하루를 살고 쏘 厭症이 날지라도 지금까지 품고 온 그 소망이니 오늘은 그 소망대로 한 번 살아볼 그 힘이 사람에게는 잇는가 업는가. 사람의 소망이란 것은 모다 부질업슨 한 자리의 쑴으로 되고 마는 것이니 차라리 하루 일즉 어수선한 생각을 흐르는 세월에다 실려나 보내고 돌아갈 그째만 기대리고 안젓슬 그 힘이라도 사람에게는 잇는가 업는가. 잇는 것이 무엇인가.

세상에 나지를 안핫드면 모르거니와 이미 나온 바에야 살아보려고 애를 켜보지 안흘 수 업고 살아보지를 안핫드면 모르거니와 이미 살아본 바에야 덜 괴로우려는 소망을 갓게 되는 것이 사람의 사는 마음에 맛당히 잇서질 것이다. 우리의 소망도 심심풀이로 지절긴다면 모르겟거니와 그러치 안코 다만 털끗만치라도 덜 괴로우려는 그 마음에서 나온 것이라면 얼마나 애닯은 노릇이냐— 한갈가튼163) 소망으로도 묵은 헤를 보내고 새해만 맛는 것이 말이다.

우리가 오늘 껏 살아온 가온대선 아즉도 괴롬이란 것을 맛보지 못하 얏느냐. 그러치 안흐면 덜 괴로우려는 그 소망이 쑴으로만 갓게 될 것이 엇느냐. 사는 대로 살다가 죽는 대로 죽는 것이 세상으로 나온 것이엇느냐. 그러나 버리랴야 버릴 수 업는 소망인 것도 어쩔 수 업는 일이어든

---

163) 한결같은.

하물며 살아간다는 生命에게 소망이란 것이나마 업스면 苦痛 가온대의 가장 못 견딜 屈從과 一切의 마조막인 滅亡이 북바치듯이 내릴 터이니 누가 감히 소망을 살으고도 단 하루를 살아 잇슬 수 잇다고 말할 것이냣.

이러케도 事實은 우리가 알거나 모르거나 우리가 손수 몸덩이로 實證을 거듭하고 잇다. 날마다 째마다 흘려버리는 한숨과 날려보내는 선웃음도 우리의 목숨을 참아 못 버리는 本能의 衝動이요 本能의 衝動이 그 刹那에도 나는 소망의 發露가 아니고 무엇일까.

勿論이다 우리의 本能인들 不足한 것이 아니요 우리의 生命도 不具인 것은 아니다. 오즉 회호리 바람과 가튼 한숨에 몰려온 지 오래고 아우성 가튼 선웃음에 쓸려만 다녓슴으로 우리의 소망이란 것이 맥풀린 熱病 患者들의 잠고대 토막가티 저도 남도 알아 듯지 못하리만큼 설업게도 웃으쌍스런 짓이 되어온 것이다.

그러나 우리 신령의 눈섭 사이에 쌕리를 박은 듯이 덥고 잇는 검은 구름을 한 겹 두 겹 빗길 것도 우리의 소망을 바루 잡는 대 잇고 우리 목숨의 이마 우에 골짝마다 사태진 듯이 피어 잇는 깁흔 줄음을 한 개 두 개 메울 것도 우리의 소망을 고처 잡는 대 잇슬 쑨이다.

時間만 흘겨보고 조흔 세월이 와서 우리의 苦痛을 가비얍게 해달라는 그런 마음이 숨쑤는 것은 아즉도 소망이 本能에서 나온 것이 아니요 生命에서 솟아난 그 힘이 아니다. 이짜위 것으로야 一年 열두 달 밥 대신에 눈물을 먹고 말 대신에 피를 토한 대도 아모러한 變化를 우리의 生活에 가저오지 못할 것은 지금쩟 우리가 진이나게 걱거온 바이 아닌가.

사람아 우리의 힘이란 것을 무엇보담 먼처 알자. 한해가 가고 한해가 올 째마다 하용업는 時間의 두려움만 갓게 되어 그것만 이즈려한 것을 우리는 힘으로 알아왓다. 勿論 두려움이라도 强迫한 觀念이 아니엇고 다만 흐리터분한 認識에 지나지 안는 것이엇다. 우리의 힘이란 것은 잇는 것이 모다 이쌘일가. 덜 괴로우려는 그 소망대로 더 웃어보게 될 그 生命은 우리와 아모러한 關係도 업는 것인가. 그러한 關係는 우리의 힘을 우리가 알 쌔에 비롯오 나오는 것일가. 그러면 올혜 안에는 우리의 本能이 그만한 힘을 갓고 나오겟는가.

만일에 그러치 못하면 혜가 밧구인다는 웃으쌍스러운 쌔는 두고 한 울과 쌍이 뒤범벅이 되는 그날이면 새삼스럽게 설워하느니 깃버하느니 할 거리가 무엇이며 쏘 싸닭은 무엇이랴. 만일에 우리의 소망이 半分의 半分으로나마 단 하루를 살고 다시 厭症을 낼지언정 그만한 소망이 업고 그만한 時節이 업는 올해라면 이 新年이란 것도 하루 일즉 가고 말라고 미리 吊喪이나 해두고 말 날이다. 祝福은 주고바다 무엇할 것이며 生命은 잇다 업다 할 게 무엇이냐. 우리에게 한숨만은 아즉도 다 되지 안코 우리에게 선웃음은 언제나 싯날 것인가. (씃)

신년을 弔喪한다

'조상(弔喪)'은 죽음을 애도하고 위로하는 행위다. 신년을 조상한다는 말은 신년이 죽었다는 말이다. 새로운 희망으로 새해를 맞이하는 것이 일반적인데, 그 새해를 조상한다는 것은 올 새해에도 별 희망이 없단 말인가. 작가는 비록 '핏물이 마르지 않고 아우성이 물굽이 치는' 현실이라 하더라도 새해에는 작은 소망이라도 가져야 한다고 말한다. 이 작은 소망조차 없다면 올 한 해도 일찍 가버리라고 미리 조상하자는 것이다. 소망을 갖자는 의도로 쓰인 글이긴 하지만, 전편에는 현실에 대한 비관적인 인식이 깔린 것 같다. 신년을 맞아 덕담하고 희망을 이야기하는 밝은 분위기가 아니다. 우리의 고통을 가볍게 해달라고 세월만 한탄해서는 생활에 변화를 가져올 수 없다. 소망하는 대로 되려면 생명에서 속아나는 힘이 필요하다는 것이 이 글의 요지다.

□ 『時代日報』, 1926년 1월 4일

6. 웃을 줄 아는 사람들

―感 想

사람이 '眞實'에 살 째 그곳에만 두려움이 업다. '眞實'은 죽음을 能히 넘어서거니와 그 죽음을 限界로 두고 닥처오는 虐待와 不快 不義와 貧窮이 그 몸을 寸步도 움즉이지 못하게 얽매엇다 하드래도 眞實은 그것에 견듸어 나아갈 수 잇도록 모든 힘과 쓰거움과 눈물을 준다. 感激을 주고 生活의 굿센 술잔을 찌어언저 준다.

그러하나 이 잔은 매웁고 쓰고 압흐다. 그러하다. 그것은 生活의 술잔이다. 生活은 쓰다 압흐다 괴롭다.

―가장 쓴 生活의 술잔은 오늘날 우리 압헤 잔 가득 부어 넘처흐르게 노혀 잇건마는 고닯흐고 지치고 눌리운 사람들은 敢히 그 술잔을 바루 잡으려 하지 안는다. 人生 生活은 압흠과 매움과 괴로움과 쓰림에 못 견듸어 마치 毒藥을 마신 것이나 가티 비비쏘이며 시진해간다[164].

그들의 머리 우에는 太陽이 빗난다. 그들을 안는다. 그러나 그 太陽은 그들을 爲하야서는 제 自身의 悲慘하고 可憐하고 虛氣진 쇠락신이를 빈정거리는 듯이 비추어 주는 咀呪의 빗이런가? 文明의 恩寵 안에 사는 사람들의 光澤한 빗이런가?

인제 그 쯧에 니를지도 일반이 헤알일 수 잇시 사람의 눈과 발 가는 곳에 그들을 세우고 실리고 안고 잠재우고 하는 그 大地는 그의 어머니로나 비길가.

그러나 그 짱은 벼이삭이 머리를 숙으릴 째까지 그들의 힘과 피와

---

164) '시진(澌盡)해 간다'는 "힘이 다 해 간다"라는 의미이다.

정성을 바다들이면서도 마츰내는 그들이 눈을 쓰고 손을 댈 째는 어느 째에 조알갱이로나 강낭이로나 목을 쥐러 움켜드는 '돈'의 使徒의 黑手로 變해 버리는 奇蹟을 行해지는 곳이다. 그러하다, 그것은 奇蹟이다. 科學의 證明이 넘우나 넘어선 資本의 奇蹟이다.

한울에 닷는 큰 집, 한울을 조롱하는 듯이 쌔쳐 잇는 都會의 굴둑, 能히 해ㅅ빗조차 흐리게 할 수 잇는 石炭 煙氣, 그 속에서 쉴새 업시 사람의 목숨에 줄인 것 가티 덜커덩거리며 돌아가는 그 餓鬼(機械)의 무서운 닛발에 걸려들어 가는 數만흔 工場의 生活을 찾는 사람들. 그들은 吸血鬼의 王宮의 祭物이라고나 할 것인가?

이들은 모다 生活을 차자, 生活의 술잔에 힘껏 젓지 못하는, 그 근방에서 말라배틀어저 가는 生活을 일흔 무리다.

—그러하나 이 生活의 술잔을 바루, 가장 굿세게, 쓰겁게, 가장 용맹하게 들고 마시고 잇는 사람들, 그 쓰리고 압흠에 能히 견듸어가는 사람들, 眞實의 이름 알에서 죽엄을 넘어서는 사람들, 未來를 마지하기 爲하야 全身 全靈을 灼熱하는 불 속으로 집어넛는 사람들, 野蠻人의 精力과 가티 넘치고 흐르는 生活力을 가지고 달음질하는 사람들—이 사람들의 압헤는 眞實이 잇다. 사람이 眞實에 살 쌔, 그곳에는 힘이 잇고 光明이 잇고 눈물이 잇고 感激이 잇고 健康이 잇고 未來가 잇고 生이 잇다.

아아—生活의 술잔은 쓰리다, 매웁다, 압흐다.

×   ×   ×

벗아! 갈 쌔까지는 가보렴으나. 갈 곳까지는 가 보렴으나. 오즉 네 心臟의 피가 네 맘과 몸의 쓰거움을 안고 잇는 동안에 그래서 네 맘이 아즉 지치고 고닯흠에 삭으러지지 아니 햇거든 쏘 네 맘이 아즉 무서움에 썰어 '不眞實'에 물드지 아니 햇거든 쏘 네 맘이 네 힘을 밋지 못하고서 한울을 우럴어서 구원을 부르짓고 십흔 못 생긴 맘이 아즉 나지 안핫

332

거든 生活의 닷줄을 움켜 쌧어 쥐고는 우에 잇는 사람들에게 머리를 숙으리며 네! 네! 이 잔을 바듭쇼 이 나의 生活의 잔을 당신은 이것을 願하지 아니햇습니까 하며 아주 몰랑거릴 힘이 쌔저버리지 아니햇거든 또 生命의 거지노릇을 하고 십지 안커든 네 힘으로써 네 쓰거움으로써 네 信念으로써 네 生活의 술잔을 바다들일 만한 긔운 잇는 사람이거든 네 등 뒤에서 너를 돕고 너를 밋고 잇는 사람들에게 對한 信賴와 有愛를 아즉 일허버리지 아니 한 사람이거든 眞實한 사람이거든!

벗아 가거라 세 번 까물어처 세 번 다시 살아날 째까지 찬 바람에 들리어오는 北國에 잇는 벗들과 가티.

太陽이 네 길을 밝혀주고 잇지 아니하냐 大地와 空氣와 健康과 自由의 다함 업는 샘(泉)이 압헤 펼처 잇지 아니한가.

×　　　　　　　　×　　　　　　　　×

찬 바람에 들려오는 北國의 消息은 '시장'의 曲이로구나. 벗아 우리는 울랴? 부르지즈랴 그러치 아니하면 웃으랴? 사람들은 흔히 압흐거나 괴롭거나 설운 일을 當할 째 운다 부르짓는다 성낸다. 그러나 벗아 째로는 그 압흠과 괴롬과 쓰림을 가만한 웃음으로써 바다들이는 것이 必勝을 爲하야 利로울 째가 잇다 그러나 그 웃음은 斷念의 웃음이이서도 안 되고 더욱이 妥協의 웃음이어서는 못 쓴다 오즉 眞實에 넘치는 웃음이어야만 한다 그 節制의 째를 잘 아는, 가만한 웃음이어야 한다. 이 웃음을 잘 웃을 줄 아는 사람은 勝利의 웃음을 아는 사람이다.

어써한 째에 이 웃음의 힘은 强國을 뭇지라는 武力으로도 全力으로도 權勢로도 能히 當하지 못하는 째가 잇다.

벗아! 웃자 우리의 心臟을 소리 업시 허털여 줄 째까지. 그래서 '眞實'의 炬火에 우리의 맘을 맷길 째에.

웃을 줄 아는 사람들

「신년을 조상한다」와 같은 지면, 같은 날짜에 발표된 글이다. '웃음을 잘 웃을 줄 아는 사람이 진정한 승리자다.'가 이 글의 주제문이다. 생활에 만족하고 행복이 넘치면 웃음이 떠나지 않을 터이니 굳이 웃음을 웃자고 말할 필요가 없다. 웃을 수 없는 현실이다. 하늘에는 태양이 빛나건만 현실 생활은 아픔, 매움, 괴로움, 쓰림으로 견디기 어려운 실정이다. 그러나 진실을 바탕으로 밝은 미래를 맞이하기 위해 온몸과 마음을 태우고, 정열적인 생활력을 가지고 전진하면, 광명의 미래와 삶이 다가온다는 것이다. 즉, 현실 생활의 아픔과 괴로움에 좌절하지 말고 그것을 웃음으로 받아들일 때 승리의 삶을 살 수 있다는 말이다. 이때 웃음은 체념이나 타협이 아니라, 진실이 넘치는 웃음이어야 한다. 표면으로는 현실의 긍정적인 수용을 말하는 것같으나, 이면에는 자조적이고 비관적인 색채가 옅게 깔렸다.

□ 『文藝運動』 제2호, 1926년 5월호

7. 心境一枚

　어제도 이 모양이엇고 오늘도 이 모양이니 래일인들 이 모양 아닐이가 업슬 것이다. 아모리 한 짠짓을 할 만한 듯이 생겨나지 안흔 이제에서 어제가티 지나만 갈 오늘이 온 것은 맛당한 일이고, 별 노릇을 할 만한 맘이 솟사나지 안는 오늘에서 오늘가티 가고만 말 래일이 올 것도 맛당한 일이다.

　어리석어 그럼인지 슬기로워 그럼인지 꼭 집어 말은 못하나 젯 짓든 사람의 마음은 언제든지 감나무 미테 입을 버리고 누은 셈으로 기대리기만 하면 혈마 무엇이 나오리니 하야 미들 수 업는 '혈마!'라는 속모를 그것을 위태하게도 밋고 지난다. 실상인즉 밋는다는 그것도 마음 쌕리조차 송도리채로 미들쩌리를 알아서 밋는 것이 아니고 한갓 그러케 생각함으로 달쓰는 마음이 엇제까러 안저 보이는 무서운 그 맛에 내 몸을 손수 속이다십히 하는 그런 것이니 이러케 사람은 용렬한 것인가.

　모르겟나 이런 짓이나 하엿기에 목숨이 부터 왓고 이런 노릇을 하여야만 목숨이 사라갈지. 하나 그러타면 울음이 업서도 됴흘 것이고 웃음을 물러도 일 업슬 것이며 지혜가— 생각이 업섯서도 됴흘 것 아닌가. 부질업슨 눈물은 웨 가젓스며 쓸 대 업슬 깁븜은 웨 찻게 되는가.

　모든 것은 변하는 대서 아름다움이 잇고 목숨이 나오게 되는 것이다. 한갈가티 잇다는 그것은 깁븜도 설음도 업는 죽음이나 맛찬가지다. 사라잇대도 썩어지는 것이다. 대체로 사람이 산다고 하는 그것은 슬픔이란 날과 깁븜이란 씨로 목숨이란 한 필 베를 짜는 동안을 가리친 것일 것이다. 슬픔만 잇서도 슬픈 줄을 모를 것이고 깁븜만 잇서도 깁븐 줄을 모를 것이다. 깁븜이 잇기에 슬퍼하고 슬픔이 잇기에 깁버한다 세상에 가진 것이 나기에 업서지고 업서지기에 나는 것과 만찬가지로.

그러타 가장 올케 잘 사려는 사람일사록 슬픔에서 깁븜을 찾고 깁븜에서 슬픔을 찾는다. 그것은 목숨이란 사라 잇는 그 아름다움이 오즉 변하는 그동안에서만 볼 수 잇다는 것을 말하는 것이니 일부려 할래도 할 수 업는 짓이고 살려는 마음과 사려는 그 뜻이 짜증나게도 한갈가튼 그 자리에서 스사로 쒸여나야 할 것이다.

더운다나 가슴 복판이 고라지고 골통 한 편이 시드러저도 '혈마'라는 말과 '그럭저럭'하는 뜻만 자리잡고 안즌 바에야 기대릴 것은 무엇이고 사려고는 흙께 뭣이랴. 기대리랴면 기대릴 것이라도 확실하게 미더야 하고 살려면은 사러날 것을 쪽쪽하게 해봐야만 비로소 목숨이 잇는 줄을 내 몸으로도 알 것이다. 슬퍼할 쌔에 눈물이 마르도록 울어보지 못하고 깁버할 쌔에 웃음이 다 되도록 웃서 보지 못하는 용렬한 짓도 슬픔이란 밥과 깃븜이란 반찬으로 사러 간다는 사람의 본마음이며 사람의 본 목숨일까.

말할 것도 업시 방금 슬픔 속에서 깃븜을 찾는 사람과 깃븜 속에서 슬픔을 찾는 사람과는 서로 닮을 것이다. 더군다나 슬픔 속에서 슬퍼만 하는 사람과 깃븐 속에서 깃버만 하는 사람과는 아조 싼 판일 것이다. 그 사이에는 다른 세상이 서로 기럼젓슬 것이고 모를 마음이 각기 싸못 첫슬 것이다.

그러나 목숨이란 것은 오즉 한 모양에서만 착 달라부터 잇는 그것이 아니고 왼갓 모양으로 옮어가는 대서 빗이 보이고 나온 보람이 드러나는 것이라면 적어도 이런 목숨대로 내 몸을 옴겨노치는 못 헷슬망뎡 뜻대로 사러 보려는—그 힘이 못슬 버릇에 얽매여 발을 쩨지 못하는 그 애닯은 부르지즘은 잇서야 할 것이니 슬픔에서 깃븜을 찾는 이나 깃븜에서 슬픔을 찾는 이는 본 목숨을 엇든 못엇든 올흔 일을 한달 수 잇스나 슬픔에서 슬픔만 깁븜에서 깁븜만 가진 이는 목숨으로 보아서 헛된 일을 할 것쑨일 것이다.

실상인즉 쯧대로 사러야만 할 그 목숨으로 보아서는 부르지즘 조차도 뒤에ㅅ 일일 것이다. 글을 쓰고 노래를 지어 자긔의 마음을 스사로 격동을 식히든지 남의 가슴까지를 아름답게 하려 한대도 내 맘이 늑긴 그 쯧 만큼은 내 몸사리도 그만하여야 할 것이다. 사라 보지 못한 그런 사리를 그런 글이나 못 사라 보아서 지친 생각이 우는 노래야 입에서 침이 마르도록 나오믈 사러야 할―목숨에 무엇이 되랴.

오즉 내 목숨이 가야만 할―그 길을 앗긋하면 못 가게 구는 배임으로 되게가 쉽고 살려고 애쓰는 내 목숨에 그다지 큰 힘을 흔히는 주기 어렵게 되는 것이다. 어제도 그래 지나고 오늘도 그래 지나고 하로 하로를 그래면 지나기가 모히고 싸혀서 드듸여 한평생 동안을 그래만 지나는 한 가지 비롯으로 목숨을 살러가지 안코 목숨을 죽어가는 위태롭고도 웃스쌍스런 노릇이 되고 말지도 모를 것이다. 슬픔으로 깃븜을 차저 사리를 차즈려 하고 깃븜에서 슬픔을 보아 사리를 곳치려 함에서―나의 목숨을 아름답게 부터 먼첨야 할 것이다.

우리는 숨결이 막힐 일이 산뎀이가티 잇서도 일즉 눈물을 올케 흘려 본 적이 업고 단 한 가지 사라갈 길을 째째로 보아도 아즉 웃음을 바로 쑴어 본 째가 업다. 슬픔이란 무엇이고 깃븜이란 엇던 것인가―하는 듯이 항상 한 모양으로 기대리는 것조차 쏙쏙하지 못하게 '그럭저럭'하는 쯧으로 '혈마―'를 저도 모르게 밋고 그째 그째만 지날 쑨이다.

아모러한 쌴 짓이나마 엇더한 별 노릇이라도 하여야 할 것이다. 엇전지 밝다는 한나새 해조차 어둡고 썰리는 겨울도 가슴이 싀원치 안타. 하다못해 이만큼이라도 중얼거리는 입이나마 다물고 사리를 해얄 것이다. 목숨이 하고저 원하는 그 쯧대로 제 몸을 살려가지 안는 몸댕이가 애닯다 못하야 도로혀 미웁다. 참으로 용렬하고 붓그럽게 가장 실어운 것은 한 모양으로만 지나는 것이다.―그 짓이 실허 무엇을 기대리는 듯이 어제와 오늘을 보내면서 래일만 쏘 기대리는 그 버릇이다. 아 이 버릇을 항상 쎄슬 그 힘이 우리가 제각끔 가진 나라는 본 목숨을 낮케 하는 어머니다. 참으로 아름답고 착한 것도 그의 발자욱에서 비로소 나올 것이다.[165]

심경일매

『문예운동』 제2호에 수록된 수필이다. 2001년 민족문학작가회의가 주최하는 상화 탄생 100주년 기념문학제에서 시편 「설어운 調和」(첫 행만 확인)와 「먼-ㄴ 企待」(제목만 확인)와 함께 처음으로 소개되었다. 다행이 이 작품만은 전편을 다 읽을 수 있다. 그런데 복사본이라서 인쇄 상태가 좋지 못하고, 다른 글에 비해 어휘나 문장에서 방언을 많이 구사하고 있어 원문 확인이 어려운 부분이 많은 편이다. 활자의 윤곽과 내용상의 문맥을 고려하여 판독하였으나 정확하지 않다. 빠른 시일 안에 원문이 발견되기를 기대해 본다. 작품의 중신 내용은 이렇다. 모든 존재는 한 곳에 머물러 있고서는 살아있다고 보기 어렵다. 그것은 기쁨도 슬픔도 없는 죽음이나 마찬가지다. 변화하는 데에서 존재의 의의와 가치가 생성된다는 것이다. 어제와 오늘, 오늘과 내일이 다르지 않은 일상에서 막연하게 내일을 기다리는 소극적인 태도를 박차버리고 생명이 하고자 원하는 대로 온몸을 던져버리는 생활이 필요하다는 것이다. 슬픔이나 기쁨 그 자제에 안주하지 말고 기쁨에서 슬픔을, 슬픔에서 기쁨을 역동적인 삶의 자세를 주장하고 있다.

---

165) 2001년 탄생 100주년 문학인 기념문화제(대산문화재단, 민족문학작가회의 주최)에서 김윤태 님이 공개한 작가연보에서 발굴한 작품이다.

□ 『中央』 4권 4호, 1936년 4월

8. 나의 雅號

─說問答

尙火

그 自由란 것을 이렇다라고 말 할 것이 못되기에 못 적습니다마는 所謂
鄙號로서는 尙火, 白啞 두 가지를 쓰는 것만 말슴들여 둡니다.

□『中央』4卷 5號 1936년 5월

9. 나의 어머니

몇 해 전 深刻하게도 感銘된 바 있어 지어둔 三行詩(時調型) 가운데의 한 篇을 내 생각에 적당하다고 하야 물으신 두 가지의 의미를 아울러 대답하나이다.

己未年

이 몸이 제 아모리 부지런이 소원대로
어머님 못 뫼시니 죄롭쇠다 비올 적에
남이야 허랑타한들 내 아노라 우시던 일.

> **나의 어머니**
> 『중앙』 1935년 5월호에 나의 어머니라는 주제로 많은 사람들이 쓴 단상 가운데 하나다. 소설가 장혁우, 평론가 이헌구, 시인 이은상도 참여하였다. 시조 형식의 3행시로 대답한다. 어머니를 모시지 못하는 죄스러운 심정이 잘 드러난다. 불효하는 자신을 남들은 허랑방탕하다고 할지 몰라도, 어머니만은 자기를 이해주시며 우셨다는 대목이 감동적이다. 잘 짜인 한 편의 시조 작품이다.

□ 『三千里』 1938年 10月

10. 黑房悲曲의 시인에게—

書 翰

　말씀 안 해도 아마 짐작하시려니와 말없는 가운데서 서로 속타리만큼 그리는 마음이 얼마나 하오리까. 그야말로 말보다 더 말하는 침묵이 아니겠서요, 種和씨! 당신의 집으로 내가 가서 뵐 째의 파랏한 당신의 얼굴이 그리는 나의 눈알 우으로 써옵니다. 내려올 째는 수이 곳 만나보려니— 먹은 마음이 그만 잠 모르는 어린 아이의 잠꼬대가 되고 말앗습니다. 허나 글로써 다시 그러한 소원이야 안흘 수 잇서요? 사람의 이지가 자각을 못할 째는 순전한 白痴의 살림을 한다고 생각을 하오면 이것을 覺치 못할 씻씻한 일이라 하겠습니다.

　보내신 『黑房悲曲』— 더우는 나의 마음과 멀지 안흔 이웃에 계시는 당신의 마음이 북도두어 기른 곳분의 곳! 그 곳의 한 봉오리를 던져주시는 당신의 親愛— 나는 눈물이 흐르도록 감사를 드립니다. 나는 당신의 '글 몬음'을 바라볼 때 그 '글 몬음'이 나에게 주는 First sight의 인상을 제목의 의의— 여름의 그믐밤— 그 밤의 검은 안개가 내 머리 속을 휘더픈 그것이엇습니다. 자디잔 말이야 하나마나 그 범위야 넘지 안흘 것시므로 감히 말씀을 드리지 안습니다. 다맛 당신의 마음과 가티 裝愼의 불쌍스럽은 꼴을 아주 면하지 못 할 것이 어째서 외롭어 그럼인지 마음 서른 선웃음을 못 참겟습니다. 무엇보담도 절믄 마음의 거의를 희생시키고 맑은 보람이 우리 白衣人의 마음 우에게 엄도드리라 — 밋사오며 다시금 더욱 빕니다.

　種和씨! 행여나 겸양성 만흐신 마음으로 나의 이 부족한 말씀을 도리어 올치 못한 말이라 맙소서. 하고저운 말이 어찌 이뿐이리까마는 아모

래도 글로 씀으로서야 속 시원치 못 할 것이므로 이만 아뢰오며 당신의
몸 護寧하시와 당신의 마음 갑절 펴오름시사 바라옵니다.

—大正 9年 12月(1920年)

『흑방비곡』의 시인에게

이 상화가 월탄(月灘) 박종화(朴鍾和)에게 보낸 편지다. 박종화의 처녀시
집 『흑방비곡』을 받고 그 답으로 쓴 글이다. 편지 끝에 날짜가 1920年 12月
로 되어 있는데, 1924年의 오기인 것 같다. 시집 『흑방비곡』이 1924年에
출간되었기 때문이다. 이 편지는 1938年 10月에 『삼천리』지에 처음으로 소
개되고, 1926年 2月 『문학사상』에 재소개된 바 있다. 이상화의 다른 글 과
비교해서 아주 정중하게 예의를 갖춘 문체다. 시집 보내준 것을 꽃 한 송이
를 던져주었다고 미화한다. 이는 편지글이어서 그렇기도 하지만, 상화와
월탄이 그만큼 친분관계가 두터웠음을 말해 주기도 한다. 현진건의 소개로
『백조』 동인이 된 상화는 월탄과 아주 가까이 지냈다고 한다. 이러한 친분
관계가 편지에 잘 묻어나고 있다.

이상화 연보

1901년(1세): 4월 5일(음) 대구시 서문로 2가 11번지에서 부친 이시우(李時雨)와 김신자(金愼子)를 모친으로 하여 4형제 중 둘째아들로 태어났다. 부친 이시우의 본관은 경주(慶州), 호는 우남(又南)이며 그는 시골에서 행세하는 보통 선비였으나 상화(相和)가 일곱 살 때 별세했다. 모친 김신자는 김해(金海) 김씨(金氏)로서 신장이 오척육촌(五尺六寸), 체중이 17, 8관은 될 듯한 거인이요, 인자하고 후덕한 성정이 그대로 드러나는 모습을 지닌 부인으로 실제 그의 국량(局量) 있고 관대한 처사에 당시 대구(大邱)의 여류 사회에서 신망이 두터웠다. 또한 그는 청상(靑孀)의 고절(孤節)을 노후까지 그대로 지키며 아들들을 교육하는데 남다른 자세를 보인 분이었다. 상화의 형제들이 모두 큰 인물이 될 수 있었던 것은 이 분의 사상과 백부 이일우(李一雨)의 가르침의 결과였다.

이일우는 당시 삼천여석을 하는 부자였으나 소작인을 가혹히 착취하는 대구 지주들 중에 오직 그만이 소작료를 저율로 하고 후대하였기 때문에 칭송이 자자했을 뿐만 아니라 대구사회에서 명망이 높던 분이었다. 그는 「우현서루(友弦書樓)」를 창건, 많은 서적을 비치하고 각지의 선비들을 모아 연구케 하였으며 또한 「달서여학교(達西女學校)」를 설립, 부인 야학을 열어 개화의 길에 앞장섰다. 또한 평생 지조를 지켜 관선도의원(官選道議員)」의 자리에 나가기를 불응하였고 중추원참의(中樞院參議)를 거절, 배일(排日)의 지주가 되었던 분이다.

상화의 형제들 가운데 백씨(伯氏)인 상정(相定)은 한때 교편을 잡다가 만주로 망명, 항일 투쟁에 종사한 장군이다. 1937년에는 중일전쟁이 일어나자 국민정부의 초청으로 중경 육군 참모학교의 교관을 지냈고 1939년에는 임시 정부의원에 선임된 바 있다. 1941년에는 중국 육군 유격대 훈련학교의 교수를 거쳐 이듬해 화중군 사령부의 고급 막료로 남경전 한국전에 직접 참가했다. 뿐만 아니라, 시서화(詩書畵)에 능했었고, 행방 후 상해에 머물러 교포의 보호에 진력하다가 1947년 귀국, 뇌일혈로 사망했다. 셋째 상백(相伯)은 한국 체육발전의 원로로서 또는 사회학 분야의 석학(碩學)으로 널리 알려진 분. 일본 유학시절(와세다 대학)부터 운동선수로 활약했고, 1936년 제10회 올림픽 일본 대표단 총무로 베를린에 다녀오는 등 일본 체육 발전을 위해서도 크게 기여했다. 해방이 되자 조선 체육 동지회를 창설, 위원장이 되었고 1946년 조선체육회 이사장을 거쳐 1951년 대한 체육회 부회장을 지냈다. 제 15, 16, 17, 18회 세계 올림픽 한국 대표단 임원, 단장 등으로 대회에 참가했으며 1964년 대한 올림픽 위원회(IOC)위원에 선출되었다. 또한 서울대학교 교수로서 사회학 분야를 개척했으며 1955년에는 문학박사 학위를 받았다. 동아문학 연구소장, 고등고시위원, 학술원 회원, 한국사학회 회장 등 다채로운 경력을 지녔던 분이다. 이 같은 많은 업적으로 1963년도 건국문화훈장 대통령장을 받았다. 막내 동생 상오(相旿)는 알려진 수렵인. 그 기개와 능력이 모두 출중한 형제들이었다.

상화(相和)의 직계 유족으로는 부인 서온순(徐溫順) 여사와 충희(忠熙), 태희(太熙) 등이 있으며 장남 용희(龍熙)는 일찍 사망했다.

이상화라는 이름은 본명이며 여러 번 아호(雅號)를 바꾸어 썼다. 대체로 18세부터 21세까지는 불교적인 냄새가 나는 무량(無量)을, 22세부터 24세까지는 본명에서 취음(取音)한 것으로 보이는 탐미적인 상화(相華)를, 25세 이후는 혁명적인 그의 사상적 추이를 엿보게 하는 상화(尙火)를 썼다. 38세 이후에는 당시의 그의 처지와 심경의 일단이 표현된 백아(白啞)를 쓰고 있는 것이 이채롭다. 당시 그는 모든 방황을 끝내고 교육과 가정생활에만 충실하고 있었으면서도 이같이 자신을 백치나 벙어리에 비유하는 자조적(自嘲的)인 호를 쓰고 있었다. 그러나 이같이 많은 호를 썻지만 작품은 대개 본명 상화로서 발표하고 있다.

1907년(7세): 부친 이시우 별세

1914년(14세): 이때까지 백부 이일우가 당시 보통학교의 식민지 교육을 염려하여 가정에 설치한 사숙(私塾)에서 대소가(大小家)의 자녀들 칠팔 명과 함께 수학. 백부의 엄격한 훈도를 받았다.

1915년(15세): 경성중앙학교 (현 중동)에 입학, 계동(桂洞)32번지 전진한(錢鎭漢)의 집에 하숙하고 있었다. 그는 그때부터 한문에 뛰어나나 실력을 지니고 있었고, 항상 학교 성적이 우수하였으며 야구부의 명투수로도 활약하였다. 그러나 그는 3학년 시절부터 인생과 우주에 관한 철학적인 문제를 해결하려고 번민에 빠지기 시작했다.

1917년(17세): 대구에서 백기만(白基萬)·이상백(李相伯) 등과 함께 습작집 『거화(炬火)』를 발간했다고 전해지고 있으나 확인되지는 않고 있다.

1918년(18세): 중앙학교 3년을 수료 후 학교를 단념하고 고향에 내려와서 독서와 명상으로 본격적인 탐구 생활에 심혈을 경주. 금강산 등 강원도 일대를 3개월 동안 방랑. 이 방랑 중에 그의 대표작이라고 할 「나의 침실(寢室)로」가 완성되었다고 하나 이는 잘못이다. 평소 상화는 '그 제작 연대와 발표 연대의 차이가 있는 것은 거의 말미(末尾)나 시제(詩題) 밑에 제작 연대가 아니면 구고(舊稿)라고 명시해 놓은 것이 많은데 반하여 이 시는 전혀 그러한 표기가 없는 것으로 보아 이상화(李相和)의 23세 때의 작품임이 틀림없다'. 또 일부에서 이 작품이 『백조(白潮)』 창간호에 발표된 것으로 보고 있는 것도 잘못이다. 이 작품은 분명히

『백조(白潮)』 3호, 즉 1923년 9월에 발표되고 있다.

1919년(19세): 기미독립운동 당시 백기만(白基萬)·이곤희(李崑熙)·허범(許範)·하윤실(河允實)·김수천(金洙千) 등과 함께 대구에서 계성학교(啓聖學校) 학생들을 동원, 독립을 선언키 위하여 선전문을 스스로 만들어 등사하는 등 시위 행사에 앞장섰으나 사전에 주요 인물들이 검거되자 상화(相和)는 서울로 탈출, 서대문 밖 냉동(冷洞) 92번지에서 고향의 친구인 박태원(朴泰元)의 하숙집에 머물러 있었다. 박태원은 대구 계성(啓聖) 출신이며 중학 시대에 벌써 영문 원서를 읽을 정도의 영어 실력을 지니고 있었으며, 또한 성악가로서도 이름이 있었다. 상화는 이 같은 그의 아름다운 노래에 심취하여 성악을 배우려고 애쓴 일도 있으며, 그에게서 영어를 배우기도 했다. 상화는 그가 세상을 떠나자 시 「이중(二重)의 사망(死亡)」을 쓰기도 했다.

박태원은 작곡가 박태준(朴泰俊)의 형이다.

이해 음력 10월 13일, 상화(相和)는 백부의 강권으로 공주 서한보(徐漢輔)의 영애 서온순(徐溫順)과 결혼을 했다. 서온순은 재덕이 겸비하고 용모도 그만하였으며 그때 18세의 꽃다운 나이로 신부로서는 부족함이 없었으나 상화는 결혼에 만족을 느끼지 못하고 다시 서울 냉동(冷洞)으로 올라와 버렸다. 이 시절에 상화는 묘령의 여인을 만나고 있다. 경남 출생으로 당시 여자 고등 보통학교를 마친 재원 손필련(孫畢蓮)이 바로 그다. 백기만(白基萬)에 의하면 재원 손필련은 독립운동을 하고 있던 여자였으며, 추운 밤거리에서 자신의 명주 목도리를 풀어 상화의 목에 감아 줄 정도로 상화를 사랑하고 있었다고 한다.

1922년(22세): 『백조(白潮)』 동인으로 그 창간호에 「말세(末世)의 희탄(稀嘆)」을 발표하고 문단 데뷔. 이후 「단조(單調)」, 「가을의 풍경(風景)」 등을 발표. 이해 프랑스에 유학할 기회를 갖고자 일본에 건너간다. 이는 항시 요시찰 인물이 되어 국내에서는 외국 여행 중의 교섭이 절대로 불가능하였기 때문이다. 기회를 기다리면서 2년간 일본 동경에 있는 아테네 프랑스에서 수학하였다.

이 시절에 상화(相和)는 또 하나의 여인 유보화(柳寶華)와 뜨거운 관계를 맺고 있다. 그는 함흥(咸興) 출생의 절세의 미인으로 당시의 유학생 사회에서 이름난 인물이었으며 그의 생애와 시에 큰 비중을 차지했던 존재로 해석된다.

1923년(23세): 일본에서 관동대진재(關東大震災)의 참상을 목격. 자신도 붙잡혀 가는 도중에 의연한 자세로 설득, 구사일생으로 살아난다.

1924년(24세): 관동대진재의 참상 속에서 충격을 받고 프랑스 유학을 포기, 그해 봄에 귀국하여 서울 가회동 취운정(翠雲亭)에 거처를 정하고 현진건(玄鎭健)·홍사용(洪思容)·박종화(朴鍾和)·김팔봉(金八峰)·나도향(羅稻香) 등 『백조(白潮)』 동인들과 어울림. 김팔봉(金八峰)의 기록에 의하면 이때에도 유보화는 취운정에 드나들고 있었으며 폐결핵을 앓고 있었던 것으로 기록되고 있다.

1925년(25세): 작품 활동이 가장 왕성했던 해로 「비음(緋音)」, 「가장 비통(悲痛)한 기욕(祈慾)」, 「빈촌(貧村)의 밤」, 「이별(離別)을 하느니」, 「가상(假相)」, 「금강송가(金剛頌歌)」, 「청량세계(淸凉世界)」 등을 발표. 이해 8월에 결성된 경향파(傾向派) 집단에 가담하였고, 당시 발표된 그의 대부분 작품들이 경향파적인 색조를 띠고 있는 것으로 판단되기도 하지만 그러한 사상이 실질적으로 육화(肉化)될 수 있었던가 하는 점에 대해서는 많은 학자들이 회의적인 태도를 보이고 있다.

1926년(26세): 이해 가을에 유보화(柳寶華)가 위독하다는 소식을 듣고 함흥으로 달려가 한 달 남짓 직접 간호했으나 보람도 없이 사망. 이해 장남 용희(龍熙) 출생(후에 사망).

상화(相和)의 대표작의 하나이며 피압박 민족의 비애와 일제에 대한 강력한 저항 의식을 바탕으로 하고 있는 것으로 평가되고 있는 「빼앗긴 들에도 봄은 오는가」를 발표하였다.

1927년(27세): 의열단(義烈團) 이종암(李種巖) 사건과 장진홍(張鎭弘) 조선은행 지점 폭탄 투척사건에도 관련 있다 하여 조사를 당함. 고향 대구로 다시 낙향, 일제 관헌의 감시와 가택 수색 등이 계속되는 가운데서 행동이 제한된 생활을 함. 그때 상화의 사랑방은 담교장(談交莊)이라 하여 독립운동을 하는 지사들을 비롯한 대구의 문우들이 모여들어 날로 기염을 토하고 있으며 울분을 달래기 위한 술자리가 밤낮없이 벌어지고 있었으며 이로 하여 상화는 결국 가산을 탕진하고 명치정(明治町), 현재의 계산동 2가 84번지로 이사했으나 울분과 폭음의 생활은 계속되었다.

1934년(34세): 향우들의 권고와 생계의 유지를 위하여 『조선일보』경북 총국을 맡아 경영하였다. 그러나 경영의 미숙으로 1년 만에 포기하고 말았다. 차남 충희(忠熙) 태어났다.

1937년(37세): 당시 북경에 머물고 있었던 백씨 이상정(李相定) 장군을 만나기 위해 중국에 건너가 약 3개월간 중국 각지를 돌아보고 귀국함. 고향에 돌아오자 이제 경찰에 또 다시 구금되어 온갖 고초를 겪고 나옴. 이후 상화(相和)는 아주 새 사람이 되어 금주는 물론 가정에 충실해지기 시작했으며 비로소 상화의 집안에도 웃음꽃이 피기 시작하였다.

한편 이때부터 상화는 대구 교남학교(嶠南學校)의 영어와 작문의 무보수 강사가 되어 열심히 시간을 보아주었다. 이같이 1940년까지 3년간 시간을 보아주는 외에 학생들의 교우지간행을 직접 지도하고 운동 방면의 코치를 맡아 열을 올렸으며 특히 권투를 권장, 은연중에 일제에 대한 저항의식을 키웠다. 이것이 대구 권투의 온상이 된 「태백(太白) 권투 구락부」의 모태가 되었다. 1940년에 대륜중학(大倫中學)의 설립을 보게 되었던 것도 상화의 보이지 않는 노력의 결정으로 평가되고 있다.

1940년(40세): 교남학교(嶠南學校)를 사임. 이후 「춘향전」 영역, 국문학사 집필, 프랑스 시 평역 등에 관심을 두었으나 완성을 보지는 못하였다.

1943년(43세): 음력 1월 병석에 누워 3월 21일(양력 4월 25일) 상오 8시 위암으로 별세했다. 그는 모든 가족들이 (이상정 장군은 중국에서 나오지 못함) 모인 가운데 임종했으며 당시 큰아들 용희(龍熙)는 18세의 중학생, 충희(忠熙)는 10살, 태희(太熙)는 6세였다. 임종한 곳은 대구 명치정, 현재의 계산동 2가 84번지이다.

이날 3월 21일에는 또한 같은 고향의 친구이자 『백조(白潮)』 동인인 현진건(玄鎭健)도 사망했다.

상화가 작고하던 해 가을에 고향 친구들의 정성으로 묘 앞에 비석이 세워졌다. 발의는 백기만(白基萬)이 하고 서동진(徐東辰)·박명조(朴命祚)의 설계로 김봉기(金鳳箕)·이순희(李淳熙)·주덕근(朱德根)·이홍로(李興魯)·윤갑기(尹甲基)·김준묵(金準黙) 등 십여 인의 동의를 얻어 일제 강압을 피하기 위해 비밀리에 진행되었다고 한다. 비면(碑面)에는 「詩人 白啞 李公相和之墓」라 음각(陰刻)되었을 뿐 다른 글은 일체 기록되지 않고 있다.

1948년: 이해 3월 김소운(金素雲)의 발의로 한국 신문학사상 최초로 대구 달성공원(達成公園) 북쪽에 상화(相和)의 시비(詩碑)가 세워졌다. 앞면에는 상화(相和)의 시 「나의 침실로」의 일절을 당시 열한 살 난 막내아들 태희(太熙)의 글씨로 새겨 넣었다. 비액과 뒷면은 김소운(金素雲)의

상화(相和) 문학에 대한 언급과 시비 제막에 대한 경위가 서동균(徐東均)의 글씨로 새겨져 있다.

1951년: 상화(相和)의 사후, 그의 시에 대하여 관심이 깊었던 임화(林和)가 자기 나름대로 시집을 낼 목적으로 시를 수집하다가 해방 직후 월북. 또한 상화(相和)의 문하였던 이문기166)가 시집 간행을 목적으로 유고의 일부와 월탄(月灘) 선생이 내어 준 상당량의 서한을 받아 가지고 6·25 때 실종, 이 또한 실현을 보지 못했다. 상화(相和)의 시가 비록 독립된 시집은 아니라 할지라도 최초의 시집 형태 속에 수록된 것은 1951년 그의 오랜 친구인 백기만(白基萬)이 편찬한 『상화(尚火)와 고월(古月)』에 와서 였다. 그러나 수록된 작품은 16편뿐이었다. 이후 정음사(1973년), 대구의 형설출판사(1977년) 등에서 추후 발굴된 작품을 합하여 단행본 형태의 시집, 또는 시전집을 발간했다.

---

166) 월북한 이문기의 친딸이 해인사 우체국장을 역임했는데 그의 선친의 책과 유물은 한국전쟁 과정에서 유실되었다고 한다.

작품 연보

1922년 1월	「말세의 희탄」, 「단조」	『백조』 창간호
1922년 5월	「가을의 풍경」	『백조』 2호
1922년 5월	「To—」	『백조』 2호
1923년 9월	「나의 침실로」, 「이중의 사망」, 「마음의 꽃」	『백조』 3호
1923년 9월	「독백」	『동아일보』 (7월14일)
1924년 7월	「선후에 한마듸」	『동아일보』 (7월14일)
1924년 12월	「허무교도의 찬송가」, 「방문거절」, 「지반정경」	『개벽』 54호
1925년 1월	「단장 오편」, 「비음」, 「가장 비통한 祈慾」, 「빈촌의 밤」, 「조소」, 「어머니의 웃음」	『개벽』 55호
1925년 1월	「단장」(번역소설)	『신여성』 18호
1925년 1월	「잡문횡행관」(평론)	『조선일보』 (1월 10, 11일)
1925년 1월	「새로운 동무」(번역소설)	『신여성』 19호
1925년 3월	「이별을 하느니」	『조선문단』 6호
1925년 3월	「폭풍우를 기다리는 마음」, 「바다의 노래」	『개벽』 57호
1925년 3월	「출가자의 유서」(감상)	『개벽』 57호
1925년 4월	「문단측면관」(평론)	『개벽』 58호
1925년 5월	「구색이장」, 「극단」, 「선구자의 노래」	『개벽』 59호
1925년 6월	「街相」, 「구루마꾼」, 「엿장사」, 「거러지」	『개벽』 60호
1925년 6월	「금강송가」, 「청량세계」(산문시)	『여명』 2호
1925년 6월	「지난달 시와 소설」, 「감상과 의견」(단평)	『개벽』 60호
1925년 6월	「시의 생활화」(평론)	『시대일보』 (6월 30일)
1925년 7월	「오늘의 노래」	『개벽』 61호

1925년 7월	「풍부」(번역소설)	『시대일보』 (7월 4일, 12월 25일)
1925년 10월	「몽환병」(산문시)	『조선문단』 12호
1925년 10월	「새 세계」(번역시)	『신민』 6호
1925년 10월	「방백」(수필)	『개벽』 63호
1925년 11월	「독후잉상」(감상)	『시대일보』 (11월 9일)
1925년 11월	「가엽슨 둔각이여 황문으로 보라」(평론)	『조선일보』 (11월 22일)
1926년 1월	「청년을 조상한다」(감상)	『시대일보』 (1월 4일)
1926년 1월	「웃을 줄 아는 사람들」(감상)	『시대일보』 (1월 4일)
1926년 1월	「속사포」	『문예운동』 창간호
1926년 1월	「도-쿄에서」	『문예운동』 창간호
1926년 1월	「문예의 시대적 변위와 작가의 의식적 태도론」(평론)	『문예운동』 창간호
1926년 1월	「詩三篇」, 「조선병」, 「겨울마음」, 「초혼」	『개벽』 65호
1926년 1월	「무산작가와 무산작품」(상)(평론), 「단 한마대」(단평)	『개벽』 65호
1926년 1월	「파리의 밤」(번역소설)	『신여성』 30호
1926년 1월	「본능의 노래」	『시대일보』 (1월 4일)
1926년 2월	「무산작가와 무산작품」(중)(평론)	『개벽』 66호
1926년 3월	「원시적 읍울」, 「이 해를 보내는 노래」	『개벽』 67호
1926년 4월	「시인에게」, 「통곡」	『개벽』 68호
1926년 4월	「世界三視野」(평론)	『개벽』 68호
1926년 5월	「설어운 調和」, 「머-ㄴ 企待」	『문예운동』 2호
1926년 5월	「심경일야」(수필)	『문예운동』 2호
1926년 6월	「빼앗긴 들에도 봄은 오는가」, 「비갠 아츰」, 「달밤 도회」	『개벽』 70호
1926년 6월	「달아」, 「파란비」	『신여성』
1926년 6월	「숙자」	『신여성』
1926년 7월	「사형밧는 여자」(번역소설)	『개벽』71호
1926년 11월	「병적 계절」	『조선지광』 61호

1926년 11월	「지구흑점의 노래」	『별건곤』 1호
1928년 7월	「저무는 놀 안에서」, 「비를 다고」	『조선지광』 69호
1929년 6월	「哭子詞」	『조선문단』 2호
1930년 10월	「대구행진곡」	『별건곤』
1932년 10월	「初冬」(창작소설)	『신여성』
1932년 10월	「叡智」	『만국부인』
1933년 7월	「반딧불」	『신가정』 7호
1933년 10월	「농촌의 집」	『조선중앙일보』 (10월 10일)
1935년 4월	「역천」	『시원』 2호
1935년 12월	「나는 해를 먹다」	『조광』 2호
1936년 4월	「나의 아호」(설문답)	『중앙』 4권 4호
1936년 5월	「나의 어머니」(공동제수필)	『중앙』 4권 5호
1936년 5월	「기미년」(시조)	『중앙』 4권 5호
1938년 10월	「흑방비곡의 시인에게」(편지)	『삼천리』(1938.10)
1941년 4월	「서러운 해조」	『문장』 25호

• 발표지 및 연대 미상분

1925년	「제목 미상」(미들래톤 작)	『신여성』 18호
1937년	「만주벌」	
미상 (1951년 공개)	「쓸어져가는 미술관」 「청년」 「무제」 「그날이 그립다」(산문시)	『상화와 고월』
미상 (1951년 공개)	「무제」필사본	(고 이윤수 시인 소장)
미상	「爲親負米」(漢記) 「搤虎救父」(漢記)필사본	(子 충희 소장)
미상	교남학교(현 대구대륜중학교) 교가	가사대륜중고등학교
미상	「풍랑에 일리든 배」(시조)	대구고보 앨범 수록

참고문헌

강정숙(1986), 「한국 현대시의 상징에 관한 연구-이상화 시에 있어서의 상징성」, 『성심 어문논집』 11집.

강희근(1977), 「예술로 승화된 저항」, 『월간문학』 10권 3호.

구명숙(1933), 「소월과 상화, 하이네의 시에 나타난 아이러니 고찰」, 『숙명여대 어문논집』.

권경옥(1956), 「시인의 감각—특히 상화와—고월을 중심으로」, 『경북대 국어국문학 논집』

김 억(1923), 「시단의 1년」, 『개벽』 42호.

_____(1925), 「3월 시평 詩評」, 『조선문단』 7호.

_____(1925), 「황문 荒文에 대한, 잡문 잡문 횡행관, 필자에게」, 『동아일보』(1925.11.19).

김기진(1925), 「현시단의 시인」, 『개벽』 58호.

_____(1954), 「이상화 형」, 『신천지』 9권 9호.

_____(1968), 「시문학 60년」, 『동아일보』(1968.05.25).

김남석(1972), 「이상화, 저항 의식의 반일제 열화『熱火』」, 『시정신론』, 현대문학사.

김동사(1963), 「방치된 고대『高大』 시비『詩碑』」, 『대한일보』(1963.04.30).

김병익(1973), 『한국 문단사』, 일지사.

김봉균(1983), 『한국 현대 작가론』, 민지사.

김상일(1959), 「사용(思容)과 상화」, 『현대문학』 58호.

_____(1974), 「낭만주의의 대두와 새로운 문학 의식」, 『월간문학』 7권 10호.

김석성(1963), 「이상화와 , 빼앗긴 들」, 『한국일보』(1963.05.17).

김시태(1978), 「저항과 좌절의 악순환-이상화론」, 『현대시와 전통』, 성문각.

김안서(1925), 「문예 잡답」, 『개벽』 57호.

김옥순(1986), 「낭만적 영웅주의에서 예술적 승화로」, 『문학사상』 164호.

김용성(1973), 「이상화」, 『한국 현대문학사 탐방』, 국민서관.

김용직 외(1974), 『일제 시대의 항일 문학』, 신구문화사.

김용직(1968), 「백조 고찰, 자료면을 중심으로」, 『단국대 국문학논집』 2집.

_____(1968), 「현대 한국의 낭만주의 시 연구」, 『서울대 논문집』 14집.

_____(1977), 「포괄 능력과 민족주의」, 『문학사상』.

_____(1979), 『전환기의 한국 문예비평』, 열화당.

김용팔(1966), 「한국 근대시 초기와 상징주의」, 『문조(文潮)』, 건국대 4집.

김윤식 외(1973), 『한국문학사』, 민음사.

김윤식(1975), 「1920년대 시 장르 선택의 조건」, 『한국 현대시론 비판』, 일지사.

김은전(1968), 「한국 상징주의 연구」, 『서울사대 국문학 논문집』 1집.

김은철(1991), 「이상화의 시사적 위상」, 『영남대 국어국문학 연구』, 영남대.

_____(1991), 「이상화의 시사적 위상」, 『영남대 국어국문학 연구』, 영남대.

김인환(1973), 「주관의 명징성」, 『문학사상』 10호.

김재영(1967), 「빼앗긴 들에도…와 상화(尚火) 이상화 시인의 고향」, 『서울신문』 1967.08.15.

김재홍(1986), 「한국문학사의 쟁점」, 『장덕순 교수 정년 퇴임 기념문집』, 집문당.

_____(1996), 『이상화: 저항시의 활화산』, 건국대출판부.

김준오(1985), 「파토스와 저항-이상화의 저항시론」, 『식민지시대의 시인연구』, 시인사.

김춘수(1958), 『한국 현대시 형태론』, 해동출판사.

_____(1964), 「이상화론-퇴폐와 그 청산(淸算)」, 『문학춘추』 9호.

_____(1971), 「이상화론-나의 침실로를 중심으로」, 『시론』, 송원문화사.

김택수(1991), 「이상화의 시 의식 고찰」, 조선대 석사논문.

김팔봉(1925), 「문단 잡답」, 『개벽』 57호.

金澤東 편(1977), 『이상화문세』, 형설.

_____(1977), 『이상화문세』, 형설출판사.

김학동 편(1987), 『이상화 전집』, 새문사.

김학동(1966), 『이상화』, 서강대 출판부.

_____(1970), 「한국 낭만주의의 성립」, 『서강(西江)』 1집.

_____(1971), 「이상화 문학의 유산」, 『현대시학』 26호.

_____(1972), 「이상화 연구 (상)」, 『진단학보』 34집.

_____(1973), 「이상화 문학의 재구(再構)」, 『문학사상』 10호.

_____(1973), 「이상화 연구 (하)」, 『진단학보』 35집.

_____(1974), 「상화(尙火) 이상화론」, 『한국 그대시인 연구』, 일조각.

_____(1986), 「상화의 시세계」, 『문학사상』 164호.

김형필(1990), 「식민지 시대의 시 정신 연구: 이상화」, 『한국외대 논문집』.

김혜니(1970), 「한국 낭만주의 고찰」, 이화여대 대학원,

김흥규(1980), 『문학과 역사적 인간』, 창작과 비평사.

윤장근 외(1998), 「빼앗긴 들에도 봄은 오는가」, 『이상화 전집』, 대구문협, 그루.

대륜고 편(1971), 「嶠南의 은사들」, 『대륜 50년사』, 대륜고.

문덕수(1969), 「이상화론-저항과 죽음의 거점」, 『월간문학』 8집.

문학사상사 편(1973), 「상화의 미정리작 곡자사(哭子詞) 외 5편」, 『문학사상』 10호.

_____(1973), 「이상화 미정리작 29편」, 『문학사상』.

미승우(1988), 「이상화 시어 해석에 문제 많다」, 『신동아』 344호.

박두진(1970), 「이상화와 홍사용」, 『한국현대시론』, 일조각.

박목월 외(1954), 『시창작법』, 선문사.

박민수(1987), 「나의 침실로의 구조와 상상력-동경과 좌절의 아이러니」, 『심상』 157·8호.

박봉우(1959), 「마돈나, 슬픈 나의 침실로」, 『여원』.

_____(1964), 「상화와 시와 인간」, 『한양』.

박양균(1955), 「시와 현실성」, 『계원(啓園)』, 계성고등학교.

박영건(1979), 「이상화 연구」, 동아대학원.

박영희(1939), 「백조(白潮), 화려한 시절」, 『조선일보』(1933.09.13).

_____(1958), 「현대 한국문학사」, 『사상계』 64호(1958.11).

_____(1959), 「초창기의 문단 측면사」, 『현대문학』(1959.09).

박원석(1991), 「시적 대상 인식의 문제: 소월과 상화의 님 에 대하여」, 『목멱어문』.

박유미(1983), 「이상화 연구」, 성균관대학원 석사논문.

박종화(1922), 「명호 아문단(嗚呼我文壇)」, 『백조』 2호(1922.05).

_____(1923), 「문단 1년을 추억하여」, 『개벽』 31호(1923.01).

_____(1936), 「백조 시대의 그들」, 『중앙』(1936.09).

_____(1943), 「빙허(憑虛)와 상화(相和)」, 『춘추』 4권 6호(1943.06).

_____(1954), 「백조 시대와 그 전야(前夜)」, 『신천지』(1954.02).

_____(1963), 「이상화와 그의 백씨(伯氏)」, 『현대문학』 9권 1호.

_____(1964), 「장미촌과 백조와 나」, 『문학춘추』 2호(1964.05).

_____(1973), 「월탄 회고록」, 『한국일보』(1973.08.18~09.07).

박철희(1980), 「자기 회복의 시인-이상화론」, 『현대문학』 308호.

_____(1981), 「이상화 시의 정체」, 『이상화연구』, 새문사.

방인근(1925), 「문사들의 이모양 저모양」, 『조선문단』 5호.

백 철 외(1953), 『국문학 전사』, 신구문화사.

백 철(1948), 『조선 신문학사 조사』, 수선사.

_____(1950), 『조선 신문학사 조사』, 현대편, 백양당.

_____(1952), 『신문학사조사』, 민중서관.

白基萬 편(1951), 『상화와 고월의 회상』, 상화와 고월, 청구출판사.

백기만(1959), 「상화의 시와 그 배경」, 『자유문학』 32호.

_____, 『씨뿌린사람들』, 사조사.

백남규(1983), 「이상화 연구」, 『석사 논문』, 연세대학원.

백순재(1973), 「상화와 고월 연구의 문제점」, 문학사상 10호.

서정주(1969), 「이상화와 그의 시」, 일지사.

설창수(1965), 「尚火 이상화 씨-芳醇한 色量感을 형성한 소년 시인」, 『대
        한일보』(1965.05.20).

손광은(1988), 「한국 시의 구조적 특성 연구-상화, 고월, 만해의 시를
        중심으로」, 홍익어문 7집.

손혜숙(1966), 「이상화 시 연구」, 『석사 연구』, 성신여대 대학원.

송 욱(1956), 「시와 지성」, 『문학예술』 3권 1호.

_____(1963), 『시학 평전』, 일조각.

송명희(1978), 「이상화의 낭만적 사상에 관한 고찰」, 『비교문학 및 비교
        문화』 2집.

신동욱 편(1981), 『이상화의 서정시와 그 아름다움』, 새문사.

신동욱(1976), 「백조파와 낭만주의」, 『문학의 해석』, 고대출판부.

양애경(1990), 「이상화 시의 구조 연구」, 『석사 논문』, 충남대학원.

양주동(1926), 「5월의 시평(詩評)」, 『조선문단』.

오세영(1978), 「어두운 빛의 미학」, 『현대문학』 84호.

윤곤강(1948), 「고월(古月)과 상화(尙火)와 나」, 『죽순』 3권 2호.

이 탄(1992), 「'빼앗긴 들에도 봄은 오는가'의 문제점」, 『현대시학』.

이광훈(1973), 「어느 혁명적 로맨티스트의 좌절」, 『문학사상』 10호.

李起哲 편(1982), 『이상화전집』, 문장사.

이기철(1980), 「'나의 침실로'의 구조」, 『영남어문학』 7집.

_____(1982), 『이상화 전집』-빼앗긴 들에도 봄은 오는가, 문장사.

_____(1985), 「이상화 연구」, 박사 논문, 영남대학원.

이대규(1996), 「이상화의 빼앗긴 들에도 봄은 오는가는 저항시인가」, 『서
        울사대 어문집』.

이명자(1977), 「빼앗긴 상화 시의 형태와 시어」, 『문학사상』.

이명재(1982), 「일제하 시인의 양상-이상화론」, 『현대 한국문학론』, 중
        앙출판인쇄주식회사.

이문걸(1991), 「상화 시의 미적 구경(究境)」, 『동의어문논집』.

이문기(1949), 「상화의 시와 시대의식」, 『무궁화』 15호

이상규(1998), 「멋대로 교쳐진 이상화 시」, 『문학사상』 9월호.

_____(2002), 『경북방언』, 태학사.

_____(2007), 『방언의 미학』, 살림.

_____(1986), 「자연 심상으로 걸러낸 식민 현실」, 『문학사상』 164호.

李相和(1973), 『상화시선』, 정음사.

이상화(1973), 『상화시선』, 정음사.

李相和(1973), 「상화의미정리 '곡자사(哭子詞) 외 5편'」, 『문학사상』 제10호.

_____(1973), 『이상화 미정리작 29편』, 『문학사상』 제7호.

_____(1985), 『이상화시집』, 범우사.

_____(1988), 『빼앗긴 들에도 봄은 오는가』, 이상화, 문현사.

_____(1989), 『빼앗긴 들에도 봄은 오는가』, 선영사.

_____(1991), 『빼앗긴 들에도 봄은 오는가』, 상아.

_____(1991), 『빼앗긴 들에도 봄은 오는가』, 이상화전집, 미래사.

_____(1992), 『빼앗긴 들에도 봄은 오는가』, 이상화시집, 청년사.

_____(1994), 『빼앗긴 들에도 봄은 오는가』, 이상화시집, 청목.

_____(1997), 『빼앗긴 들에도 봄은 오는가』, 인문출판사.

_____(1999), 『빼앗긴 들에도 봄은 오는가』, 『이상화시집』, 신라출판사.

이선영(1974), 「식민지 시대의 시인의 자세와 시적 성과」, 『창작화 비평』 9권 2호.

_____(1976), 「식민지 시대의 시인」, 『현대 한국작가 연구』, 민음사.

_____(1977), 「식민지 시대의 시인-이상화론」, 『국문학 논문선』 9집, 민중서관.

이선화(1989), 「이상화 시의 시간·공간」, 석사 논문, 이화여대 대학원.

이설주(1955), 「상화와 나」, 『계원』

이성교(1969), 「이상화 연구」, 『성신여사대 연구논문집』 2집.

_____(1971), 「이상화의 시세계」, 『현대시학』 27호.

이숭원(1986), 「환상을 부정한 현실 의식」, 『문학사상』 164호.

_____(1995), 「1920년대 시의 상승적 국면들」, 『현대시』.

이승훈(1986), 「이상화 대표시 20편, 이렇게 읽는다」, 『문학사상』 164호.

_____(1987), 「'빼앗긴 들에도 봄은 오는가'의 구조분석」, 『문학과 비평』 2호.

이태동(1977), 「생명 원체(元體)로서의 창조」, 『문학사상』.

임　화(1942), 「백조의 문학사적 의의」, 『춘추』.

장사선(1983), 「이상화와 로맨티시즘」, 『한국 현대시사 연구』, 일지사.

전동섭(1984), 「이상화 연구」, 석사 논문, 인하대학원.

전정구(2000), 『언어의 꿈을 찾아서』, 평민사.

전창남(1959), 「상화 연구」, 『경북대 국어언문학 논문집』 6집.

정대호(1996), 「이상화 시에 나타난 비극성 고찰」, 『문학과 언어』.

정병규 외(1973), 「새 자료로 본 두 시인의 생애」, 『문학사상』 10호.

정신재(1994), 「작가 심리와 작품의 상관성: 이상화 시의 경우」, 『국어국 문학』.

정진규 편(1993), 『이상화』, 문학세계사.

정진규(1981), 『마돈나, 언젠들 안 갈 수 있으랴』, 이상화 전집, 문학세계사.

정태용(1957), 「상화의 민족적 애상(哀傷)」, 『현대문학』 2권 10호.

_____(1976), 「이상화론」, 『한국 현대시인 연구』, 어문각.

정한모·김용직편(1975), 『한국현대시요람』, 박영사.

정현기(1986), 「나의 침실은 예수가 묻혔던 부활의 동굴」, 『문학사상』

164호.

정효구(1985), 「빼앗긴 들에도 봄은 오는가의 구조 시학적 분석」, 『관악
　　　어문 연구』 10집, 서울대.

＿＿＿(1992), 「빼앗긴 들에도…의 구조시학적 분석」, 『현대시학』.

조기섭(1987), 「이상화의 시세계 I」, 『대구대 인문학과 연구』, 대구대.

＿＿＿(1987), 「이상화의 시세계 II-현실 의식과 저항 의지의 대두」, 대구
　　　대 『외국어교육 연구』.

조동민(1979), 「어둠의 미학」, 『현대문학』 296호.

조동일(1976), 「김소월, 이상화, 한용운의 님」, 『문학과 지성』 24호.

＿＿＿(1978), 「현대시에 나타난 전통적 율격의 계승」, 『문장의 이론과
　　　실제』, 영남대 출판부.

조병범(1996), 「이상화 시 연구」, 석사 논문, 중앙대학원.

조병춘(1980), 「빼앗긴 땅의 저항시들」, 『월간조선』 1권 5호.

조연현(1968), 『한국 현대문학사』, 인간사.

조영암(1956), 「일제에 저항한 시인 군상(群像)」, 『전망』.

조우식(1949), 「이상화 시비를 보고」, 『婦人』.

조지훈(1951), 『상화와 고월』 출판기념회 축사(1951.09.22).

조찬호(1994), 「이상화 시 연구」, 석사 연구, 전주우석대학원.

조창환(1983), 「이상화, 나의 침실로-환상적 관능미의 탐구」, 『한국 대표
　　　시 평설』, 문학세계사.

＿＿＿(1986), 『한국 현대시의 운율론적 연구』, 일지사.

조항래(1981), 「이상화 시의 시대적」, 『효대학보』.

차한수(1990), 「이상화 시 연구」, 박사 논문, 인하대학원.

최동호(1985), 「이상화 시의 연구사」, 『현대시의 정신사』, 열음사.

최명환(1986), 「항일 저항시의 정신사적 맥락」, 『국어교육』.

최병선(1990), 「이상화 시의 시어 연구-종결형태를 중심으로」, 『한양어
　　　문연구』.

최영호(1992), 「작품 이해에 있어 그 해석과 평가의 객관성 문제: 빼앗긴
　　　들에도 봄은 오는가를 중심으로」, 『고려대어문논집』.

최원식(1982), 『민족문화의 이해』, 창작과 비평사.

최전승(2000), 「시어와 방언」, 국어문학 35집, 국어문학회.

하영집(1993), 「이상화 시의 아이러니」, 『석사 논문』, 동아대학원.

하재현(1986), 「이상화 시의 연구-시의 변모를 중심으로」, 석사 논문,
　　　경남대학원.
한　효(1946), 「조선 랑만주의론」, 『신문학』.
한영환(1958), 「근대 한국 낭만주의 문학」, 연세대 대학원 논문집.
홍기삼(1973), 「한역사의 상처」, 『문학사상』 10호.
_____(1976), 「이상화론」, 『문학과 지성』 24호.
홍사용(1936), 「젊은 문학도의 그리던 꿈-백조 시대에 남긴 여담」, 『조광』.
홍성식(1996), 「이상화 시 연구」, 석사 논문, 상지대학원.
황미경(1985), 「이상화 시의 이미지 연구」, 석사 논문, 충남대학원.
황정산(1984), 「이상화 연구」, 석사 논문, 고려대학원.

尚古藝術學院設立趣旨書

人間이 創造한 文化라면 어느것 하나 그렇지 않을것이 없지만 特히 藝術은 人間 生來의 根本的인 共通感情에 뿌리를 박고 있다. 그러므로 個人이나 한 民族의 性格은 藝術을 通하여 가장 端的으로 나타날뿐 아니라 한 國家의 生消感情은 藝術을 通해서 世界 文化의 花園에 그 典型과 傳統을 이루어 가는 것이니 여기에 藝術이 한 個人이나 民族이 또는 地域과 國家에만 멈출수 없는 까닭이 있는 것이다

그러나 藝術作品은 어디까지 個人의 創造로 그創作하는 藝術人은 그 民族文化의 傳統과 個人의 바른 길 위에서 生存하는 것이다 그러므로 兇境에 人類文化의 領域으로 同化되는 것이 藝術의 生命이다 떠나서는 이미 世界文化의 民族文化의 統合体인 곳이 藝術의 生命의 傳統과 個人의 才能을 지라도 藝術은 生産되지 않을뿐 아니라 存在할수도 없는 것이다

우리는 藝術의 天賦의 才賈을 타고난 民族이라 이른다 이는 우리의 有益과 또 기록 歷史가 그를 게 만든 바달. 하며래도 지나 날날 劉蓄陽心하여 偉大한 文化的 遺産을 남긴 筑英의 天才의 藝術家들 이 아라가 輩出 했음에서 온 緒實이라 한 것이다

이에 우리는 堪下 人類文化의 새로운 探究에 寄與할 藝術文化運動의 緊要함과 우리 民族藝術의 傳統을 世界 文化속에 새게 呼吸하려고저 하는 意慾으로써 이양 南今의 文化 햇속에 그 이름을 펼친 嶺南 文人의 大成에 힘게 하고저 尚古 藝術學院이라는 搜閣을 創設并고 均有彼의 英材를 이라과 新文芸 初創期의 民衆이던 尚火와 古月 두분의 雅号를 따서 嶺南에 藝術을 됫붉은 분이나 嶺南에 모아들러 누리고저 하는바이다 溫故知新의 實踐을 걸과고자 하니 志士의 蓮賞을 머물려 그 文化的 興薺를 솜솜하는 同時에 餘額하는드同好人의 絶차한 誘助가 있기를 줄 끊하는 바이다

檀紀 四二八四年 十月 日
一九五二年

尚古藝術學院 發起人 一同

상고예술학원의 발기인 명단

이상화고택보존운동 선언문

서슬 푸른 일제의 강압 속에서 우리는 상화로 하여 민족혼을 발견하였고, 독립된 민족의 영예를 꿈꿀 수 있었습니다. 그의 언어들의 메마른 가지를 뚫고 일어나는 봄꽃처럼 우리 민족의 가슴 가슴에 거대한 불길을 옮겨 주었습니다. 대구 근현대사 100년을 되돌아보면 민족시인 이상화 선생을 비롯하여 국채보상운동을 전개해 민족 자립을 선도한 서상돈 선생, 독립운동가 이상정 장군과 같은 큰 별들이 찬란한 광채를 빛내고 있습니다. 우리가 기꺼이 민족의 이름으로 면류관을 드릴 수 있는 이분들이야말로 우리 지역민의 자랑이자, 민족의 선각자였습니다. 따라서 이들의 고택이 밀집해 있는 대구시 중구 계산동 2가 일대를 문화와 정치, 문화와 경제가 만나는 대구 시민정신의 구심점의 현장으로 보전하는 것은 지역민 모두의 사명이자 책무입니다.

대구시 중구 계산동 84번지! 이곳은 암울했던 일제시대 민족 광복을 위해 저항 정신의 횃불을 밝힌 '빼앗긴 들에도 봄은 오는가'의 일제저항 시인 이상화(李相和) 선생의 시향이 남아 있는 곳입니다. 또 계산동 2가는 일제에 진 1,300만원의 나라 빚을 대구시민이 앞장서서 갚자며 의연히 일어섰던 국채보상운동의 발기인 서상돈 선생의 고택이 있고, 상화의 맏형이자 독립운동가인 이상정 장군의 고택이 밀집해 있어 이곳이야말로 가히 대구가 근대 민족 저항정신의 본향이요, 구국 항일운동의 시원지임을 당당히 증명하고 있습니다. 언제부터인지 '지역'은 '변두리'와 유사한 개념으로 받아들여져 모든 것의 중심은 서울이며 그 변두리가 지역이라는 그릇된 인식이 만연하고 있습니다. 이러한 관점에서 「민족

시인이상화고택보존운동」은 오랫동안 변두리로 전락한 정서를 반성적 차원에서 극복하여 대구시민들이 한 마음이 되는 거족적 운동입니다.

이제 우리는 「민족시인이상화고택보존운동」의 첫발을 내디디며 더 이상 물질문명과 개발의 논리가 정신문화와 자존의 논리를 짓밟지 못하도록 공고한 연대의 힘을 결집하고자 합니다. 포클레인의 쇠바퀴에 우리의 역사와 문화의 현장이 뭉개지는 순간, 우리의 뿌리와 정신적 유산 또는 매장되어 버릴 것입니다. 문화의 세기로 일컬어지는 21세기는 효율성과 개발의 논리보다 문화적 자산이 더 큰 생산성을 발휘하는 시대입니다. 자연이 우리의 후손들에게 물려주어야 할 자산이듯이, 상화고택보존운동은 자손만대를 먹여 살릴 문화적인 식량을 마련하는 일입니다.

이러한 이상과 목표를 향해 전 국민과 대구시민의 이해와 동참을 호소하며, 이를 바탕으로 대구시가 고난의 역사를 헤쳐가는 선도적인 도시로서 우뚝 서게 되기를 바라마지 않습니다.

2002. 3. 11.
민족시인이상화고택(故宅)보존운동본부